돌아와요, 피앙세

Come back to me, Fiancee

1

돌아와요,
피앙세

Come back to me, Fiancee

마지노선 장편소설

가하epic

돌아와요 피앙세 1

지은이 마지노선
펴낸이 이형기
펴낸곳 도서출판 가하

초판인쇄 2017년 4월 4일
초판발행 2017년 4월 11일
출판등록 2008년 10월 15일 제 318-2008-00100호

주소 서울 영등포구 양평로 67, 1209 (당산동5가, 한강포스빌)
전화 02-2631-2846 **팩스** 02-2631-1846

www.ixbook.co.kr

ISBN 979-11-300-1658-0 04810
       979-11-300-1655-9 04810(set)

값 12,000원

엇갈리다 *7*

되찾게 해줘요 *78*

수상한 관심 *134*

부작용 *219*

오해 *303*

다시, 원점 *358*

엇갈리다

"카렌, 나는 내가 지금껏 그대 없이 어찌 살아왔는지 이해할 수 없습니다."

나도 그래요, 루센 경. 어째서 우리는 서로가 없이 살 수 있었을까요? 정말 말도 안 되는 일이지요?

"나는 이런 감정이 존재한다는 것을 이제야 깨달았어요. 나는 당신을 위해 내 모든 걸 버릴 수도 있을 겁니다."

그건 저 역시 마찬가지예요. 만약에 그대가 귀족이 아니라 시장통의 한낱 무지렁이였어도, 나는 당신을 알아보았을 거예요.

"아름다운 그대에게 내가 부족한 것만 같아, 나는 항상 부끄럽습니다."

부끄러워 마요. 그대에겐 나뿐이고, 나에겐 그대뿐이지요. 다른 어느 누가 서로의 짝이 될 수 있겠어요?

"카렌, 나의 진심을 담아서 청혼합니다. 나와 결혼해주겠습니까?"

아, 나의 루센. 물론 제 대답은……!

쾅!

무언가에 사납게 머리를 박았다. 뻐근한 허리가 통증을 호소했다. 바닥에 처박힌 얼굴을 겨우 들었지만 산발이 된 머리가 시야를 가려 앞이 잘 보이질 않았다.

겨우 몸을 감고 있는 이불을 헤집고 나오니 햇볕이 따갑게 창 위로 내리쬐고 있었다. 벌써 날은 한낮에 가까운 듯했다.

나는 낙심하여 다시 바닥에 널브러졌다.

또 꿈이로군.

비척대는 몸을 바로 세워 자리에서 일어났다. 부스스한 머리를 쓸어 넘기자 거울에 피곤한 낯이 그대로 비쳐 보였다. 눈 밑이 검게 물들어 분으로도 가리기 힘겨울 것 같았다.

나는 얼굴을 매만지기를 포기하고 다시 이불 안으로 파고들었다.

꾸던 꿈이라도 이어 꾸었으면 좋으련만, 잠은 완전히 달아난 채 나를 받아주지 않았다.

아아, 루센이 보고 싶다. 루센이 부족해. 그이의 가슴팍을 선명하게 핥고 싶……

아니, 정신 차려야지.

나는 내 뺨을 사납게 두드렸다. 하지만 그래봐야 마땅한 수가 생각나지 않는 것도 사실이다. 울거나 한숨 쉬거나 하는 일이 다신 없도록 하자고 다짐했었으나, 그것은 지키기 어려운 결심이었다.

결국 입술 사이로 낮은 숨이 배어나왔다. 연애를 못해봐 저런 꿈이나 꾸고 있느냐 묻는다면 전혀 사실과 다른 이야기다.

루센 경은 꿈이나 망상 따위가 아닌 실제로 존재하는 남자였다. 또한 그는 나의 하나뿐인 연인이었다.

여기서 중요한 것은, 그것이 미래형이라는 점이다.

나는 회귀했다. 내 피앙세를 두고.

어느 날 잠에서 깨어보니 과거로 돌아왔다더라…… 하는 이야기는, 정말 이야기 속에서만 나오는 이야기인 줄 알았다.

말하자면, 그건 알게 모르게 귀족 여자들 사이에서 유행하던 로맨스 소설에 나오는 단골 소재였다. 다들 앞에서는 품위 없다며 비아냥거렸지만, 암암리에 한 번씩은 구해 읽곤 했던 것.

덧붙이자면 심심풀이로 입에 밀어 넣는 간식 같은, 그런 부류의 글을 나 역시도 읽은 적이 있었다.

여주인공은 누군가에게 비극적으로 죽임당해 불행히 생을 마감한다. 죽었다고 생각했지만 깨어난 그녀를 기다리고 있는 것은 언제나와 같은 아침.

여주인공은 혼란스러워하지만 금방 적응하고, 끝내 자신을 죽음으로 내몰았던 정적을 온화함과 사랑의 힘으로 귀화시킨다. 남자 주인공과의 애절한 사랑은 보너스.

무척 재미있는 이야기지만 주인공이 내가 된다면 말이 좀 다르다. 생각해보라. 지금까지 살아오며 했던 짓을 다시 반복해야 한다는 이야기다. 지겨운 예절 수업과 아버지의 잔소리, 심지어는 다른 영애들과의 신경전까지도 말이었다.

누구든 살면서 되돌리고 싶은 일들이 하나쯤은 있겠지만, 애석하게도 그것은 파티에서 치마에 와인을 엎질렀다거나 하는 별것 아닌 일들뿐, 지금껏 내가 살아온 시간을 포기할 만큼은 아니었다. 신인지 조물주인지 모를 이 주최자가 간과한 점이 바로 그것이었다.

나는 행복하게 잘 살고 있었다. 무척이나, 몹시도, 끝내주게.

나는 소설 속 여자 주인공처럼 적이 많지도 않았고, 내 잘남을 시기하는 영애들의 견제는 귀여운 수준이었으며, 심지어는 나를 끔찍이 위해주는 사랑스러운 연인도 있었다!

약혼자의 이름은 루센 그레미오.

달콤한 금발에 청량한 푸른 눈을 가진, 매혹적이지만 또한 남자다운 생김새, 심지어는 검술 실력까지 어디 한 곳 빠지지 않는 나의 기사. 우리의 연애는 순조롭고 찬란했다.

그와 나의 첫 만남은 내 가까운 친우 로제의 생일 파티에서였다. 막 시골에서 상경한 상태였지만 루센은 고위 귀족들과 비교해도 빠지지 않을 품위를 가지고 있었다.

그 우아하고 자연스러운 매너들이란. 그가 산골짜기에서 올라왔다는 사실이 믿기지가 않을 정도였다.

루센의 본래 태생은 그레미오 후작가의 먼 친척인 작은 남작 가문이었다. 그러나 후작이 씨 없는 참외였는지 후작 부인의 밭이 황무지였는지, 후작가엔 오랫동안 후계자가 없었다.

첩에게서도 자식을 보는 데 실패한 후작은 결국 먼 방계에서 후계자를 물색하기 시작했다. 그렇게 찾아낸 것이 바로 루센이었다.

후작은 루센을 도성으로 불러들이기로 했다. 그러고는 훌륭하게 자라난 그를 보고 흡족해하며 후계자로 못 박았다.

다 건너 건너 아는 사람뿐인 지겨운 사교계에서 새 얼굴의 등장은 충분히 화젯거리였다.

심지어 그 소문의 주인공이 풍채 좋은 미남이라니, 뭇 여인들은 가슴에 사랑을 앓으며 무수한 연애편지를 써 내렸다. 후작가로 쉴 새 없이 날아드는 초대장에 노년의 집사가 곤혹스러워했다는 후문도 돌았다.

멍청한 아가씨들. 연애편지는 하나도 로맨틱하지 않은걸. 그것도 루센처럼 무심한 남자에게는 말이다.

루센의 손끝엔 많은 여인들의 장갑이 스쳐 지났으나, 결국 그를 독

차지한 것은 바로 나였다.

　마침내 그는 내 손을 조심스럽게 잡고 무릎을 꿇어 보였었다. 그리고 진지하게 고백했다. 저와 혼인해주겠느냐고.

　나는 기쁨에 겨워 그에게 몇 번이고 답해주었다.

「물론이지요, 루센. 당신과 결혼하겠어요. 당신의 신부가 되어 영원히 그대와 함께하겠어요.」

　양가 모두가 축복하는 행복한 화합이었다. 사랑을 이루지 못한 비극의 신부도, 정략결혼에 고뇌하는 무뚝뚝한 신랑도 없었다.

　결혼식 전날, 나는 그레미오라는 성을 얻게 될 것을 기대하며 잠에 빠져들었다. 그리고 일어나보니 시간은 3년 전으로 되돌아가 있었다.

　말이 되는 소리인가, 이게 대체.

　잠에서 깨자마자 흥분해 웨딩드레스를 찾는 내게 하녀인 레이는 청천벽력 같은 소리를 남겼다. 그만 잠에서 깨시라고, 아가씨는 결혼할 애인조차 없지 않으냐고 말이다. 그리고 그 멍청한 문답을 열댓 명쯤과 반복하고 나서야 깨달았다. 내가 과거로 돌아왔다는 걸.

　어쩌면 내가 미쳤는지도 모르겠다고 생각했지만, 내 머리 상태는 너무나 멀쩡했다. 그리고 기억 속 과거의 일이 몇 번이고 들어맞고 나자 겨우 나름대로의 결론을 내릴 수 있었다. 나는 과거로 돌아온 것이 맞다고.

　그 깨달음의 기간이 꼬박 3개월이었다. 스스로 말하기 민망하지만, 그 시간은 발광하고 소리 지르고 방에 틀어박히는 복장 터지는 날들의 연속이었다.

어머니는 내 딸이 미쳤다며 매일 울었다. 아버지는 나를 볼 때마다 점잖게 혀를 찼다. 항상 나를 이해해주던 오라버니 알테조차 내 어깨를 쓰다듬으며 이렇게 말했다.

「카렌, 휴양지에라도 다녀오렴. 정신이 맑아질 거야.」

부드러운 투였지만 그 속에 들어 있는 뜻은 명료했다. 네가 지금 좀 정상이 아니구나?

나는 미래에서 돌아왔다는 둥의 믿기 힘든 주장은 존중받기 어렵다는 사실을 겨우 받아들였다. 그리고 결론지었다. 참으로 엿 같지만 돌아온 이 내 인생, 다시 제대로 살아보겠다고.

그렇게 얌전해진 나를 보고 식솔들은 남몰래 안도의 한숨을 내쉬었으리라. 나는 아무렇지 않게 그 일들을 언급하며 내 주장들을 농담거리로 전락시켰다.

「살기가 심심해서요. 장난 좀 쳐봤어요.」

우아한 투로 이렇게 말하는 나를 보고 어머니는 입에 거품을 물었다. 부모 걱정을 그렇게 시키더니 그게 다 가족들을 놀리려고 한 짓이었느냐며 뒷목을 붙잡으셨다.

하녀들은 그런 어머니를 부축하며 나를 불안한 눈으로 흘끔거렸다. 사용인들이 언제나 상냥했던 내게 지어준 친절한 아씨라는 별명이 또라이 아씨로 변모하는 순간이었다. 그동안 쌓아왔던 이미지가 한순간에 무너져 내린 것은 무척이나 가슴 아픈 일이었다.

원래 못하던 사람이 잘하면 괜히 달라 보이고, 잘하던 사람이 못하면 더 실망스럽게 느껴지는 법이다. 나는 내게 경계의 시선을 보내던 하녀들의 얼굴을 가슴 깊이 새겨놓았다. 앞으로 너희는 지속적으로 또라이 아씨의 출현을 보게 될지어다.

그나마 다행이라고 할 만한 것은 내 전담 하녀 레이가 금방 적응을 마쳤다는 점이었다. 그녀는 제 친구인 다른 하녀들에게 이렇게 변명했다.

「아가씨가 원래 좀 깜찍하시잖아요.」

그녀의 친우들이 그 주장을 받아들였을지는 의문이지만, 어쨌든 리플렉츠가는 다시 조용해졌다.

"아가씨, 요샌 그 소리 안 하세요?"

"뭐가?"

"아가씨가 미래에서 오셨다는 얘기."

레이가 내 머리칼을 장난스럽게 흔들며 물었다. 한동안 조용하다 했더니 다시 시작이다. 나를 놀리고 싶은 레이의 심정은 이해한다. 하지만 고작 장난으로 받아들이고 넘어갈 수 있었던 레이와 그것을 실제로 겪은 나 사이에는 크나큰 온도 차가 존재했다.

"농담이었다니까."

내가 귀찮다는 듯 대꾸했다. 그만 치우라는 듯 머리를 까딱였지만, 레이는 아랑곳 않고 꼼꼼히 내 머리칼을 빗어 내렸다.

"그렇지만 저희는 얼마나 무서웠는데요. 얼마나 경황이 없으셨는지 로제 아가씨 생신 파티에도 참석 안 하시고. 로제 님이 많이 서운해하시던데."

나는 그대로 제자리에 굳었다. 감고 있던 눈은 어느새 번뜩 뜨인 채였다. 자리를 박차고 그대로 뛰쳐나갈 심산이었지만, 그만 치맛자락이 다리에 엉겨 꼴사납게 바닥에 엎어지고 말았다.

"아악!"

무릎을 감싸 안으며 바닥을 나뒹굴었다. 입가에서 된소리가 새어나오려는 것을 필사의 자제력을 동원해 억눌렀다. 고통을 참기 위해 이를 뿌득뿌득 가는 소리가 청아하게 울려 퍼졌다.

관절이 깨졌을지도 모른다. 하지만 내 관절 간수 따위가 중요한 때는 아니었다. 아파한 것도 잠시, 나는 부들거리는 손을 뻗어 레이를 붙잡았다. 귀신 같은 내 몰골에 레이가 두렵다는 듯 걸음을 뒤로 물린다.

안 잡아먹어. 얘, 그러니까……

"오늘이 며칠이지?"

내가 헐떡거리며 물었다. 레이가 무슨 말이냐는 듯 입을 벌리고 나를 쳐다봤다. 나는 다급하게 그녀를 다그쳤다.

"오늘이 며칠이냐고!"

"아가씨, 그건 갑자기 왜……."

"달력, 달력! 달력 줘봐!"

내 몸을 지탱해주던 레이가 재빨리 명령을 따라 자리를 떠난 통에 그만 자리에서 주르륵 미끄러졌다. 나는 카펫 문양을 하염없이 내려다보며 "아닐 거야. 아니라고. 어떻게 그런 일이……." 따위의 말을 중얼거렸다.

머지않아 의아한 얼굴의 레이가 달력을 들고 내게 돌아왔다. 나는 그녀가 "여기요." 하고 내미는 종이를 다급하게 받아 들었다. 그리고는 두 눈을 부릅떴다.

2주 전이었다, 로제의 생일 파티는. 어떻게 이걸 잊고 있을 수 있었을까. 이게 대체 말이나 되는 소리야?

그대로 바닥에 얼굴을 처박았다. 이럴 수는 없는 일이었다. 하늘에 신이 있다면 3년이란 추억을 앗아 간 것도 모자라 내 입에 친히 엿까지 쑤셔 넣어서는 안 되는 거였다. 나는 흡사 다 죽은 듯한 음성으로 중얼거렸다.

"생일 파티에…… 못…… 갔어……."

"괜찮아요, 아가씨. 로제 님도 이해해주실 거예요."

레이가 나를 위로하듯 말했다. 나는 광적으로 고개를 흔들었다. 레이가 기겁하여 뒤로 물러섰다. 퇴로를 찾는 듯 두 눈이 조심스레 문가를 찾는다.

"아니, 그게 문제가 아니야. 그런 문제가 아니라고……."

나는 미끄러진 자세 그대로 몇 번이고 말을 반복했다. 레이는 도망갈 것인지 주인을 챙길 것인지를 고민하다가, 결국 걱정스러운 투로 "괜찮으세요?" 하고 다시 나를 잡아당겼다. 평소라면 그녀를 안심시키기 위해 억지 미소라도 보였을 것이다. 그러나 지금만은 도저히 대답해줄 정신이 없었다.

못 갔다.

과거에 루센을 처음 만났던 곳, 로제의 생일 파티에.

이건 운명의 장난이다. 내 행복을 시기한 누군가의 음모다. 아니, 제발. 이건 꿈이다!

그러나 아무리 팔뚝을 쥐어뜯어도 이 빌어먹을 상황은 변하지 않았다.

낙심하여 그대로 두 팔에 얼굴을 묻었다. 레이가 들여보내달라며 방 밖에서 문을 두드려댔지만, 도무지 그녀를 상대할 정신이 없었다. 나는 부들부들 떨리는 손으로 레이가 가져왔던 달력을 들어 올렸다.

아까도 보았듯, 양피지에 적힌 로제의 생일 파티는 정확히 2주 전을 가리키고 있었다. 루센과 첫 대화를 나누었던 저 기념비적인 날을 내가 까먹었을 리가 없다.

나는 술을 깨기 위해 정원에 나와 있었고, 루센은 많은 인사들을 상대하느라 바쁜 나머지 숨을 돌리려 그곳을 찾았었다. 서로를 발견하고 우리는 부끄럽게 시선을 주고받았었지.

나는 꽃을 쓰다듬으며 그에게 조심스럽게 말을 걸었었다.

「당신이 루센 경인가요?」
「영애는 누구시기에 제 이름을 알고 계십니까?」

그때의 루센은 나름대로 순진한 구석이 있었다. 막 도성에 올라온 시점이라 사교계를 잘 파악하지 못했던 듯도 싶다. 남의 일을 떠들어대는 것 외엔 할 일이 없는 이 좁디좁은 곳을 말이다.

나는 그런 그를 향해 가벼운 눈웃음을 지었다.

「저는 리플렉츠가의 장녀 카타리나라고 해요. 저를 아는 사람들은 다 줄여서 카렌이라고 부르죠.」
「만나서 영광입니다, 카타리나 양.」

그렇게 말하며 루센은 내게 부드럽게 웃어 보였다. 그리고 그 뒤로 흘러나왔던 낭만적인 연주곡, 그 아름다운 선율이 배어든 밤은 별처럼 반짝였다.

별다른 대화는 없었지만 나는 느낄 수 있었다. 우리 사이에 무언가가 싹트고 말았음을. 그것은 루센도 그리 다르지 않았을 것이다. 훗날 루센은 내게 고백했다. 그날 밤, 저는 나에게 첫눈에 반했었다고.

그런데 멍청한 실수로 그 운명적인 만남이 없던 것이 돼버리다니.

나는 현실을 인정하지 않았던 스스로의 못난 전적을 원망했다. 그러고는 이 해괴한 초자연 현상에 걸쭉한 욕설을 쏟아냈다. 문틈으로 흘러나갔을 험악한 단어들에 덜컹대던 문가에 정적이 어렸다. 레이가 그만 자리를 비킨 듯싶었다. 나는 무릎에 얼굴을 처박고 속으로 외쳤다.

신이여, 어째서 제게 이런 시련을 주시나요? 내가 행복한 게 눈꼴시기라도 했나? 너무 남부럽지 않게 잘 살아서? 응? 그게 문제야?

그러나 아무리 신을 원망해도 루센과의 행복했던 날들이 돌아오는 일은 없었다. 그 사실을 깨닫자 안 그래도 울상이던 얼굴에 주룩주룩 비까지 내렸다.

나는 흐르는 눈물을 닦지도 못하고 한참 구성진 울음을 쏟아냈다. 과거로 돌아왔다는 사실을 받아들이기로 한 기점부터 멈추었던 눈물이지만, 도저히 이 상황을 아무렇지 않게 배겨낼 수는 없었다.

겨우 고개가 들린 것은 한참 후의 일이었다. 다행히도 내 마음가짐의 방향은 술병을 들고 '마시고 죽자.'고 외치는 대신 루센을 되찾겠다는 다짐으로 흘러갔다.

그래, 이렇게 신세한탄이나 하고 있을 때가 아니다. 고작 한 번의 실수로 루센과 나 사이가 틀어지는 게 말이나 되는가.

서로에게 속삭였던 달콤한 밀어 중에는 이런 것도 있었다. 설마 다시 태어난다 하더라도 우리는 서로를 꼭 알아보고야 말 것이라고, 우리의 운명은 그러기에 충분하다고 말이다.

다시 태어난 것도 아니고 누구 하나 성별이 뒤바뀐 것도 아니다. 상황이 그리 최악은 아니었다. 나는 이전의 카타리나이고, 그는 이전의 루센이다. 그런 우리가 다시 사랑에 빠지기가 그리 어려울 리가 있나.

그대로 자리를 박차고 일어나 화장대 앞에 앉았다. 아까 구겨 던져 버렸던 달력은 상판 끄트머리에 초라하게 놓여 있었다. 나는 주름진 양피지를 꼼꼼히 펴고는 펜을 꺼내 들었다.

그래, 우리의 첫 만남이 고작 몇 주 뒤로 변한다고 해서 별 상관이야 있겠어.

나는 사나운 기세로 종이에 글씨를 휘갈겼다. 그러고는 큰 소리로 레이를 불렀다.

"레이, 레이! 거기 있어?"

"아가씨?"

아직 자리를 떠나지는 않았던 듯 조그마한 대꾸가 들려왔다. 나는 뛰듯이 문가로 걸어가 잠금을 풀었다. 문틈이 다물렸던 입을 벌리자, 그 사이로 걱정스러운 표정을 지은 레이가 나를 올려다보았다.

"괜찮으세요, 아가씨? 갑자기 왜 그러시는 거예요? 아버님 또 걱정하세요."

"아버지한테 말씀드렸어. 혹시?"

"아뇨. 또 괜히 염려하실까 봐……."

"잘했어, 잘했어. 그건 됐고, 얼른 이리 들어와봐."

급하게 그녀의 손을 잡아끌어 방 안으로 들였다. 하도 서둘렀던 통에 레이는 그만 내 발에 걸려 넘어질 뻔도 했다.

다행히 둘이 휘말려 방바닥을 구르는 비극적인 사고는 나지 않았고, 레이는 잠시 휘청거리다 금방 중심을 잡았다. 나는 그런 그녀를 화장대 앞으로 끌고 갔다. 그러고는 내가 끼적거리던 양피지를 곧장 내보였다.

"이번 달에 있는 파티가 또 어디어디가 있지? 좀 규모가 크고, 사람들이 많이 올 만한 거."

"파티요?"

내 물음이 의외였던지 레이가 눈을 동그랗게 떴다. 고개를 갸웃거리는 폼이 미심쩍긴 했지만, 모르고 있지는 않았던 듯 그녀는 금방 대답을 내어놓았다.

"가장 가까운 거라고 치면, 이날에 제냐 백작가에서 파티를 하나 열어요. 딱히 의미가 없고 정기적인 모임에 가깝긴 하지만, 사람들이 많이 모이기는 하죠."

그러더니 말똥말똥한 눈으로 나를 응시한다.

"이건 왜요?"

나는 그녀의 질문을 무시하고 조심스럽게 입을 열었다.

"유명하지만 내세울 친분이 없는 사람들도 많이 올까? 예를 들면 루센 경…… 같은?"

사실 굳이 그를 예로 들 필요도 없이, 유명하지만 내세울 친분이 없는 사람은 루센 경 하나뿐이었다.

내 질문의 속뜻을 알아차렸는지 레이가 음흉한 얼굴로 입을 가리고 웃었다.

"제가 듣기로는 루센 경도 방문하실 거라고 했어요."

"그래?"

나는 반색하며 환히 웃었다. 그러나 레이는 이번에는 조금 걱정스럽다는 표정을 지어 보였다.

"근데 괜찮으시겠어요?"

내가 의문스러운 얼굴로 되물었다.

"왜?"

"지금 루센 경 보러 가시겠다는 거잖아요."

"그래, 뭐 문제 있어?"

조금 낯부끄러운 얘기이기는 했지만, 나는 애써 당당한 척해 보였다. 레이가 또 이 일을 꼬투리 잡고 나를 놀리려 들까 싶었던 탓이었다. 그러나 막상 그녀가 꺼낸 말은 전혀 예상하지 못했던, 또한 충격적인 이야기였다.

"루센 경이 이 파티에 참석하시는 게, 그 댁 차녀와 저번에 연이 닿아서라던데요?"

뚜둑, 하도 힘을 주었기 때문인지 쥐고 있던 펜촉이 힘없이 꺾였다. 내가 삐걱거리는 소리를 내며 고개를 돌렸다.

"뭐?"

"루센 경이 제냐가의 차녀와……."

"응, 그래. 들었어. 루센 경이 제냐가의 차녀와 뭐 어쨌다고?"

내가 입꼬리를 끌어 올리며 되물었다. 느리게 의자에 앉아 다리를 한 차례 꼬고, 발끝을 우아하게 까딱였다. 레이의 눈이 슬그머니 바닥을 찾았다.

"아뇨……, 아니, 저는 아무 말도 안 했어요."

"너 지금 왜 내 눈을 피하니? 응? 내가 뭐라고 했니?"

레이의 눈동자가 갈 곳을 찾지 못하고 방황했다.

"아뇨, 제가 잘못 생각했나 봐요. 제가 잘못 들은 게 분명해요, 아가씨."

나는 그제야 흡족한 표정을 지어 보였다. 그러고는 던지듯 들고 있던 펜을 내팽개쳤다.

"간다."

내가 잇새로 씹듯이 내뱉었다. 레이의 눈이 함지박만 해졌다.

"네, 네?"

"저 파티, 간다고. 참석하겠다는 답신을 보내."

귀족가의 아가씨들은 할 일이 많지 않다.

새로 유행하는 드레스가 어떤 스타일인지, 희귀한 품종의 차는 어떤 맛인지.

숙녀라고 불리는 이들이 떠들 수 있는 주제는 그런 별것 아닌 일들에 한정했다. 평민들이나 읽는다며 폄하했던 로맨스 소설이 그네들 사이에서 암암리에 유행했던 것도 그 때문이었다. 영애들은 언제나 심심했다.

그러나 그러한 무료함을 달게 적시는 것들이 있었으니. 이를테면 새로 등장한 멋진 신사의 짝이 누가 될까 하는 추측은, 충분히 매력적인 화두가 될 수 있다.

그러니까, 그 말 지어내길 좋아하는 사람들이 헛소문을 떠들어댄 것도 하루 이틀 일은 아니라는 소리다. 나는 교양 없이 흥분했던 것을 반성하며 등받이에 몸을 기댔다. 제냐 백작가의 차녀라고 했지.

아를르 제냐, 그녀는 나도 이전에 보아 알고 있는 상대였다. 붉은 머리를 가진 제법 귀여운 여자였지만, 제 아랫것들에게 함부로 대하기로 소문이 자자한 이이기도 했다. 그 사실을 떠올리고 나니 더욱 마음에 평화가 찾아왔다.

루센이 그런 성격 나쁜 여자와 염문을 뿌릴 리가 있나. 분명 루센을 제 것으로 하기 위한 여자의 속셈이 분명했다. 성공하면 그 대가는 충분하겠지만, 거짓으로 밝혀진다면 어지간히 자존심이 상할 텐데. 몹시도 뻔뻔한지고. 내 입꼬리가 아무렇게나 씰룩거렸다.

"아씨, 도착했습니다."

마부가 종착지에 다다랐음을 알리고, 동시에 마차의 문이 열렸다. 문 바로 앞에 선 제냐가의 사용인이 내게 정중히 고개를 숙여 보였다.

"부디 즐거운 시간 되시기를."

하얀 천을 두른 팔이 무도회장을 가리켰다. 나는 "고마워요." 하고 작게 답례하며 사뿐히 걸음을 옮겼다.

레이가 말한 파티는 그날로부터 고작 이틀 뒤였다. 갑작스럽게 밝힌 참석 의사에 제냐가는 곤혹스러워했겠지만, 나 역시 남을 신경 쓸 만한 처지는 아니었다.

쓸 만한 드레스며 장신구를 사들이느라 리플렉츠가의 사용인들은 오랜만에 무척 바쁜 한때를 보내야 했다. 이런 디자인은 어떻겠냐고 권하는 장인들에게 나는 몇 번이고 손을 까딱였다.

「다시.」

「아니, 다른 거.」

「그거 말고 조금 더 밝은 거.」

「화려하면서 수수한 것 말이야. 내 말뜻 모르겠어?」

「색깔이 좀 많이 섞여 있으면서도 단순한 느낌이 났으면 좋겠는데. 밝으면서도 어두운, 화사하지만 무채색이 섞인…….」

「느낌적인 느낌으로, 드레스인 듯 드레스 아닌 드레스 같은. 내 말 무슨 뜻인지 알지?」

「뭐? 모르겠다고? 당신이 그런데도 도성 최고의 재봉사라고 할 수 있어?!」

　그는 끝내 울면서 내 방을 뛰쳐나갔다.
　그가 리플렉츠가를 나서며 이렇게 외쳤다는 후문도 심심찮게 들려
온다.

「이 미친 집안, 다시는 안 와!」

　말 지어내기를 좋아하는 하인들의 이야깃거리일 뿐인지, 그게 진정
그 재봉사의 마음의 소리였는지 파악할 수는 없다.
　어쨌든 다행인 건 그가 가져왔던 드레스 중에서 내 마음에 차는 것
이 하나는 있었다는 점이다. 루센이 이런 내 정성을 알아야 할 텐데.
　아는 사람들끼리 모이는 자리라고 했지만, 제냐가의 위세 때문인지
모인 객은 많고도 많았다. 애초에 파티가 열린 홀조차도 간소하다 말
할 수 있는 규모는 아니었다. 내부를 천천히 살피자 각양각색의 사람
들이 눈에 들어온다.
　루센을 찾아보려 했지만, 하도 사람이 많았던 통에 바로 발견하기
는 쉽지 않았다. 나는 먼저 사람들 틈에 섞여 그를 기다리기로 했다.
그런 내게 먼발치에서 아는 얼굴이 다가왔다. 내가 난동을 피우는 동
안 쓸쓸히 생일을 지내야 했던 불쌍한 친우 로제였다.
　"카렌!"
　그녀가 드레스 자락을 쥔 채 뛰듯이 내게 걸어왔다. 파티에 참석한
다고 미리 언질을 주어 알고 있었을 텐데도 얼굴에 잔뜩 화색이 돈 것
이, 내가 많이 반가웠던 모양이었다.
　내게로 다가온 로제가 내 손을 붙잡아 제게로 끌어당겼다. 엉겁결

에 끌려간 나는 그대로 그녀에게 귓가를 내주었다. 로제가 눈물이 그렁그렁한 눈으로 내게 다정히 속삭였다.

"죽고 싶니? 네 생일엔 물랑에서 세공한 목걸이를 받아 처먹어놓고 내 생일엔 안 와?"

3년 전으로 돌아왔음에도 변함없이 깜찍한 친구다. 나는 그런 그녀를 기꺼이 끌어안았다. 미안, 정신이 좀 불편했어.

"너 말 잘했다. 너 없는 사이 소문이 얼마나 흉흉하게 돌았었는데."

내게는 로제의 얼굴이 더 흉흉해 보였다. 그녀가 팔짱을 낀 채 고압적인 눈으로 나를 내려다보았다. 안 그래도 로제는 나보다 키가 반 뼘 정도 컸는데, 오늘은 높은 굽의 구두를 신고 왔는지 눈높이가 한참 위에 있었다.

나는 그녀를 향해 뻐근한 목을 애교 있게 흔들어 보였다. 물론 로제는 본 척도 않았다.

"왜, 나 걱정했니?"

"아니, 미친년 친구라고 소문날까 봐 나를 걱정했어."

"사실 나도 기대도 안 했단다."

다시 인자한 미소를 지으며 로제를 끌어안았다. 그러고는 손끝이 닿지 않도록 조심하며 서로의 어깨를 가볍게 두드렸다. 오고 가는 대화는 한없이 험악했지만, 우리는 더없이 가까운 하나뿐인 친우였다. 로제는 내 결혼식 전날 나를 붙잡고 결혼하지 말라며 펑펑 울었다.

귀여운 로제, 나는 네 속마음을 알고 있단다.

"너 미래에서 왔다고 말하고 다녔다며?"

"그것까지 소문이 났니?"

"아니, 소문은 네가 난동을 피웠다는 것까지만 났지. 알테 오라버니가 말해주던데. 네가 좀 제정신이 아닌 거 같으니 가서 달래주라고 말이야."

"근데도 안 와봤구나?"

"내게 네 병문안 갈 시간이 어디 있니?"

로제가 한심하다는 눈으로 나를 쳐다봤다.

설마…… 앤 단순히 내가 자기보다 먼저 시집가는 게 싫어서 울었던 건가?

"세상에, 저기 좀 봐."

로제가 호들갑을 떨며 내 어깨를 두드렸다. 나는 그만 때리라며 그 손을 붙잡고는 그녀가 가리킨 곳을 쳐다보았다.

로제가 흥분한 기색으로 내게 속삭였다.

"저게 소문의 루센 경이야."

아아, 금발에 푸른 눈, 입가에 서린 부드러운 미소, 그리고 저 한 치 흐트러짐 없는 자세. 어쩜 저토록 여전한지.

루센을 다시 만났다는 사실은 몹시 감격스러운 일이었다. 나는 잔뜩 고무되어서는, 그만 그를 향해 튕기듯 뛰쳐나갈 뻔도 했다. 로제가 내 팔을 붙잡으며 '이 미친년 좀 보게.' 하는 눈빛을 보내지 않았더라면 그대로 첫 만남을 망쳐버렸을지도 모른다.

나는 가볍게 헛기침을 하며 고상한 표정을 띠었다.

"뭐, 그럭저럭 봐줄 만하군."

"입에 침이나 좀 닦지?"

내 상태가 그리 좋아 보이지는 않았던 모양이었다. 나는 로제를 무시하고 먼발치에 선 루센을 우수 어린 눈으로 응시했다.

그래요, 루센. 내가 당신의 짝이에요. 우리는 곧 다시 사랑하게 될 거예요. 이번에야말로 결혼식 전날에 과거로 돌아가는 일은 벌어지지 않겠죠?

나는 떨리는 마음을 애써 가라앉히며 조심스레 말을 꺼냈다.

"가서 말이라도 좀 걸어볼까?"

"아서, 아를르 제냐 성격 너도 알잖아?"

"그 여자가 왜?"

내가 루셴에게 시선을 고정한 채 대수롭지 않게 물었다.

"아팠다더니 진짜구나? 얼마나 정신이 없으면 그 소식도 못 들어?"

그때였다. 홀로 서 있던 루셴에게 누군가가 다가온 것은.

가지런히 틀어 올린 붉은 머리. 세심하게 장식된 반짝이는 드레스. 루셴의 팔에 감기는 하얗고 가는 손. 수줍은 미소를 지은 아를르 제냐. 그리고 그녀를 보고 마주 웃는 루셴.

"지난번 내 생일 파티에서 둘이 눈이 맞았다잖아. 정원에서였다던가. 그때 선곡이 좀 로맨틱하긴 했지."

로제가 내 옆에서 여러 이야기를 늘어놓았지만, 나는 차마 대꾸할 정신이 없었다. 모아 쥔 손에 잔뜩 힘이 들어갔다. 그 두 남녀에게 시선을 못 박은 채 떼어낼 수 없었다.

루셴, 다른 여자를 보고 웃는 나의 루셴. 회귀하고 난 후 처음으로, 나는 예감과도 같이 깨달았다. 무언가 이상하게 어그러지고 말았다는 것. 그리고 그 균열을 어디서부터 걷잡아야 할지 알 수 없다는 점.

어쩌면 결혼식 전날 다시 과거로 돌아갈 것을 걱정할 것도 없이, 아예 그런 미래 자체가 없을지도 모른다는 사실을.

"카렌."

"허허……."

"카렌!"

"허허허……."

나를 반복해서 부르던 로제가 별 정신 나간 여자를 다 본다는 듯 미간을 구겼다. 구릿한 분위기 때문인지 종종 왕래하던 타 가문의 영애들도 우리에게 다가오지 못하고 있었다.

나는 의자 등받이에 몸을 기댄 채 계속해서 헛웃음을 흘렸다. 이상하다. 하나도 안 웃긴데 웃음이 나온다.

정신 차리라는 듯 내 어깨를 흔들던 로제의 얼굴이 점점 심각하게 변해갔다.

"수도 근처의 괜찮은 요양병원이 어디였더라."

"나 안 아파……. 허헛, 허허헛."

"아니, 이 부분이 아파 보이는데. 그것도 좀 많이."

로제가 그렇게 말하며 내 뒤통수를 쿡쿡 찔렀다. 감정이 담겼는지 눌러오는 손끝이 뾰족했다.

새삼 울컥한 감정이 솟는다. 나는 분명 잘 살고 있었는데, 왜 과거로 돌아와서는 모든 사람들에게서 미친년 취급이나 받고 있는 거지? 나는 이제 어떡하면 좋지?!

"로제에…… 로제야……."

"아씨, 콧물!"

로제가 기겁하며 내 머리통을 밀어냈다. 친구 품에 안겨 회포라도 풀어보려고 했다가 그대로 나가떨어지고 말았다.

나는 로제의 어깨에 얼굴을 묻는 대신 테이블에 처박힌 머리를 아무렇게나 비비적거렸다. 지나가는 사람들이 내 엉망인 몰골을 보고 한 번씩 쑥덕였다.

저 여자 카타리나 아냐?

어머어머, 웬일이래. 미쳤다더니 그 소문이 사실인가 봐.

로제의 얼굴이 점차 붉게 달아올랐다.

"야, 안 되겠다. 나가자. 아, 나가자고!"

"내 상냥한 친구 로제. 그래, 세상은 혼자 사는 거야. 남자가 다 무슨 상관이니?!"

"아오!"

로제가 내 겨드랑이에 손을 찔러 넣으며 나를 일으켜 세웠다. 나는 짐짝처럼 그녀에게 끌려 나갔다.

어디 사람 눈이 닿지 않는 곳이 없을까 주변을 살피던 로제는 결국 외부로 발길을 돌렸다.

파티가 한창 무르익었을 때에나 인기 있는 정원엔, 당연히도 별다른 객이 없었다. 사람 눈이 닿지 않는 곳에 와서야 로제는 나를 던지듯이 내려놓았다.

나는 꺽꺽거리며 나무를 끌어안았다. 환장하겠다는 얼굴을 하던 로제가 방식을 바꾸어 내 앞에 무릎을 굽히고 앉았다.

"카렌, 나 봐봐. 괜찮아? 집에 가서 쉴래?"

아니, 난 하나도 괜찮지 않아. 아를르 저 망할 년이 내 자리를 차지했다고.

나를 두고 다른 년이랑 눈이 맞다니. 말미잘! 해삼! 호랑말코 같은 루센!

"내 말 듣고는 있니?"

"엉엉, 엉엉!"

"마차 불러올게. 기다려라."

제정신이 아니야, 제정신이…….

로제가 고개를 절레절레 흔들며 멀어졌다. 나는 혼자 남겨져 코를 훌쩍거렸다. 눈물샘이 위로받고 싶었는지 달래줄 사람이 떠나가니 점차로 울음이 멈췄다.

엉킨 머리에서 마른 잎이 투둑투둑 떨어졌다. 젖은 얼굴을 손가락으로 더듬자 검댕이 묻어나온다. 머리는 잔뜩 엉켰고, 화장은 다 번졌고, 심지어는 드레스조차 넝마처럼 구겨졌다. 나무에 긁힌 팔에는 생채기가 나 있었다. 루센의 앞에서 교태를 부리고 있을 아를르 제냐를 생각하자 내 비참한 몰골이 더욱 대비되었다. 심지어 몸을 구기고 있었더니 팔다리까지 저려왔다. 이대로 돌아가면 내가 다 나았다고 안심하고 있던 부모님의 표정이 어떻게 굳어갈지, 안 봐도 대충 상상이 간다.

될 대로 되라지.

굽히고 있던 두 다리를 완전히 펼쳐 아무렇게나 앉았다. 조금 진정됐다고 생각했더니, 이번에는 다시 비식비식 입가에서 웃음이 흘렀다. 분명 정원에서 만났다고 했다. 아를르 제냐와 루센은. 내가 서 있었던 그 자리에, 이번에는 아를르 제냐가 서 있었을까. 그래서 루센은 이번에도 똑같이 사랑에 빠졌을까.

그렇다면 루센에겐, 상대가 누구든 상관없이 그 자리에 서 있기만 했으면 되었던 걸까.

내가 반대되는 입장이었어도 그와 같았을지 고민해보았지만, 답은 나오지 않았다. 루센의 마음을 어떻게 돌려야 할지도 알 수 없다. 루센은 그때 나에게 첫눈에 반했다고 말했다. 만약 이번엔 아를르에게 첫눈에 반한 것이라면, 나에겐 과연 기회가 있는가.

건너편에서 부스럭거리는 소리가 들려왔다. 나는 게슴츠레하게 눈을 떴다. 멀리서 천천히 걸어오는 인영은 마치 환상 같았다.

금발 머리에 푸른 눈을 가진 나의 연인. 단정한 걸음걸이의 루센. 다시 내게 와서 사랑을 말해줘요. 루센…….

루센?

벌떡 자리에서 일어나 수풀 뒤에 황급히 숨었다. 그러나 뒤가 막다른 곳이었던지라 더 몸을 가릴 곳은 보이지 않았다. 루센이 이곳엔 웬일일까. 하필 이 타이밍에, 이곳에!

루센이 사람이 많은 곳을 그다지 좋아하지 않는다는 사실은 나 역시 잘 알고 있었다. 그는 보여주기 식 친목을 다진 후엔 곧잘 정원에서 시간을 보내곤 했다. 항상 그의 옆에 있었던 사람이 나였기에 잊지 않았다. 지금 루센의 곁엔 아를르가 보이지 않는다는 사실이 그나마 다행일까.

그러나 그리 안심할 수는 없는 법이었다. 루센의 발걸음이 점점 더 내게로 다가오고 있었으니까. 더는 몸을 가리기도 힘겨운 거리였다. 나는 다급히 주변을 살폈다. 바로 옆자리엔 정원사가 손질을 하다 그대로 놔두고 갔던 듯 사다리와 함께 여러 도구가 널려 있었다.

나는 재빨리 바닥에 떨어진 가위를 집어 들었다.

그래, 정원사인 척……!

"거기 계신 영애는 누구십니까?"

드레스 입은 정원사라……, 어지간히 말이 되는 소리여야지.

내 행색이 수상하게 느껴졌는지 루센이 미간을 좁힌 채 걸어왔다. 나는 가위를 들고 그를 등진 자세 그대로 굳었다.

맙소사, 이건 말도 안 돼. 이런 몰골로 루센과 처음 마주치다니.

우리의 첫 만남은 결코 이렇지 않았다. 나는 머리부터 발끝까지 정돈되어 있었고, 그래서 그에게 여유 있는 미소를 지어 보일 수 있었다.

그러나 지금의 나는 어떤가. 화장이 잔뜩 번진 얼굴은 꼴사나울 것이 분명했다. 나는 그를 돌아보지 않고 숨만 헐떡였다.

루센이 미심쩍은 목소리로 다시 내게 말을 건넸다.

"영애?"

"예, 예."

머리칼로 최대한 얼굴을 가리며 반쯤 몸을 틀었다. 그러나 그대로도 내 볼품없는 모양새를 짐작하기엔 무리가 없었던 모양이었다. 루센이 짐짓 걱정스럽다는 듯한 표정을 지어 보였다.

"무슨 험한 일이라도 당하셨습니까. 상태가……."

그가 말을 다 잇지 못했다. 나는 기겁해서는 거칠게 고개를 휘저었다.

"아니요, 험한 일이라→니요╱!"

젠장…….

알게 모르게 루센과 내 거리가 멀어졌다. 반걸음 정도를 뒤로 물린 루센이 어색하게 웃었다. 그만 자리를 피하고 싶다는 의사가 확연해 보인다.

나는 엉망인 상황을 수습하려 머리칼을 귀 뒤로 쓸어 넘겼다.

"음, 사실 정원을 좀 정돈해보려고 하다가……."

그러고는 그를 향해 수줍게 웃어 보였다. 그러나 눈두덩이 온통 검은 여자의 수줍음이 과연 수줍음으로 받아들여졌을지는 알 수 없다. 루센이 내 가위에 흘긋 시선을 주었다. 나는 내 여성스러움을 어필하기 위해 사뭇 청순한 표정을 지어 보였다.

"나무들을 위해 저는 항상 이렇게 가위를 준비해 다니지요."

"그렇군요."

루센이 심각하게 고개를 끄덕였다.

그래요, 루센 경. 제가 이렇게 세심한 여자랍니다.

나는 지난 만남에서 쓰다듬었던 꽃 대신, 이번엔 덩굴 잎을 부드럽게 쓸어내렸다.

"이런 모난 아이들은 싹을 잘라버려야 해요. 외관상 어울리지 않는 것들은 제 미학에 위배되거든요…….."

내가 그리 말하며 가위를 잘그락거렸다. 그에 그치지 않고 이가 부닥치며 험악한 소리를 낸다. 그와 연이 닿았다는 백작가의 차녀가 떠올랐기 때문은, 물론 아니었다.

아를르 제냐를 떠올리자 새삼 울컥한다. 속으로 몇 번이고 진정하라는 말을 중얼거리고 나서야 겨우 떨리는 속을 가라앉힐 수 있었다. 나는 흘긋 그의 얼굴을 올려다보았다가, 가슴이 떨려 다시 시선을 떨구었다. 그의 얼굴을 보고 있자니 말도 안 되는 상상이 나를 충동질한다.

그에게 사실을 털어놓아볼까. 그는 내 말을 믿어주지 않을까. 우리가 주고받았던 사랑과 시간들이 이렇게 허무하게 사라질 수는 없는 법이지 않은가.

내가 떨리는 목소리로 입을 열었다.

"상냥한 루센 경, 알고 계시나요? 당신과 저는 처음 보는 사이가 아니랍니다."

"예?"

루센이 의아한 얼굴로 되물었다. 어디서……. 이어 그가 긴가민가한 목소리로 중얼거렸다. 나는 그에게 한 걸음 다가섰다. 조심스럽게 두 손을 모으며 고개를 숙였다.

"이런 제 말을 믿지 않으실지도 몰라요. 저도 믿어지지 않으니까요. 하지만 저는 거짓을 말하는 것이 아니에요. 경……, 저는 경의 연인이었어요."

가슴이 두근거리고 숨이 가빠진다. 그가 내 말을 믿지 않으면 어떡하지. 믿어주었으면 좋겠다. 제발.

"제 이름은 카타리나 리플렉츠, 당신의 하나뿐인 약혼자였죠."

"카타리나 리플렉츠……?"

루센의 눈가가 가볍게 경련했다. 내 이름을 듣고 어떤 기시감이라도 느낀 것일까. 나는 기대에 차 말을 이었다.

"어쩌다 이렇게 됐는지 모르겠어요. 우리는 분명 결혼을 약속했었죠. 당신은 제게 아름다운 장미 꽃다발을 바치며 청혼했어요. 그리고 결혼식 전날, 저는 잔뜩 기대에 차서 잠에 들었죠. 하지만 깨어나보니 지금으로 돌아와 있더군요."

"제가 그대에게 청혼을……."

"믿기 힘든 이야기라는 걸 알아요. 저도 처음엔 믿지 못했고요. 하지만 제 말이 진실인 것도 사실이에요. 그대가 제 이야기를 믿을 만한 증거를 말해볼까요? 저는 당신이 집무실에서 종종 의자에 기댄 채 잠에 드는 걸 알아요. 집사인 플랜 씨가 들어와서 그런 당신을 깨우곤 하죠. 그건 당신이 수도에 오기 전 지냈던 고향에 있었던 풍습 때문이에요. 꿈의 신을 모시는 그곳에선 잠이라는 행위를 중요시했죠. 그곳 사람들은 낮잠을 게으른 행위라고 생각하지 않는다고, 당신이 내게 말해주었었어요."

나는 더듬더듬 그에 대해 알고 있는 사실을 털어놓았다. 루센의 눈이 크게 뜨였다.

"그걸 어떻게……."

가늠할 수 없을 만치 멀리 떨어진 지방의 풍습이었다. 잘 알려지지 않은 것이 당연했다. 그것도 루센이 그레미오가의 양자로 들어온 지 얼마 되지 않은 시점에는 더더욱 말이다. 루센의 눈이 혼란으로 흔들렸다. 그의 발걸음이 천천히 내게로 가까워졌다.

진중하고, 또 무겁게. 루센이 커다랗고 따뜻한 손으로 내 손을 붙잡았다.

"그렇군요, 카타리나 양. 내가 내 운명을 미처 알아보지 못했어요."

손에 힘이 빠져, 나는 들고 있던 가위를 떨어뜨렸다. 그대로 주저앉고 싶은 심정이었다.

아아, 역시 진심은 통하는 법이었다. 그는 내 말을 믿어주었다. 아를르와 함께 있는 그를 보고 얼마나 마음을 졸였던가, 그러나 결국 루센은 내게 돌아와…….

"빨리 와서 결박해."

루센 경이 뒤쪽에 흘긋 시선을 주며 차가운 목소리로 말했다. 내 팔을 붙잡은 손이 몹시도 단단했다. 마치 허튼짓을 못하도록 막으려는 듯이. 나는 그에게 안기려던 기쁜 얼굴 그대로 제자리에 굳었다.

"스토커다. 나에 대해 아주 상세히 알고 있었어."

어디서 나타났는지 모를 기사들이 내 주위를 둘러쌌다. 나는 황급히 그들을 둘러보았다. 남자들이 내 팔을 붙잡고 루센에게서 떨어뜨렸다.

거짓말이지, 이거 꿈이지?

황망한 시선이 마침내 루센에게 가 닿았다. 기사들 중 하나가 루센에게 다가가 손수건을 내밀었다. 더러운 것이 묻었다는 듯, 손수건을 받아 든 루센이 제 손을 닦아냈다. 그가 불쾌한 티를 숨기지 않은 채 말했다.

"리플렉츠가의 장녀가 요즘 제정신이 아니라더니 그 소문이 사실이었군."

"루센 경!"

내가 갈라진 목소리로 소리쳤다. 그가 내게 저지른 짓을 믿을 수 없었다. 나를 다정하게 끌어안아주던, 내게 사랑을 속삭이던, 다른 누구도 아닌 루센이 나를 기만했다! 그는 내 말을 믿지 않은 것도 모자라 나를 미친 여자 취급하고 있었다.

"댁까지 조심히 모셔다드려라."

그 말을 남긴 채 루센은 발걸음을 돌렸다. 흘긋 나를 돌아보던 눈이 무기질적으로 스쳐 지난다. 나는 속이 북받쳐 입을 뻥긋대기만 했다. 그에게 가지 말라고 소리치고 싶은데, 도통 입 밖으로 목소리가 나오질 않았다.

가지 마요, 루센 경. 내 사랑, 내 연인, 내 피앙세!

야, 이 신발 새끼야!

그러나 끝내 루센은 내게로 돌아오지 않았다. 멍청하게 제자리에 못 박힌 나를 기사들이 끌어당겼다. 멀어지는 루센을 보자 가슴 깊이 무언가가 끓어오른다.

이건 뭘까. 실망? 슬픔? 아니면 배신감?

아니, 이건 분노다!

"이거 놔, 이거 놔앗!"

기사들을 떨쳐내려 힘껏 팔을 버둥거렸다. 하지만 단련된 남성의 손에서 벗어나기가 쉬울 리 없다. 내가 반항할수록 나를 붙잡은 손아귀 힘은 더더욱 세졌다. 어떻게 아녀자를 이렇게 무식하게 붙잡고 있을 수 있단 말인가. 나는 사납게 다리를 팔딱거렸다.

"예의를 수프 말아 먹은 것들, 내가 누군지 알아? 니들, 내가 누군지 아느냐고!"

흥분해 있던 통에 입에서 물방울이 거칠게 분출되었다. 내 일부였던 액체가 낯선 남성의 피부에 식은땀처럼 안착한다. 가장 인접해 있던 기사가 남은 팔로 제 얼굴을 쓸었다. 나를 위아래로 훑는 남자의 눈이 이렇게 말하고 있었다.

'뭐 이런 여자가 다 있어?'

"영애! 진정하세요. 집에 모셔다 드리려는 겁니다."

다분히 인내한 표정의 기사가 끊는 음성으로 겨우 말을 마쳤다. 자기 딴엔 예의를 차렸다고 생각했겠지만, 나로서는 어이없기 그지없는 대답이었다. 저들이 뭐라고 나를 짐짝처럼 끌고 가려 하는가. 그것도 제멋대로 정한 행선지에?

비록 오해의 소지가 있는 행동을 했다고는 하나 나는 귀족 가문의 영애였다. 이렇게 연행되듯 끌려가는 것은 레이디에게 몹시도 불명예스러운 일이었다.

억울하다. 그리 생각하자 두 눈에서 그쳤던 눈물이 후드득 떨어졌다. 나를 두고 가던 루센의 경멸스러운 눈과, 지금 기사들이 보이는 예의 없는 태도는 내 자존심을 몹시 상하게 했다. 나는 나를 붙잡은 팔을 떨쳐내기 위해 거칠게 두 팔을 버둥거렸다.

"내가 왜 집에 가는데? 난 춤추고 놀 거야!"

덕분에 간혹 내 주먹에 기사들이 얻어맞는 불상사가 일어났다. 결코, 의도한 것은 아니었다. 장정들이 억, 윽 하는 신음성을 흘리며 제 얼굴을 감쌌다. 그러면서도 혹 상처가 날까 봐서인지 나를 완전히 결박하지는 못했다. 훌륭한 기사도 정신, 그리고 융통성 없음의 기막힌 조합이다.

내가 더욱 기세 좋게 팔을 휘두르던 와중 누군가의 목소리가 끼어들었다.

"거기 무슨 소란이지?"

악을 쓰느라 감고 있던 눈을 가만히 떴다. 눈꺼풀을 끔뻑이자 저 멀리서 건장한 남성이 걸어오고 있는 것이 보였다. 나는 미간을 좁히며 남자의 얼굴을 살폈다. 의식하지 못한 사이 그의 이름이 입에서 툭 튀어나왔다.

"베인 조르제?"

내 입술을 벌리고 나온 제 이름에 남자가 잠시 내게 시선을 준다. 그 눈빛에 움찔하여 입을 다물었다.

그도 이 파티에 참석했던가. 분명 아까 홀에서는 보지 못했었는데. 저 체구 단단한 남성을 어째서 발견하지 못했을까. 하긴 루센에게만 정신이 팔려 있었으니 다른 사람에게 신경 쓸 만한 여유가 없기는 했었다.

베인 조르제는 조르제 공작가의 하나뿐인 후계자로, 외동이었던 탓에 어렸을 적부터 일찌감치 소공작 칭호를 꿰찬 사람이었다. 왕년에 대단한 미남이었다는 아버지 조르제 공작처럼 그 아들 역시 자랑할 만한 외모의 소유자였다. 특히 그는 제 아비의 무딘 성격과 남자다운 생김새를 꼭 빼닮은 듯했다.

무뚝뚝한 조르제 공작은 제 부인을 극진히 모시고 사는 것으로 유명했는데, 아들에게도 같은 것을 기대한 것인지 베인 조르제에게 추파를 던지는 여인들은 꽤나 많았다. 물론 베인 조르제는 다수의 유혹에도 항시 목석같이 굴었다. 그는 여자를 가까이하지 않는 남자였기 때문에 그를 이렇게 가까이에서 보는 것은 희귀한 일이었다. 그래도 오며 가며 몇 번 본 적이 있는 사람이라서일까, 굵직한 얼굴선이 어딘지 익숙하게도 느껴진다.

나를 붙잡고 있던 기사가 베인 조르제를 향해 가볍게 경례했다.

"여기까진 어쩐 일로……."

남자가 말끝을 흐리며 조심스럽게 베인의 얼굴을 살핀다. 베인 조르제는 미간을 좁힌 채 불편한 표정을 짓고 있었다.

"무슨 일이기에 레이디를 그렇게 붙잡고 있지?"

내 편이다!

나는 그대로 가녀린 척 풀썩 제자리에 주저앉았다. 나를 잡고 있던 손 덕분에 바닥에 엉덩이를 처박지는 않았지만, 그럭저럭 봐줄 만한 연기였다. 베인 조르제의 눈빛이 더더욱 따가워졌다.

내 거친 생각과 불안한 눈빛과 그걸 지켜보는 기사, 그의 동공이 머물 곳을 찾지 못하고 방황했다.

나는 처량맞게 내 두 팔을 끌어안고 눈물을 쏟았다.

"흐흑…… 정말, 정말 수치스러워서……!"

"영애……? 방금 전까지 저한테 주먹을 휘두르셨잖아요?"

나는 모른 척 고개를 돌렸다. 기대에 찼던 기사의 얼굴이 배신감으로 물들었다.

"오해 마십시오, 소공작님. 영애를 댁까지 모셔다 드리려던 참이었습니다."

정신을 차린 남자가 당황스러운 얼굴로 베인에게 변명했다.

"내가 보기에 카타리나 양은 경들과 뜻이 다른가 본데. 경은 숙녀에 대한 예의를 알지 못하나 보군."

"그 역시 오해십니다. 영애께서 루센 경을 향한 마음이 과도하시어 작은 소동이 있었습니다. 루센 경께서 심신이 미약하신 영애를 배려해 댁까지 모셔달라 명하신 겁니다."

"그렇다면 레이디에 대한 예의가 없는 것은 루센 경이겠군."

베인 조르제가 덤덤하게 대꾸했다. 어찌나 명쾌한지 뺨에 키스라도 날려주고 싶은 심정이었다. 무어라 대꾸하려 입을 뻐끔거리던 기사가 결국 이렇다 할 대답을 찾지 못하고 바닥만 내려다보았다. 저 단단한 가죽 신발 안에선 발끝이 요란하게 꼼지락대고 있지 않을까.

"기사들의 무례는 주인께도 불명예가 아닐까 싶은데."

"……."

"이만들 가보는 게 좋겠군."

네……. 처지고 늘어진 대답과 함께 나를 붙잡고 있던 기사들이 떨어져 나갔다.

움츠린 어깨와는 다르게 퇴장은 더없이 재빨랐다. 나는 얼떨떨한 얼굴로 그들의 뒷모습을 쳐다보았다. 소공작의 명령에 바로 나를 놔줄 것이면서, 내게는 그리도 쉽게 무례를 저질렀다. 그들이 쥐었던 손목은 어느새 빨갛게 달아올라 있었다. 이런 상황은 생전 처음 겪어보는 것이었다. 기사들은 예의라는 것을 아는 존재였고, 그들은 레이디인 나를 언제나 배려해왔다. 그런 그들에게 나를 짐짝처럼 끌고 가게 하도록 명한 루센의 얼굴이 떠올랐다. 그리고 그의 무표정한 얼굴도.

마음을 진정시키려 숨을 들이켰으나, 뒤늦게 떨림이 찾아들었다. 다리에 힘이 풀려 그만 제자리에 주저앉았다. 이번엔 꾸며낸 행동이 아니었다. 인정하지 않으려 부러 밝은 척을 하고 있었으나, 더 이상 나를 향한 애정을 담고 있지 않은 루센의 눈을 보고도 아무렇지 않을 수는 없었다.

어떻게 루센이 나한테 그럴 수 있지. 어떻게 그가 내게 그런 얼굴, 그런 목소리, 그런 눈빛을 보일 수가 있지.

베인 조르제는 나를 달래지도 않고, 그렇다고 자리를 떠나지도 않았다. 한참 후에야 그가 무릎을 굽혀 내 앞에 앉았다. 그러고는 손을 뻗어 내 고개를 들어 보였다.

보기 흉할 것이 분명해 그를 피하려 했지만, 남자는 끈질기게 나와 눈을 맞췄다.

"괜찮습니까?"

그의 말에 나는 더 고개를 숙였다. 그런 의도가 아닐 것이 분명한데도 남자의 목소리가 마치 달래는 것처럼 느껴졌기 때문이었다.

내가 들릴 듯 말 듯 하게 웅얼거렸다.

"괜찮아요."

"정말 괜찮습니까?"

"괜찮을 거예요, 아마도. 그래야 하고요."

나는 달달 떨리는 손으로 겨우 대꾸했다. 손등이 재빠르게 젖은 눈
가를 찍듯이 닦아냈다. 하얀 천은 금방 거뭇거뭇하게 물들었다. 남자
도 그것을 보았을 테지만, 나는 최대한 아무렇지 않은 척 말했다.

"친절을 베풀어주셔서 감사해요. 경이 아니었다면 그대로 끌려갈
뻔했네요."

내 얼굴을 물끄러미 보던 남자가 제 품을 뒤졌다. 옅은 보랏빛의 손
수건이 내게로 내밀어졌다.

"이걸로 닦으세요."

나는 잠시간 그 손을 물끄러미 내려다보았다.

"평소라면 거절했을 텐데…… 제가 지금 뭘 가릴 처지가 아니어서
요."

고마워요. 그렇게 덧붙이며 채듯이 손수건을 받아 들었다. 눈물을
한 차례 닦아내고 시원하게 코도 풀었다. 팽 하는 거센 바람 소리에
남자의 표정이 묘하게 흐트러졌다. 나는 남자의 눈치를 보며 코맹맹
이 소리로 덧붙였다.

"빨아서 돌려드릴게요."

베인 조르제가 은근슬쩍 내 시선을 피했다.

"아뇨, 됐습니다. 가지세요."

"카렌?"

베인 조르제의 뒤편에서 들려온 청아한 목소리에 고개를 들었다.

언제 돌아왔는지 로제가 제 머리칼을 귀 뒤로 쓸어 넘기며 내 쪽을 살피고 있었다. 미심쩍은 눈이 베인에게 향한 것을 보아 엄한 상상을 하고 있는 듯도 싶다.

로제가 조금 서두른 걸음으로 남자를 지나쳐 내게 다가왔다. 그러고는 내 어깨를 잡고 가볍게 흔들었다.

"뭔 일 있었니? 왜 갔다 온 사이에 몰골이 더 쓰레기가 됐어?"

상시 거침없는 친구다. 이젠 조금 감동적이기까지 할 지경이군. 로제가 베인 조르제 쪽을 눈짓하며 덧붙여 물었다.

"이분은 또 왜 여기 계시고?"

나는 그에게서 받은 손수건을 가볍게 흔들어 보였다.

"위로받았다."

"그 얼굴을 남자한테 보여줄 용기가 나디?"

로제가 내 눈두덩을 문지르며 타박했다.

미안한데 좀 일찍 오지 그랬니. 네가 없는 동안 루센도 만나고 기사들도 만나고 아주 온 동네에 광고를 하고 다녔단다.

"친구가 폐를 끼쳤네요. 죄송해요."

로제가 베인을 향해 면구한 얼굴을 해 보였다. 그러면서도 뒤로는 내 등을 때리는 것도 잊지 않았다.

찰싹!

장난스러운 제스처였지만 감정이 실려 있다. 나는 앓는 소리를 내며 로제가 때렸던 자리를 문질렀다.

"별말씀을."

베인 조르제가 어깨를 으쓱이며 굽혔던 다리를 일으켰다.

"친구분이 오셨으니 저는 이만 가보겠습니다."

베인 조르제가 그대로 발걸음을 돌리려는 것을, 그의 바지자락을 붙잡아 멈춰 세웠다. 그가 왜 그러냐는 듯 내 쪽을 내려다보았다.

내가 코를 훌쩍이며 당부했다.

"손수건은 꼭 돌려드릴게요."

이런저런 신세도 지고 손수건도 받고. 마땅히 보답할 만한 것도 없는데 빌린 물건이라도 돌려줘야 하지 않겠는가.

베인 조르제가 조용히 내 왼손에 들린 손수건에 시선을 주었다. 상쾌한 향기가 나던 천은 이제 척척하게 늘어져 있었다.

"깨, 깨끗이 빨아서……."

내가 민망한 기색으로 재빨리 덧붙였다. 그리고는 손을 등 뒤로 숨겼다. 그래봐야 이미 다 봤겠지만. 아니나 다를까, 남자는 정중히 고개를 저었다.

"괜찮습니다, 정말로."

단호한 태도가 정말 돌려받기 싫은 것 같다. 나는 머쓱하게 어깨를 움츠렸다. 네, 뭐 그럼…….

베인 조르제는 가볍게 경례를 한 뒤 자리를 떠났다. 그의 뒷모습이 더 이상 보이지 않을 즈음 로제가 내 팔을 잡아 일으켰다.

"마차 불러왔어. 가자."

"응, 고마워."

로제는 '친구 사이에 고맙다는 말은 무슨.' 따위의 상냥한 말은 절대로 하지 않는다. 그녀는 그런 뻔한 인물이 아니다. 로제는 대신 낮게 가라앉은 음성으로 경고했다.

"알면 잘해라."

"응, 근데 그전에 나 거울 좀 보자."

"보면 놀랄걸. 아서라, 눈 버린다."

로제가 콧방귀를 뀌며 대꾸했다. 그러나 가차 없는 태도와는 반대로 순순히 내게 손거울을 내밀었다.

나는 조심스럽게 그것을 받아 들었다. 그러고는 깜찍한 표정을 지으며 내 얼굴을 비춰 보았다.

그래도 베인 조르제가 답지 않은 친절을 베푼 걸 보면 내 미모도 아직 죽지 않았나 보다.

울고 진상을 피운 후에도 남성의 호의를 부르는 빛나는 내 얼굴…… 이…… 란……?

"……."

아니, 호의가 아니라 동정이었군. 이 꼴을 레이디라고 대우해준 베인 조르제의 친절이 신기해지는 순간이었다.

내 진심 어린 사랑 고백은 정신이 불안한 한 영애의 치정 흉기 난동 사건으로 아름답게 마무리 지어졌다.

소문은 모 양, 모 경 등의 익명으로 번져나갔으나, 스스로의 추태를 남의 입으로 듣는 것은 퍽 낯 뜨거운 일이었다.

그 모 양이 나란 것을 어떻게 알았는지 오라버니 알테는 다시 나를 찾아와 조심스럽게 휴양을 권했다.

"카렌, 여긴 어떠냐. 산과 인접해 있어 공기가 아주 맑다던데."

"예전에 거기서 벌에 쏘인 적이 있어서……."

"그럼 바닷가는 어때? 이 해양 도시는 경치가 좋기로 아주 유명하단다."

"사실 제가 바다 냄새를 맡으면 멀미가 나서요……."

나는 곤란한 표정을 지으며 과하게 눈을 깜빡였다.

오라버니, 이만 가주세요. 제가 지금 휴양이나 즐길 때가 아니랍니다. 지금 이 시각에도 루센과 아를르 제냐는 사랑을 키워나가고 있지 않겠어요? 저에겐 둘을 갈라놓아야 한다는 원대한 목표가 있답니다.

파티에서 돌아온 날, 나는 이불을 뒤집어쓰고 한나절 내내 울었다.

내가 겪은 무례가 충격적이었던 탓도 있지만, 진실로는 루센이 더 이상 나를 사랑하지 않는다는 사실을 절절히 통감했기 때문이었다. 그러나 그의 쌀쌀맞은 태도조차 내 깊은 마음을 돌려놓지는 못했다. 그 애정이 어찌나 열렬했던지 루센을 몸소 변명해줄 정도였다.

지금의 그는 나를 아예 알지 못하는 상태다. 처음 만난 여자가 결혼할 사이였다느니 뭐니 하는 말을 하면 믿지 않는 게 당연하다. 심지어는 가족들조차 내가 미쳤다 생각지 않았던가. 이렇게 애써 루센의 행동에 당위성을 심어주면서 말이다. 물론 전혀 위로가 되지는 않았다.

어쨌든 먹먹했던 코를 대차게 풀어낸 뒤, 나는 굳게 마음먹었다. 루센의 마음을 다시 돌려보겠다고. 애초부터 포기라는 선택지는 생각도 안 했다.

내 이런 속을 아는지 모르는지 알테는 여행 책자를 끝없이 내밀었다. 나는 말 같지 않은 핑계를 대어 차례로 그 권유를 거절했다.

한참 나와 입씨름을 하던 알테가 이상하다는 듯 고개를 갸웃거렸다.

"근데 언제부터 네가 햇빛 알레르기가 있었니?"

"오라버니도 참, 그걸 이제껏 모르셨어요?"

"남쪽 나라에서 창궐한 전염병은 또 어쩌다 옮아 왔고?"

"그쪽이 방역 체계가 허술해서 보균자가 타국으로 나왔다나 봐요. 아, 갑자기 어지러운 게 또 증상이……."

나는 그대로 풀썩 뒤로 쓰러졌다. 당연히 등받이가 있어 바닥에 엎어지거나 하는 일은 없었다. 알테가 들고 있던 책자를 내팽개치며 내 어깨를 쥐었다.

"카렌? 괜찮니?"

"저…… 좀 쉬어야 할 것 같아요, 오라버니."

나는 머리를 감싸며 갈라진 목소리를 냈다.

"그래, 쉬렴. 쉬는 게 좋겠다. 나는 이만 나가보마."

알테가 서두른 기색으로 제가 들고 왔던 책자들을 챙겨 들었다. 하도 그 양이 방대했던 통에 책자들은 높이 쌓이다 못해 알테의 눈앞을 가렸다. 덕분에 그는 나가다 말고 문가에 걸려 넘어질 뻔했다. 하여튼 오라버니도 은근히 허당이다.

드디어 혼자만의 시간이군.

나는 팔자 좋게 늘어지며 차를 들이켰다. 옆에서 수발을 들던 레이가 그런 나를 지그시 쳐다보았다.

"항상 보지만 참……."

"참 뭐?"

"아뇨, 참 기지가 뛰어나시다고."

호호, 레이가 가식적인 웃음소리를 냈다. 물고 늘어져봤자 곤란한 사람은 저라는 것을 아는지 곧 말을 돌린다.

"참, 세탁 맡기신 손수건은 또 누구 거예요? 못 보던 거던데."

"손수건?"

"네, 그 연보라색."

"아!"

루셴 생각에 여념이 없어 베인 조르제를 까맣게 잊고 있었다. 아무래도 내 분비물이 묻었던 손수건은 돌려받기 싫어 보였으니, 새 손수건이라도 선물해야겠다.

"조르제가의 소공작님 거야."

"베인 님이요?"

"응, 바로 아네?"

하긴 유명한 사람이니까. 나는 느긋이 차를 들이켰다. 그러나 레이의 입에서 나온 것은 영 엉뚱한 답변이었다.

"조르제가랑은 왕래가 잦잖아요. 당연히 알죠."

"무슨 소리야? 조르제가랑 우리가?"

나는 눈썹을 들어 올리며 레이를 돌아봤다.

조르제가와 리플렉츠가가 왕래가 잦았다고?

기억을 더듬어보았지만, 우리가 조르제 가문과 왕래할 만한 일은 없었다. 증조의 증조할머니가 조르제가로 시집가셨던 걸 빼면 딱히 연이랄 것이 없었으니까.

나이가 엇비슷한 두 후계자의 친분을 예로 들 수도 있겠으나, 애석하게도 오라버니 알테는 동생 사랑이 지극한 바보인지라 친구가 없다.

"네, 그 이유가…… 이유가……?"

레이가 말하다 말고 고개를 갸웃거렸다. 한참이 지나고도 말을 못하는 것을 보아 또 다른 가문이랑 헷갈린 모양이다. 내가 그럴 줄 알았다는 듯 말했다.

"우리가 조르제가랑 왕래할 일이 뭐가 있어? 다른 가문이랑 헷갈렸나 보지."

"아닌가? 이상하네."

레이가 이상하다는 듯 제 턱을 매만졌다. 기억을 더듬어봐도 떠오르는 것이 없는지, 이어 그녀는 작게 헛기침을 했다. 그러고는 제 실수를 수습하려는 듯 말을 돌렸다.

"근데 그분 손수건은 어쩐 일로 받아 오셨어요?"

"뭐가 좀 묻어서……."

내가 어색하게 웃으며 대꾸했다. 그날 도저히 그 꼴로는 귀가할 수 없어 로제의 저택에 들렀었다. 집으로 돌아간 것은 몸을 씻고 옷까지 빌려 입고 난 후였다.

레이는 드레스가 바뀐 것을 이상하게 여겼지만, 내가 음료를 엎질렀다고 하자 말없이 넘어갔다. 때문에 그녀는 파티에서 내가 무슨 일을 겪었는지 전혀 모르는 상태였다. 알았을 때의 상황은 생각하고 싶지도 않고.

"베인 님이 아가씨한테 마음이 있는 게 아닐까요?"

레이, 그럴 일은 없을 거야. 그때 내 얼굴은 천년의 애정도 달아날 몰골이었거든.

나는 마음의 소리를 삼키며 고개만 저어 보였다.

"말도 안 되는 소리 말렴."

"왜요, 아가씨. 제가 보……."

쾅!

문가에서 들려온 소리에 레이가 말을 하다 말고 "에구머니나!" 하고 비명을 질렀다. 두 손으로 눈까지 가린 것이 정말 놀란 모양이었다.

나는 고개를 빠끔히 들고 굉음이 인 곳을 살폈다. 거칠게 떠밀린 문 뒤에서 아는 얼굴이 쳐들어왔다.

소란의 주인공이 코를 막으며 진저리쳤다.

"어우, 궁상 냄새!"

"……로제?"

나는 미간을 좁히며 고개를 빼 들었다. 로제가 성큼성큼 걸어 내 앞으로 와 섰다. 나는 얼떨떨한 목소리로 물었다.

"여긴 어쩐 일이야? 기별도 없이."

"네가 방에만 처박혀 있을 것 같아서 구경 한번 왔다. 이게 다 뭐니? 살쪄!"

로제는 내가 먹고 있던 과자며 차니 하는 것들을 단숨에 뒤편으로 치워냈다.

"여기 들어오니까 왜 이렇게 숨이 막히니? 환기 좀 하고 살지?"

그러더니 창가로 가서 몸소 창문까지 열어젖혔다. 그 모든 일련의 일은 돌풍같이 일어났다. 레이와 나는 멍하니 눈을 끔뻑였다. 숨이 찼는지 잠시 호흡을 고르던 로제가 내 옆에 자리를 잡고 앉았다.

작은 헛기침 뒤로, 갑자기 목소리가 부드러워졌다.

"카렌."

"으…… 응?"

안 어울리게 왜 그렇게 다정히 나를 부르고 그러니?

"네가 루…… 그 남자 때문에 충격받은 거 알아. 그래도 어쩌겠니? 이미 짝이 있는 남자인걸."

나는 아 하고 입 밖으로 의미 없는 소리를 내었다.

그전까지는 말없이 넘어가서 신경 쓰지 않고 있었는데, 로제도 혼자 짐작은 하고 있었던 모양이었다. 하기야 루센과 아를르 제냐가 함께 있는 걸 보자마자 울음을 터트렸으니 눈치 못 채는 게 바보였다. 그나저나 제집에 가서 옷이며 뭐며 빌려 입을 때에는 별말이 없더니 왜 이제 와 찾아왔을까. 설마 그 소문의 주인공이 나라는 것을 알아챈 건가.

로제에게 루센과 있었던 일을 털어놓진 않았지만, 사실 파티에서 엉망이 되어 빠져나온 것은 나뿐이었으므로 그녀에겐 짐작의 근거가 충분했다.

"세상엔 또 멋진 남자들이 얼마나 많아? 네가 이렇게 궁상이나 부리고 있으면 그놈들까지 다 떨어져 나간다."

세상의 그 많은 멋진 남자들은 필요 없다. 내 하나뿐인 사랑, 하나뿐인 결혼 상대, 언제나 다정했던 루센만 있으면 되는데, 정작 그는 다른 여자를 눈에 담고 있었다. 그 생각을 하니 다시 침울해진다.

"우리 나갈까? 어? 맛있는 것도 먹고 쇼핑도 하고. 그래, 공연도 보러 가자."

말이야 고맙지만 지금 어딜 돌아다닐 만한 기분은 아니었다. 무엇보다 나는 이제부터 루센 탈환 계획을 짤 예정이었거든. 내가 곤란한 얼굴로 손사래를 쳤다.

"응, 로제. 네 맘 잘 알겠는데 말이야, 내가 지금 좀…….'

"나가자, 응? 카렌."

"그게 말이야, 내가 지금 좀 피곤…….'

"야, 바깥바람 좀 쐐! 너한테서 곰팡이 냄새 나!"

"으응…….'

오라버니를 보내고 이제 좀 쉬나 했더니 더 끈질긴 애가 배달 왔다.

애써 눈을 피했으나, 로제는 끈질기게 내 대답을 종용했다. 내가 집에서 쉬는 것을 두고 보지 않을 태세다. 나는 결국 떨떠름하게 고개를 끄덕였다. 로제의 얼굴이 눈에 띄게 밝아졌다. 그녀가 신난 얼굴로 내 어깨를 두드렸다.

"그래, 잘 생각했어. 이런 날에 방에 처박혀 있는 건 범죄야."

왠지 로제에게서 나를 위로하려는 목적이 아닌, 그냥 놀고 싶어서 온 것 같은 냄새가 풍긴다. 나는 들릴 듯 말 듯한 한숨을 내쉬었다.

"나 준비하게 나가서 기다려."

"예쁘게 하고 나와라."

로제가 홀가분한 얼굴로 문을 열고 나갔다.

나는 로제가 옆으로 밀어둔 티세트를 아쉽게 쳐다보았다. 그러고는 떨어지지 않는 입을 겨우 열어 레이에게 말했다.

"레이, 저것 좀 치워줘. 외출복도 같이 준비해주고."

"네, 아씨."

레이가 트레이에 식기들을 옮겨 담았다. 아직도 한참 남은 간식거리에서 눈길이 떨어지지 않는다.

특히 파티시에게 특별히 부탁해 공수해 왔던 딸기 케이크가 입에서 살살 녹았었는데.

그 감촉을 떠올리며 황홀감에 잠긴 것도 잠시, 대기하고 있던 다른 하녀에게 트레이를 넘겨준 레이가 부지런히 옷가지를 끌고 들어왔다. 막대엔 파티용 드레스보다 간소해진 의상들이 빼곡히 걸려 있었다.

자리에서 무거운 몸을 일으켜 커다란 거울 앞으로 가 섰다. 레이는 그런 내 앞에 옷을 하나씩 꺼내 대주었다. 내가 귀찮다는 듯 흘러내린 어깨끈을 추스르며 말했다.

"뭘 그렇게 정성스럽게 골라. 대충 해."

"저번엔 재봉사를 아주 들들 볶으셔놓고."

레이가 그렇게 말하며 내 앞에 대고 옷가지를 흔들었다. 치렁치렁한 레이스가 눈앞에서 어지러이 출렁여, 나는 손을 들어 옆으로 치워냈다. 이젠 뭘 고를 정신도 없다.

"그냥 편하게 입을 수 있는 걸로 줘. 많이 먹었더니 허리 조이면 토할 것 같아."

저 지겨운 코르셋!

그 흉물스러운 물건은 레이가 가지고 온 옷가지들 사이에도 섞여 있었다.

"나 오늘 저거 안 차."

"농담이시죠, 아가씨?"

레이가 설마 하는 표정을 지어 보였다. 나는 태연히 그녀가 납득할 만한 2안을 제시했다.

"외투를 두꺼운 걸로 줘, 허리 다 가리게. 그럼 됐지?"

레이는 불만스러운 얼굴로 나를 쳐다보았지만, 나는 그 은근한 질책을 그대로 무시했다.

웬만해서는 구색을 맞춰주고 싶은데 피곤한 데다 속까지 안 좋아 그럴 정신이 없었다.

내 고집에 결국 레이가 포기의 한숨을 내쉬었다. 그러고는 눈썹을 들어 올리며 강조했다.

"오늘만이에요."

결국 내가 입은 것은 단색의 가벼운 드레스였다. 보석 장식도 없고, 레이스도 소매나 허리 부분에만 달려 단출하기 그지없는 구성이었다.

여타 영애들의 외출복에 비해 극히 수수한 그 옷을, 로제는 몹시 충격적인 눈으로 바라보았다.

"농담이지?"

레이와 똑같은 반응이다. 나는 대꾸하지 않고 말없이 양산을 펴들었다. 그러고는 머리 위에서 빙그르르 돌렸다.

"가자."

"세상에. 미망인이 따로 없네, 미망인이 따로 없어."

호들갑을 떠는 로제를 뒤로하고 먼저 마차에 올라탔다. 그러나 로제는 순순히 그런 나를 따라올 생각이 없는 것 같다. 그녀가 흥분한 얼굴로 레이를 찾았다.

"레이, 너는 쟤가 입은 저 옷 납득할 수 있니? 응?"

레이가 슬픈 얼굴로 고개를 저었다.

"저는 힘이 없답니다, 로제 님. 아가씨가 독불장…… 아니, 워낙 의견이 분명하신 것을 제가 어떡하겠어요."

그녀가 그렇게 말하며 처연하게 속눈썹을 내리깔았다.

레이는 내가 어렸을 때부터 함께 자랐던 사용인이고, 로제도 그만큼이나 오래된 친구였다. 하도 오래 봐서인지 둘 다 내 앞에서 본인을 험담하는 데 스스럼이 없다.

참 감동스러운 지인들이야…….

나는 입술을 삐딱하게 늘이며 고개를 까딱거렸다.

"안 탈 거야?"

"탄다, 타."

그렇게 대답하면서도 나를 보는 눈이 곱지 않았다. 마차에 올라탄 로제는 흥! 하고 콧소리를 내며 창 밖으로 눈을 돌렸다.

"뭘 그런 거 갖다가 삐지고 그러니?"

"삐진 거 아니거든."

"아니, 삐진 거 맞는데."

내가 심드렁한 얼굴로 대꾸했다. 그러고는 손을 들어 로제의 얼굴 어딘가를 가리켰다.

"야, 너 얼굴에 뭐 묻었다."

"뭐?"

로제가 식겁하며 품에서 손거울을 꺼내 들었다. 조그마한 거울에 대고 얼굴 이곳저곳을 비춰 보지만, 작은 얼룩 같은 것도 보이지 않았다. 로제가 내게 몸을 기울이며 다그쳤다.

"왜, 뭐, 어디?"

"응, 얼굴 전체에."

"뭐?"

"못생김이 묻었어."

마지막 말은 두 손을 모아 속닥거렸다. 로제의 얼굴이 더더욱 무시무시해졌다. 우울했던 기분이 조금 나아진다.

언제나 내게 웃음을 주는 사…… 사랑, 아니, 사탄스러운 친구 로제.

나는 목을 간질이는 머리칼을 쓸어 넘기며 화제를 돌렸다.

"근데 무슨 공연 보러 가는 거야?"

"아인힐즈에 유학 갔다 왔던 천재 무용수가 귀국했다네. 입소문 나서 불티나게 팔리던 관람권, 암표상 통해서 겨우 구해 왔다."

"천재 무용수라면 로렌스 말이야?"

"어, 어렸을 때에도 뽀얗고 귀여웠는데 이젠 완전 남자가 됐다더라."

그렇게 미남이라면 한번 구경 가야 하지 않겠어. 로제가 음흉한 얼굴을 해 보였다.

나는 역시 하는 표정으로 피식 웃고 말았다. 잘생기든 아니든 남자의 얼굴은 별로 궁금하지 않았지만, 그 춤은 조금 기대가 되었다.

어렸을 때부터 타고난 재능으로 갖은 화제를 몰고 다녔던 인물이다. 타국에 유학까지 다녀왔으니 그 실력도 일취월장했을 터였다. 그도 그럴 것이 만족할 만한 성과가 없었다면 왜 귀국했겠는가? 돈 들여서 배운 무용, 이제 뽕을 뽑을 때가 왔으니 돌아온 것이다.

"다 왔나 보다."

로제가 흘긋 창 밖을 내다보며 말했다. 과연 마차의 속도는 점점 줄어들어, 곧 커다란 홀 앞에 우리를 내려주었다. 내가 먼저 평지를 밟고 로제가 그런 나를 따라 내렸다.

과연 화제인 공연이 맞는지 건물 전체가 소란스럽다. 이곳저곳에서 몰려든 사람들이 내는 번잡스러운 소음이 시끄러웠다.

덕분에 로제와 나는 서로의 귀에 대고 이야기를 나누어야 했다. 그마저도 잘 들리지 않아 여러 번 되묻기 다반사였다.

"나 화…… 실 다녀올게."

"응? 잘 안 들려!"

내가 미간을 좁히며 로제의 입에 귀를 들이밀었다.

"나 화…… 다녀…… 다고!"

"뭐?"

똥 싸러 갔다 온다고!

로제가 붉게 달아오른 얼굴로 외쳤다. 들은 사람이 없는 게 다행이다. 그녀가 내게 입장권을 넘겨주며 말했다.

"늦을 거 같으니까 먼저 들어가서 자리 잡아놓고 있어."

"너 변비구나?"

내 순수한 물음에 로제는 나를 죽일 듯이 노려보았다. 살벌한 음성이 귓가를 때린다.

"그래서 불만이니?"

나는 조용히 그녀의 눈을 피했다.

"아, 아닙니다……."

밀려오는 무언가가 급했는지, 아니면 공연에 늦을 것을 염려했는지, 로제는 다소 서두르는 기색으로 나를 떠나갔다. 나는 그 뒷모습을 쳐다보고 있다가, 그녀가 내게 쥐여준 입장권에 시선을 주었다.

적힌 내용은 단순했다. 공연명과 시작하는 시간, 번호와 구역을 표시하는 문양이 차례로 쓰여 있다. 그 입장권에 시선을 고정한 채 공연장 쪽으로 발걸음을 옮겼다.

주근깨 가득한 소년에게 입장권을 보여주자 끄트머리를 뜯어내고는 내게 되돌려주었다. 나는 그 종이를 가볍게 쥐고 안으로 바지런히 걸어 들어갔다. 고사했던 외출이지만, 막상 나오니 기분이 그리 나쁘지는 않았다. 나는 마음을 좋게 바꿔 먹기로 했다.

그래, 이왕 나온 거 재미있게 놀다 가야 하지 않겠어?

로제가 구해 온 좌석은 무대에서 가까운 귀빈석이었기 때문에 찾기 쉬운 편이었다. 일찍 왔다고 생각했는데, 다른 관람객들에 비하면 다소 입장이 늦은 듯싶기도 하다. 벌써 옆자리엔 사람이 와 앉아 있었다. 로제가 늦게 들어오면 어쩌나 갑자기 걱정이 되었다.

나는 염려스러운 눈으로 문가를 살피다가, 곧 자리를 찾아 들어갔다.

그런데 자리가…… 옆…… 자리가……?

걸음이 천천히 느려졌다. 이내 나는 좌석에서 한 걸음 떨어진 곳에서 멈추어 섰다. 무대를 응시하고 있던 옆자리의 남성이 인기척을 느꼈는지 내 쪽을 돌아보았다. 그러고는 눈이 마주쳤다. 남자와 내 입에서 동시에 아 하는 소리가 터졌다.

먼저 정신을 차린 것은 상대 쪽이었다.

"……또 뵙습니다, 영애."

예의를 갖춘 인사였지만, 루센의 꺼림칙한 눈은 이렇게 말하고 있었다. 이 스토커 여기까지 따라왔어…….

내가 자리에 앉자 그의 몸이 무의식적으로 움찔거렸다. 속으로 무슨 생각을 하고 있을지 상상하고 싶지도 않다.

뭐 이런 일이 다 있지?

로제가 일부러 만남을 주선한 걸까 의심해보았지만, 그녀가 어떻게 루센이 앉을 자리를 알고 옆 좌석을 구해 온단 말인가. 이 기막힌 우연의 일치에 민망해진 것은 루센도 아닌 바로 나 자신이었다.

이젠 정말 스토커 취급을 받아도 할 말이 없다. 머리가 지끈거려 오른손으로 관자놀이를 감쌌다.

그를 흘끔 넘겨보며 눈치를 살피다가, 분위기를 환기시키려 불쑥 말을 걸었다.

"혼자 오셨나요? 일행이 안 보이네요."

루센이 대꾸를 않고 망설였다. 어색함을 떨쳐내려 한 질문이었는데 분위기만 더 싸늘해졌다. 그는 잠시 뒤에야 입을 열어 대답을 내놓았다.

"……아를르 양과 함께 왔습니다."

아, 아를르.

손에 힘이 들어갔지만, 나는 애써 태연한 척 고개를 들었다.

"그런데 아를르 양은 안 보이네요."

"잠시 거울을 본다며 나가셨습니다."

로제처럼 큰일이라도 보러 갔나 보군. 나는 심술궂게 속으로 중얼거렸다.

하필 그와 또 이런 때 마주치는 걸까. 과거로 돌아온 후로 나는 온갖 추레한 몰골로만 루센과 대면하고 있었다. 이럴 줄 알았으면 괜한 고집을 피우지 말고 허리를 조이고 왔어야 했나. 좀 더 화려하고 예쁜 드레스를 차려입어야 했을까. 적어도 화장이라도 다시 다듬었어야 했던 건가.

여러 생각이 섞여 어지러운 머리로, 나는 그에게 아무렇게나 대꾸했다.

"그렇군요."

"그렇습니다."

"그러네요."

"예, 그렇지요."

"그래요······."

어색해 죽을 것만 같다······.

루센이 보지 못하도록 얼굴을 반대편으로 돌리며 조용히 이를 악물었다.

어쩌다 내가 이곳까지 왔는지에 대한 경위를, 그것도 로제에게 끌려왔다는 사실을 강조하여 설명해주고 싶은 심정이었지만 루센의 신뢰를 얻긴 어려울 터였다. 손가락만 불안하게 꼼지락거린다.

그 민망한 공기를 뚫고 돌아온 것은 자신을 비운 로제였다. 낯빛이 좋고 눈동자는 반짝인다. 간만에 숙변에 세상 빛을 보여줬는지 로제는 몹시 기분이 좋아 보였다.

큰일 했구나, 너?

"나 왔다. 아직 시작 안 했네?"

그녀가 신이 난 기세로 뛰듯이 걸어왔다. 티 하나 없이 밝던 로제의 행동 양상이 점점 조금 전의 나와 비슷해진다.

걸음이 느려지고, 미심쩍은 눈으로 루센을 살피다가, 이내는 기겁하여 제자리에 멈춰 섰다.

"헉."

그녀가 기겁하여 숨을 들이켰다. 두 손으로 입을 틀어막고는 눈알만 굴린다.

그녀는 더듬더듬 손을 뻗어 제 자리를 찾아 겨우 엉덩이를 앉혔다.

로제가 황급히 내 귀에 대고 속삭였다.

"뭐야, 저 사람 왜 여기 있어?"

숨소리가 어찌나 컸던지 루센의 자리까지 다 들릴 것 같았다. 내가 입술을 깨문 채 대꾸했다.

"즈웅히 해라……. (조용히 해라…….)"

물론 로제는 내 말은 신경도 쓰지 않고 호들갑을 떨었다.

"지금 내가 제대로 본 거 맞지? 뭐 이런 우연이 다 있니."

그러더니 정말 궁금하다는 듯 고개를 갸웃거린다.

"근데 저 사람 왜 너 보고도 도망을 안 치냐? 나라면 당장에 식겁해서 뛰쳐나갈 텐데."

널 부숴버리기 전에 제발 닥쳐…….

목소리를 고르려 작게 헛기침을 했다. 나는 부드러운 투로 루센에게 말을 건넸다.

"불안해 마요, 루센 경. 이번엔 가위로 위협하거나 하진 않을 테니까."

애초에 그런 적도 없지만. 내가 다소 신경질적으로 덧붙였다. 그러고 보니 나를 잘도 알아봤다 싶다. 지금도 본격적으로 꾸민 것은 아니지만, 지난번 파티에서의 엉망인 모습보다는 훨씬 나을 텐데.

나는 루센이 앉은 자리를 흘긋 넘겨보았다. 그는 단정한 정복 차림을 하고 있었다. 몸에 딱 맞게 재단된 옷에서는 귀티가 묻어나왔지만, 정작 루센의 얼굴엔 여유가 없었다. 불편한 표정으로 내내 앞쪽에 시선을 고정하고 있었으니까.

하긴 나를 스토커, 그것도 흉기로 저를 위협한 위험인물이라고 생각하고 있을 테니 그럴 만도 했다. 그 말 같지도 않은 오해에 화가 나는 것도 사실이지만, 일단은 억누르기로 한다. 오해의 소지를 제공한 것은 내 쪽이니까.

"혹시나 해서 말하는 건데, 나가지 마세요. 그리고 오해 말고 제 말 좀 들어주시겠어요?"

루센에게서 언뜻 망설이는 기색이 느껴지는 것이, 자리를 뜰지 이곳에 머물지를 고민하고 있는 것도 같았다. 재빨리 친 선수에 루센이 미심쩍은 눈으로 허락의 말을 남겼다.

"말씀하세요."

나는 이번에도 흠흠 하고 작게 헛기침을 한 뒤 입을 떼었다.

"먼저, 그날 당신을 당황하게 할 만한 몰골을 보인 것에 대해 사과드릴게요. 소문에선 제가 피에 굶주린 무시무시한 가위손이라도 된 모양이지만, 저는 그걸로 당신을 찌를 생각이 없었어요, 정말로."

사실은 내 지난 이야기를 모두 털어놓고 싶은 심정이었으나, 다시 미친 여자 취급을 받을 것이 분명했으므로 지금만은 자제하기로 했다. 일단 거리를 좁혀야 기회도 올 거다. 루센이 나를 쭉 미친 여자로 생각한다면 무슨 이야기를 나누고 또 무슨 오해를 풀겠는가.

한발 물러선 해명에 루센이 의외란 듯 내 쪽을 돌아보았다. 내가 다짜고짜 또 마음을 고백할 것이라 생각했던 것인지 루센의 눈은 다소 복잡한 빛을 띠고 있었다.

그가 다시 앞으로 시선을 돌리며 점잖게 말했다.

"저도 영애께서 흉기로 저를 위협하셨다고 생각한 적은 없습니다."

나한테 극심한 위협을 느꼈다는 소리군. 형식적인 답례 인사에서 그의 속마음이 해석돼 나온다. 역시 그는 내 말을 믿지 않는 눈치였다.

그를 이해해보려고 노력했지만, 속에서 울컥울컥 화가 차오르는 것은 어쩔 수 없었다. 나는 왜 쓸데없이 과거로 돌아와서 이 고생을 하고 있는 걸까. 자고 일어나면 다시 루센의 품 안이었으면 좋겠다.

제발, 좀.

표정 관리를 위해 숨을 느리게 들이켠 후에야 나는 다시 입을 열 수 있었다.

"제가 그날, 음, 안 좋은 일이 있어서 상태도 좋지 않았고, 그래서 경께 오해될 만한 일을 많이 저질렀다고 생각해요."

내가 밝혔던 회귀 사실에 대한 변명도 해야겠지만, 그것에 한해서만큼은 거짓을 말하고 싶지 않았다. 그리고 핑계를 대고자 해도 그럴 만한 거리가 없는 것도 사실이다. 꿈을 현실이라 착각했다고 말하기라도 하란 말인가.

나는 최대한 두루뭉술하게 내 생각을 전했다.

"제가 경께 저지른 실례에 대해 사과드리고, 불필요한 오해는 될 수 있는 대로 풀고 싶네요. 특히 제가 경을 스토, 아니, 은밀하게 관찰하고 있다고 생각하시는 부분 말이죠."

루센은 훌륭한 기사였다. 레이디에겐 친절하고, 진심 어린 사과에 잘못을 따져 묻지 않는 올곧은 기사 말이다. 그러나 내가 한 가지 간과하고 있던 점이 있다면, 그가 내 약혼자였던 때에도 나 이외의 여성에겐 선을 두다 못해 단호하게 처신해왔다는 점이다.

루센이 부드럽지만, 다소 진중한 음성으로 입을 떼었다.

"영애."

"예?"

"영애는 소중한 사람입니다."

생뚱맞은 이야기에 나는 의아한 눈으로 그를 쳐다보았다. 더 예의 바른 단어를 찾으려는 듯 그가 천천히 말을 골랐다.

"카타리나 양께서 제게 주신 애정은 물론 영광스러운 것이나, 그 방식에 문제가 있었음은 본인 스스로도 아시리라 생각합니다. 예를 들어 좋아하는 이성의 뒤를 캐내거나, 이야기를 엿듣거나…… 혹은 상대에게 흉기를 들이밀며 애정을 강요하거나."

"……."

"물론 카타리나 양이 그런 현명하지 못한 여성들과 같다는 말은 아닙니다만, 영애의 행동에 의심의 여지가 있고 또……."

"……."

아무래도 루센은 내 말을 귓등으로도 안 들은 모양이었다.

"야, 야."

그때까지 숨죽이고 있던 로제가 내 어깨를 치며 나를 불렀다. 이런 저런 덕담을 늘어놓고 있는 루센을 흘긋 보더니 문가 쪽을 손짓해 보인다.

"나가자, 그만."

"나가자고?"

"그럼 이 분위기에서 뭔 공연을 어떻게 봐?"

제 치맛자락을 정리하며 자리에서 일어난 로제가 나를 재촉하듯 내 팔목을 잡아당겼다. 나는 아직까지도 홀로 아무도 듣지 않는 이야기를 하고 있는 루센에게 인사를 남겼다.

"루센 경, 저흰 이만 가볼게요. 아무래도 저희 사이의 오해의 골이 꽤나 깊었던 것 같군요. 나중에라도 풀렸으면 좋겠네요."

꼭 좀. 내가 강조하듯 내뱉었다. 나를 잠시간 올려다보던 남자가 곧 입을 열어 대답했다.

"조심히 들어가십시오."

그에게 무어라 더 대꾸하려 했지만, 로제가 그런 나를 잡고 끌고 나왔다.

어느새 시작 시간이 가까워 대부분의 사람들이 자리를 잡고 앉아 있었다. 로제와 나는 최대한 상체를 숙이고 공연장을 빠져나왔다. 마침내 입구에 나와 숨을 돌리는데, 저 멀리서 아는 얼굴이 느긋이 걸어오고 있었다.

나는 제자리에 멈춰 그치에게 멍하니 시선을 주었다. 이번에도 로제가 그런 나를 보채었다.

"재수 없게 뭐 저걸 또 쳐다보고 있어."

로제가 아를르의 반대편으로 걸음을 틀었다. 그제야 정신을 차리곤 "같이 가." 하며 그녀의 옆에 따라붙었다.

안 그래도 별로였던 기분이 더더욱 가라앉았다. 루센은 여전히 나를 스토커라고 생각하는 눈치고, 우리가 빠져주었으니 아를르와 데이트도 순조롭게 즐기겠지.

"깽판이라도 부리고 나왔어야 했나."

아니, 그랬다간 정말 루센에게 경멸당해도 할 말이 없다. 루센의 마음을 돌리려면 어떻게 해야 할까. 잔뜩 망쳐버린 첫인상을 어떻게 회복해야 할지 알 수 없다. 차라리 루센이 불의의 사고로 기억을 잃고, 그래서 처음부터 다시 시작할 수 있었으면 좋겠다.

큰 상처는 아니고 가벼운 뇌진탕 정도…… 돌덩이 같은 것 말고 비교적 가벼운 물건으로 시도하면 왠지 괜찮을 것도 같고…….

나쁘지 않은데?

내 눈이 위험하게 희번덕대는 걸 발견했는지 로제가 불안한 눈으로 나를 부른다.

"카렌."

"어?"

"앞 좀 보고 걷지?"

그제야 푹 숙였던 고개를 들어 앞을 보았다. 다들 공연장 안으로 들어간 통에 홀은 적막하기 그지없었다. 복도를 지나는 이도 로제와 나 단둘뿐이었다.

로제가 느리게 하품을 내지르며 내게 물었다.

"이제 어디 갈래?"

"글쎄다."

로제가 은근한 눈으로 나를 응시했다.

"내 경험상, 기분 푸는 데는 돈 쓰는 게 최고야."

예상한 대로, 로제가 나를 끌고 간 곳은 여러 가게가 모여 있는 상점가였다.

그녀는 도처의 매장을 오가며 온갖 신상품들을 쓸어 담기로 유명했는데, 그 때문인지 점원 중에는 로제를 몰라보는 이가 없었다.

로제의 아버지 프레토 백작이 하나뿐인 딸에게 허락한 사치는 어마무시한 수준이었다. 그녀는 실내에 입성한 지 30분 만에 세 벌의 드레스와 두 켤레의 구두, 다섯 개의 장신구를 골라 들었다. 나를 위로해 주려고 온 건지, 본인이 쇼핑을 하고 싶었던 건지 슬슬 헷갈릴 지경이다.

나는 팔짱을 낀 채 벽에 삐딱하게 기대섰다.

"적당히 좀 하지?"

"응? 뭘?"

로제가 내게 눈길을 주지도 않은 채 깜찍하게 대꾸했다. 점원이랑 이것저것 이야기를 주고받느라 정신이 없다.

"요새 어떤 게 잘나가요? 이런 스타일도 괜찮지 않나?"

"어머, 손님. 뭐 좀 볼 줄 아시네요."

점원이 호들갑을 떨면서 맞장구를 친다. 아주 웃기지도 않았다.

내게 주의를 돌린 로제가 제 옷가지를 가리켜 보였다.

"이거 어때?"

나는 심드렁한 눈으로 드레스의 치맛자락을 살펴보았다. 레이스가 덕지덕지 붙은 게 과하다 못해 눈에 거슬릴 지경이었다. 나는 아무렇게나 손을 저었다.

"그 조잡한 프릴 장식은 다 뭐야? 3년 전에나 유행했던 촌스러운 스타일 아냐."

내 말에 로제가 영문 모를 얼굴로 응대한다.

"무슨 소리야? 이게 요즘 사교계에서 최고로 유행하는 드레스인데."

맞다. 나 3년 전으로 돌아왔지.

그것 때문에 개고생을 하고 있으면서도 가끔 그 단순한 전제를 까먹는다.

이왕 과거로 돌아온 것, 그 이점을 살려 뭐라도 해보고 싶지만 내가 아는 미래는 벌써 다 틀어졌다. 앞으로의 3년은 루센과 지지고 볶고 연애하는 날들의 연속이었거든.

차라리 장래를 바꾸어 디자인 계통으로 진출하는 게 나을 것 같기도 하다. 향후 3년간 유행할 양식 및 원단들은 모두 꿰고 있었으니까.

내가 그런 실없는 생각이나 하며 하품을 할 때였다. 언뜻 시야에 익숙한 인영이 스쳤다. 나는 숙였던 고개를 퍼뜩 들고 주위를 둘러보았다.

베인 조르제?

무의식적으로 떠올린 이름에 피식 웃음이 나온다. 설마, 그 남자가 여인네들의 성지인 이곳에 뭐 하려고 찾아왔겠어. 하지만 방금 덩치 큰 사내를 본 것도 사실이었다. 나는 호기심을 숨기지 못하고 문가로 다가섰다. 내가 딴 곳으로 빠지든 말든 로제는 점원과의 대화에 정신이 팔려 있었다.

벽면에 몸을 기대고 빠끔히 고개를 내밀었을 때였다. 눈앞에 불쑥 그림자가 졌다.

"여기서 뭐 하고 계십니까?"

"꺅!"

깜짝 놀라 그대로 뒤로 넘어갈 뻔했다. 무덤덤한 얼굴의 남자가 내 팔을 잡아주지 않았다면 그대로 엉덩방아를 찧었을지도 모른다. 겨우 중심을 잡고 서자 베인 조르제는 말없이 나를 놔주었다. 나는 놀란 가슴을 쓸어내리며 말했다.

"깜짝 놀랐어요."

"놀라게 했다면 죄송합니다."

"아, 아뇨. 사과하실 필요는 없는데."

그에게서 사과를 받기엔 내가 받은 은혜가 커 염치가 없다. 나는 머쓱하게 머리칼을 쓸어 올렸다.

"여기는 어쩐 일이세요?"

그렇게 말하고 나서야 베인이 있었던 가게를 살필 정신이 들었다. 당연히도 드레스 따위를 취급하는 곳은 아니었고, 이런저런 소품들을 모아놓은 장소였다.

그동안 여성스러운 분위기의 상점만 들러서 몰랐는데 남자들이 들를 만한 곳도 있긴 있었던 모양이다. 진열대엔 커프스나 행커치프 같은 것들이 늘어져 있었다. 잠시 망설이는 기색이던 베인 조르제는 조금 뒤에야 대답을 내놓았다.

"손수건을…… 사러 왔습니다."

아, 손수건. 그 손수건.

"음, 그러셨구나."

나는 어색하게 웃음 지었다. 베인 조르제의 얼굴에는 여전히 표정 변화가 없었다. 누가 보면 화가 났다고 생각할 만한 모양새다. 자연히 눈치를 보게 된 것은 내 쪽이었다.

나는 분위기를 전환하려 부러 소란스럽게 말을 걸었다.

"그래요, 이번 것은 제가 사드릴게요. 저번 그 손수건, 세탁은 해놨는데 그걸 돌려받고 싶지는 않으실 것 같고. 어쨌든 제가 코…… 를 풀었었으니까요."

신세를 갚고 싶다는 말만 해도 괜찮았을 것을, 방정맞은 입은 쓸데 없는 소리를 잘도 내뱉었다. 남자가 나를 모자란 여자라고 생각하지 않을까 걱정이 될 정도다.

그러나 베인 조르제는 정중히 고개를 끄덕여 보였다.

"그게 마음이 편하시다면."

그가 뒷짐을 진 채 먼저 진열대로 걸음을 옮겼다. 나는 걸음을 서둘러 그의 옆으로 가 섰다. 점원이 어서 오세요 하고 공손히 인사했다.

"찾으시는 게 있으신가요?"

"연보라색 손수건을 찾고 있습니다. 여기서 샀던 물건이라서."

"어떤 모양인지 설명해주실 수 있을까요?"

"끝에 조그만 들꽃 무늬가 들어 있었던 거로 기억합니다."

그가 유리 너머에 시선을 주며 말했다. 다른 물건도 많은데 굳이 같은 것을 다시 찾을 정도면 꽤 좋아했던 물건인 모양이었다. 죄책감이 가슴 한구석을 쿡쿡 찌른다.

역시 그때 눈물만 닦았어야 했나. 하지만 코를 풀지 않았더라면 남자가 보는 앞에서 콧물을 질질 흘리고 말았을 거다. 나는 그의 눈치를 보며 어색하게 웃었다.

"아끼는 것이셨나 봐요."

"하나뿐인 거라서요, 소중한."

남자가 진열장 안에 눈을 고정한 채 덤덤히 대꾸했다. 액면 그대로 들어서는 나를 탓하는 말인데, 정작 꾸짖는 기색은 없으니 괜히 뻘쭘해진다.

그때 진열대 밑을 뒤지던 점원이 퍼뜩 고개를 들었다. 바닥을 살피느라 얼굴에 피가 몰렸는지 피부가 다소 붉어져 있었다.

"죄송하지만 잠시만 기다려주시겠어요? 말씀하신 물건의 재고가 매장 안엔 없는 것 같아서요."

"금방 가져오겠습니다."

여자가 서두르는 기색으로 뛰어갔다. 나는 그녀의 뒷모습을 쳐다보고 있다가, 베인 조르제를 흘긋 올려다보았다. 그러고는 불쑥 장난기 섞인 질문을 던졌다.

"여자한테서 받으신 건가 봐요?"

"뭐가 말입니까?"

"손수건이요. 애인분한테 혼나실까 봐 같은 물건으로 사 가시려는 거 아니에요?"

내 질문에 남자가 선선히 대꾸했다.

"혼나진 않을 것 같습니다만, 맞습니다."

"네?"

어울리지 않는 대답에 내가 반사적으로 되물었다. 베인 조르제가 그런 내게 물끄러미 시선을 주었다.

"여자한테서 받은 것, 맞습니다."

"아, 그러시구나."

내가 머쓱하게 고개를 돌렸다. 석남이라고 소문이 파다한 것과는 다르게 숨겨둔 애인이라도 있는 모양이었다.

왜 아무도 몰랐을까. 비밀 연애라면 왜 나한텐 다 순순히 말해주고 있고?

여러 가지 생각이 떠올랐지만, 그대로 고개를 저어 털어버렸다. 내일로 고민하는 것만도 충분히 바쁘다. 아를르 제냐와 루센이 입맞춤을 나누고 있을지도 모른다고 상상하자 자연히 이가 뿌득뿌득 갈렸다. 갑자기 얼굴을 알 수 없는 베인 조르제의 애인에게도 미안해진다.

물론 그와 나는 아무 사이도 아니지만, 제 애인과 외간 여자가 붙어 다니는 것을 보면 그녀도 기분이 좋진 않을 거다. 혹시 오해받을 만한 일은 하지 말아야지.

나는 심각한 얼굴로 고개를 끄덕거렸다. 베인 조르제에게서 받았던 손수건도 재질이 좋아서 그냥 내가 쓸까 했는데, 안 보이는 곳에 보관이나 해두어야겠다.

"많이 기다리셨죠?"

상기된 얼굴의 점원이 작은 검은 상자를 들고 등장했다. 뛰어갔다 온 것인지 숨을 몰아쉬고 있다. 그럼에도 직업 정신은 어찌나 투철한지 뚜껑을 열어 베인 조르제에게 확인시켜주는 것을 잊지 않았다.

과연 베인 조르제가 내게 건네었던 손수건과 같은 모양이었다. 남자가 상자 안을 흘긋 들여다보며 말했다.

"맞습니다. 이걸로 주세요."

"예."

점원이 싹싹하게 대꾸했다. 제안했던 대로 계산은 내가 대신 했다. 근데 뭔 놈의 손수건이 그렇게 비싼지 모르겠다.

이럴 줄 알았으면 대신 계산한다고 말하지 말걸! 나는 비어버린 지갑을 생각하며 몰래 피눈물을 흘렸다.

"그럼."

내가 큼큼 목을 가다듬었다. 그리 길 것이라고 생각했던 건 아니지만, 쇼핑은 싱거울 만치 일찍 끝나버렸다. 베인 조르제는 포장 상자는 챙기지도 않고, 내용물만 제 주머니에 접어 넣었다.

잠시 찬조 출연했던 나는 이만 돌아가봐야 할 때다. 나는 그에게 고개를 숙이며 인사를 남겼다.

"잘 쓰세요."

그럼 저는 이만 하고 몸을 빼려 할 때였다. 남자가 "카타리나 양." 하고 나를 불러 세웠다. 나는 말하라며 고갯짓을 해 보였다. 고맙다는 말이면 괜찮다는 인사치레를 잔뜩 남겨줄 작정이었는데, 그가 꺼낸 것은 영 의외의 발언이었다.

"시간 괜찮으시면 차라도 한잔하시겠습니까?"

그러고 보니 내가 이 사람에게 이름을 알려줬던가?

기억을 더듬어봐도 떠오르는 것은 없었다. 로제가 그의 앞에서 나를 부른 적이 있긴 했지만, 그건 카렌이라는 애칭이지 내 본명이 아니었다.

그가 영애들의 이름을 일일이 기억할 필요는 없을진대.

"차요?"

내가 조금 당황스러운 표정으로 되물었다. 베인 조르제가 가볍게 고개를 끄덕였다.

"혹 실례가 안 된다면 제가 대접하겠습니다."

"당연히 실례는 아니죠. 그런데……."

내가 말끝을 흐리며 어색하게 웃었다.

고작 차 한 잔이 뭐라고 실례가 된다는 말인가. 외려 내가 앞장서서 식사라도 대접해야 할 판이었다. 다만 문제는 남자의 의중을 파악할 수가 없다는 점이다. 미래에 나와 베인 조르제의 사이는 어땠던가. 그와 이야기를 나눈 적이 몇 번 있긴 했지만, 지금 시점에선 접점이 아예 존재하지 않았다. 지난번 파티에서의 일을 제외하면 그와는 거의 초면이나 마찬가지였다.

먼젓번은 곤경에 처한 여자에게 건넨 친절이었다고 치자. 그런데 지금의 제안은 어떤 의미로 받아들여야 하는 걸까.

"그런데?"

남자가 대답을 재촉하듯 내 끝말을 입에 담았다.

"그게……."

"곤란하시다면 거절하셔도 됩니다, 영애."

베인 조르제가 나를 배려하듯 말했다. 그 어투는 깔끔하기만 해, 음흉한 속이라거나 하는 것을 읽어낼 수는 없었다. 차라리 혼자 한 외출이 심심해서 마침 마주친 내게 합류를 제안했다는 가정이 훨씬 타당할 것 같다. 잠시 공주병에라도 걸렸던 모양이다.

말 같지도 않은 착각을 할 뻔했군.

이런 생각은 베인 조르제에도 예의가 아니었다. 나는 고개를 옆으로 저으며 대답했다.

"아뇨, 마실게요, 차."

근데 케이크도 시켜도 되나요? 그 말에 그제야 베인 조르제가 엷은 미소를 띠었다.

"한 판 다 드셔도 됩니다."

과연 기사 가문, 박력이 넘치는군.

베인과 상점가를 나와 찾은 곳은 각종 베이킹 종류를 다루는 디저트 가게였다.

실내엔 달큼한 설탕 냄새와 고소한 우유 향이 가득했다. 주변 지리를 잘 모르던 베인 조르제를 대신해 내가 이끌어 온 것이었는데, 때문에 인테리어는 다분히 소녀 취향이었다.

남자와 함께 들러본 적이 없어 이곳이 건장한 체격의 남성과 함께 입장하기엔 조금 거리낌이 있다는 것을, 나는 안으로 들어가고 나서야 깨달았다. 다행인 점은 베인 조르제가 그리 어색하다는 티를 내지 않았다는 점일까.

그는 마치 이런 곳에 익숙한 것처럼 자연스럽게 자리를 잡고 앉았다. 놀랍게도, 동그랗고 귀여운 분홍색 의자는 그와 그럭저럭 잘 어울렸다. 다만 조금 웃음이 나오는 광경인 것은 사실이었다. 나는 입가를 가리고 한참 얼굴 근육을 진정시켜야 했다.

주문한 메뉴가 우리 앞에 놓이는 데는 그리 오래 걸리지 않았다. 차를 한 모금 들이켠 베인 조르제가, 잠시 뜸을 들이다 입을 열었다.

"친구분과 함께 계신 줄은 몰랐습니다."

그 말에 내 옆자리에 앉아 있던 로제가 고개를 들었다. 정신없이 먹느라 입술엔 생크림이 잔뜩 묻어 있었다.

케이크에 집중해 있느라 제대로 듣지 못했는지 그녀가 "예?" 하고 되물었다. 베인 조르제는 그것을 지적하는 대신 침착하게 로제에게 티슈를 내밀었다.

베인 조르제에게서 차를 마시러 가자는 제의를 듣고 나는 곧바로 로제를 불러왔다. 소공작님이 디저트 사주신대, 라고 말한 후 나는 그녀의 귀에 대고 재빠르게 속삭였다.

엘르로 가자.

제가 가장 좋아하는 디저트 가게의 이름에 로제의 얼굴이 대번에 밝아졌다. 살찐다고 내 티타임을 뒤엎어놓은 사람 같지 않은 반응이었다.

어쨌든 베인 조르제와 나, 그리고 로제는 그렇게 이곳에 단란히 마주 앉았다.

"카타리나 양께서 혼자 나오신 줄로만 알고, 동석은 둘이라고 생각했었습니다."

내가 기다렸다는 듯 밝게 대답했다.

"사람이 많아야 재밌잖아요."

"……."

베인 조르제가 말없이 차를 들이켰다. 벌써 반절이나 줄어든 것이, 차가 꽤 마음에 든 모양이다.

나는 배려 있게 그에게 차를 더 따라주었다. 베인 조르제가 이번엔 아예 한꺼번에 잔을 비웠다.

"안 뜨거우세요?"

"괜찮습니다. 좀 더워서."

보통 더운데 뜨거운 차를 마시나? 나는 고개를 갸웃거렸다.

"차가운 거 따로 시켜드릴까요?"

"괜찮습니다."

그는 이번에도 고개를 저었다. 영 서로 대화가 없다. 나는 옆자리에 앉은 로제를 넘겨보았다. 그녀는 제가 가장 좋아하는 홍차 케이크를 음미하느라 정신이 없어 보였다.

결국 또 먼저 화두를 꺼낸 것은 나였다.

"이렇게 마주치니 조금 신기하네요."

이런 데서 소공작님을 만날 줄은 몰랐거든요. 내가 어색하게 덧붙였다.

"왠지 이런 상가는 직접 오지 않으실 분 같고 그래서."

"꼭 필요한 일이 아니면, 스스로 할 수 있는 일에 사용인을 부리진 않습니다."

베인 조르제가 냅킨으로 입가를 닦으며 점잖게 대답했다.

전부터 생각했지만, 그는 고상하다는 말이 꼭 어울리는 사람이었다. 내가 테이블 위에 팔꿈치를 올리며 말했다.

"그렇게 소중히 여기시는 걸 보면 선물한 사람도 보람 있겠어요."

"보람이요?"

"네, 그 손수건."

내가 남자의 가슴팍 쪽을 가리켜 보였다. 주머니에 들어가 보이지 않았지만, 아까 그가 손수건을 받아 넣어두었던 위치였다.

연인이 사준 손수건을 고집하는 남자라, 제법 낭만적이다. 얼굴도 알 수 없는 그의 애인이 부러워지는 순간이었다.

지금 이 시각에도 내 짝 루센 그레미오는 다른 여자와 재밌게 공연이나 보고 있겠지. 거시기를 뜯어버리고 싶…… 아니, 단어 선택이 너무 저속했군. 그래, 불알을 뜯어버……

그게 그건가?

"분명 아름다운 여성분이시겠죠?"

작게 헛기침을 하고 던진 질문에 베인 조르제는 어울리지 않게도 단번에 고개를 끄덕였다.

의외로 순정을 간직한 남자인가. 하기야 조르제 가문은 예전부터 착실하기로 유명했다. 귀족들 간의 결혼에서 사생아가 흔한 것과는 다르게 조르제 가문엔 혼외 자식이 거의 존재하지 않았다.

가문의 이익을 고집하지 않고 꼭 제가 원하는 사람과 결혼하게 하는 독특한 가풍 탓도 있지만, 이건 아무래도 가정교육을 잘 받아서 그런 듯하다. 이래서 밥상머리 교육이 최고라고들 하는 것이다.

"좋은 말만 하시니까 괜히 어떤 분이실지 궁금해지네요. 힌트라도 주시면 안 돼요?"

내가 그에게 궁금하다는 눈빛을 보내며 물었다. 남자가 그런 나를 물끄러미 응시했다. 그러고는 들고 있던 잔을 내려놓으며 입을 열었다.

"카타리나 양처럼 긴 금발에 초록 눈동자를 가졌습니다."

"또?"

"카타리나 양처럼 눈 밑에 작은 점이 있고요."

"또?"

"카타리나 양처럼 귓불이 둥근 모양입니다."

"또……?"

"카타리나 양처럼 입술이 두꺼운 편입니다."

"음……, 그…….."

"아, 양볼에 보조개도 있습니다."

베인 조르제가 막 생각났다는 듯 가볍게 덧붙였다. 나는 잠시간 침묵을 지켰다.

나도 있다. 보조개.

내가 어색한 눈으로 남자의 눈치를 살폈다. 베인 조르제의 은근한 눈빛은 나를 몹시 헷갈리게 만들었다. 마치 그는 그 상대가 나라는 것처럼 말하고 있지 않은가.

문제는 예의 손수건이 나는 전혀 기억에 없다는 점이다. 애초에 그런 선물을 할 만한 연도 없었고. 아무리 생각해봐도 내가 그에게 저 손수건을 선물한 당사자일 가능성은 0으로 수렴했다.

나는 어깨를 움츠렸다. 되묻는 목소리는 한참 작아져 있었다.

"그분이 저와 많이 닮았나 봐요……?"

"네, 닮았습니다. 많이."

남자가 짤막하게 대꾸했다. 만약 내가 그 당사자가 맞다면 본인이 줘놓고 왜 기억을 못하느냐며 따질 만한 타이밍이다. 베인 조르제가 그 후에 꺼낼 말을 기대하며 그에게 집중할 때였다. 허탈하게도 그는 다른 화제로 말을 돌렸다.

"영애는 어쩐 일로 나오셨습니까?"

나는 잠시간 멍청하게 눈만 깜빡였다. 한참 후에야 그의 질문을 이해하고 당황하여 입을 열었다.

"아, 저는 공연을 보러……."

"로렌스 씨의 공연 말씀이십니까?"

"아시네요?"

"유명하니까요. 그런데……."

그리 말한 남자가 제 품에서 시계를 꺼내었다. 흘긋 시침을 살피더니 내게 다시 눈을 돌렸다.

"아직 공연이 안 끝났을 시간인데요."

"그게……."

"소공작님!"

뒤에서 들려온 커다란 목소리에 움찔했다. 소리가 들려온 쪽을 돌아보자 한 작달막한 남자가 우리가 앉은 테이블로 헐레벌떡 뛰어오고 있었다. 그는 베인 조르제 앞에 멈춰서 숨을 몰아쉬었다.

"소, 공작님. 헥. 왜 여기 계세요?"

남자가 크게 숨을 들이켠 후에야 하던 말을 이었다.

"물어물어 겨우 찾았잖습니까."

남자의 보랏빛 얼굴을 보아하니 아무래도 급한 일이 있는 듯싶다. 정작 베인 조르제는 태연한데도 괜히 내가 대신 눈치를 보았다.

베인 조르제가 시계를 다시 제 품에 추슬러 넣었다. 그가 자리에서 몸을 일으켜, 나는 그의 얼굴을 찾기 위해 한참 고개를 들었다.

"아쉽지만 오늘은 이만 가봐야 할 것 같습니다."

"아, 네, 네. 바쁘신데 제가 괜히 붙잡았나 보네요."

내가 손을 내저으며 그에게 얼른 가보라는 시늉을 했다.

"다음에 또 뵙겠습니다."

그는 고개를 까딱여 인사를 남기고는 저를 데리러 온 남자와 함께 자리를 떠났다.

나는 그가 문밖으로 나설 때까지 그 등을 쳐다보고 있었다. 딱히 뭘 한 것은 아닌데, 이상하게 정신없던 자리였다. 내가 다시 테이블 앞으로 시선을 돌렸을 때였다. 나에게 향해 있는 생기 없는 눈에 식겁하여 몸을 뒤로 물렸다.

한참 접시만 내려다보고 있던 로제의 고개가 들려 있다. 깜짝 놀라 하마터면 뒤로 나자빠질 뻔했다. 나는 겨우 의자를 붙잡아 몸을 일으켰다. 진정의 한숨을 내쉬며 베인 조르제가 있어 하지 못했던 말을 꺼낸다.

"너 걸신들렸니? 뭐 그렇게 말없이 퍼 먹어?"

"나는 뭐 하고 싶어서 그런 줄 아니? 숨 막혀 죽는 줄 알았다."

로제가 기침을 하며 제 앞에 있던 냉수를 들이켰다. 그러더니 잔뜩 흥분한 투로 내 귀에 대고 말했다.

"저 사람 지금 너한테 작업 거는 거 맞지?"

"말도 안 되는 소리."

나는 딱 잘라 말했다. 물론 로제는 내 말을 들은 척도 않았다.

"똥 마차 가고 황금 마차 온다더니 그 말이 틀리진 않았나 보다. 그치?"

"설레발도 수준급이다, 아주."

그만하자, 우리. 내가 눈썹을 들어 올리며 경고했다. 이번에도 로제는 한 치의 망설임도 없이 나를 무시했다.

"생각해봐. 생뚱맞게 웬 차를 마시재? 너라면 관심 없는 남자한테 그러겠냐?"

"너 저 남자 말하는 거 못 들었어? 애인이 준 거라잖아, 그 손수건."

"저런 남자가 연애를 하는데 어떻게 소문이 안 나? 내가 보기에 둘 중 하나야. 여자한테서 받았다는 게 거짓말이거나, 아니면 이미 헤어진 여자거나."

자칭 연애 고수, 타칭 연애 고자 로제가 열렬히 주장했다. 물론 그 의견에 대한 내 신뢰도는 바닥을 쳤다. 나는 귀를 막으며 안 들린다는 시늉을 했다. 그럼에도 로제는 꿋꿋하게 이런저런 이야기를 떠벌렸다.

나는 참다못해 눈을 질끈 감으며 소리쳤다.

"아, 난 루센 아니면 안 돼!"

로제의 반격을 기다렸지만, 이상하게도 옆에서 들려오는 말이 없다. 슬그머니 눈을 떴다.

가는 눈으로 옆을 흘끔거리니 그녀가 멍청하게 입을 벌리고 있는 게 보인다. 놀라운 광경이라도 보았다는 듯이. 나는 천천히 고개를 돌려 그녀의 시선이 향한 곳을 살폈다. 그러고는 제자리에 못 박힌 한 쌍의 남녀를 발견했다.

대체 왜 저 얼굴이 저기 있을까.

나와 눈이 마주친 루센이 무의식적으로 내 시선을 피했다.

"……."

하느님, 나한테 왜 이러세요…….

되찾게 해줘요

어둡고 축축한 곳, 빛 한 점 들지 않는 내부에 지하의 퀴퀴한 냄새가 배어들었다.

나는 나무의자에 무료히 앉은 채 벽면에 낀 이끼들만 응시했다. 그렇게 무료히 기다린 지도 벌써 한참이다. 흘긋 시선을 내려 바닥을 살피자, 남자가 마침내 깨어나 꿈틀대고 있는 것이 보였다. 햇빛 아래 빛나던 금발은 이제 물에 젖어 탁한 빛을 띠고 있었다.

남자가 제 머리를 붙잡으며 겨우 몸을 일으켰다. 그를 결박하고 있는 끈은 없었지만, 나는 그가 난동을 피울 것을 염려하진 않았다.

"으윽…… 이게 뭐야, 큭."

루센이 고통스럽다는 투로 중얼거렸다. 정신없이 주위를 살피더니, 나를 발견하고는 아연한 기색을 드러냈다. 그가 황망한 눈으로 나를 올려다보며 말했다.

"카타리나 양? 제가 왜 여기……. 아니, 윽. 몸이 꼭 취한 것같이……."

"취한 건 아니고 마비가 오는 걸 거예요, 루센 경."

내가 조소하듯 대꾸했다. 조금 뒤에야 내 말의 의미를 깨달았는지 남자의 눈이 불안하게 떨려왔다.

그래, 그가 깨어나 이렇게 제 처지를 각인시켜줄 때를 쭉 기다려왔다.

"그게 무슨…… 말씀이십니까, 영애?"

믿을 수 없다는 듯한 음성이다. 나는 들고 있던 채찍을 바닥에 한 번 거칠게 휘둘렀다. 끈이 떨리며, 남자의 눈도 함께 잘게 경련했다. 나는 그 끈으로 천천히 루센의 얼굴을 쓸어내렸다. 루센은 고개를 돌려 피하려 들었지만, 그에겐 제 몸 하나 운신할 기운도 없을 것이었다. 예상대로 그는 제자리에 꼼짝 못하고 늘어져 있었다. 이대로 저를 내려친다고 해도 루센은 꼼짝없이 맞고만 있어야겠지.

내 입술이 부드러운 호선을 그렸다.

"곧 손발에 힘이 없어져서 걷기 어려워지고 호흡이 가빠지고 혀가 마비되고, 결국 잠에 빠져들 거예요."

그리고 저와 다시 사랑하게 되겠죠. 나는 들릴 듯 말 듯, 속삭이는 것처럼 덧붙였다.

"이 미친 여자가……!"

루센이 창백한 얼굴로 소리쳤다. 어떻게든 이 자리를 벗어나려 몸을 꿈틀댔지만, 그래봤자 약효만 더 빨리 돌 뿐이다.

나는 그의 배를 구둣발로 꾹꾹 눌러 밟았다. 숨을 쉬기가 힘들었는지 루센이 바닥에 뒤통수를 비비며 고통스러워했다. 왠지 모르게 뱃속까지 통쾌해지는 기분이다.

"후훗. 그러니 처음부터 내 말을 순순히 들었으면 좋았잖아요, 루센."

내가 비열하게 입을 가리고 웃었다. 오호호홋!

"카타리나 양, 지금 당신은 제정신이 아닙니다. 이성적인 판단을 하지 못하고 있어요."

루센이 기듯이 다가와 내 구둣발을 붙잡았다. 그가 이를 악물며 다급히 말을 늘어놓았다.

나는 그런 그의 손을 거칠게 쳐냈다.

"시끄러워! 이미 날 미친 여자로 생각하고 있으면서!"

"아닙니다. 잠깐 제 말 좀 들⋯⋯."

"뭐? 내가 스토커라고? 머리가 뽀개지고 나면 그런 생각은 못하겠지. 당신이 나를 기억 못한다면, 아를르 제냐도 함께 지워버리면 돼!"

"영애!"

내가 입가에 검지를 가져갔다.

쉿 하고 조용히 하란 표시를 하자 그가 따라 입을 다물었다. 두 팔이 떨리는 것을 보아 몹시 겁에 질린 모양이었다.

나는 그런 그를 향해 싸늘하게 읊조렸다.

"잘 가요, 루셴."

내가 피 묻은 돌덩이를 집어 들자 루셴의 얼굴이 더욱 희게 질려갔다. 그가 제 얼굴을 가리며 소리쳤다.

"아⋯⋯ 안 돼!"

내가 따라 외쳤다.

"돼!"

쾅!

"뭐가 돼요?"

번쩍 눈을 떴다. 눈가로 따가운 햇살이 끼쳐들어, 그만 눈을 감싸 쥐고 바닥을 굴렀다.

제멋대로 미끄러지던 몸이 무언가에 걸려 멈췄다. 다시 눈을 뜨니 눈앞에 웬 치마폭에 감싸인 하얀 다리가 있다. 나는 천천히 고개를 들어 그 주인을 살펴보았다. 시선의 끝에서는 레이가 눈을 말똥말똥 뜬 채 나를 내려다보고 있었다. 방금 전 들려왔던 목소리의 주인공은 다름 아닌 그녀였던 듯했다.

나는 삐걱대는 몸을 겨우 일으켜 앉았다. 바닥이 딱딱한 것이, 또 침대에서 떨어졌나 보다.

"아가씨, 뭐가 된다고 하신 거예요?"

레이가 궁금하다는 듯 다시 물어왔다. 그때 주마등처럼 무언가가 머릿속을 스쳐 지나갔다. 방금 전의 꿈을 떠올린 순간, 나는 머리를 끌어안고 무릎에 얼굴을 박았다.

어…… 엄청나게 변태 같은 꿈을 꿔버렸다. 채찍은 도대체 어디서 나온 소품이야.

레이가 나를 깨우지 않았더라면 정말 루센의 머리를 깨버렸을지도 모른다. 꿈이라고 해도 치정 문제로 약혼자를 살해한 여자 역할 따위는 하고 싶지 않다. 게다가 지하의 습한 냄새나 축축한 바닥 같은 것이 그대로 느껴지는 것이, 묘하게 현실감 있는 꿈이었단 말이지.

영 꿈자리가 뒤숭숭하다. 나는 그만 일으켜달라고 레이에게 손을 내밀며 물었다.

"지금 몇 시야?"

"벌써 점심때예요. 덕분에 아가씨 간수 못한다고 마님께 한참 한소리 듣고 왔네요."

레이가 내 손을 잡아당기며 질책하듯 말했다. 나는 무릎에 힘을 주어 일어서며 가볍게 입꼬리를 끌어 올렸다.

"어머니야 항상 그러시지."

"요샌 더 심하세요."

"왜, 내가 전처럼 또 정신이라도 놓을까 봐?"

어머니는 내가 미래에서 왔다고 주장하던 때를 그렇게 받아들였다. 그녀는 내가 했던 예의 '살기가 심심해서 장난 좀 쳐봤어요.'라는 변명을 진짜로 믿지는 않았다. 하긴 나라도 저 진지함이라곤 눈곱만큼도 없는 말을 곧이곧대로 듣지는 못했을 거다.

허나 어머니의 경우는 그 정도가 조금 심했는데, 그녀는 내가 진짜 미쳤었다고 생각했다. 때문에 내가 어머니의 기준에서 정상으로 돌아온 지금도 안심의 끈을 놓지 못하고 있었다.

변명거리를 좀 제대로 된 걸 댔어야 했나. 이럴 줄 알았으면 좀 조용히 방황할 걸 그랬다. 난 또 그러고 있으면 불쌍해서라도 신이 나를 원래대로 돌려보내줄 줄 알았지. 그러나 멍멍이 자식 같은 창조주는 나를 배신했다.

요새는 정말 이상한 일투성이였다. 베인 조르제의 알 수 없는 말들과 태도만 해도 그러했다.

지난번 로제와 공연을 보러 갔던 날, 베인은 저를 떠보는 듯한 말만 해놓고 자리를 떠났었지. 엎친 데 덮친 격으로 그 후 루센과 다시 마주쳤던 일은, 정말 다시 떠올리고 싶지도 않았다.

'난 루센 아니면 안 돼!'라는 내 외침을 들은 루센이 취한 행동은 아를르의 어깨를 끌어안고 조용히 가게 밖으로 나가는 것이었다. 루센 탈환 계획의 성공이 더없이 요원해지는 순간이었다.

이러다간 정말 짱돌로 루센의 머리를 후려쳐야 할 날이 올지도 모른다. 상상만 해도 끔찍하군. 루센의 일은 답이 보이질 않으니 다른 일이라도 좀 헤집어봐야겠다.

"레이, 저번에 빨아달라고 했던 손수건 기억하지? 그것 좀 가지고 와봐."

나는 머리를 벅벅 긁으며 그녀에게 손짓했다.

멀리에 두진 않았는지 레이는 금방 내가 말한 물건을 찾아왔다. 베인 조르제가 아꼈던 손수건은 주름 하나 없이 고이 접혀 있었다. 나는 그 연보라색 손수건을 집어 들어 꼼꼼히 살폈다. 뭔가 떠오르지 않을까 했지만, 역시 다시 봐도 기억나지 않는 물건이다.

혹시 내가 기억도 안 나는 어릴 적에 선물했던 물건일까?

그 가능성도 염두에 두고 기억을 헤집어보았지만, 조르제가와는 원체 왕래가 없었을뿐더러 손수건은 그리 낡은 외양이 아니었다. 이 손수건이 특출하게 튼튼하다고 가정한다 하더라도 지나칠 만큼 세월의 흔적이 없었다.

내가 레이를 향해 홱 고개를 돌리며 물었다.

"너 저번에 조르제가랑 우리 가문이랑 왕래가 잦다고 했었잖아. 그거 옛날 일 아냐? 어? 너랑 나랑 나이가 비슷하니까 대략적인 것만 알고 자세한 건 기억이 안 나는 거지. 응? 그렇지 않을까?"

"모르겠어요. 저도 그때 무의식적으로 꺼낸 말이라, 영 감이 안 와서……."

레이가 죄송하다며 고개를 꾸벅 숙였다. 필사적으로 머릿속을 더듬어보아도 나 역시 떠오르는 것이 없다.

되는 일은 없고, 답답한 일만 많고.

나는 그대로 침대에 벌렁 드러누웠다. 손수건을 얼굴 위에 올려 눈을 가리자 포근한 비누 냄새가 풍겨왔다. 은은한 볕 내음까지 느껴지는 것이, 레이가 잘 빨아 말려두었던 모양이었다.

도대체 이 손수건의 정체는 뭘까? 그리고 베인 조르제의 그 여자는 또 누굴까?

어쩌면 그는 불의의 사고로 사랑하는 사람을 잃은 건지도 모른다. 연인을 잃은 슬픔에 방황하던 그, 그는 어느 정원에서 제 연인과 똑 닮은 사람을 보게 된다. 곤경에 처했던 여자를 도와주자 그녀는 화답으로 밝은 웃음을 지어준다. 그 청초한 여인에게 다시 두근거리기 시작하는 남자의 가슴. 남자는 점차 그녀에게서 죽은 여자의 향수를 느낀다.

그리고 서서히 피어나는 사랑과 질투, 모략, 그리고 집착…….

"말 되네?"

나는 감탄하며 상체를 일으켜 앉았다. 그렇게 생각하니 조금 말이 된다. 식은땀을 닦듯 이마를 쓸어내렸다.

휴, 이놈의 인기란.

내가 조금만 지조가 없었더라면 베인 조르제와 그대로 로맨스를 찍었을 수도 있겠지만, 아쉽게도 난 내 사랑 하나뿐이다.

나는 다시 연보라색 손수건을 고이 접어 내렸다. 그러고는 눈높이로 들어 올려 들꽃 무늬 자수에 빤히 시선을 주었다.

"미안해요, 조르제. 난 루센밖에 없어요."

내가 손수건에 가볍게 키스를 남기며 중얼거렸다.

어디서 시선이 느껴진다 했더니, 레이가 그런 나를 미친 여자 보듯이 쳐다보고 있었다. 이젠 너무 익숙한 시선이라 화도 안 난다.

"왜."

"네?"

"왜 그렇게 봐?"

"제가 뭘요."

레이가 딴청을 피우며 문가를 가리켰다.

"그만 식사하러 내려가세요."

나는 더 따지고 드는 대신 얌전히 손수건을 다시 접어두었다. 그러고는 허리를 두드리며 자리에서 일어났다.

"하여튼 오라 가라…… 귀찮아 죽겠어."

"주인님 여유 되시는 때가 겨우 주말인걸요. 이런 날이라도 한 식탁에서 드셔야죠."

"우리 후작님 문제가 뭔지 알아?"

"뭔데요?"

"자기가 바쁠 땐 만찬을 쏙 빼먹는다는 거야! 우리는 절대로 그러지 못하게 하면서."

내 하나뿐인 아버지 리플렉츠 후작은, 우리 두 남매에겐 불행하게도 영 제멋대로인 양반이었다. 독불장군 같다기보다는 아이의 투정에 가까웠는데, 성격 역시 세심한 편은 아니었다.

내 생일을 까먹은 아버지가 단내가 난다는 이유로 주방장이 성의껏 준비한 2단 케이크를 치우라고 명한 열두 살의 일을, 나는 아직도 잊지 않았다. 그 이후 내가 아버지의 생신에 축하한다는 말을 남긴 일은 없었다.

로제는 뒤끝이 질기다 못해 거머리 같은 수준이라며 그런 나를 질린 눈으로 쳐다보았다. 자신이 보기에는 무심한 아버지보다 쪼잔한 네가 더 문제라는 타박도 따라왔지만, 중요한 문제는 아니니까 일단 넘겨두고.

덕분에 어렸을 적에는 아버지가 대체 왜 '다 같이 모여 식사'를 고집하는지를 이해할 수 없었다. 나중에 전대 후작인 할아버님이 아버지를 그렇게 가르쳤다는 말을 듣고 나서야 수년간의 의문은 겨우 종결을 맺었다. 말 잘 듣는 아들, 오라버니 알테조차 알 만하다는 얼굴로 '그러면 그렇지.'라는 명언을 남겼다. 심히 이해가 가는 발언이었다.

다정했던 할아버지가 원했던 것은 가족의 화합이지, 정말 모여서 식사나 하자는 뜻은 아니었을 거다. 그리고 눈치 없는 아버지 때문에 우리는 열심히 빵만 뜯어 먹었다.

나는 아버지를 보고 눈치는 팔자에 있는 것이지, 학습하는 게 아니라는 걸 배웠다.

　가족끼리 모이는 자리를 싫어하는 건 아니지만 솔직히 오늘은 혼자 있고 싶었다. 아버지가 걱정이랍시고 곤란한 질문을 툭툭 던지면 그만 식탁에 얼굴을 박고 말 거다.

　식당으로 향하는 발에 힘이 들어가지 않는다. 왠지 눈을 까뒤집고 한 번 더 미친 척을 하고 싶어지기도 하고. 때마침 목적지에 다다르지 않았더라면 나는 그 방법에 대해 조금 더 진지하게 고민했을지도 모른다.

　"안 들어가고 뭐하세요?"

　레이의 재촉에 결국 문을 열고 안으로 들어갔다. 식탁 위엔 벌써 메인 요리가 나와 있었다. 문소리를 들은 알테가 눈을 들어 내게 아는 척을 해 보였다.

　나는 그에게 작게 손을 까딱이고는 자리를 잡고 앉았다.

　"입맛 없으니까 난 간단한 걸로 줘."

　식사를 옮겨다주던 하녀 하나가 "네." 하고 대답하고는 총총거리는 걸음으로 멀어졌다.

　상석에 앉은 아버지가 내게 짧게 질책의 말을 남겼다.

　"얼굴 보기가 힘들구나."

　"몸이 좀 안 좋았어서요."

　내가 상 위에 놓인 냅킨을 들어 손을 닦으며 가볍게 대꾸했다. 그런데 도통 따가운 시선이 내게서 떨어지지를 않는다. 내게 할 말이 있는 것일까. 고개를 들자 곧장 아버지와 시선이 마주쳤다.

　"하실 이야기 있으세요?"

　그만 쳐다보란 의미로 말한 것이지, 정말 뭘 이야기하라고 말한 것은 아니었다. 그런데 그는 기다렸다는 듯 불쑥 입을 열었다.

"지난 주일에 조르제 소공작을 만났다며?"

마침 내 앞에 놓여 있던 잔으로 목을 축이고 있었던 탓에, 나는 그만 물을 마시다 말고 기침을 토해냈다. 당연한 수순으로 입에 들어 있던 것들이 식탁보로 쏟아졌다. 건너편에 놓인 접시 위까지 내가 뱉은 것으로 추정되는 물방울이 반짝거렸다.

흥건히 젖은 상 위로 묘한 정적이 찾아들었다. 한참 눈만 깜빡이던 어머니가 점잖은 목소리로 하인을 불렀다.

"내 접시 좀 치워줘요."

내 눈치를 보던 알테가 조심히 손을 들었다.

"저도……."

가장 만만한 오라버니라도 째려볼까 했는데, 알테의 스테이크는 물에 반쯤 잠긴 스튜 꼴이 되어 있었다. 내가 과도하게 눈을 깜빡이며 짧게 말했다.

"다들 죄송."

어머니의 싸늘한 눈길이 내게 닿았다. 나는 새침하게 다음 말을 덧붙였다.

"……해요."

본인의 음식에는 피해가 없었던 탓인지 다행히도 아버지는 방금 전의 사고에 대해 별말을 꺼내지 않았다. 조심 좀 하라는 주의가 따라오긴 했지만 그 정도는 기분 나쁠 수준도 아니다. 접시가 바뀌지고 내 식사까지 모두 나온 후에, 그는 상황이 정리되길 기다렸다는 듯 곧바로 말을 꺼냈다.

"어제 공작가에 볼일이 있어 잠깐 찾아갔었는데, 못 본 사이 소공작이 꽤나 건실하게 자랐더구나."

따라오는 수식어가 거창하다. 왠지 슬슬 불길해지기 시작했다.

"그간 잘 지냈느냐고 물으니 소공작이 갑자기 네 얘기를 하는 게 아니겠니."

"베인 소공작이요?"

"그래. 얼마 전 따님을 뵈었는데 참 참한 아가씨로 보였다고 네 칭찬을 하더구나."

참한……?

"얼마 전 제냐가의 파티에서 만났을 때 네가 무척 아름다워 놀랐다고도 했고."

무척 아름다워 놀라……?

"으음……."

나는 불편한 기색으로 신음했다. 그러고는 백작가에서 있었던 베인 조르제와의 만남을 한번 떠올려보았다.

그리고 생채기가 가득했던 팔목과 지저분한 드레스, 화장이 잔뜩 번져 괴기했던 얼굴도 함께 생각해냈다. 베인 조르제가 그걸 아름답다고 칭했다면 둘 중 하나다. 눈이 없거나, 아니면 그런 거짓말을 할 수 있을 정도로 양심이 없거나. 둘 중 뭐가 되더라도 그가 모자라다는 명제에는 변함이 없다.

아무래도 아버지는 그 특유의 눈치 없음으로 베인 조르제의 말을 영 다르게 해석하고 만 모양이었다.

"너를 좋게 생각하던 것 같은데 네 생각은 어떠니."

"제 생각이 어떠냐니요?"

"네 짝으로 그 공자가 어떻겠느냐는 말이다."

"글쎄요……."

내 미적지근한 반응이 꽤나 답답했던 모양이었다. 아버지가 답지 않게 내게 몸을 가까이 기울였다.

"네 나이가 벌써 열여덟이다. 결혼 이야기가 나오기엔 적기지. 공자가 그걸 모르고 네 얘기를 했겠니."

베인 조르제가 아버지와 딱히 나눌 이야기가 없어 예의상 내 칭찬을 했다는 데 손톱의 때를 걸고 싶다. 무엇보다 내 머릿속의 베인 조르제는 연인을 잃은 것을 가슴 아파하는 신파 로맨스의 주인공이었다. 그가 설령 예의 그녀와 닮은 나를 보고 어떤 감정을 품었다고 해도, 과거를 추억에 얽매여 새 여자를 찾는 남자는 매력 없다.

나는 온전히 나만을 사랑해주는 남자와 결혼할 테다. 이를테면 루센이라든지.

"……."

물론 그 과정은 조금 험난할 것으로 예상되지만, 어쨌든 나는 아직까지 그가 내게로 돌아올 것이라고 믿어 의심치 않았다. 정 안 되면 최악의 방법도 남아 있지 않은가. 오늘 꾸었던 험악한 꿈이 은근슬쩍 머릿속으로 스멀스멀 기어 나왔다.

비명 지르는 루센과 피 묻은 짱돌…….

"너무 앞서 가셨어요."

겁에 질린 루센의 얼굴을 애써 기억에서 지우며 대꾸했다. 그러나 돌아온 것은 왜인지 모를 답답하다는 음성이다.

"내가 그것뿐이면 이런 말을 꺼내겠어?"

그것은 근거 없다기엔 너무나 자신감에 찬 말이라, 나는 떨떠름한 눈으로 그를 응시했다. 아버지가 여봐란 듯 냅킨으로 입을 닦았다. 슬슬 인내심에 한계가 온다. 도대체 무슨 이야기이기에 저렇게 뜸을 들이는 걸까.

그의 행동은 일전에 퀴즈쇼 구경을 갔을 때 '정답은 잠시 뒤 공개합니다!'라며 입으로 북소리를 내던 사회자를 연상시켰다.

그 사회자는 '정답을 공개하기 전에, 잠시 북쪽에서 내려온 유랑단의 공연을 관람하겠습니다.' 따위의 발언을 하여 로제를 분노시켰다. 로제는 그날 무대로 뛰어 올라가 손바닥으로 남자의 입술을 마구 때렸다. 다시 내 옆자리로 돌아온 그녀는 속이 다 시원했더라고 증언했다.

"베인 소공작이……."

늘어지는 목소리를 바짝 당겨주고 싶은 기분이다. 다행히도 아버지는 나를 더 애달게 하지는 않았다.

"너를 저택으로 초대하고 싶다고 하더구나. 한번 단둘이 만나고 싶다고."

"네?"

짜증스러운 표정을 떠올리고 있던 내 얼굴이 괴기하게 구겨졌다. 아버지가 말을 천천히 한 것이 나를 덜 놀라게 하려는 배려로 느껴졌을 정도로 놀라운 발언이었다.

혹시 잘못 들었을지도 모른다고 생각하여, 다시 한 번 말해달라 청하려 할 때였다. 알테가 자리에서 벌떡 일어나며 소리쳤다.

"안 돼!"

앤 또 왜 이래?

아버지와 내가 나란히 이건 또 뭐냐는 듯한 표정을 떠올렸다.

모두가 저를 이상하게 보는 것을 알아채지 못했는지, 아니면 상관이 없었는지 알테가 개의치 않고 다시 한 번 소리쳤다.

"안 됩니다!"

"왜?"

아버지가 어이없음이 그대로 묻어나오는 음성으로 되물었다. 알테의 시선이 잠시 내 얼굴에 와 닿았다. 어째서 나를 그렇게 쳐다보는 건지 모르겠다.

　나는 왜 그러냐는 듯 의아한 표정을 지어 보였다. 그러나 잠시간 나를 빤히 쳐다보던 알테는 곧 반대편으로 고개를 돌렸다. 그러고는 우물쭈물 입을 열었다.

　"카렌이 나이가 몇 살인데 벌써 결혼을 논하세요, 아버지?"

　"열여덟이면 그만 집 나갈 때도 되었지. 너희 할머니는 이 집안에 열다섯 살에 시집오셨단다."

　아버지가 점잖게 수염을 쓰다듬으며 대꾸했다. 그 수염이 본인 것이 아님을 감안하면 꽤나 권위를 잃은 위엄이었다. 체모가 워낙 옅고 적은 체질인 남자는 가발도 아니고 가짜 수염을 붙이고 다녔다. 수염은 남성성의 상징이라 없으면 안 된다는 것이 그가 말하는 이유였고, 진짜 이유는 빈약한 턱을 친우들에게서 놀림 받았기 때문이었다.

　성인, 그것도 귀족 남성은 친구와 싸우면 '쟤가 나랑 안 놀아줘.' 하고 우는 대신 돈을 처발라서라도 자존심을 세워야 한다. 그러나 가짜일지언정 없지는 않은 아버지의 권위에도 알테는 물러설 생각이 없어 보였다. 그가 지지 않고 곧장 반박했다.

　"할머님 때랑 비교하시는 게 말이나 돼요?"

　"말이 안 될 건 또 뭐란 말이냐."

　"카렌은 조금 더 자유를 즐겨도 될 나이예요."

　알테는 여전히 완강한 투였다. 내 편을 들어줘서 고맙기는 하나, 슬슬 내 혼기가 가까워지는 것도 사실이었다. 그가 답지 않게 고집을 부리는 이유가 문득 궁금해진다.

　"요새도 카렌 나이에 약혼자 없이 지내는 여자가 어디 있냐? 여자란 모름지기 스물이 넘으면 늙기 시작하는 법이란다."

　잠시간 상 위에 을씨년스러운 정적이 찾아왔다. 그리고 나는 그 이유를 알고 있다.

나는 조심스러운 눈으로 건너편에 앉은 어머니를 응시했다. 식기를 쥔 그녀의 손이 조용히 멎어 있었다.

어머니는 입가로 가져가던 스푼을 그대로 상에 내려놓았다. 음식물이 식탁보를 적셨지만 아무도 지적하는 사람이 없다.

말을 잘못 뱉었다 싶었는지 아버지의 얼굴이 거무죽죽하게 흐려져 갔다. 알테는 눈치 없이, 혹은 눈치 있게 어머니에게로 홱 고개를 돌렸다.

"어머님이 결혼하셨을 당시 나이가 몇이셨죠?"

스물셋이었다.

어머니의 눈이 희번덕거렸다. 그녀가 자리에서 일어나며 점잖은 목소리로 말했다.

"당신 나 좀 봐요."

"으음, 부인. 내가 아직 식사를 다 못해서……."

남자가 그동안 집중도 하지 않고 있던 식사에 코를 처박으며 궁상맞게 변명했다.

당연히도 어머니가 그런 말에 넘어갈 리 없다. 입 밖으로 내는 목소리가 조금 더 차가워지고, 또한 낮아진다.

"그래서 안 일어나겠다고?"

"아니, 여보. 그게 말이지."

"그래서 늦은 나이에 시집온 부인 말은 듣기가 싫다고?"

알테와 나는 자리에 앉아 눈알만 굴렸다. 분위기가 분위기인지라 쉽사리 입을 뗄 수가 없었다. 그러나 눈치를 살피던 것도 잠시, 본인의 목적을 성사시킨 알테는 곧 포만감 어린 표정으로 웃어 보였다. 내 오빠지만 나도 가끔 쟤가 무섭다.

그 와중에도 아버지는 진땀을 빼며 어머니를 진정시키려 하고 있었다. 손을 뻗어 제 아내의 손을 잡아챘지만 돌아온 것은 싸늘한 반응이었다.

"됐어, 놔."

내가 장담하건대 시키는 대로 아버지가 그 손을 놓고 내버려뒀으면 어머니는 이 냉전을 한 달 정도 연장시켰을 거다. 그러나 그렇다고 반대의 경우에 그녀가 못 이긴 척 넘어갔다는 소리는 아니다.

아무리 힘을 써도 아버지를 떨쳐내지 못하자 그녀는 곧장 손을 그의 허리로 가져갔다. 허리를 꼬집힌 아버지가 고통스러운 기색으로 몸을 꼬았다. 세게 쥔 것도 모자라, 어머니는 쥐고 있는 살덩이를 비틀기까지 하는 현란한 스냅을 선보였다. 자연스레 내 미간도 함께 좁혀졌다. 몹시 아파 보인다.

아버지가 사정하듯, 또 사죄한다는 듯 말했다.

"내가 다 잘못했어."

"당신이 뭘 잘못했는데. 지금 뭘 잘못했는지는 알아?"

곧장 돌아오는 대꾸가 매섭다.

"당신한테 늙은 나이에 시집왔다고 한 거 아니야……."

"내가 지금 그거 때문에 그래?"

어머니가 그런 모욕적인 말이 없다는 투로 얼굴에 손 부채질을 했다. 그러고도 화가 가시지 않았는지 곧장 말을 덧붙인다.

"내가 고작 그런 걸로 화내는 여잔 줄 알아?"

움츠러든 기색의 아버지가 조심스럽게 어머니의 어깨를 쥐었다.

"어허, 화 좀 내지 말고, 여보."

"나 화 안 났어."

어머니가 왜 생사람을 잡느냐는 듯 헛웃음을 지었다. 눈썹이 파르르 떨리는 모양이 그보다 더 화난 얼굴이 없는데 말이다. 그녀는 따지는 기색으로 아버지를 가볍게 떠밀기까지 했다. 아버지가 어찌해야 할지 모르겠다는 얼굴로 사과를 반복했다.

"미안해, 여보……."

"됐어, 말 걸지 마."

"……."

"왜 또 말이 없어?"

어머니가 버럭 소리를 질렀다. 아버지가 당황한 기색으로 눈을 끔뻑거렸다. 진퇴양난이다. 남자에게 그런 기민한 예감이 스친 모양이었다. 아버지가 질끈 눈을 감았다. 이번엔 알테도 조금 죄책감 어린 표정을 떠올렸다.

"내가 다 미안해……."

"뭐가 미안한데?"

"그게……."

"됐어."

제 남편의 말을 자른 어머니가 홱 고개를 돌리며 대꾸했다. 팔짱을 끼고 목덜미를 매만지는 모습, 그 짜증스럽고 신경질적인 자세가 더없이 무섭다.

"당신은 항상 이런 식이야."

"내가 뭘 그렇게……."

"당신 이러려고 나랑 결혼했어?"

"당연히 아니지. 왜 그래, 진짜!"

"지금 나한테 소리 지른 거야?"

눈빛이 싸늘하다. 어쩔 줄 모르고 두 손을 꼬아대는 남편을, 어머니는 잠시간 치죄 어린 시선으로 내려다보았다. 곧 구둣발 구르는 소리가 나며 그녀의 뒷모습이 멀찌감치 멀어졌다.

"자기야!"

아버지가 비명처럼 소리쳤으나 돌아오는 답은 없었다. 남자의 널따란 등이 그녀를 따라 식당 문 바깥으로 사라졌다.

그러자 남은 것은 정적이다.

알테는 아무 일도 없었다는 것처럼 태연한 얼굴로 냅킨을 집어 들었다.

입가를 닦는 우아한 행동은 더없이 귀족적이었지만, 그 끝에 매달린 어렴풋한 미소를 나는 놓치지 않았다.

나는 들릴 듯 말 듯 하게 중얼거렸다.

무서운 놈······.

"다 들린단다, 카렌."

알테가 물을 들이마시며 담담하게 말했다.

"들으라고 말한 거란 생각은 안 드세요?"

"넌 그래서 아버지가 너를 팔아치우려는 저 말이 듣기 좋았다는 말이니?"

물론 아니다.

나는 입을 다물고 고개를 내저었다. 아버지가 아내 무서워하는 만큼만 딸자식 생각을 했으면 좋으련만. 아니다. 하긴 아버지 딴엔 딸이 공작부인이 될지도 모르는 이 기회가 수지 맞는다고 느껴졌겠지.

그 누구도 아닌 조르제 공작가와의 결합이다. 정치적으로나 재정적으로나 리플렉츠가에 큰 도움이 될 것이 분명했다. 애석한 일이지만 나는 베인 조르제가 객관적으로 제법 좋은 혼담 상대라는 사실을 부인할 수 없었다.

"그래도 제가 결혼할 나이인 건 맞잖아요, 오라버니."

확실히 열여덟이면 슬슬 혼 자리를 알아보아야 할 나이다. 아버지의 서두름이 결코 성급하다 말할 수 없었다. 내가 루센과 약혼했던 때가 불과 열아홉의 가을이었다. 적어도 그때까진 루센을 구슬려놔야 아버지의 잔소리를 피할 수 있다는 소리다.

가만히 그런 생각을 하는데 알테가 불쑥 큰 소리를 내며 컵을 내려놓았다. 나는 무의식적으로 움찔하여 그를 돌아다보았다.

"다른 사람은 다 되어도 베인 조르제는 안 된다."

태도가 완강하다. 베인 조르제가 남들이 기겁할 만한 성벽을 가졌다거나 어디 조건이 모자란다든가 하는 것도 아닌데 말이었다. 아니, 외려 귀족으로선 가장 높은 공작가의, 또 하나뿐인 아들로서 그 가치는 충분하다 하겠다. 당연한 말로 후작부인보다는 공작부인이 나을 거다.

그렇지만 물질의 풍요는 이미 누리고 있는 것만도 충분하고, 더 욕심내고 싶은 생각은 없었다. 나는 딱 전만큼의 생만 돌려받으면 된다.

전처럼의 연애, 전처럼의 결혼, 전처럼의 루센.

내가 귀찮다는 듯 대꾸했다.

"알았어요."

"농담하는 것 아니야."

그의 말을 듣자 왜인지 인상이 써진다. 이렇게 제 주장을 고집하는 걸 보니 대체 왜 그러는지 궁금하다는 생각이 들었다. 내가 접시를 향했던 눈을 들어 알테를 응시했다.

"무엇 때문에요?"

"뭐가 말이야?"

"베인 조르제가 안 되는 이유요."

알테가 들릴 듯 말 듯 하게 한숨을 내쉬었다. 피곤이 밴 표정을 보아 사교계에서 흔히 발생하는-대련에서 진다거나 파티에서 면을 상하는 등의-개인적인 원한은 아닌 듯했다.

그렇다면 대체 무얼까. 아무리 생각해도 마땅한 이유가 없는 것도 사실이다.

"그는 위험한 남자란다, 카렌."

저 진지한 얼굴에서 나온 것이 이런 손발이 굽어드는 조언이라, 뭐라 반응해야 할지 모르겠군.

내 표정에서 불신의 기운이 배어나오는 것을 느낀 모양인지 알테가 작게 헛기침을 했다. 그러고는 곧장 변명하듯 말을 이었다.

"카렌, 농담이나 나누자고 하는 소리는 아니다. 지금 물밑으로 어떤 일들이 벌어지고 있는지 알면 너도 그렇게 아니라 속단하지는 못할 거야."

"그래서 도대체 그 물밑에서 벌어지고 있는 일이 무언데요?"

"지금 왕가에서 일이 어떻게 돌아가고 있는지 알고 있니?"

나는 잠시간 과거의, 그러니까 현재로선 미래의 일을 회상해보았다.

회귀 전의 기억에서 이맘때쯤은 크게 남아 있는 장면이 없었지만, 어떤 후계자들이 있었고 후에 누가 왕위에 올랐는지는 잘 알고 있었다. 모르는 게 바보다.

"몰테 자작부인의 아들과 왕비의 아들이 각자 왕이 되기 위해 박 터지게 싸우고 있겠네요."

내가 심드렁하게 대꾸했다.

카르스 4세와 몰테 자작부인의 로맨틱한 사랑은 이미 세간엔 유명한 종류의 것이었다. 왕이 그의 애인에게 써다 바쳤다는 사랑의 시는 노래 가사로도 쓰였을 정도다.

문제가 있다면 그 관계의 뒤끝이 그리 좋지는 않았다는 점이다. 둘의 애정은 아름다웠으나 그들을 둘러싼 외적인 환경은 지저분하고 어지러웠다.

첫째로, 카르스 4세는 이미 정실 왕비가 하나 있었다. 속국에서 화합의 증표로 데리고 왔던 왕비는 기품 있고 청초한 미인이었으나, 불행히도 왕의 사랑을 받지는 못했다. 그러나 카르스 4세가 저만 보고 시집온 여자를 외면할 정도로 철면피는 아니었기 때문인지, 아니면 미래를 예상하지 못할 정도로 천치였기 때문인지 둘 사이에 자식이 없는 것은 아니었다.

왕비는 왕의 아이를 회임했고, 열 달을 배에 품어 기른 후 순조로이 아들을 출산했다.

그런데 그런 그녀에게 때마침 날아든 비보가 있었으니, 바로 몰테 부인의 임신 소식이었다. 왕비가 병상을 털고 일어난 지 불과 일주일도 채 되지 않았던 때였다. 왕비의 고국에 있는, 그녀의 부모가 듣는다면 뒷목을 잡고 쓰러질 일이었다. 왕비의 출산 후유증이 오래갔던 것도 그 때문이라는 소문은 아직도 암암리에 나돌고 있다.

몰테 자작부인이 딸아이를 낳았으면 문제가 되지 않았을 테지만, 이 세상은 그렇게 낭만적으로 흘러가지 않는다. 열 달 뒤 몰테 자작부인은 왕을 똑 닮은 아들을 낳았다.

사생아는 사생아였되 왕의 총애가 깊은 정부의 아이였다. 왕이 후계자는 왕비가 낳은 1왕자라 공표라도 했으면 좋으련만 그는 그러지 않았다. 그는 사랑하는 몰테 자작부인의 아이를 끼고돌며 무성한 소문만 자아냈다.

내 나라의 수장을 여자에 눈이 먼 호색한이라고 평하고 싶지는 않지만, 카르스 4세의 행적은 그 외의 것으로 평가받기 힘들다. 그리고 왕의 건강이 급격히 나빠진 것이 이 시기였다. 확정된 후계자는 없었고, 줄 설 곳을 찾지 못한 귀족들의 마음은 어지러웠다.

아버지가 나와 베인 조르제와의 혼사를 내심 기대하고 있는 것도 그 탓일 것이다. 안정을 얻고 싶기 때문에.

"왕의 총애가 굳세어 사생아를 왕세자로 만들려 하니, 본래 적자의 위세가 심히 좋지 못하다. 그런데 공작가가 1왕자를 추종하니 정작 왕께서 그들을 불충하게 보고 계셔."

조르제 가문이 제1왕자에게 줄을 대었었던가?

내가 얼마나 루센과의 연애에 열중했으면 이런 기본적인 정보도 모르고 있나 싶다. 내 기억에서 분명 조르제 가문은 중립을 지켰었으니. 하지만 어쩌면 그건 외적인 정보일 뿐이고 지금 알테가 알려준 게 수면 밑의 진실이었을지도 모르겠다.

그러나 베인에겐 애석하게도, 나는 후에 왕이 되는 것이 누군지 알고 있었다. 카르스 5세로 즉위한 것은 예의 사생아였다. 제 1왕자의 추락과 함께 베인 조르제의 장래성도 함께 마이너스를 찍는군. 루센과 결혼하라는 신의 계시다.

"무엇도 속단할 수 없는 시기다. 카렌, 부디 네게 어떤 풍랑도 주지 않을 남자를 만나 결혼하렴."

하나뿐인 동생에 대한 걱정이 깊고 배려 있다. 답지 않게 아버지에게 자기주장을 펼친다 했더니 이런 따사로운 의도가 숨어 있었다. 이러니저러니 해도 내가 알테 오라버니를 좋아하는 것도 그가 나를 항상 위해주는 걸 잘 알고 있기 때문이었다.

허나, 그렇다고는 해도 막상 누가 왕이 되니 누구를 따르니 하는 말은 별로 피부에 와 닿지 않는 것이 사실이다.

나는 점잖게 냅킨으로 입가를 닦으며 대꾸했다.

"공작가는 오래도록 왕가에 충성했어요, 오라버니. 어쩌면 적자에게 힘을 실어주는 것이 당연한 보수적인 집안이죠."

알테가 반박의 말을 내어놓기 전에 나는 재빠르게 말을 덧붙였다.

"제 걱정은 마세요. 제가 베인 조르제와 결혼할 일은 없어요."

누가 보면 베인 조르제가 무릎 꿇고 내게 청혼이라도 했다고 생각할 만큼의 넘겨짚기다. 주제에 안 맞게 피클 국을 들이켜고 있으려니 입맛이 시큰.

알테가 확신이 안 선 기색으로 내게 물어왔다.

"정말?"

"네."

"확언할 수 있니?"

"물론요."

"진짜?"

"네, 진짜."

"정말로?"

"……네."

"진실로 단언컨대?"

"……."

대답을 않고 물끄러미 알테를 쳐다봤다. 이쯤에서 변덕을 부려 '아니요.'라는 대답을 들려주는 게 예의인가 하는 생각도 든다. 본인도 되묻는 것이 과했다 싶었는지 가볍게 헛기침을 터트렸다.

"아무튼 그럼 조르제가에도 방문하지 않을 테지?"

나는 가볍게 입꼬리를 끌어 올렸다.

"아뇨? 갈 건데요."

"뭐? 왜!"

알테가 퍼뜩 고개를 들며 소리쳤다. 지금까지 흘러간 대화와는 정반대의 결정에 의아할 법도 했다.

나는 베인 조르제의 얼굴을 한 번 떠올려보았다. 그가 내게 베푼 친절의 근원과, 아버지를 통해 나를 따로 초대하기까지 한 이유는 과연 무엇일까.

나는 확언할 수 있었다. 회귀 전 베인 조르제와 나는 분명 아무런 사이도 아니었다. 어쩌면 회귀 후 나와 루센과의 사이가 틀어진 것처럼 그의 미래 역시 비틀려버린 건지도 몰랐다. 내가 시간을 돌아옴으로 인해 그의 인생에 개입하게 된 거라면, 과연 내게 책임이 없다고 말할 수 있을까.

나는 궁금하다. 지난번의 생과는 달라진 그의 심경이. 그리고 그 의도가.

"소공작이 직접 한 초대인데 응하지 않으면 예의가 아니죠."

조곤조곤한 투로 답하고는 우아하게 자리에서 일어났다. 그러고는 새침한 목소리로 덧붙였다.

"식사가 끝나서, 저는 이만."

알테가 나를 부르는 소리가 들려왔지만 돌아보지 않고 총총 걸어 식당을 나섰다.

내가 조르제가에 초대에 응한다는 편지를 보냄으로써 일정은 재빠르게 잡혔다. 공작가에서 한나절 만에 돌아온 회신은 서두르다 못해 급박한 느낌까지 주었다. 그 공격적인 반응에 아버지는 그것 보라며 만족스러운 미소를 지었고, 알테의 얼굴엔 어둔 그림자가 드리워졌다.

그리고 하나뿐인 친우 로제의 반응은 조금 남달랐다.

"그럼 너 이제 결혼해?"

방에 들이닥치자마자 내 멱살을 틀어쥔 로제가 흥분하여 소리쳤다. 나는 의자 등받이에 늘어진 채 기침을 콜록대었다. 로제의 손이 목구멍을 강타했던 탓이었다. 나는 혼신의 힘을 다해 그녀를 겨우 밀어냈다. 숨통을 트자마자 곧장 인상을 쓰며 답한다.

"갑자기 뭔 소리야?"

"베인 조르제가 너를 저택에 초대했다며."

"넌 대체 우리 집 소식을 어디서 얻어 듣고 다니는 거니?"

아직 공식적인 방문이 있었던 것은 아니기 때문에 소문이 날 틈은 없었다. 얘가 도대체 어디서 그렇게 발 빠른 정보를 얻는지 모를 일이다.

혹시 알고 보면 로제가 진정한 흑막이 아닐까. 나의 이 회귀도 루센과 내가 결혼하는 것을 두고 볼 수 없었던 그녀의 비틀린 사랑 때문에 일어난 치정극…… 이라기엔 좀 소름 끼치는군.

그리고 다행히도 로제가 알아낸 정보의 출처는 나도 아는 사람이었다.

"누구긴 누구야. 알테지. 너 거기 못 가게 말리라고 사정사정을 하던데."

"그래서 말리러 왔니?"

"뭔 말도 안 되는 소리야? 이렇게 재밌는 일이 또 어디 있다고."

알테도 나름대로 로제를 신임해 한 부탁이었을 텐데, 로제는 그의 신뢰 위에 코를 풀어 바닥에 내던지고 있었다. 새삼 알테가 안쓰러워진다. 내 걱정이 극심한 양반인데 정작 동생은 제 말을 듣지도 않고,

부탁할 만한 동생의 친구는 도무지 믿음직한 구석이 없다.

하지만 그가 나를 너무 과잉보호하고 있는 것도 사실이었다. 알테의 눈에는 내가 제 몸도 못 가누는 다섯 살배기 아기쯤으로 보이는지 모르겠지만, 어쨌든 나도 자기 결정권이라는 게 있는 나이였다.

알테가 태어난 지 3년 후 내가 세상 빛을 봄으로써 그가 나보다 오래 살았다 말할 수 있으나, 3년이란 시간을 돌아옴으로써 이제 그와 나의 정신 연령도 비슷해졌을 거다.

나와 비슷한 생각인지 로제가 어깨를 으쓱이며 말했다.

"하여튼 너희 오빠는 뭔가 그런 게 있어."

"그런 게 뭔데?"

로제가 도통 떠올리지 않는다는 듯 제 관자놀이를 문질렀다.

"그 왜 형제한테 집착하는 그…… 그…… 뭐지, 브라자?"

"……브라콤."

"그래, 아무튼 그거. 알테는 도무지 너를 가만히 두고 못 본다니까. 어련히 네가 알아서 하려고."

"그건 딱히 시스콤 같은 것 때문이라기보단……."

나는 말을 하다 말고 입을 다물었다.

알테의 걱정이 깊은 이유를 설명해주려 했다간 제1왕자를 왕으로 만들겠다는 베인 조르제의 미래 계획까지 읊어줘야 한다. 말하는 사람도 번거롭고 듣는 사람도 귀찮을 거다.

내가 갑작스레 말을 끊자 로제가 궁금한 기색으로 나를 재촉했다.

"뭔데, 그럼?"

"아니야. 됐다."

"기지배, 너도 은근히 오빠가 너 챙겨주는 게 좋은 거지?"

전혀 아니지만, 그렇다고 치자.

"근데 너 집에서 뭘 그렇게 차려입고 있어?"

그제야 주변을 둘러볼 정신이 생겼는지 로제가 새삼스러운 눈으로 나를 위아래로 훑었다.

치마폭이 풍성한 화려한 옷에 잘 빗어 내린 머리, 화장까지 마친 얼굴은 집에서 하고 있을 법한 모습이 아니었다.

태생부터가 게으른 성격이기 때문에 어디 모임이나 파티라도 가지 않는 이상 내가 이렇게 몸 전체를 꾸미고 있는 것은 드문 일이었다.

나는 의자에서 몸을 일으키며 건성으로 대꾸했다.

"빨리도 알아본다."

"어디 나갈 데도 없으면서."

"내가 나갈 데가 없긴 왜 없니?"

"너 나 빼고 친구 없잖아."

로제가 하나 간과하고 있는 게 있다. 바로 그녀도 나 외에는 친구가 없다는 사실이다. 그 사실을 곧 깨달은 로제는 역공을 맞기 전에 재빠르게 말을 돌렸다.

"그래서 어디 가는데?"

갈 만한 후보지는 많았고, 특히 오늘 내로 들러봐야 할 법한 장소부터가 세 군데는 되었지만, 내 목적지는 정해져 있었다.

루센은 계획적인 생활을 한다. 그 말은 그의 일과가 더없이 단조롭게 흘러간다는 뜻이기도 하다. 나는 손목에 걸린 시계를 한번 살펴보았다. 나가기 딱 적당한 때다.

"도요 공원에 가보려고."

루센은 이맘때쯤 식사를 끝내고 그곳에 나와 가볍게 산책을 했다. 길이 잘 정돈돼 있고 꽃내음은 향기로운 곳이라 데이트에도 최적인 장소다. 그와 나는 종종 벤치 앞에서 사람들 몰래 달콤한 키스를 나누기도 했었다.

좋은 때였지. 행복한 과거를 회상하며 나는 짧게 입맛을 다셨다.

"거긴 왜 가는데?"

"모름지기 연애엔 자연스러운 만남이 중요하지 않겠니?"

"그게 뭔 소리야?"

로제가 여전히 이해하지 못한 투로 물어온다. 나는 햇빛을 가릴 챙 넓은 모자를 푹 눌러쓰며 망설임 없이 대답했다.

"남자 꼬시러 간다고."

날은 밝고 바람은 선선하다. 파란 풀들은 가볍게 흔들리며 기분이 좋다는 듯 몸을 떨어댔다. 꼭 루센과 나의 재회를 기원하는 것처럼 아름다운 광경이었다. 공원에 핀 화려한 색의 꽃들은 3년 후 이맘때쯤을 연상시켰다.

수도 최고의 플로리스트가 엮었던 부케와 식장을 꾸몄던 화환들. 나는 그야말로 행복한 5월의 신부였다. 주례석 앞까지 깔렸던 하얀 카펫을 밟아보지 못한 것은 몹시 슬픈 일이지만, 그래도 쨍쨍한 해를 보고 있자니 대충 희망찬 기분은 되었다.

그리고 그런 내 기대는 약 네 시간 후 처참히 부서졌다.

슬슬 뉘엿뉘엿 기울어가는 해에 졸음이 밀려오기 시작한다. 길목 어귀에 앉아 기다리다 보면 금방 루센과 마주칠 수 있을 줄 알았는데, 그와 만나기는커녕 비슷한 색깔의 금발머리도 구경할 수 없었다.

로제가 같이 오자고 조르는 것을 방해가 될까 거절한 게 새삼 후회가 되었다. 이럴 줄 알았으면 책이라도 한 권 가지고 올 것을 그랬다.

들고 온 것은 햇빛을 가릴 양산과 목을 축일 물병뿐, 시간을 때울 만한 물건은 없었다.

설상가상으로 평일 저녁이기 때문인지 길을 지나다니는 이들이 많지 않았다. 그 말은 사람 구경하기도 가물에 콩 나듯 힘들었다는 뜻이다. 나는 아무렇게나 머리를 헝클이며 고개를 푹 숙였다.

오늘은 날이 아닌가.

루센이 늦게 나온 적은 있어도 산책을 잊은 적은 별로 없는데, 오늘이 바로 그 드문 날 중 하나인 모양이다. 열심히 꾸민 시간이 아예 쓸모없어진 셈이다.

슬슬 화장품 무게를 이기지 못하고 내려앉기 시작한 속눈썹이 눈앞을 가렸다. 붉게 물든 하늘은 로맨틱한 구석이 있었지만, 그 옆을 채울 남정네가 없는 이상 궁상떨기에나 딱 좋았다. 나는 빈 옆자리를 노려보다가, 등받이에 팔을 두른 뒤 건들건들하게 다리를 꼬았다.

"이봐, 자네."

애인 역의 투명 인간은 대답이 없다. 나는 개의치 않고 유들유들한 투로 말을 이었다.

"자네는 뭘 먹고 그렇게 잘생겼나?"

걸걸하게 가라앉은 건달 같은 목소리였다. 하다 보니 나름대로 재미가 있다. 진지하게 임하니 이입이 되는 것도 같고.

천천히 눈을 감았다 뜨자 제법 사실적인 환상이 눈앞에 등장했다. 불쑥 등장한 상상 속 루센은 의외로 꽤나 현실감이 넘쳤다. 탐스러운 금발과 이목구비가 두드러진 생김새, 심지어는 나를 보고 찌푸린 인상과 그 진지한 표정까지도.

나는 심각한 음성을 자아내며 열렬하게 루센을 응시했다.

"나 너…… 좋아하냐?"

"……뭐 하고 계십니까, 영애?"

"꺄악!"

비명을 지르며 뒤로 넘어갔다. 하마터면 바닥을 구를 뻔도 했으나, 다행인지 모르겠지만 다행히도 벤치에 엎어지는 것으로 상황을 모면했다. 나는 의자에 얼굴을 처박은 채 잠시간 생각에 잠겼다.

뭐지? 언제부터지? 건달처럼 자세를 바꿀 때부터 봤나? '이봐, 자네.'부터 듣고 있었나? 주춤주춤 뒤로 물러나려 했지만, 등받이가 가로막고 있어 도중에 멈추고 말았다.

나는 퍼뜩 고개를 들어 올렸다. 여전히 루센은 그 자리에 서 있었다. 내가 더듬대며 겨우 입을 열었다.

"안녕하세요, 루센 경?"

"예……, 안녕하세요."

"오늘따라 늦게 나……, 아, 아니. 늦은 시간인데 밖에 다 나오셨네요."

당황한 탓에 입이 제멋대로 말을 떠벌렸다. 다행히 앞부분은 못 들었는지 루센은 별다른 내색 없이 대답했다.

"영애야말로 이 시간에 어쩐 일로 나오셨습니까?"

"저는 산책을 하러. 호, 호……."

"그렇군요. 그럼 좋은 시간 보내세요. 저는 이만."

루센이 망설임 없이 발길을 돌렸다. 안부 정도 물어줬으니 이제는 되었다는 투로. 나한테 관심이 없는 건 알겠지만 저렇게까지 매정할 수가 있나.

나는 황급히 주위를 둘러보았다. 그를 불러 세울 만한 무언가가 없는지를 찾기 위함이었지만, 시간 죽이기도 힘들었던 이 심심한 장소에서 그런 이야깃거리가 있을 리 없다.

결국 나는 다급하게 손에서 장갑을 벗겨냈다. 본래 이렇게 쓰일 물건은 아니었지만, 일단 되는대로 아무 수라도 던져봐야겠다. 장인이

한 땀 한 땀 엮어낸 레이스가 새삼 아름답다.

나는 눈물을 머금고 장갑을 주먹에 말아 쥔 채 루셴 쪽으로 힘껏 내던졌다.

루셴이 내 장갑을 그대로 밟고 지나가지 않는 기사도 정신을 발휘하기를 기대하면서.

다만 그 계획에 문제가 있다면 루셴이 발길을 돌리다 말고 급작스레 내 쪽을 돌아보았다는 것이고, 그의 발 앞에 떨어졌으면 했던 손장갑은 갑자기 날린 바람에 의해 남자의 얼굴에 씌워졌다는 점이다.

철썩!

그와 나 사이에 기묘한 정적이 오갔다. 아직 봄 날씨인데도 을씨년스럽기 그지없는 바람이 그 사이를 스쳐 지났다.

오랜 침묵 끝에, 루셴이 왼손을 들어 눈앞을 가린 천 조각을 치워냈다. 그는 떨떠름한 기색으로 입을 열었다.

"혹시…… 이건 결투 신청입니까?"

"아니요……."

도무지 뜻대로 되는 일이 없어…….

나는 죄인처럼 고개를 푹 수그렸다. 그러고는 손가락을 꼼지락대며 흘긋 그의 안색을 살폈다. 루셴은 내 손장갑을 들고서 물끄러미 내려다보고 있었다.

입꼬리라도 올라가 있으면 웃어넘겼다 여길 것이고, 만약 미간을 좁히고 있다면 화가 났다 짐작할 터인데, 더없이 무표정한 얼굴을 보아서는 그가 무슨 생각을 하고 있는지 도통 짐작이 가지 않았다.

"받으세요."

루셴이 천천히 손을 내밀어 내게 장갑을 돌려주었다.

나는 어둔 얼굴로 그것을 받아 들었다. 괜한 오해를 부를까 그와 살이 닿지 않도록 애써가며 천 조각 끝을 잡아당겼다.

그러나 장갑은 좀처럼 내 쪽으로 끌려오지 않았다. 루센이 그것을 쥔 힘을 빼지 않았던 탓이다. 나는 팔을 뻗은 어정쩡한 자세 그대로 그를 올려다보았다. 내가 보인 의아한 기색에 루센이 대뜸 말했다.

"하실 말씀 있으시면 하셔도 됩니다."

"예?"

"절 불러 세우려던 것 아닙니까?"

그건 맞지만 딱히 하고 싶은 말이 있는 것은 아니었다. 아니, 할 말은 많은데 막상 내놓을 만한 것은 없다 하겠다.

솔직한 심정으로는 그의 멱살을 붙들고 '대체 왜 내 말을 안 믿어? 스토커가 말이나 되는 소리야!' 하고 따지고 싶지만 그랬다간 순찰 돌던 경비대에게 붙들리고 말 거다. 그리고 콩빵을 매 끼니로 먹게 되겠지.

내가 작게 헛기침을 하며 입을 열었다.

"목이 아파서 그런데 일단 좀 앉으실래요?"

의외로 루센은 잠자코 내 말에 따랐다. 부지불식간에 루센과 나란히 앉는 상상이 이루어진 것이라 조금 얼떨떨한 기분이었다. 과정이 정상적이지 못하다 보니 왠지 결과도 찜찜하게 느껴진다. 그도 나도 입을 열지 않아 우리 사이엔 어색한 정적이 내려앉아 있었다.

더는 안 되겠다 싶어 내가 먼저 입을 뗐을 때였다.

"그게……."

"저……."

루센도 내 쪽으로 고개를 돌리며 말을 꺼냈다. 이런 소설 같은 타이밍이 또 있나.

나는 잘되었다는 기색을 한껏 내비치며 그에게 양보의 손길을 내밀었다.

"먼저 말씀하세요."

"아닙니다. 양께서 먼저."

"전 경의 이야기가 더 궁금한데요?"

"그건 저야말로."

"그러지 말고 먼저 말씀하세요."

"레이디 퍼스트라고 하죠."

이럴 때 쓰라고 있는 레이디 퍼스트가 아닐 텐데?

그러나 루센은 먼저 입을 열 생각이 없어 보였다. 어쩌면 그도 딱히 할 말이 없는데 분위기가 너무 어색하니 아무렇게나 운을 뗐던 건지도 모르겠다. 이럴 줄 알았으면 그냥 얌전히 입이나 다물고 있을 걸 그랬다.

자연히 입가에서 한숨이 흘러나왔다. 그와 만나기만 하면 어떻게는 해결이 될 것이라 여겼던 내 생각은 역시 너무 낭만적이었던 걸까. 반짝 루센에게 기억이 돌아와 그가 내 말을 믿게 되는 기적은, 당연히 이루어지지 않았다. 실제로 이루어진 만남은 잔혹하리만치 현실적이었다. 그건 내가 이 모양 이 꼴로 살고 있는 것만 봐도 잘 알 수 있다.

결혼식 전날 과거로 돌아와서, 얻은 것은 약혼자의 스토커 취급뿐이라니!

이쯤 되니 이 세계가 나를 괴롭히고 고통스럽게 하기 위해 만들어진 게 아닌가 하는 망상까지 든다.

"카타리나 양께서 제게 좋은 감정을 가지고 계신 줄 알았는데, 막상 저랑 같이 있는 건 별로 달갑지 않으신가 봅니다."

문득 옆에서 들려온 목소리에 루센 쪽으로 고개를 돌렸다.

그러고 보니 그가 기다리고 있는 걸 까먹고 한참 머리나 굴리고 있었다. 얻어낸 그럴듯한 답도 없으면서.

손수건이 손장갑으로, 바닥에 떨어뜨려 그의 주의를 끌려던 것이 얼굴을 맞혀 결투 신청으로 변모했다는 점을 제외하면 그래도 그를 불러 세우는 건 나름대로 성공했다 하겠다. 얌전히 앉아 허공이나 보고 있어야 했을 루셴을 생각하니 괜히 미안해졌다.

루셴이 짤막하게 말을 덧붙였다.

"피곤해 보이셔서요."

"오해 마세요, 루셴 경. 밖에 나와 있는 시간이 길어서이지 경과 있는 시간이 지루한 건 아니랍니다."

정확히 말하자면 어디서부터 말해야 할지 막막한 심정이어서 한숨을 쉬었던 거지만.

루셴의 파란 눈동자가 조용히 깜빡였다. 노을빛이 배어든 눈동자가 수면처럼 반짝이고 있었다. 내가 저 눈을 사랑했었지.

내게 넌지시 시선을 주던 루셴이 곧 고개를 돌렸다.

"그렇다면 다행이군요."

생각보다 분위기가 부드럽다. 그 사실을 깨닫고 나니 루셴의 의중이 궁금해졌다. 나라면 내가 저를 좋아한다는 사실을 별로 되새기고 싶진 않을 텐데, 인정하고 싶진 않지만 나를 스토커로 생각하고 있다면 더욱 말이다. 지금처럼 그걸 알고 있다는 사실을 자연스럽게 내비친다든지 하는 점이 특히 의문스러웠다.

사실 의심스러운 걸로 치자면 앉으라고 했다고 얌전히 내 옆에 온 것부터가 제일로 수상하다. 나라면 나를 쫓아다닌다는 심증이 있는 남자 앞에 결코 태연히 앉아 있지는 못할 거거든.

"루셴."

"예, 말씀하세요."

내 부름에 루셴이 가볍게 고개를 까딱였다. 나는 우선 그와 나의 긴긴 오해를 풀어보기로 했다.

한번 말한다고 곧바로 받아들이지는 못할 것이다. 그렇다면 세뇌가 될 지경으로 그와 만날 때마다 읊어줘야지.

저는 당신의 스토커가 아닙니다. 저는 당신의 스토커가 아닙니다. 저는 당신의 스토커가…….

나는 머릿속을 환기시키며 부드럽게 입을 열었다.

"다시 한 번 지난번의 일에 대해 사과드릴게요. 경을 곤란하게 만들 생각은 없었어요. 제가 한 일들 모두 나쁜 의도에서 행한 것들은 아니에요."

"저야말로…… 그날 제 날 선 대처로 영애께서 고초를 겪으신 건 아닌가 염려스러웠습니다."

다행히도 베인 조르제 덕분에 짐짝 취급을 받지는 않았어요, 루셴. 대신 좀 많이 울긴 했지만.

내가 괜찮다는 말을 꺼내려 할 때였다. 루셴이 먼저 불쑥 입을 열었다.

"양은 어떻게 아셨습니까?"

이보다 뜬금없는 질문이 있을 수 없다. 내가 인상을 찡그리며 "예?" 하고 되물었다.

루셴은 덤덤한 표정으로 보다 상세한 설명을 들려주었다.

"제 고향의 풍습이요. 꿈의 신에 대한 것."

무슨 의도로 하는 질문인지 알 수 없다. 그는 고민이 깊어 보였고, 얼굴의 표정은 제법 심각했다.

"누구의 입에서 새어나간 정보인가 많은 사람들을 닦달했습니다. 특히 저희 가문의 집사는 제 앞에서 거의 울먹였을 정도죠. 하지만 그는 그 풍습을 알 방법이 없었을뿐더러 그런 사소한 정보에 관심 가질 필요도 없는 남자입니다."

그의 지나치게 순순했던 태도는 이 의문에서 기인했던가. 저택으로 돌아간 루센은 아마 누가 내게 정보를 대준 것인지 쥐 잡듯이 뒤지고 다녔을 것이다.

별 볼 일 없다고는 하나 엄연히 그레미오가 일원의 사생활이었다. 그것이 새어나갔다는 말은 더 큰 정보 역시 빠져나갈 틈이 있다는 뜻을 반증했다. 아무래도 그는 지금 이야기의 출처를 알기 위해 나를 구슬리려 들고 있는 모양이었다.

어쩐지 순순히 나랑 이야기를 나눠주더라.

나는 가라앉은 기분을 숨기지 못하고 쌀쌀맞은 투로 대꾸했다.

"지난번에 말했잖아요. 당신이 내게 이야기해주었었다고."

"말도 안 되는 소리를 하시는군요, 영애. 당신과 저는 제냐가의 파티에서 처음 보았습니다."

이야기는 또다시 원점이다. 루센이 내 말을 믿지 않으면 대화의 진전은 불가능하고, 안타깝게도 루센은 그 선택지만은 택하고 싶지 않아 보였다.

그게 그렇게 못 믿을 이야기였을까. 하기야 나라도 누가 미래에서 왔다고 주장하면 일단 정신병동에 입원할 것을 추천해주겠다마는. 그래도 루센과 나 사이의 연이 이렇게 쉽게 허물어졌다는 것을 인정하기는 쉽지 않았다.

"솔직히 말해주십시오, 영애. 누구에게도 발설하지 않겠습니다."

그런 내 맘을 아는지 모르는지 루센이 심각하게 얼굴을 굳히며 입을 떼었다.

"카타리나 양은 왕의 첩자이십니까?"

"……."

돌아버리겠군.

새삼 그가 시간을 되돌아왔다는 내 말을 믿어주리라고 기대한 것은 아니지만, 비밀 공작원 같은 위치로 의심 받으리라곤 상상도 못했다.

어쩌면 루센은 내가 그를 좋아한다는 사실도 믿지 않아 그리 쉽게 입에 담았었는지도 모르겠다. 그와 나 사이에 어울리지 않게 머리싸움이라니, 전혀 달갑지 않다.

내가 말없이 얼굴만 굳히고 있자 루센은 그것이 사실이라고 단정지은 모양이었다. 남자의 얼굴이 좀 더 희게 질렸다.

"위험한 때인 것은 압니다. 하지만 왕께서 뒷조사를 하실 정도로 저를 중요한 인물로 생각하고 계실 줄은 몰랐군요."

이것 참 귀엽다고 해야 할지, 우습다고 해야 할지…….

대단한 상상력에 감탄이 나올 정도다. 어디서부터 지적해야 할지 짐작도 가지 않았다.

나는 목소리를 가다듬으며 소리 높여 그를 불렀다.

"루센."

"영애께서 그간 저를 어떻게 보고해왔을지는 모르겠지만, 단 하나 분명하게 말씀드릴 것이 있습니다. 저는 결코 주군의 뜻에 위배되는……."

"이봐요, 루센 경."

"의지를 품은 적이 없습니다. 그것만은 결백하다고 말씀드리고 싶군요."

루센은 내 부름을 무시한 채 제멋대로 말을 이었다. 아예 내 얘기를 들을 생각이 없는 듯하다. 조그만 머리를 데구루루 굴리고 있는 것이 눈에 훤히 보였다.

아마 그는 지금껏 제가 해온 행동들을 되짚으며 왕의 눈 밖에 날 일들이 없었는지를 점검하고 있을 것이다. 말 몇 마디로 타인이 그동안의 삶을 돌아보게 만들기만큼 힘든 일이 또 없겠건만, 소 뒷걸음질 치다 쥐 잡은 격이라도 그에게 자아성찰의 시간을 준 셈이니 자랑스러워해도 될까.

나는 작게 헛기침을 하며 다시금 그를 불렀다.

"루센."

"부탁드립니다, 영애. 진실을 말씀해주세요. 제 예상이 맞습니까?"

그리고 역시 당연하게도 무시당했다. 허탈한 심정에 그에게 말도 안 되는 소리는 하지도 말라며 일갈하려 할 때였다. 문득 내 머릿속을 번뜩 스치고 지나가는 무언가가 있었다.

생각해보자. 루센은 지금 내 뒤에 왕이 있다고 생각하고 있다. 내가 하는 말이 그에겐 그만큼의 권위를 가지게 된다는 소리다. 그것은 내가 어떤 말을 해도 루센 입장에서는 따를 수밖에 없다는 뜻이기도 하다.

이거 왠지 좋은 기회인 것도 같고……?

긴장으로 입이 말랐다. 나는 큼큼 하고 목소리를 가다듬으며 천천히 입을 열었다.

"이제 와 이렇게 되었으니 어쩔 수 없네요. 사실을 말할 수밖에."

그러고는 사실감 넘치는 작은 한숨을 내쉬었다. 비탄에 잠긴 내 표정을 보고 루센이 침을 꼴깍 삼켰다.

"맞아요, 루센. 저는 그분께서 내려주신 비밀스러운 임무를 맡고 있어요."

"그분……?"

"오, 제가 어찌 그 고귀한 분의 성함을 입에 담을 수 있겠어요?"

사실은 왕이란 호칭까지 팔아먹고 싶지는 않아서다. 나는 최대한 두루뭉술하게 루센의 오해를 도와주었다.

"고귀한……. 역시……."

루센이 들릴 듯 말 듯 하게 탄식했다. 굳은 얼굴로 바닥만 내려다보던 남자가 조심스럽게 말을 꺼냈다.

"혹시 무슨 임무를 맡고 계시는지 알 수 있을까요."

"오, 그건 너무나 비밀스러운 일이라 절대 발설할 수가 없어요."

"아, 제가 괜한 걸 물었군요. 용서하세요, 영애."

루센이 즉각 꼬리를 내리며 사과했다. 되는대로 지껄이고 있는데도 그는 꽤나 잘 속아 넘어가고 있었다.

회귀보다는 내가 비밀 요원이 되는 게 훨씬 더 믿음직한 사실이라는 건가. 내가 보기엔 얼토당토않긴 둘 다 마찬가지인데 말이었다. 그와 있었던 일을 떠올려보았지만, 어느 때를 떠올려도 도무지 비밀 요원의 품위와 능력은 찾아볼 수 없었다. 그거야 거짓말이니 내 입장에선 당연한 일이지만, 루센이 왜 어떤 첨언도 하지 않는지 알 수 없다.

나는 고개를 들어 흘긋 루센의 얼굴을 살펴보았다. 아니나 다를까, 루센도 몇몇 정황이 수상하다는 생각이 들었는지 짐짓 의문스러운 표정을 떠올렸다.

"그렇다면 도대체 첫 만남 때에는 대체 왜……."

말을 하다 말고 멈칫하는 것이 최대한 예의 바르고 기분 상하게 하지 않을 단어를 고르고 있는 듯 보였다.

그는 잠시 머뭇거리다 말을 이었다.

"왜 그런 모습으로 계셨습니까? 제게 하신 말씀도 그렇고……."

그가 해명을 바라는 얼굴로 나를 돌아보았다. 나는 재빠르게 머리를 굴렸다. 뭐라고 말해야 좀 그럴듯하게 들릴까. 막상 한 번 거짓말을 하고 나니 그다음 번은 더 쉽게 느껴진다. 나는 곧 전혀 거짓말 같지 않은, 한없이 덤덤한 투로 말을 내뱉었다.

"그건 그대의 기사도를 시험한 것이었어요."

루센의 얼굴이 해쓱하게 변해갔다.

생각했던 방향은 아니었을지언정 그동안 그에게서 받았던 오해의 눈길과 모욕적인 취급, 그 행동을 후회하게 만들어준 듯해 제법 고소한 기분이었다. 그의 입장을 이해하지 못하는 것은 아니었지만 막연한 원망이 가는 것은 어쩔 수 없었으니까.

어느샌가 루센의 자세가 딱딱하게 굳어 있었다. 조금만 더 뒀다간 식은땀이라도 흘릴 것 같다. 그가 양손을 가지런히 모아 쥔 채 입을 열었다.

"죄송합니다. 하지만 제가 오해를 하는 것도 이상한 일이 아니었습니다."

"지금 변명하시는 건가요?"

내가 귀족다운 우아한 목소리로 되물었다. 루센이 굳은 얼굴로 재빠르게 고개를 저었다. 아닙니다 하는 반박도 곧장 뒤따라왔다.

나는 왼손으로 턱을 괴며 느긋한 표정을 지어 보였다. 얼마 만에 찾은 초연함인지 모르겠다. 거짓말로 찾은 권위지만 그에게서 더 이상 스토커 취급을 받지 않아도 된다는 사실만으로도 감미롭기 그지없었다. 솔직히 말하자면 나는 지금 그의 등짝을 내리치며 이렇게 소리치고 싶은 심정이었다.

더 미안해해. 얼른, 더! 더!

내가 입꼬리를 비틀어 올리며 입을 열었다.

"애석하지만 경의 기사도 점수는······."

그러니까 제 점수는 말입니다.

"당연히 빵점이었어요."

어떠한 여지도 없다는 듯한 단호한 말투에 루센의 낯이 더더욱 어두워졌다.

그가 어떤 생각을 하고 있을지 도통 짐작이 가지 않는다. 다만 지금 내 옆에 앉아 있는 것 자체가 그에게 무척 고역일 것임은 쉽게 짐작할 수 있었다.

어느샌가 루센의 목덜미를 흥건히 적신 땀을 보면 알 수 있다. 그가 오른손을 들어 제 목 근처를 매만졌다. 루센의 얼굴에선 어두운 기색이 도통 떠나질 않고 있었다.

하마터면 그의 앞에서 웃어버릴 것 같아 나는 그가 볼 수 없는 반대편으로 손을 숨겨 말없이 허벅지를 꼬집었다. 웃음 대신 비명이 터질 뻔했으나, 그럭저럭 눌러 참았다.

그가 여전히 심각한 음성으로 내게 물었다.

"그분께서 제게 어떤 걸 바라시는지 알 수 있을까요?"

루센이 지칭한 그분, 나 카타리나는 기다렸다는 듯 냉큼 대답했다.

"그건 당신과 저의 결혼이에요."

"결혼……?"

"이야기를 하나 해볼까요? 그건 말하자면 이런 내용이에요. 왕께서 몰테 자작부인의 아들 제핀을 아끼시는 건 경도 잘 알고 있을 거예요. 그리고 조르제 공작가에서 그가 아니라 제1왕자를 왕으로 섬기려하는 것도. 그 사실 때문에 왕께서 조르제가를 불충하게 보고 계시다고들 하죠. 하지만 공작가의 위세는 강대하고, 왕께선 그에 대항할 세력을 만들고 싶으실 거예요. 그게 어쩌면 당신과 저의 화합이 될 수도 있고요. 이해하셨나요? 오, 물론 있을 수 없는 일이고, 여인네의 한낱 망상일 뿐이겠지만요."

내가 깜찍하게 눈을 깜빡이며 물었다.

나야 거짓말이라는 사족을 달아 방어 전선을 친 것이지만, 루센에겐 그 방어 전선이 다른 의미로 느껴질 것이었다. 내가 왕명을 내세우지 못하고 우회해 대화하고 있다고 말이다. 간만에 굴린 머리인데 생각보다 좋은 뜻이 나왔다.

루센이 심각한 얼굴로 고개를 끄덕였다.

"그래서……."

뭐가 그래서인 건진 모르겠지만 어쨌든 내 말이 들어먹힌 것 같기는 했다. 알테에게서 들었던 이야기를 조합해내자 어느새 제법 그럴듯한 핑계가 만들어져 있었다.

개똥도 약에는 쓸모가 있다더니.

알테가 개똥은 아니지만 어쨌든 내 연애사에 그렇게 도움 된 적은 없는 사람인데 본인도 모르는 사이 내 큰 조력자가 되어 있었다.

내가 결혼한다고 하자 남몰래 눈물을 삼켰던 3년 후의 알테가 떠올랐다. 연애하자고 본인이 알려준 정보를 팔아먹었다는 걸 알면 어떤 반응을 보일까 문득 궁금해진다.

나는 서글픈 표정을 지어 보이며 그를 응시했다.

"경과 결혼하지 못하면 저는 큰 벌을 받을지도 몰라요."

"큰 벌이라 하시면."

글쎄, 나도 내가 스스로에게 어떤 벌을 줄 수 있을지 무척 궁금하다.

"그분께서 제게 어떤 일까지 하실 수 있을지……, 저는 감히 상상하고 싶지도 않네요."

그렇게 말하며 흘긋 루센의 얼굴을 넘겨보았다. 그는 혼란스러운 표정을 지우지 못하고 있었다.

아직 모자란가?

"그때 그 디저트 카페에서 경과 마주쳤을 때…… 제가 친구에게 경이 아니면 안 된다고 말했던 것은 그 때문이었어요. 흑!"

흑흑!

나는 입을 틀어막으며 작게 흐느끼기 시작했다. 자해 공갈단이 따로 없군. 루센이 어쩔 줄 모르는 표정으로 그런 내 어깨를 그러쥐었다. 그는 망설이는 표정으로 입술을 깨물었다가, 작은 목소리로 "울지 마세요, 영애." 하고 나를 달랬다.

나는 그런 위로가 필요한 게 아니야. 얼른 나랑 결혼한다고 해, 이 호랑말코 같은 루센!

그러나 루센은 내게 원하는 답을 들려주지 않았다.

"죄송합니다, 카렌 양. 제게, 제게 생각할 시간을 좀 주실 수 있겠습니까?"

루센이 입술을 깨물며 눈을 질끈 감았다. 그러고는 주춤주춤 몸을 일으키며 죄송합니다 하고 짧은 사과를 다시 내게 건넸다. 그는 서두르는 기색으로 도망치듯 나를 떠나갔다. 나는 눈을 끔뻑이며 그런 그의 퇴장을 지켜보았다. 붙잡아야 할지 아닐지 도통 감이 오질 않았던 탓이었다. 그의 쓸쓸한 등을 보고 있자니 내버려두는 게 예의라는 생각도 들었고.

잘돼가는 건지 아닌지 알 수가 없다.

그제야 그에게 앙갚음을 해줬다는 만족감에 떠올리지 못했던 불안이 슬금슬금 나를 찾아왔다. 신명나게 내던졌던 낚싯대의 내용과 그것이 몰고 올 후폭풍도 하나씩 떠오르기 시작한다. 말하자면 거짓말을 한 건 아니니 상관없겠지? 으음 하고 나는 속으로 작게 신음했다.

나 잘한 거 맞나……?

「루센, 궁금한 게 있어요.」

나는 책에 거의 처박고 있던 얼굴을 살짝 들었다.

오늘은 바빠 만날 짬이 없다는 그를 방해하지 않겠다고 졸라 그의 서재로 들이닥친 참이었다.

서류 뭉치에 집중하고 있던 루센이 흘긋 고개를 들어 나를 보더니, 쓰고 있던 안경을 벗어 탁자 위에 내려놓았다.

루센은 양손에 서류와 깃펜을 들고 있고, 나는 눈에 띄는 로맨스 소설을 몇 가지 뽑아놓고서 각자의 일에 집중하고 있었다.

평소 잘 보지 않는 장르지만 그럭저럭 시간을 때우기엔 나쁘지 않다. 그 탓에 꽤 긴 분량이었음에도 책장은 벌써 반절쯤 넘어가 있었다.

그런데 주인공들의 무한하고 순정적인, 그래서 무작정하고 위험한 사랑을 보고 있자니 문득 이런 생각이 드는 것이다.

루센과 나, 우리는 어떨까?

「뭐가요?」

그가 입가에 미소를 머금은 채 내게 물었다.

「이 책 본 적 있어요?」

「아니요. 취향이 아니라서.」

루센이 콧잔등을 찡그리며 가볍게 웃었다. 그러고는 이렇게 덧붙였다.

「대신 내용은 알아요. 워낙 유명하니까. 정쟁에 휘말려 죽었던 여주인공이 과거로 돌아와 미래를 바로잡는 얘기 아닌가요?」

「바로 맞혔어요.」

나는 휘파람을 불며 대답했다. 그러고는 보고 있던 페이지를 펴서 내밀며 한 문장을 가리켜 보였다.

「봐요. 지금 여주인공을 죽였던 남자가 그 여자한테 고백을 하고 있어요.」

「걷어차도 시원찮겠는데요.」

루센이 인상을 찡그렸다. 예상대로의 반응에 나는 작게 웃음을 흘렸다.

실제로 책 속 남자 주인공은 걷어차다 못해 욕설을 쏟아부어도 시원치 않을 남자였다. 별달리 눈에 띄는 등장인물이 없는 것을 보아 그 남자와 이어질 것만 같다는 게 큰 문제다.

남주인공이 후회라도 좀 절절하게 했으면 좋으련만, 이런 종류의 장르는 정작 남자 주인공이 본인이 저지른 일을 기억하지 못한다는 게 맹점이었다. 나는 눈을 부리부리하게 뜨며 다짐했다.

「저라면 일단은 받아들이고, 그의 신뢰를 얻은 뒤 잔인하게 복수할 거예요.」

「이거 무서우셔라.」

루센이 웃음기 섞인 목소리로 중얼거렸다. 그러고는 아예 들고 있던 펜을 내려놓았다. 제법 이 이야기에 흥미가 생긴 모양이었다. 실제로 재미있는 주제인 건 사실이었다.

그녀가 시간을 돌아왔으니 아직 벌어지지 않은 그 미래는, 과연 없었던 일이라고 볼 수 있을까?

「그래도, 어쨌든 지금의 남주인공은 아직 아무것도 한 게 없잖아요?」

아니나 다를까, 루센이 그 점을 지적한다.

「여주인공을 죽였던 남자와 지금 그녀에게 고백하는 남자는 다른 사람이라고 말하고 있는 건가요?」

「애매한 문제군요.」

루센이 미간을 좁히며 제 턱을 문질렀다.

여주인공은 그 남자에게 죽임까지 당했었는데 그가 그 사실을 기억하지 못한다고 정말 없던 일이 될 수 있을까. 모두가 모른다고 여주인공에게도 아무렇지 않은 일이 될 수 있을까. 차라리 여주인공이 옛 남자 따위는 돌아보지도 않고 새로운 사람을 만나 행복을 찾았으면 좋으련만.

사실 조금 떨떠름한 면도 없지 않아 있었다. 여주인공과의 만남이 이전과 조금 틀어졌다고 이렇게 쉽게 사랑에 빠지다니. 그렇다면 그 사랑이 진실된 것인지도 의심되는 것이다. 심지어 여주인공이 남자를 포용하고 정치적으로 그의 입장에 선 것도 아니었다. 둘의 반대되는 관계는 여전했다.

전과 다른 것은 목적을 위해 지었던 요사스러운 미소 몇 번과 일부러 스쳤던 손끝, 고작 그것뿐인데. 남자의 고백은 진짜 사랑이 아니라 단순히 분위기에 취해서 저지른 열병 같은 충동이 아닐까.

「사람이 이렇게 쉽게 바뀔까요? 미래가 그렇게 쉽게 바뀌는 걸까요?」

내가 여러 문장들 위에 시선을 두며 혼잣말을 하듯 읊조렸다. 루센에게서 다시 작은 웃음소리가 터져 나왔다. 내가 인상을 찌푸리며 '왜 웃어요?' 하고 질책했지만 그는 웃음을 멈추지 않았다.

그러더니 내가 쥐고 있던 책을 들어 뒤편으로 치우고, 그 위에 높여 있던 내 손을 다정하게 그러쥐었다.

「카렌, 하나 약속할게요.」

나는 미심쩍은 눈으로 그를 응시했다. 도대체 무슨 이야기를 하려고 이렇게 분위기를 잡을까. 루센이 평소와는 다른 진지한 투로 말을 이었다.

「우리 사이는 무슨 일이 있어도 변하지 않을 겁니다. 당신이 만약 저 여주인공처럼 시간을 돌아온다고 해도, 저는 당신을 한눈에 알아보고 다시 반하고 말 거예요.」

얼굴이 빨개질 것 같다. 나는 얼굴을 푹 숙인 채 들지 않았다. 루센은 가끔 이렇게 기대하지 못했던 달콤한 말들을 들려줄 때가 있었다.

시골에서 자라서 통상 여자 사귀는 법을 모르는 숙맥일 텐데, 이러는 것을 보면 은근히 바람둥이 기질이 있을지도 모른다는 생각도 든다. 하지만 고개를 들어 마주한 다정한 눈, 그 따듯한 눈빛에 잠시의 의심은 하잘것없이 스러지고 말았다.

이 사람이 저런 눈으로 나 외의 다른 사람을 바라보는 게 가능할까?

「말 돌리는 거죠?」

「아뇨. 진심을 말하는 거예요.」

루센이 즐겁다는 듯이 대꾸했다. 그러나 나는 한 발 물러선 태도를 버리지 않았다.

「너무 단언하시는데요.」

「그만큼 자신이 있다는 거죠. 이런 걸 보통 운명이라 부르지 않던가요?」

루센이 그렇게 말하며 내 손을 들어 그 위에 입술을 찍어 내렸다. 검지와 중지 사이에 스친 부드러운 촉감이 도통 지워지지 않았다. 손끝이 조금 떨렸지만, 루센이 이내 완전히 그러쥔 탓에 나는 그에게 완전히 붙잡히게 되었다. 떨림도 없이, 불안도 없이.

「내가 다른 여자에게 눈을 팔고 있거든 뺨을 내리치며 소리쳐주세요. 이 멍청한 작자야, 지금 네 진정한 짝을 버려두고 뭐하고 있는 거야? 라고.」

나는 그를 예리한, 그러나 애정이 담긴 눈으로 째려보다가, '진짜 그럴 거예요.' 하고 짧게 덧붙였다. 그는 그런 내 눈가에 가볍게 입을 맞췄다.

오랜만에 루센이 나오는 꿈이었다. 차라리 깨지 않으면 좋겠다 싶을 만큼 다정했던 한때다.

나는 옅게 하품하며 자리에서 몸을 일으켰다. 침대 바로 옆에 놓인 거울을 들여다보자 부스스하게 풀어진 금발이 바로 눈에 띄었다. 아무렇게나 엉킨 머리를 보아 내가 지난 잠자리에서 얼마나 굴렀는지 알 수 있었다. 나는 빗을 들어 엉킨 부분을 아무렇게나 빗어 내렸다. 그러고는 심술궂게 입술을 삐죽거리며 중얼거렸다.

한 번에 알아보기는 개뿔, 다시 사랑에 빠지기는 개뿔.

이럴 거면 차라리 그런 입에 발린 말이나 하지 말지. 내 신경질적인 움직임에 머리카락이 뭉텅뭉텅 떨어져 바닥에 흩날렸다.

요새 좀 머리가 많이 빠지는 것 같다. 레이는 이전보다 유난히 발에 많이 밟히는 내 머리카락들을 주워 들고 근심 어린 얼굴로 이렇게 중얼거렸었다.

'스트레스성 탈모인가……..'

안 그래도 주변에서 미친 여자 취급을 받고 있는데 심지어는 대머리가 될지도 모른다니.

핑크빛 신혼 생활이 코앞이었는데 과거로 돌아오고부터 내 미래는 자꾸만 암담하게 흐려져가고 있었다. 그나마 지난번 루센과 만났을 때 진전을 얻었다는 사실을 나름대로의 위안으로 삼아도 될까. 그러나 거짓말로 오해를 풀다니 이게 말이나 되는 소린지 슬슬 헷갈리기 시작한다.

스토커에선 벗어났으되 대신 내 위치는 왕가의 비밀 요원으로 변모해 있었다. 사실 그대로를 직시하자면 나는 오해를 푼 게 아니라 오해에 오해를 더한 셈이다. 덕분에 찔리는 점이 없지 않아 있어 마음이 내내 싱숭생숭했다.

없지 않아라…… 아니, 없지 않아는 아닌가.

기실 루센과 만나고 돌아온 후 내 머릿속은 맹렬하게 뒤집히고 있었다. 이렇다 생각을 정리할 때면 저런 생각이 떠올랐고, 저런 생각이 그럴듯하다 여길 때면 또 이런 이야기가 생각나는 식이다.

그것은 천사와 악마의 형상으로도 나타나 나를 괴롭혔다.

천사 카렌: 맙소사, 카렌, 이게 말이나 되는 소리야? 어떻게 그런 거짓말을 할 수 있어.

악마 카렌: 거짓말이 뭐 어때서? 이 세상엔 착한 거짓말이 있고 나쁜 거짓말이 있어. 이를테면 카렌이 엄마 앞에서 계속 회귀를 주장하는 대신 장난을 쳤다고 말한 건 착한 거짓말이지. 안 그러면 어머니가 카렌을 미친 여자라고 몰아가다 못해 본인이 미쳐가실 테니까.

천사 카렌: 그거랑 이거랑 어떻게 같아? 지금 카렌은 불가침의 영역인 왕명을 건드렸잖아. 아무리 급했어도 그런 거짓말을 하는 건 아니지.

악마 카렌: 거짓말이 뭐 어때서? 그거라도 안 했으면 루센이 카렌을 돌아봤겠어? 스토커 이미지를 탈피한 것만 해도 유분수지. 그리고 솔직히 까놓고 말해서 거짓말을 한 건 아니잖아? 루센의 망상을 부추긴 것뿐이라고.

천사 카렌: 아니지, 만약에 들키면 그 뒷감당을 어떻게 하려고? 결혼은 무슨, 완전 아웃이야, 아웃! 단순히 쪽팔리는 것만으로 끝나지 않을 거라고!

악마 카렌: ……듣고 보니 그러네. 카렌 이 멍청한 년, 똥개, 말미잘!

……누구 하나는 내 편을 들어줘야 하는 것 아니야?

나는 손을 휘저어 눈앞에서 떠다니던 두 형상을 치워버렸다.

두 눈 깊이 내려앉은 다크서클과 칙칙한 피부를 보고 있자니 과연 이 상태로 이대로 베인 조르제를 만나러 갈 수 있을까 하는 생각도 든다. 차라리 오늘은 몸이 안 좋다고 생각하고 쉴까. 그러나 이내 머릿속에 번뜩 이전의 일이 반짝인다. 후원에서 베인 조르제와 마주쳤던 그날 말이다. 하기야 얼마나 괴이한 몰골을 하고 있더라도 그때보다 끔찍하지는 않을 거다.

만약 베인 조르제와 만난다면 화장 안 한 민낯을 공개하기도 어렵지 않겠군. 이미 더한 꼴을 적나라하게 보여줬으니까.

"세상에, 아가씨! 설마 밤새우셨어요?"

방문을 밀고 들어오던 레이가 내 얼굴을 보고 깜짝 놀라 소리쳤다. 그러고는 내 주위를 빙빙 돌며 "어머어머!" 하고 반복해서 감탄하기 시작했다.

"어머, 이 까칠한 피부 좀 봐. 퀭한 눈은 또 어떻고! 머릿결은 꼭 씹다 버린 돼지죽 같아!"

"레이, 나 지금 네 앞에 있는데……."

귀도 멀쩡하고…….

내가 힘없이 중얼거렸으나 레이는 들은 척도 않고 계속 말했다.

"이 피부는 너무 푸석푸석해서 아무리 크림을 발라도 되살릴 수 없겠어!"

"저기, 레이……."

"이 눈동자는 어찌나 힘이 없는지 영혼이 없어 보일 지경이야!"

"레이."

"심지어 입술은……."

"야, 슬슬 그만해라."

"네."

레이가 입을 싹 닦고 나를 거울 앞에 앉혔다.

"일단 팩 먼저 할게요."

"뭐? 일단 식사부터 먹여줘야 하는 거 아냐? 게다가 나가기로 한 건 오후라고."

"말이 되는 소리를 하세요, 아가씨. 방금 놀리려고 좀 심하게 말한 건 사실이지만 이 피부가 끔찍한 상태인 건 맞다고요. 진짜 어젯밤 푹 주무신 거 맞으세요?"

레이가 다그치듯 내게 얼굴을 들이밀었다. 나는 그녀의 눈을 피하며 미적지근한 음성으로 "글쎄……." 하고 중얼거렸다.

자긴 잤는데 꿈이 도무지 나한테 협조를 안 해줬다. 루센 꿈을 진탕 꿔놓고는 막상 오늘 만나러 가는 건 베인이라고 생각하니 기분이 축축 처졌다. 물론 오해가 계속되는 이상 루센과 다시 만난다고 해도 그렇게 좋은 기분은 아니겠다만.

그리고 이런 마음가짐으로 집을 나서는 것도 베인에게 예의가 아니다. 나는 스스로의 뺨을 사납게 두드려 정신을 일깨웠다.

레이는 내 얼굴 위에 끈적거리는 것을 붓고, 닦아냈다가 다시 무언가를 끼얹기를 몇 번이고 반복했다. 그 물건들엔 도대체 원료가 무엇

인지 알 수 없는 거무튀튀한 무언가도 섞여 있었다. 꺼림칙한 마음이
안 들기가 어려운 색감이다.

나는 손끝으로 조심스럽게 예의 액체를 가리켰다.

"대체 이건 뭐야?"

"쉿."

레이가 내 입가를 제 손가락으로 가볍게 가로막았다. 아무래도 팩
에 주름이 잡히면 안 되니까 그러는 것 같은데, 난 이 말똥 같은 물건
의 정체가 뭔지 좀 알고 싶거든.

그러니까, 가급적이면 이게 내 피부에 흡수되기 전에.

"지짜 이개 므아? (이게 뭐야?)"

"아씨는 몰라도 괜찮아요. 제가 진짜 열심히 구해 온 거니까 걱정
마세요."

"그데……. (근데…….)"

열심히 구해 왔다니까 더 불안하다. 내가 떨떠름하게 다시 입을 벌
리려 할 때였다. 레이가 소리를 죽이며 내게 속삭이듯 말했다.

"쉿. 아가씨, 저 못 믿으세요?"

"……."

못 믿겠다.

'오빠 못 믿어?'류의 말을 뱉는 남자들이 대개 진짜 못 믿을 놈인 법
이다. 저런 대사에 넘어가 관계를 가졌다간 꼭 나중에 큰일이 나곤 한
단 말이지. 하지만 저렇게 결백한 눈을 하고 다그치면 우기기가 민망
해지는 것도 사실이다.

나는 찜찜한 마음을 숨기지 못하고 레이가 고개를 돌린 사이 남몰
래 얼굴을 쓸어내렸다. 촉감 역시 도무지 좋다고는 못할 종류의 것이
다. 갑자기 소름이 끼치는 것도 같았다. 아까부터 생각했는데 역시 왠

지 익숙한 외양의 물건이다.

나는 옆에 있던 수건으로 얼굴을 아무렇게나 닦아냈다. 레이는 물을 받아놓은 대야에 손을 헹구고 있어 내 쪽에 시선을 주지 않고 있었다.

나는 되도록 자연스러운 목소리로 레이에게 질문했다.

"그래서 이게 어떤 동물 똥이라고?"

레이가 나를 돌아보지도 않고 냉큼 대답했다.

"곰이요."

"……."

"헉!"

그녀가 젖은 손가락으로 재빨리 제 입을 틀어막았다.

곰발바닥이 아닌 걸 감사히 여겨야 하나. 곰의 똥을 채집하려면 길러가며 얻을 것이지 죽여서 내장을 파헤치진 않을 테니까. 적어도 곰의 희생을 얼굴에 쓴 건 아닌 셈이다. 그리고 더 나쁜 선택지는 얼마든지 더 있다. 예를 들면 레이가 내게 앙심을 품고 자신의 배변을 가지고 온다든지 하는 것 말이다.

주인에게서 호되게 매질당한 하녀 중 몇몇이 몰래 차에 침을 뱉어 넣는 일도 있다고 들었다. 우리 레이가 설마 그런 짓을 저지를 리는 없고,

……없나?

아무튼 쟤가 저렇게 내 얼굴에 똥을 처바르고 싶어 할 줄은 몰랐다. 휴가가 필요하면 말로 할 것이지.

나는 물끄러미 레이의 얼굴을 들여다보았다. 본인도 할 말은 있는지 레이가 땀을 삐질삐질 흘리며 내게 변명했다.

"아가씨, 근데 그거 진짜 좋은 거 맞아요. 제냐가의 아를르 아가씨

도 이걸로 피부 관리를 한다고 들었…….”

“…….”

“헙.”

내 얼굴이 좀 더 우중충하게 변해갔다. 가급적이면 잊고 살려고 했던 이름인데 또 이렇게 떠올리게 될 줄이야. 급격히 지금까지의 삶에 회의가 밀려온다. 내 인생에 도무지 도움이 되지 않는 지인들, 나는 더 이렇게 살아도 좋은가.

레이가 조심스러운 기색으로 내 눈치를 보며 물었다.

“다른…… 팩을 할까요?”

“치워.”

“네.”

레이는 크림을 듬뿍 퍼 바르는 것으로 만족하고 물러났다. 꽉 끼는 드레스를 입어야 하니 굶으라고 엄포라도 놓을 줄 알았는데, 꽤나 미안했는지 다행히 식사도 줬다. 나는 고소한 빵으로 수프 그릇을 바닥까지 닦아 먹고 나서야 자리에서 일어났다. 덕분에 코르셋을 쓰는 시간이 더없는 인고의 시간이 되었음은 말할 것도 없었다.

레이가 매듭을 힘껏 잡아당기며 악을 쓰듯 소리쳤다.

“아가씨. 훗, 그렇게 움직이시면……!”

“하웃, 더, 더 조여. 더 힘을 주란 말이야!”

“한계예요. 더는, 더는…… 코르셋이 망가져버려……!”

“아…… 아! 됐어, 그만, 큭, 버티기가……!”

“돼, 됐어요, 이제. 아가씨, 이제 그만……!”

이대로 조르제가로 가버렷!

탈진한 우리는 각각 벽을 잡고 헉헉댔다. 이 짓거리를 할 때마다 마치 내 허리가 내 허리가 아닌 것 같다. 새삼 남편이 벗은 몸을 보고 사기 결혼이라고 욕하면 어쩌나 걱정도 된다.

코르셋을 쓰기 전이 통나무였다면 쓰고 난 후의 허리는 모래시계라고 볼 수 있다. 마가린과 버터, 식물성 생크림과 동물성 생크림의 차이쯤 될까.

나는 거울 속 잘록한 내 허리를 감탄 어린 눈으로 쳐다보았다. 물론 오장육부가 뒤틀리는 것 같지만, 이젠 베인 조르제에게 정상적인 모습을 보여줄 때도 되었다. 아버지 체면도 어느 정도 살려줘야 하겠고.

치장을 마치고 저택 밖으로 나서자 마차는 이미 대기하고 있었다. 보통 파티에 타고 가던 것보다 화려한 외양을 보아 아버지가 직접 준비해준 듯했다.

그런데 마차 뒤 벽면에 껌딱지처럼 들러붙은 검정 인영이 눈에 띤다. 나름대로 숨는다고 숨은 건지, 아니면 보고 말을 걸어달라고 하는 건지 헷갈릴 지경이었다.

나는 내색하지 않고 마차에 올라탔다. 레이가 문을 잡은 채 그런 나를 올려다보았다.

"곧 후작님 내려오신다는데 안 뵙고 가시려고요?"

"와서 보시면 잔소리밖에 안 하실 텐데 무엇 하러?"

그가 베인 조르제 앞에서 주의해야 할 점들을 끝없이 읊어댈 것을 생각하면 벌써부터 머리가 지끈거린다.

그리고 베인에게 품행 단정한 모습을 보이는 것은 애석하게도 이루지 못할 꿈이다. 나는 이미 그의 손수건으로 기세 좋게 코를 푼 전적을 가지고 있었다.

이제 그만 떠나야 할 때다. 마부에게 출발하라는 말을 건네기 전, 나는 마침 생각났다는 듯이 덧붙였다.

"참, 오라버니한테 마차 뒤에 매달려 가는 건 위험하니까 얌전히 집에 붙어 계시라고 해."

"네, 아씨."

레이가 씩씩하게 대답하고는 마차 문을 걸어 잠갔다. 그리고는 뒤편으로 돌아가 "도련님 지금 뭐 하시는 거예요!" 하고 소리쳤다. 덜컹거리는 소리와 함께 무언가 묵직한 것이 마차에서 떨어져 나가는 소리가 이어졌다.

그것만 기다렸다는 듯 마부가 재빠르게 마차를 출발시켰다. 알테가와서 모른 척해달라는 둥, 얌전히 가겠다는 둥 조르며 한참 그를 곤란하게 했을 게 분명했다.

뒤에서 "카타리나아!" 하고 부르는 소리가 들려왔지만, 돌아보지 않았다. 문득 귀가 간지러운 것도 같다. 나는 왼손으로 귓가를 긁적이며 중얼거렸다.

거참, 유난이야.

수상한 관심

조르제 공작가는 내 생각보다 더 화려하고, 위엄 있었으며, 동시에 안타깝게도 예의가 없었다. 나는 건들건들 다리를 떨며 벽면에 달린 괘종시계를 흘깃거렸다. 리플렉츠가에도 저런 디자인이 있었는지 꽤나 낯이 익은 물건이다.

분침은 벌써 약속 시각을 한참 넘겨 원래 가리켜야 할 시각에서 반 바퀴를 더 돌고 있었다. 10분은 귀족들 특유의 좋게 말해 느긋한 성미, 나쁘게 말해 게으름으로 이해할 수 있다. 준비에 문제가 생겨 늦은 것이라면 20분도 이해할 수 있다.

하지만 30분째 시종도 나오지 않고 주인도 얼굴을 비치지 않는 것은 무슨 경우일까.

이렇게 늦을 만큼 큰일이 있다면 응당 양해를 구해야 하는 것이 맞고, 예기치 못한 일로 못 만나게 되었다 해도 최대한 빨리 말해주는 게 예의다.

본인이 직접 한 초대에 당사자가 늦다니!

베인 조르제가 침대에서 머리부터 굴러 떨어져 운명한 게 아닌 이상 있을 수 없는 지각이다. 나는 열성적으로 팔짱을 끼고 턱을 치켜들었다. 상대가 도착하자마자 그의 무례를 탓할 요량으로. 그런데 그 와중 머릿속에 어떤 생각이 번뜩이는 것이다.

혹시 이것은 만나기 싫으니 알아서 눈치껏 돌아가라는 고도의 심리

전인가?

이쯤 되니 한번 던져본 말에 리플렉츠 후작이 반색을 하고 달려들어 베인이 구색을 맞춰준 것인가 싶을 정도다.

그렇다면 나는 집에 돌아가야 하는 걸까? 그래서 어머니 아버지에게 하하 호호 베인 조르제와 참으로 즐거운 시간을 보냈노라 거짓말을 해야 하고?

이때까지의 행동으로 별로 신뢰가 가진 않겠지만 나는 별로 남을 속이는 데 재능이 없다. 실제로 회귀 전까지는 주변 사람들에게서 법 없'이도' 살 사람이라는 평을 받아왔다. 요새 그 호칭이 '이도'에서 '어야'로 바뀌어간다는 게 조금 마음에 걸리긴 하지만, 그건 사소한 문제니까 미뤄두고.

할 일이 없어 허공만 쳐다보고 있다 보니 문득 테이블 위에 놓인 다과가 눈에 띄었다. 나는 물끄러미 접시에 놓인 과자를 응시했다가, 조심스러운 손길로 집어 들었다.

우둘투둘한 윗면과 평평한 아랫부분이 제법 좋은 판별가가 될 것 같다는 생각이 든다. 동전 뒤집기를 하고 싶지만 그런 건 갖고 오지 않았고, 저걸 한번 바닥에 던져볼까.

아니지, 그래도 먹는 건데 아깝게.

나는 과자를 위로 던져 받아먹으면 집으로 돌아가고, 떨어뜨리면 얌전히 앉아 기다리기로 결정했다. 그렇게 마음을 먹고 누르스름한 원체를 손에 말아 쥐는데 왠지 불길한 예감이 끼어든다.

꼭 어느 로맨스 소설 같은 데서는 이럴 때 다른 사람이 등장하더라고. 그렇게 고민하고 있자니 사라진 줄로만 알았던 악마 카렌이 내 귀에 대고 유혹의 말을 속삭인다.

이 말미잘! 그거 하나 결정 못해!

"……."

유혹의 말은 아니군. 어쨌든 결론을 내리는 데는 대충 도움이 되었다. 설마 그런 말도 안 되는 일이 일어나겠어?

나는 한결 편해진 마음으로 과자를 하늘을 향해 던졌다.

벌컥!

그리고 하늘은 나를 배신했다. 나는 입을 한껏 벌려 입술로 과자를 받아낸 자세 그대로 멈추었다. 이제는 익숙한 얼굴의 사내와 잠시간 눈이 마주친다. 문가에 서서 멈칫거리던 조르제가, 이내 아무 일 없었다는 듯 다시 문을 닫았다.

문소리가 통첩처럼 웅장하게 울렸다. 무덤가같이 조용한 정적이 나를 찾아들었다. 내 체면이라는 게 죽어 나갔다는 점에서 그리 다른 장소 선정도 아니었다. 나는 눈을 감고 조용히 입에 담긴 과자를 씹어 먹었다.

내 위신은 죽었어. 더는 없어. 나와 하나가 되어 계속 살아가지도 않아!

"들어가도 되겠습니까?"

약간의 시간이 흐른 후, 베인 조르제가 노크와 함께 물었다. 친절도 하셔라.

내가 목을 가다듬어 "예." 하고 대답하고 나서야 그는 문을 열고 들어왔다. 베인 조르제가 조용히 걸어 내 앞에 와 앉았다. 나는 가슴께에 묻은 부스러기를 털어냈다. 그러고는 다소 머쓱한 음성으로 물었다.

"보셨죠?"

"무슨 말씀이신지."

베인 조르제가 시치미를 뚝 떼며 대꾸했다. 모른 척해주겠다니 나야 좋다. 실수를 목격한 상대가 침묵했으므로 나는 원래의 품위를 되찾기로 했다.

내가 덤덤한 투로 지적했다.

"늦으셨네요."

"바쁜 일이 있어서요. 시간을 맞출 수 있을 것 같아 미리 말씀을 드릴 생각을 미처 못했습니다. 기다리게 해드려서 죄송합니다."

남자가 깔끔하게 사과했다.

사과의 요건인 원인, 이유, 사죄의 말 삼박자가 고루 갖춰져 있어 이거 참 뭐랄까……. 기분이 좋기보다는 따질 수가 없어서 더 짜증이 나는군.

베인 조르제가 그런 내게 다과를 권하며 접시를 내밀었다. 방금 전의 멍청한 꼴이 생각나 나는 얌전히 고개만 내저었다. 그가 내 기세를 수그리게 할 계산이었다면 성공이었다. 잊으려 애썼던 쪽팔림이 다시금 밀려들고 있었으니까.

나는 입속으로 몇 가지 욕설을 삼켜냈다. 조르제를 향해 했다기보다는 부끄러운 일이 떠올랐을 때 무의식적으로 험한 말을 내뱉게 되는 식이다.

내가 최대한 표정을 그대로 유지하려 애쓰며 입을 열었다.

"어떤 바쁜 일이 있으셨나요?"

"그게 궁금하십니까?"

그렇게 반문하는 건 반칙이다. 사실 그렇게 궁금하진 않지만 예의상 물어본 거니까.

그렇다고 눈을 말똥말똥 뜨고 '아뇨, 별로 안 궁금한데요.'라고 대답하는 건 매너가 아니란 말이지.

나는 베인 조르제를 향해 슬쩍 눈을 올려 떴다.

"알고 싶으니까…… 여쭤봤겠죠?"

베인 조르제가 차를 한 모금 삼키며 부드럽게 웃었다.

"지금 자세히 말씀드릴 수는 없고, 한 가지 알려드리자면 카타리나 양에게 아주 좋은 일입니다."

별로 안 궁금했는데 저렇게 말하니까 괜히 알고 싶어진다.

저 사람이 나한테 좋은 일을 할 게 뭐가 있지.

지금 내 상황을 더 좋게 만들 수 있는 건 루센이 길 가다 화분에라도 맞고 기억을 찾는 일뿐이다. 다치지 않고도 나와의 일을 떠올릴 수 있다면 더 좋겠지만.

뭐 어쨌든.

나는 관심을 애써 티 내지 않으며 대꾸했다.

"그렇군요."

"예."

"그렇게 말씀하시니까 더 궁금한데요."

"나중을 기약하죠. 오늘로 끝날 티타임은 아니니까요."

계속 캐묻고 싶었는데 그의 말엔 그냥 못 넘길 뜻이 숨어 있었다.

나는 퍼뜩 고개를 들었다. 내가 언질을 받은 것은 오늘의 일밖에는 없는데, 혹시 아버지가 한번 꾸준히 만나보는 게 어떻겠느냐 베인 조르제에게 바람이라도 넣었을까. 무척 가능성 있는 이야기였다.

내가 차를 들이켜다 말고 콜록대며 손을 내저었다.

"혹시 아버지 때문에 그러시는 거면 신경 쓰지 않으셔도 돼요. 제가 그렇게 만나기 반가운 상대는 아닐 텐데, 아버지가 유난을 부리셨죠?"

"후작께서요?"

"네. 제가 돌아가서 아버지께 따로 말을 해볼게요. 안 그래도 괜히 부담을 드린 것 같아서 신경이 쓰였었어요."

그렇게 말하고 나니 속이 후련해졌다. 그래, 이렇게 진행되는 게 맞는 사이다.

나는 집으로 돌아가 루센을 꼬실 계획을 짜고, 베인은 예의 애인과 지지고 볶고 행복한 시간을 보내고.

나는 조르제가 '아, 그러시군요. 그럼 이쯤에서 서로 일어날까요?' 따위의 말을 건네기를 기다렸다. 집에 돌아가면 이 망할 코르셋과 머리 장식들을 집어 던지고 침대로 돌진할 테다.

그렇게 기대로 반짝이는 눈으로 베인 조르제를 쳐다보는데, 어쩐지 낌새가 이상했다. 그는 다소 의아한 표정을 떠올리고 있었다. 아니나 다를까, 내 얼굴을 빤히 들여다보던 베인 조르제가 입에서 꺼낸 것은 영 의외의 말이었다.

"아버님께서 말을 잘못 전하신 모양이군요. 먼저 양과 만나고 싶다고 청한 것은 제 쪽입니다."

이건 나름대로 신선한 충격이다. 아버지가 한 말이 거짓말이 아니었다니!

거짓말은 아니더라도 적어도 과장은 섞여 있으리라고 생각했는데. 이를테면 '댁의 여식을 언젠가 한번 만나 뵙고 싶군요.' 따위의 말을 '오, 그래? 그럼 이번 주말은 어떤가?' 같은 것으로 되받았다든지.

최대한 베인 조르제의 얼굴에서 뜻을 읽어내려 애썼지만, 그의 행동에 그럴듯한 답은 떠오르지 않았다. 나는 한 자 한 자 조심스럽게 말을 꺼냈다.

"그래서 지금 저랑 계속 만나보자…… 이 뜻이신가요? 아! 물론 이성적인 의미는 아니겠죠? 제가 그 정도 눈치는 있어요."

베인이 작은 한숨을 내쉬며 차를 다시금 들이켰다. 그러고는 답답하다는 듯이 이렇게 분명한 확언을 주었다.

"전자는 맞고, 후자는 틀립니다."

"……."

"카타리나 양은 여성이고, 저는 당연히 양을 이성으로 보고 있습니다만."

그러니까 그는 지금 진지한 교제를 염두에 두고 내게 만남을 청하고 있는 것이었다. 내 얼굴이 비릿한 생선이라도 씹은 것처럼 흐려졌음은 두말할 것도 없었다.

베인 조르제와 처음 만났던 날 나는 호감을 가지기가 불가능한 수준의 몰골을 하고 있었고, 두 번째 만남에서도 코르셋을 벗어 던진 펑퍼짐한 허리와 거의 화장기 없는 얼굴을 내보였다. 그가 나를 교제 상대로 염두에 둘 구석이 전혀 없었다는 소리다.

이쯤 되니 베인 조르제의 눈이 심히 의심스럽다. 혹시 그는 변태 성욕자라는 등의 몹쓸 하자를 숨기고 있는 게 아닐까. 그래서 다소 모자라 보이는 내게 희망을 가지고 찔러보는 건가.

물론 베인 조르제 정도의 지위와 외모면 다소 남다른 성 취향에도 결혼해달라며 달려들 여자들이 많겠으나, 나에겐 해당하지 않는 이야기다.

유난히 민감하게 굴던 알테의 반응이 슬금슬금 머릿속에 차오른다. 혹시 알테가 베인 조르제의 숨겨진 단점 따위를 알아 나를 말린 것은 아닌지 의심이 되었다. 그리고 이 모든 확실하지 않은 의심을 제외하더라도, 무엇보다 당신은…….

"애인이 있으시잖아요."

나는 침을 꿀꺽 삼키며 물었다. 그런데 돌아온 것은 깔끔하다 못해 냉정한 대답이었다.

"없습니다."

"헤어지셨나요?"

"오래전에요."

그는 그렇게 말하며 가볍게 왼다리를 꼬았다. 담고 있는 내용에 비해 너무나 가벼운 말투였다. 그러나 내가 무어라 따지고 들기도 전에 베인 조르제가 먼저 입을 열었다.

"오히려 제가 염려하는 것은 양의 마음이죠."

"제 마음이요?"

"그때 카타리나 양께 실례를 저질렀던 기사들에게 재밌는 이야기를 들었습니다."

웬만하면 제냐가의 파티에서 있었던 일은 그만 잊고 싶은데 도무지 주위에서 도움을 안 준다.

나는 불안하게 눈을 굴리며 찻잔을 입가에 가져다 댔다. 그가 대체 무슨 말을 하려 하는지 의심의 눈으로 기다리면서.

베인 조르제는 아무렇지도 않은 목소리로 나를 몹시 아무렇게 하는 말을 꺼냈다.

"양께서는 어쩌다 루센 경의 스토커가 되셨습니까?"

입 간수를 잘한 게 다행이었다. 하마터면 마시고 있던 차를 남자를 향해 뿜을 뻔했으니까.

"그 사람들이 그러던가요?"

"정확히 말하면 루센 경이 그렇게 말했다고 하더군요."

나는 잔기침을 쏟아내며 냅킨으로 입을 닦았다. 그리고 눈을 감은 채 입술을 꾹꾹 찍어 내리며 대꾸했다.

"일종의 오해가 있었어요."

입술에 바른 화장품이 지워졌을지도 모르겠으나, 그에 신경 쓸 만한 정신은 없었다. 눈앞에 앉은 이 남자가 새삼 잘 보일 만한 사람도 아니고.

"그때 소공작님도 보셨다시피…… 제가 일단 단정한 모습이 아니었고. 주변에 정원사가 치워두지 않았던 가위가 보이는 바람에, 위험할까 하는 생각에 집어 든 상태였거든요. 아무래도 루센 경은 제가 그것으로 위협을 할 거라 생각하셨나 봐요."

충분한 변명은 아니겠으나, 지금 제1왕자를 후계자로 만들기 위해 눈이 돌아가 있는 사람에게 루센에게처럼 국왕과 사바사바했다는 거짓말을 할 수는 없다.

애초에 더 일을 크게 벌이고 싶지도 않았다. 입 잘못 놀렸다가 한갓진 곳에서 비명횡사 당하는 건 사양이다. 베인 조르제가 그렇게 음험한 인상은 아니었지만, 진중한 분위기나 절도 있는 태도를 보면 잘 훈련된 무사가 떠올랐다. 왠지 저 사람한텐 언제 암살당해도 이상하지 않을 것 같단 말이지.

나는 흘긋 눈을 들어 베인 조르제의 눈치를 살폈다. 그의 얼굴은 평소처럼 덤덤하기 그지없어 뜻을 읽어내기가 쉽지 않았다. 그는 무어라 덧붙이는 물음도 없이 "그렇군요."라고 대꾸하고 말았다. 이럴 거면 왜 물어봤나 싶을 정도로 심심한 응대다.

그 잠깐의 침묵 덕분에 나는 그제야 뒤늦게 밀려드는 의문을 느꼈다.

저 남자가 나를 이성으로 생각하고 있다고? 도대체 왜?

이 자리가 급격히 불편해진다. 오며가며 파티에 참석한 적은 있지만 이렇게 조르제가의 응접실까지 방문한 것은 처음이었다. 회귀 전에도, 그리고 회귀 후에도 말이다. 내 인생이 원래대로 흘러갔다면 결코 발을 들일 일이 없는 장소라는 뜻이다.

지금의 루센은 물론 신경도 쓰지 않겠지만, 여기서 계속 엉덩이를 부비고 있는 것은 내 약혼 상대에게도 예의가 아닌 것처럼 느껴졌다.

나는 깔깔한 목소리를 겨우 입 밖으로 내었다.

"바쁜 일이 있어서 그런데, 이만 일어나도 될까요?"

잠시간 남자의 맑은 남청색 눈이 내게 와 닿았다. 찔리는 게 있어서인지 나는 그와 눈을 맞추는 대신 시선을 옮겼다.

속 보이는 거짓말인데도 베인 조르제는 선선히 고개를 끄덕였다. 그는 대신 찻잔을 내려놓으며 맑은 눈으로 나를 올려다보았다.

"그전에 저와 약속 하나 해주시겠습니까?"

"어떤 약속이요?"

"저와 이곳에서 나눈 이야기가 밖으로 새어나가는 일이 없기를."

어찌 보면 당연한 예의다. 서로 아직 진지하게 만나지도 않는데 상대방이 저에 대해 입을 잘못 놀리면 그도 곤란하다 하겠다. 나는 큰 의미 없이 고개를 끄덕였다. 그제야 베인 조르제가 만족한 기색으로 몸을 일으켰다.

그는 내가 나가기 쉽도록 직접 문을 열어주는 기사다운 면모도 보여주었다. 나는 "고마워요." 하고 가볍게 인사하며 문 앞에 섰다.

그대로 복도로 발을 들이기 전, 나는 어떠한 기시감에 베인 조르제를 돌아보았다. 이상한 예감이지만 오늘이 아니면 물어볼 기회가 없을 것 같았다.

나는 이전부터 쭉 궁금했던 질문을 입에 담았다.

"그 애인이라는 분, 어떤 분이셨는지 알 수 있을까요?"

그가 드물게 미소 지으며 대답했다.

"죽었습니다."

　베인 조르제와의 만남은 오랫동안 뇌리에 남아 나를 괴롭혔다. 잠자리에 누울 때마다 베인 조르제의 얼굴이 둥실둥실 떠올랐고, 그는 상큼한 표정으로 '죽었습니다. 죽었습니다. 죽었습니다.' 하고 3회 복창하고 나서야 사라졌다. 그 후로 이어진 꿈이 악몽이었음은 두말할 것도 없었다.

　덕분에 근 며칠 나는 가장 좋아했던 잠조차 질색하여 침대에 눕기를 진절머리 낼 정도였다. 베인 조르제는 보기에 썩 괜찮은 얼굴을 하고 있었지만, 몸도 없이 목만 데굴데굴 굴러다니는 것은 아무래도 모양이 영 괴기스러웠다.

　아침에 졸음을 털고 일어나자 아니나 다를까, 오늘도 지난밤 꿨던 꿈이 머릿속을 파고들었다. 이번에 등장한 베인 조르제는 머리부터 몸까지 완벽하게 갖추고 있었는데, 그가 예의 '죽었습니다.'라는 대사를 내뱉자마자 어디선가 잘 벼린 장검이 나타나 그의 목을 쳤다. 절단면에서 피는 나지 않았으나 나는 그의 성대가 꼬물꼬물거리는 모습을 그대로 지켜보아야 했다.

　잘린 목은 무섭게 날아가 바닥에 뺨을 처박았다. 동그란 조르제의 머리는 그렇게 한 바퀴를 떼굴떼굴 굴러 다시 나에게로 돌아왔다. 그러고는 끈기 있게 이마로 내 발등을 쪼아댔다. 입에 숟가락이라도 물려준다면 그걸 흉기로 사용할 집념이었다.

　그러는 사이 아직까지 눈앞에 남아 있던 성대에서 다시금 음성이 흘러나왔다. 우습게도 딴 곳에 시선을 판 사이 그 자리엔 입술이 붙어 있었다.

　붉은 입술이 우아하게 삐죽였다.

'여기는 살아 있네?'

내용이 좀 웃기기는 하지만 어쨌든 악몽의 범주에 드는 꿈이었다.

그 통첩 같은 말을 듣고서야 나는 번뜩 눈을 떴다. 목덜미에는 식은 땀이 번져 있었고 심장은 빠르게 뛰었다. 주술사라도 불러다 칼춤을 시켜야 하나 진지한 고민이 든다.

어우, 뒤숭숭해.

"역시 탈모네요."

끔찍한 꿈보다 더 끔찍한 현실을 레이가 대수롭잖게 내뱉었다.

나는 심장이 콩알만 해져 허벅지를 덮고 있던 이불을 들어 끌어안았다. 그녀가 언제부터 들어와 있었는지 알 수 없었다.

제일 무서운 건 베인 조르제가 아니라 저 귀신 같은 시녀인지도 몰라.

"너, 너 언제부터 여기 있었어."

"아씨 깨우려고 왔는데 마침 잘 일어나셨네요."

그녀가 그렇게 말하며 내 구겨진 베개를 잡아 털기 시작했다. 그 위에서 익숙한 색상의 머리칼이 투둑, 투둑 바닥으로 떨어졌다. 레이가 침울한 얼굴로 그것을 주워 들더니 내게 내보였다. 언뜻 보기에도 수가 제법 많았다.

레이는 작게 한숨을 내쉬며 반복해서 말했다.

"역시 탈모예요."

나는 반항하듯 소리쳤다.

"아니야!"

인정할 수 없었다. 꽃다운 나이 열여덟에 탈모라니!

물론 정신 연령은 그보다 세 살 많지만 무시하도록 하자. 회귀함으로써 내가 얻은 유일한 이점은 젊어졌다는 거니까. 그 외의 모든 일이

별 볼 일 없다 못해 형편없이 진행되고 있다는 게 문제라면 아주 큰 문제였다.

레이는 믿을 수 없는 현실을 부정하는 나를 사시미 칼로 잘게잘게, 그것도 아주 잘게 회쳤다.

"그럼, 얌전히 누워 주무셨는데 왜 이렇게 머리칼이 많이 빠지셨어요?"

"뒤, 뒤척임이 심했어."

"꿈속 왕자님 앞에서 브레이크 댄스라도 추셨어요? 잠결에 자기 머리를 쥐어뜯어도 이 정도는 안 빠져요."

브레이크 댄스는 조르제의 머리가 대신 춰줬는데 그걸로 어떻게 안 될까.

반박의 말을 고르려 머리를 굴리는 내게 레이가 손거울을 내밀었다. 얼굴을 보라는 건가 싶었는데 그녀는 그것을 들어 내 정수리를 비춰주었다. 영 보기 어려운 각도였지만 눈동자를 까뒤집으면 어느 정도 시야 확보가 가능했다.

이윽고 내 입에서 새된 신음이 조용히 흘렀다. 나는 그만 두 손을 들어 얼굴을 감싸고 말았다. 정수리엔 눈에 띌 듯 말 듯한 땜빵이 조그맣게 나 있었다. 자세히 보지 않는 이상 티는 나지 않으나, 그동안 알아왔던 내 풍성한 머리숱과 심히 비교되는 모양새였다.

레이가 쓸쓸한 투로 중얼거렸다.

"부분 가발을 주문해야겠어요."

"아, 안 돼……."

"인정하세요, 아가씨. 아가씨는 이제 탈모예요!"

그녀가 인정하지 않는 내 비겁함을 단죄하듯 "탈모! 탈모! 탈모!" 하고 꼬박 세 번을 외쳤다.

그런 그녀의 모습은 꿈속 베인 조르제의 얼굴을 떠올리게 만들었다. 뭐가 그렇게 죽어 나가나 했더니 베인 조르제가 아니라 내 머리숱이었나 보다.

나는 이제 문어야. 그리고 비참함에 곧 죽고 말겠지. 먹물은 뿌리지 않겠어. 깨끗한 물에 흘러가고 싶으니까.

내가 쓸쓸함에 다시 침대에 몸을 누일 때였다. 누구의 방문이든 허용하는 내 줏대 없는 방문이 다시금 벌컥 열렸다. 내 옆에 선 레이는 아니었다. 내가 조르제가에 다녀온 후로 식음을 전폐한 가여운 알테도 아니었다.

위풍당당하게 등장한 로제가 사내대장부 같은 걸음으로 내게 다가왔다.

저놈의 문에 잠금쇠를 달든가 해야지.

방 안을 휘휘 둘러보던 로제가 나를 발견하고는 이쪽으로 걸어왔다. 그러고는 편안히 누운 내게 손을 뻗어 뺨을 꾹꾹 찔렀다.

"해가 중천에 떴는데 왜 아직 누워 있어?"

나는 천천히 눈을 감았다 뜨며 고상하게 대꾸했다.

"우리 집에 허락 좀 맡고 오지 않을래?"

"어머, 이 기지배 웃겨. 레이, 내가 언제 들러도 되냐고 몇 번 전보 부쳤지?"

"열두 번이요."

내가 조르제가에 갔다가 돌아온 지가 오늘부로 나흘째다. 그러니까 하루에 세 번씩 전보를 부쳤다는 소리다. 대단한 집념이로군. 처음 연락이 왔을 때 귀찮으니 미뤄두라고 지시했던 게 소통의 단절을 낳았다.

내 친우 로제가 이렇게까지 나를 만나고 싶어 했다니. 사랑에 상처

받은 마음에 조금의 감동이 밀려들었다. 나는 양팔을 벌려 너른 품을 드러냈다. 레이가 입을 가리고 호호 웃으며 자리를 비켜주었다.

그러나 로제는 기꺼이 내게 안겨드는 대신 당연하다는 듯이 뒤로 물러섰다. 내 뻘쭘한 손을 뒷전으로 넘겨둔 그녀가 눈을 반짝이며 물었다.

"그래서 조르제 소공작이랑은 어떻게 됐어?"

정정하겠다. 얘는 나를 만나고 싶어 한 게 아니라 베인 조르제 얘기를 듣고 싶어 한 거였군.

"뭘 어떻게 되긴 어떻게 돼?"

"그 남자가 너를 왜 찾았느냐고, 이 멍청아."

"내가 왜 멍청이야, 이 바보 똥개야."

"너는 바보 똥개에다 말미잘이야."

"너는 바보 똥개에다 말미잘에다 해삼이야!"

"너는 바보 똥개에다 말미잘에다 해삼에다 설사똥이야!"

다시 주제가 똥으로 돌아왔다는 건 로제의 레퍼토리가 다 닳아가고 있다는 증거다.

나는 귀족가 아가씨로서의 위엄을 지켜 그런 로제를 점잖게 나무랐다.

"너는 바보 똥개에다 말미잘에다 해삼에다 설사똥에다 변비똥이야!"

그러고는 로제가 바나나똥 돌덩이똥 피똥 등등을 꺼내기 전에 재빠르게 말을 돌렸다.

"베인 조르제가 나와 꾸준히 만나보고 싶대."

다행히도 로제는 시답잖은 말싸움에 주의를 돌리는 대신 급격한 관심의 반전을 보였다.

"진짜로?"

"그래, 진짜로."

"정말정말 정말 진짜로?"

가끔 난 얘랑 알테가 꽤 잘 어울릴 것 같다는 생각이 든다.

"그래, 날 이성으로 보고 있으시대."

나는 심드렁하게 마저 대꾸했다. 전후 상황을 아는 나로서는 어떠한 떨림도 없이 뱉은 말이었지만 로제에게는 체감 온도가 좀 다른 것 같았다.

나는 베인 조르제에게서 들은 그의 전 애인에 관한 이야기를 털어놓을까 하다가 그냥 관두었다. 잘 알지도 못하는, 그것도 죽은 인물을 데려다 화두에 올리는 것은 예의가 아니라는 생각이 들었던 탓이다. 가만히 그런 생각을 하고 있노라니 문득 베인 조르제의 여인이 궁금해진다. 나와 닮은, 오래전에 죽은 그 여자가.

일전에 그의 가상의 사랑 이야기를 떠올려보았던 적은 있으나, 정말 그 여자가 죽었으리라고는 생각을 못했다. 조르제에게서 받았던 보라색 손수건도 못내 신경이 쓰였다. 그가 돌려주지 않아도 된다고 말하긴 했지만, 어쨌든 사랑하는 여자에게서 받았던 선물이었다. 내가 계속 가지고 있는 것도 경우가 아닐 것이다. 버리든, 아니면 다시 사용하든 내가 아닌 베인 조르제 쪽에서 결정할 문제다.

내 어지러운 속을 아는지 모르는지 로제가 순수하게 감탄했다.

"그거 2왕자가 캐러멜을 먹다 목에 걸려 자리보전한다는 소식보다 더 놀라운걸."

몰테 자작부인의 아들이 고작 캐러멜 따위에 비명횡사할 뻔했다니. 이래서 떠나는 데는 순서가 없다고 하는 것이다. 그럴수록 하루하루를 알차게 살아야 하는데 내 매일은 시궁창에 가깝다.

"얼마나 무시무시한 캐러멜을 먹었기에 목에 걸려?"

"날이 더워서 녹은 캐러멜이 열 개 정도 달라붙어 있었다는 거야. 그걸 홀랑 삼켰다가 큰일이 났지."

"그것 참, 너 말곤 아무도 안 할 실수 같은데 신기하네."

로제가 날렵한 솜씨로 내 머리를 후려갈겼다.

아, 아파. 아, 아! 내가 이마를 붙잡고 침대를 반 바퀴 구르고 나서야 로제는 나를 때리던 손을 멈췄다.

아무튼 자객의 습격을 받았다거나 암살 위기가 있었다거나 하는 것도 아니고 캐러멜 때문에 죽을 뻔했다니, 왠지 좀 깬다. 2왕자가 어떻게 그 정신머리를 가지고 왕이 됐었는지 조금 신기해졌다.

로제는 2왕자가 안쓰럽다는 듯이 어깨를 으쓱여 보였다.

"아무튼 그래서 이번에 건국제 파티에 참석할 수 없게 됐다는 거야. 중요한 시기인데 중요한 자리에 못 나오게 됐으니 암담하게 된 거지."

내가 기억하기로 열여덟 살, 이맘때쯤 있었던 건국제 파티에는 제1왕자나 제2왕자나 잘만 참석했던 것 같은데. 이것도 회귀 후 달라진 점일까. 괜스레 몰테 자작부인과 그 아들에게 미안해졌다.

학계엔 나비 효과라는 용어가 있다. 나비의 날갯짓 한 번이 머나먼 곳에서는 태풍으로 번진다는 이야기다. 내가 시간을 되돌아오며 전과 달리 한 행동들이 그들에게 영향을 미쳤을지도 모를 일이다.

헉, 그렇다면 제2왕자는 나 때문에 캐러멜이 목에 걸린 것인가. 나도 모르는 사이 살인자가 될 뻔했다니 끔찍한 일이다.

그렇지만 제2왕자가 진실을 알게 된다고 해도 나는 용서받을 수 있을 거다. 왜냐하면 나도 피해자니까. 나는 과거로 돌아온 뒤 미친 사람 취급을 받았고, 그래서 약혼자를 만났던 파티에 나가지 못했으며, 이제는 사랑하는 남자에 의해 스토커 취급을 받는 데 이어 비밀 요원

따위로 인식되고 있었다. 이보다 더 기구할 수가 없다.

"아무튼 문제는 그게 아니야."

내가 손을 휘휘 내저었다. 로제가 냉큼 그런 내 옆자리에 엎드려 누웠다.

"그럼 뭐가 문젠데?"

"내가 저번에 그랬잖아. 나는 베인 조르제한테 관심이 없다고."

"네가 배가 처불렀구나."

로제가 깜찍하게 눈을 깜빡이며 대꾸했다. 그러고는 베개를 가져와 내 머리를 후려치기 시작한다.

아, 안 된다. 내 가녀린 머리칼들이 저 무자비한 공격에 또 모공을 탈출하고 말 거다.

나는 가까스로 내 머리통을 사수했다. 그러고는 로제를 뜯어말리기 위해 속사포처럼 말을 쏟아냈다.

"생각해봐. 내가 좋아하는 사람은 따로 있어. 근데 그 사람은 나한테 전혀 관심이 없단 말이지. 근데 어느 날 낯선 남자가 와서는 내가 좋대. 이 상황에서 내가 그 다른 남자한테 집중할 수 있겠니?"

"못할 건 뭐야? 둘 다 가져."

"나한테도 지조란 게 있거든."

"웃기네. 방귀나 먹어라."

로제가 베개를 집어 던지고 가죽피리를 불었다. 속이 더부룩해졌지만 정수리가 더 반질반질해지는 것보단 나으니 참자.

자신의 장내에서 부글부글 끓어가던 가스를 유통시킨 로제는 한결 후련해진 표정을 떠올렸다.

"어쨌든 대충 이해했어. 아니, 솔직히 이해는 안 가지만 네가 뭘 말하고 있는지는 알겠어."

"듣던 중 반가운 소리로구나."

"그래서 네 결론은 소공작은 버리고 루센 경을 꼬셔보겠다는 거지?"

"바로 맞혔어."

잠시 침묵하던 로제가 불쑥 입을 열었다.

"근데 너 스토커잖아."

"아니야."

단박에 돌아온 부정에 로제는 측은한 표정을 지어 보였다.

대충 '그래, 뭐, 네가 그렇게 생각하고 싶다면…….'을 내포한 얼굴이다. 한마디로 나를 믿지 않고 있다는 소리다.

빌어먹게도 이 더러운 세상은 불신자들로만 가득 차 있다.

"사실 이런 탁상공론이 무슨 소용이야? 실전이 중요하지."

로제가 이내 입맛을 다시며 상체를 일으켰다. 뭐 대단한 비기라도 있다는 투였다. 내가 초조한 기색으로 물었다.

"그럼 나한테 어떻게 반하게 만들지?"

"솔직히 말하자면 넌 별로 가망이 없어."

로제는 몹시 안쓰러운 눈으로 나를 쳐다보았다. 나는 삐딱하게 눈썹을 치켜 올렸다.

"그것 참 친절하구나."

"하지만 방법이 없는 것도 아니지."

그녀가 돌연 눈을 반짝였다. 나는 로제가 이런 얼굴을 할 때면 가끔 불안한 예감에 휩싸인다.

가장 끔찍한 사실은 그녀가 너무나 자신감에 차 있어 나조차도 항상 혹시나 하는 마음에 말려들게 된다는 것이다.

실제로 지금 내 얼굴은 의심하는 마음 반, 궁금한 마음 반으로 뒤섞인 애매한 표정을 내보이고 있었다.

로제는 거품이 나지 않는 비누와 깔고 잤다간 두드러기가 나는 옥침대, 살이 빠지지 않는 다이어트식을 파는 피라미드 신도처럼 말했다.

"사랑의 묘약."

"뭐?"

"사랑의 묘약을 사러 가자."

원래 명장은 찾기 힘든 산골 오지, 혹은 비밀 은신처, 그게 아니면 초야에 묻혀 살아가는 법이다. 진짜 실력자란 드물고 그치가 동시대에 살고 있을 확률은 더더욱 적다.

그 말인즉슨 보통 명장을 찾아가기란 몹시 힘들다는 뜻이다. 그러나 로제가 말한 진짜 점술사, 일명 뒷골목의 마녀는 먹고살기 위한 홍보가 치열했다. 길이 좀 더러웠을 뿐 가게를 찾아가는 것 자체는 어렵지 않았다. 어렵지 않다 뿐만 아니라 우리는 가게로 진입하는 길목 앞에서부터 마녀의 흔적을 알아볼 수 있었다.

[※특가※ 아카데미 합격 보장 부적 50퍼센트 할인 판매. 7일 한정 수량 이벤트!]

호객 행위를 위해 놓인 칠판에 쓰인 글자였다. 왠지 불신의 냄새가 폴폴 풍긴다.

부적을 할인 판매까지 하는 아주 적극적인 사업장인데 왜 내 신뢰도는 내려가는 걸까?

물건을 파는 방식 중에 고가 마케팅이라는 것이 있다.

사람은 비싼 걸 보면 '비싼 이유가 있겠지.' 생각하고, 싼 걸 보면 '싼 이유가 있겠지.' 생각한다는 것이다. 같은 사과인데도 외곽의 노상보다 시내에 있는 고급스러운 가게가 더 인기 있는 것도 그 예 중 하나다. 이러한 근시안적인 관점은 단기적인 손실을 줄 뿐만 아니라 나아가 소비자의 합리적인 소비를 저해한다고 볼 수 있다.

혹시 나도 외관에 현혹되어 진실을 보지 못하고 있는 것은 아닐까?

하지만 의심스러운 것은 이뿐만이 아니다. 로제의 지인이 이 점술사를 알게 되었다는 계기도 사이비적인 냄새가 폴폴 났다.

길을 가다 누가 저를 붙잡기에 무언가 했더니, 상대가 대뜸 기가 맑다는 말을 해왔다는 것이다. 다만 조상님 묏자리가 잘못되어 그 기를 누르는 것이 근심이라며 말이다.

제만 지내면 만사형통이라는 말에 예의 지인은 그만 홀라당 넘어갔다. 마침 남편이 바람을 피우고 있던 참이라 점술사에 대한 신뢰는 크고도 컸다. 예의 지인은 점술사에게 끌려가 홀린 듯이 이런저런 물건들을 사들였고, 심지어는 조상에게 제까지 올렸다.

여기까지 이야기를 들은 사람들은 모두 동시에 이런 생각을 떠올릴 것이다.

'사기당했네.'

그러나 나를 갈팡질팡하게 만드는 사실은 따로 있었다. 바로 그 외도의 주인공이 정말 조강지처에게 돌아왔다는 점이다. 참으로 불가해한 일이 아닐 수 없었다. 점술사의 신봉자가 된 로제의 지인은 불륜녀와 남편의 이별에 그 어떠한 징조도 없었다는 점을 들어 이 무속 신앙의 영험함을 논했다.

기적 같은 일이라는 건 인정하지만, 점술사의 진짜 실력인지 단순히 기막힌 운인지 구분이 잘 안 가는 것도 사실이었다. 세상에는 원래 일어나지 않을 법한 일들도 많이 벌어지는 법이니까.

혹시 아나? 이 경우엔 불륜녀가 남편 앞에서 똥방귀라도 뀌었을지.

"……."

어쨌든 나는 의심의 끈을 놓지 않기로 마음먹었다. 이런 내 고민을 아는지 모르는지 로제는 당당하게 문을 열어젖혔다.

"안에 계세요?"

문 종이 울렸는데도 안이 조용하다.

로제와 나는 조심스럽게 실내로 발을 들였다. 인테리어인지 아니면 정말 주인이 자리를 비웠는지 가게 안은 깜깜했다.

나는 벽을 더듬으며 중얼거리듯 말했다.

"너무 조용한데?"

"안에 없나?"

"잔뜩 흥분해서 뛰쳐나오더니, 영업 시간은 맞아? 지금 늦은 저녁이잖아."

내 미심쩍은 표정에 로제가 당황한 얼굴로 항변했다.

"워, 원래 이런 가게는 밤에 여는 거야."

말을 더듬는 것을 보아 영업 시간은 염두에 두지도 않고 출발한 게 틀림없었다. 로제가 하는 일들이 뭐 다 그렇다. 애초에 기대를 안 하고 있었기 때문에 실망하는 일도 없었다. 그만 저녁 식사나 하러 가자며 로제를 잡아당기려 할 때였다. 나를 보던 그녀의 얼굴이 희끗하게 질려갔다.

의아한 표정을 떠올리며 "왜 그래?" 하고 물었지만 돌아오는 대답이 없다. 대신 로제는 방금 전보다 더 열심히 말을 더듬으며 숨을 들이켰다.

"뒤, 뒤에……."

"뭐?"

"뒤에!"

"뒤에 뭐?!"

"귀신이……."

그리고 로제는 혼절했다. 나는 그제야 뒤를 돌아보았다. 그리하여 로제처럼 마룻바닥에 뒤통수를 누였다. 로제처럼 기절한 건 아닌데 워낙 놀랐다 보니 그렇게 됐다.

골이 빠개질 것 같았지만, 머리에 손을 가져다 대고 싶은 것을 혼신의 힘을 다해 참았다.

왜냐하면 뒤에 있던 인영이 정말 귀신인지 사람인지 분간이 안 가는 몰골을 하고 있었기 때문이다. 언뜻 봤을 뿐이지만 어찌나 강렬했는지 잔상이 그대로 머리에 남았다.

온통 하얀 분을 바른 얼굴은 어둠 속에서도 섬뜩하게 밝았고, 두 눈에 그어진 빨간 선은 흉터 같았다. 눈과 다르게 까맣게 칠한 입술은 블루베리라도 주워 먹은 모양새였다. 폭탄 맞은 듯 빠글빠글한 파마 머리를 보면 여자 같았지만, 나보다 눈높이가 높았던 것을 생각하면 남자 같기도 했다.

일단 나는 저 미확인 생명체에 대한 판단을 유보했다. 쉽게 말해 계속 눈을 감고 기절한 척했다는 뜻이다. 그런 우리에게로 천천히 다가오는 발소리가 들려왔다. 귀신은 발이 없으니 사람이 맞는 것도 같은데…….

"기절했나?"

상대가 그렇게 중얼거리며 내 팔을 툭툭 쳤다. 목소리가 얇고 높은 편이라 듣고서 바로 여자임을 알았다.

언뜻 얼굴에 숨결이 스친 것을 보아 내게 꽤 가깝게 붙어 있는 모양이었다. 이대로 잠든 척 버티기만 하면 되는 건데, 사실 가만히 있기가 제일 힘들었다. 특히 눈썹이 절로 움찔거려 차라리 떼어버리고 싶다는 생각까지 들었다. 그런 내 고생을 알 리 없는 여자는 팔도 모자라 내 뺨에까지 손을 댔다.

찰싹!

내가 반응이 없자 여자가 "흐음?" 하고 콧소리를 내었다.

"깊게 잠들었나 보네."

찰싹! 찰싹! 찰싹!

"……"

이거 좀 많이 아픈데. 옆에 로제도 있는데 인간적으로 사이좋게 나눠 때려줘야 하는 거 아냐?

이렇게 말하면 어떻게 친구에게 고통을 떠넘길 수 있느냐고 물어보는 사람이 있을 거다. 뭘 모르고 하는 소리다. 나는 더한 것도 떠넘길 수 있다.

만약 신이 내게 와서 '너를 원래의 삶으로 되돌려주마. 하지만 로제가 대신 3년 전으로 돌아가는 엿을 먹어야 한단다.' 하면 나는 감읍하여 눈물이라도 흘릴 거다. 모름지기 최우선은 내 안위인 법이니 말이다.

어쨌든 나는 여자가 포기하여 내게서 손을 떼어낼 때까지 고통을 감내했다. 치사하게 로제는 끝까지 안 때리더라.

"젊은 아가씨 둘이군. 마침 중요한 약이 있는데, 아주 좋은 재료가 되겠어."

내 상태를 확인하던 여자가 음흉하게 중얼거렸다.

뭐? 나를 마법약 재료로 쓴다고? 로제는 돼도 난 안 돼!

나는 식겁한 얼굴로 발딱 몸을 일으켰다.

"안 돼!"

점술사는 그런 나를 한심하다는 듯 내려다보았다.

"말짱한 거 다 티 나는데 왜 기절한 척을 해?"

"좀 졸려서……."

나는 되도 않는 변명을 하며 치맛자락을 매만졌다. 괜히 자는 척했나 보다. 내 부어버린 뺨은 대체 누가 책임져주지? 나는 헛기침을 하며 헝클어진 머리칼을 쓸어 넘겼다.

"로제가 말한 점술사분이 당신인가요?"

"로제가 누군지는 모르겠지만 여기서 부적 팔아먹는 점술사라면 내가 맞아."

"근데 화장은 대체 왜 그렇게……."

나는 부어오른 뺨을 매만지며 말끝을 흐렸다. 사람인 걸 알았다고 해도 무서운 건 무서운 거였다. 손님이 점 보려고 들어왔다가 뛰쳐나갈 얼굴로 어떻게 장사를 하는지 모를 일이다. 점술사도 나름대로 서비스업에 속한다고 생각되는데, 가게 주인이 고객을 기절시켜서야 원…….

"미신 믿는 사람들한테는 이런 복장이 제법 인기가 좋아. 영적인 느낌이 난다나?"

"불은 왜 꺼놓으셨어요?"

"양초 값이 아까워서."

그것 참 합리적인 대답이로군.

나는 꿀 먹은 벙어리가 되어 눈만 끔뻑였다. 어느새 몸을 일으킨 여자가 벽면에 매달린 양초에 불을 켰다. 그러고는 가게 뒤편의 의자로

가 앉았다. 좌판처럼 잡동사니가 부산스럽게 늘어진 탁상 위에서는 유리구슬이 반짝였다. 여자가 깍지 낀 두 손으로 턱을 받치며 물었다.

"그래, 여긴 무엇 하러 왔어?"

나는 주섬주섬 자리에서 일어났다. 치맛자락을 정돈하고 새침하게 의자에 앉으며 말했다.

"사랑의 묘약을 사러 왔어요."

"사랑의 묘약?"

"네. 로제가 여기서 사랑의 묘약을 판다고 해서요. 참, 저기 뒤에서 안 깨어나는 여자애가 바로 로제예요."

그러고 보니 왜 로제는 나처럼 안 깨우는 걸까? 한 열 대쯤 더 때려도 되는데.

"쟤는 정말 기절했거든."

"네?"

속으로만 말했는데 어떻게 내 생각을 알아챘을까. 나는 몹시 정곡을 찔린 얼굴을 해 보였다. 이 여자는 정말 영험한 점술사인지도 모르겠다. 그것도 사람 속까지 다 읽어내는 대단한 인물 말이다.

그런 내 기색을 읽었을까, 점술사는 이번에도 한심스럽게 나를 쳐다보았다.

"왜 자기만 때렸냐고 표정으로 묻기에."

나는 재빠르게 말을 돌리기로 했다.

"아무튼 말이에요, 사랑의 묘약이 있는 건 맞죠?"

"그래, 있긴 해. 근데 어디다 쓰려고?"

사랑의 묘약을 대체 어디에 쓰겠는가. 당연히 내가 좋아하는 사람이 나를 좋아하게 만들고 싶을 때 쓰지. 사랑의 묘약만큼 용도가 분명한 물건도 없다.

내가 생각한 대로 말을 내뱉으려는데 점술사가 고개를 저으며 손바닥을 내보였다.

"좋아하는 사람한테 쓴다거나 하는 간단한 대답을 하라는 게 아니야. 사랑의 묘약을 팔 땐 사용자의 정황을 알아야 해. 왜냐면 그건 함부로 넘겨줄 수가 없는 물건이거든. 정말 용도에 맞게, 선하게 사용할 수 있는 사람한테만 팔아야 하는 물건이란 말이야."

아카데미 합격 기원 부적을 50퍼센트 할인해서 파는 사람치고는 굉장히 양심적인 가치관이다. 그러나 틀린 말은 아니기에 나는 수긍하여 고개를 끄덕였다.

"좋아요. 그럼 처음부터 설명을⋯⋯."

"아니, 설명할 필요는 없어."

"네?"

"내가 기운을 읽으면 되거든. 일단 연애운과 사주를 점쳐야 하니까 복채로 1골드 올려놔."

신종 삥 뜯기 수법 내지는 강매의 모양새였다. 내 의심스러운 시선을 알아챘는지 여자가 변명하듯 덧붙였다.

"본인이 말하는 걸 어떻게 믿니? 혹시 거짓말을 할 줄 어떻게 알고. 나는 진실을 보아야 한단 말이야. 이것도 사랑의 묘약을 산다니까 할인해준 거야."

별다른 수가 없었기 때문에 나는 얌전히 1골드를 유리구슬 옆에 내려놓았다.

그런데 사주를 본다면서 대체 왜 가져다놓은 소품은 유리구슬인 걸까?

심지어 그녀는 내 생년월일도 묻지 않고 제멋대로 고민에 빠졌다. 점술사는 한참 머리를 부여잡고 "으으, 으으." 하는 신음을 내더니 번쩍 눈을 떴다.

"잠깐, 기운이 좀 이상한데."

"어디가요?"

"전체적으로 그런 느낌이 와. 그러고 보니 네 얼굴에도 근심이 있군
그래."

점집을 찾아가면 나오는 단골 멘트다. 점술사들은 백이면 백, 손님
들에게 자신이 할 수 있는 최대한의 심각한 표정을 지으며 '큰 근심이
있으시군요.'라고 말한다. 그도 그럴 것이 근심이 없으면 점집을 찾아
갈 리 없지 않은가?

그러나 다행히도 점술사가 알아낸 것은 그것만이 아니었던 모양이
었다. 그녀가 엄중한 투로 선고하듯 말했다.

"팔자에 남자가 둘이 있어."

둘이 있다는 말이 영 틀린 건 아니다. 내가 사랑하는 루센 그레미오
와 속내 모를 베인 조르제를 포함하면 딱 둘이 된다. 솔직히 말하자면
베인을 이성적인 관점에서 보아도 될지 알 수 없지만 말이다.

하긴 감정과는 별개로 흘러가는 상황을 보아 그도 내 팔자에 새로
들어왔다고 볼 수 있을 거다. 아버지는 이미 베인 조르제를 사위 삼을
준비 중인 것 같았으니까.

"문제는 그거예요."

내가 푸념하듯 말했다.

"뭐가?"

"제가 좋아하는 사람은 저를 안 좋아하는데, 제가 안 좋아하는 사람
은 저를 좋아하는 거요."

사실 베인 조르제가 정말 나를 좋아하는지도 잘 모르겠다. 애초에
그와 나는 접점이 거의 없었다. 만난 횟수가 한 손에 꼽히는 사람을

두고 사랑을 논할 수 있을 리 있나.

과거로 돌아왔을 때 몇 안 되는 이점이 바로 미래를 알고, 과거를 바꿀 수 있다는 거다. 하지만 나는 미래를 모르고, 과거는 바뀌었다.

능동과 피동의 차이는 엄청났다! 이를테면 나는 손댈 수 없는 풍파에 휘말린 가련한 희생양인 셈이었다.

점술사가 더없이 의아한 얼굴로 물었다.

"뭐? 네 운명의 상대는 이미 널 사랑하는데 왜 사랑의 묘약이 필요해?"

나는 깜짝 놀랐다. 돌팔이인 줄 알았더니 그건 아닌 모양이다. 과거 형이라는 점을 제외하면 사실과 딱 맞는 말이었다. 루센은 나를 사랑했다. 지금은 아니라는 게 슬플 뿐이지.

내가 시무룩한 얼굴을 해 보이자 여자가 다 알겠다는 듯 손을 내저었다.

"오, 그래. 문제가 있는 것 같긴 하네. 굉장히 꼬여 있어. 어렵네, 어려워. 풀어나가기도 굉장히 힘들 거야. 읽을 수 없는 것도 많군그래."

그렇게 말하며 점술사는 유리구슬을 툭툭 건드렸다. 무슨 영상이라도 보일 줄 알았는데, 불투명한 색상은 변함이 없었다. 혹시 영적인 기운이 있어야만 무언가를 볼 수 있는 걸까? 그럼 난 점술사가 거짓말을 해도 모르잖아.

내가 여자를 쳐다보며 물었다.

"구슬 안에 아무것도 안 비치는데요?"

점술사가 눈을 깜빡이며 대답했다.

"이건 그냥 소품인데?"

"……."

"유리구슬을 쓰는 건 통찰력이 부족하단 증거란다. 그런 애들은 반

푼이니까 어디 점 보러 갔을 때 유리구슬을 쓰는 거 같으면 그냥 나오면 돼."

점술사의 말에는 엄청난 허점이 있다. 바로 본인도 유리구슬을 떡하니 올려놓고 영업을 하고 있다는 점이다.

그 사실을 깨달았는지 그녀는 민망한 기색으로 헛기침을 했다.

"나야 뭐 서비스 정신이 탁월한 사람이니까 고객님들 마음 편하라고 가져다놓은 거고."

내 입에서 으음 하는 깊은 신음이 새어나왔다.

과연 이 줏대 없는 가게를 믿어도 될지 의심이 차올랐던 탓이다. 점술사가 몇 가지 사실을 맞히며 올라갔던 신뢰도는 다시 하락선을 타고 있었다. 애초에 나는 미신에 얽매이는 성격이 아니다. 로제의 말을 따라 이곳에 온 것도 그 외의 별다른 타개책이 없었기 때문이었다.

사람들은 힘든 일이 있을 때 자력으로 구제하기보다는 약물에 기대곤 한다. 이 보통의 공식과 내 방식에 차이가 있다면 나는 그 약을 본인 대신 루센에게 쓰기로 결정했다는 점이다. 루센의 뒤통수에 짱돌을 내리치는 것보다는 훨씬 레이디적인 방법이라고 볼 수 있다.

"집중해. 여기부터가 중요한 내용이니까. 원래 운명을 함부로 건들면 안 되긴 하지만, 심각해 보이니 특별히 추가 요금 없이 조언을 해주지."

점술사가 내 주의를 집중시키려는 듯 눈앞에 대고 손가락을 부딪었다. 딱 하는 소리에 나는 숨을 죽이고 그녀를 올려다보았다.

"가장 중요한 건 네 행동이야. 둘 중 하나를 잘 선택해야 해. 안 그러면 그 둘이 널 잡아먹을 거야."

"절 잡…… 잡아먹는다고요?"

난 그런 하드 플레이에는 관심이 없는데. 혹시 나보고 3P라도 하라는 건 아니겠지. 이렇게 말하면 엄한 상상을 하는 사람이 있을 텐데 3P는 우리나라의 전통 문화 중 하나다. 3은 셋, P는 프러포즈(propose)의 약자로서 세 사람의 프러포즈라는 뜻을 담고 있다.

혼담은 두 가문 사이에서 천천히 오가는 것이 보통이지만 가끔 예외가 있다. 바로 귀족가의 여식들이 부족하거나 혹은 남자들이 부족해 짝이 안 맞을 때다. 결혼을 시켜야 하는데 배우자가 없다, 그럴 경우에 같은 성별의 두 사람 사이에서 경쟁이 벌어진다. 둘은 경합을 겨루고, 시험을 통과한 승자가 배우자를 얻는다.

결투를 한다든가 하는 본격적인 것은 아니고 요즘은 상대가 낸 수수께끼 따위를 맞히는 식으로 많이들 진행한다. 가끔 선택권이 있는 사람이 더 마음에 든 사람을 염두에 둔 채 질문하는 경우도 있고. 비단 이런 상황뿐만 아니라 동시에 청혼이 들어왔을 때에도 3P로 승자를 겨룬다. 인기가 많은 사람은 4P, 5P까지도 진행한다.

이런 상세한 설명을 듣고 난 후에도 저 말이 자꾸 이상한 식으로 읽히는 사람이 있을 것이다. 그것은 슬슬 책장에 꽂힌 도색 서적을 멀리하고 밖으로 나가 찬바람을 쐴 때가 되었다는 뜻이다. 안 그러면 일상생활이나 하겠는가?

"그럼 전 대체 어떻게 해야 하죠?"

"나도 네 운명의 상대가 누군지를 알려주고 싶어. 그럼 만사형통일 테니까. 그런데…… 이상해. 네 미래가 흐려."

"제 미래가 흐리다니요?"

"나는 사람들의 미래를 볼 수 있어. 왜냐하면 인간은 안주하는 생물이고, 그래서 과거와 미래가 크게 다르지 않으니까. 하지만 엄청난 확률의 복권에 당첨되거나, 길거리에서 묻지마 강도한테 칼침을 맞고 죽거나 하는 일들은 나도 예견이 불가능해. 그런데 지금 네 미래가 딱 그래. 네 미래는 네가 가지고 태어난 운명과는 엄청나게 달라질 거야."

미래가 흐리다니, 그건 아마 내가 과거로 돌아왔기 때문이 아닐까 싶다. 원래의 미래와 과거로 돌아왔을 때의 미래가 뒤섞여 도저히 알아볼 수 없는 상태가 된 것이다.

안 그래도 회귀한 것도 서러운데 신은 정녕 내 운명까지 말아먹은 모양이다. 만약 내가 정말 불행히 죽는다면 신전에 불을 지르라는 말을 유언으로 남기리. 알테는 동생 바보니까 담벼락 너머로 불똥 정도는 던져줄 거다.

내가 조심스러운 목소리로 물었다.

"그럴 수가 있나요? 어쨌든…… 운명이잖아요."

"세상에 변수는 많아. 너 같은 태생은 위험해. 잘못 삐끗하면 접싯물에 코 박고도 죽을 수 있거든. 자칫 잘못하면 개복치처럼 되는 거야!"

접싯물에 코를 박고 죽는다니 이보다 비참한 죽음이 또 어디 있을까. 차라리 칼을 맞고 죽고 말지!

햇빛만 받아도 죽는다는 전설의 생물 개복치처럼 되는 것은 사양하고 싶다. 나는 전보다 더 절박한 심정으로 점술사에게 매달렸다.

"그럼 전 대체 어떻게 해야 하나요?"

점술사의 손을 힘껏 부여잡고 애처로운 목소리를 내어 물었다. 그녀가 내 시선을 피하며 대답했다.

"사실 제일 안전한 방법은……."

"방법은……?"

"양다리야."

"네?"

"그 남자 둘 다 너를 사랑하게 만들어. 그럼 어떤 상황에서든 서로 널 지키려고 들지 않겠어?"

"……."

아주 나를 방종한 여편네로 만들려고 작정을 했다.

나는 조용히 자리에서 일어났다. 역시 약물에 기대려고 하는 게 아니었다. 특히 불법 사술은 그 제조 방법도 불문에 부쳐져 몸에 해로운 성분이 있는지 없는지도 알 수 없으니 말이었다. 역시 루센은 정공법으로 상대하는 게 좋겠다.

나는 그녀를 향해 고개를 꾸벅 숙여 인사했다.

"그럼 안녕히 계세요."

"잠깐, 좋아, 이럴 때 필요한 게 사랑의 묘약이지."

점술사가 다급하게 나를 붙들었다. 내가 멈칫하자 이때다 싶었는지 그녀는 곧바로 영업을 시작했다.

"만들어둔 게 하나밖에 없는데, 그걸 내줄 테니 현명하게 사용하도록 해. 이거 아무한테나 파는 거 아니다? 가격도 120골드에서 반절 깎아서, 에라, 모르겠다, 아까 복채 준 만큼 또 깎아서 딱 59골드로 해줄게. 좋지?"

59골드면 60골드나 마찬가진데 왜 대폭 할인한 것 같은 느낌이 들까? 이러한 가격 산정은 소비자의 적이다. 아주…… 유혹적인 적.

아냐, 안 돼. 이대로 넘어가면 안 돼!

나는 나와의 싸움에서 이기려고 애썼다. 하지만 이성 쪽 장군이 적군인 감성에게 회유당한 이상 수성은 이미 실패한 셈이었다.

점술사는 그런 내게 기세 좋게 말을 보태었다.

"뭐야, 더 할인해줬으면 좋겠어? 떼끼! 사랑을 싼값에 얻을 수 있을 것 같아? 지름길로 가는 만큼 통행료는 제대로 내야지!"

결국 나는 느리고 길게 고개를 끄덕였다.

어차피 여기 온 목적이 사랑의 묘약이기도 했고, 이대로 집으로 돌아가봐야 마땅한 수도 없는 것이 사실이었다. 밑져야 본전 아닌가 싶은 생각에 나는 다시 자리에 앉았다.

점술사는 가게 뒤쪽 창고 쪽으로 들어가더니 선반을 헤집기 시작했다. 정돈이 안 된 듯 이런저런 물건이 널려 있고, 뒤섞인 채 굴러다니는 도구들도 한둘이 아니었다. 물건을 찾는 데 한나절 정도는 기다려야 할 것 같은 모양새다.

다행히 위치는 제대로 기억하고 있었던지 그녀는 이윽고 크리스털 병 하나를 들어 올리며 회심의 미소를 지었다. 투명한 병 안에는 연한 분홍색 액체가 담겨 있었다. 사랑의 묘약이라는 명칭만큼이나 로맨틱한 색상이다. 점술사는 병을 한 번 양옆으로 흔들더니, 병 밑을 들여다보며 중얼거렸다.

"유통 기한이 좀 지났는데 괜찮겠지?"

다 들리는데…….

내가 모를 것이라 여겼는지 여자는 병에서 유통 기한을 적어둔 듯한 종이를 뜯어냈다. 그러고는 발랄한 걸음걸이로 내게 돌아왔다. 그녀가 탁 하는 큰 소리를 내며 그것을 상 위에 내려놓았다.

"자, 사랑의 묘약. 약효는 100퍼센트 보장이야."

나는 불안한 눈으로 그 연분홍빛 액체를 내려다보았다.

사실 유통 기한은 말 그대로 시중에 유통될 수 있는 기간일 뿐이다. 즉 음용 가능 기간을 뜻하는 게 아니기 때문에 유통 기한에서 며칠이 지나도 바로 상하지는 않는다는 뜻이다.

아까 분명 '조금' 지났다고 했으니까 상관없겠지?

나는 조심스럽게 병을 주머니에 넣었다. 내가 물건을 받아 들자 점술사는 회심의 미소를 지었다.

"사용 방법은 간단해. 사용 전에 그 약에 네 머리칼을 넣고 녹여. 그리고 상대한테 그걸 먹이는 거야. 머리카락이 네 존재를 각인시키는 역할을 하는 셈이지. 머릿속에 박혀 도저히 떨어지지 않도록 말이야."

열심히 설명하던 그녀가 내게 손바닥을 쭉 펴 보였다.

"자, 59골드 내놔."

나는 불쌍한 호주머니를 탈탈 털었다.

딱 60골드만 들고 왔는데 어떻게 알고 이렇게 적정한 가격 산정을 했는지 모르겠다. 허름한 가게를 보고 가격도 저렴하리라고 생각했는데 생각보다 너무 비쌌다.

"때마침 다음 손님도 일어났구먼."

돈을 받은 점술사가 포식자 같은 미소를 지었다. 눈을 뜬 로제는 그런 그녀를 보고 또 기절하려고 했다가, 사람이라는 걸 깨달았는지 안도의 한숨을 내쉬었다. 나는 로제 쪽으로 다가가 발끝으로 그녀의 종아리를 툭툭 쳤다.

"잘 자더라, 너. 이분 알고 여기 온 거 아니었어?"

"너무 깜짝 놀랐단 말이야. 나도 처음 와보는 거라고."

로제가 고개를 돌려 주변을 휘휘 돌아보더니 물었다.

"나 기절한 지 얼마나 됐어?"

"내가 상담을 마치고 사랑의 묘약 구매를 끝낸 후까지?"

"뭐야, 그럼 내 차례네?"

벌떡 몸을 일으킨 로제가 잽싸게 점술사의 건너편으로 가 앉았다. 그러고는 내가 했던 것처럼 여성스럽게 머리칼을 쓸어 넘겼다.

"안녕하세요. 아깐 실례했어요."

"아가씨들 둘 다 담이 많이 약한가 봐."

점술사가 입을 가리고 호호 웃었다. 그러고는 영업용 표정을 떠올린 채 물었다.

"그래, 아가씨는 뭘 알아보러 왔어?"

그 말에 로제는 점술사에게 대답하는 대신 내 쪽을 돌아보았다. 그녀가 새침한 투로 말했다.

"카렌, 좀 나가 있을래?"

저 어둡고 쌀쌀한 바깥에 나가 서 있으라니, 내가 기세 좋게 항변하려는데 로제가 주먹을 들어 올리며 재촉했다.

"얼른."

"으응……."

안 나갔다가는 한 대 맞을 것 같아서 결국 문고리를 쥐었다.

얘는 정말 내 연애 사업을 위해 이곳을 찾아온 게 맞을까? 사실 볼일이 있는데 불안하니 나를 시범 타자로 사용한 것은 아닐까? 그간 로제의 행적을 생각해봤을 때 타당한 의문이었다.

나는 어디 앉아 있을 데가 있었는지를 떠올리며 밖으로 나섰다. 그러나 앉을 데는커녕 하늘에선 설상가상 비까지 내린다. 가을로 들어선 시점이라 보기 드문 일인데 왜 하필 내가 야외에 있을 때 이러는지 모르겠다.

갑작스러운 비에 놀랐는지 길을 걷던 사람들은 이곳저곳으로 뛰어가고 있었다. 결국 이동을 포기하고 벽면에 등을 기대고 섰다. 비 때문인지 조금 쌀쌀했지만, 그럭저럭 버틸 만한 정도는 되었다. 그래도 따뜻한 것은 아니라 나는 몸을 덥히려 양팔을 쓸어내렸다.

문득 떠오른 생각에 나는 주머니에 넣어두었던 사랑의 묘약을 꺼내 들었다.

"이거면 해결이 될까?"

원래의 것을 되찾기 위함이라고는 하지만, 약의 힘을 빌리게 되었다는 건 조금 씁쓸한 일이었다.

만들어진 사랑이 진정한 사랑과 같을까? 약으로 얻은 마음이 반쪽짜리가 아니라고 확답할 수 있을까?

"별로 깊게 생각하고 싶진 않은 가정이네."

내가 들릴 듯 말 듯한 크기로 중얼거렸다. 시야에 불쑥 누군가가 끼어든 것은 그때였다.

왼편에서 들려온 인기척에 나는 고개를 돌렸다. 발판이 어긋난 듯 남자가 밟고 있는 나무판자가 삐걱거렸다. 갑자기 내린 비를 피하려 찾아든 것인지 그의 머리칼은 약간 젖은 채였다. 옷차림은 적당히 두툼해 겉에 묻은 물기가 체온을 앗아 가지는 못할 듯했다.

나는 남자의 얼굴을 슬쩍 살피다가 "어?" 하고 놀란 소리를 입 밖으로 내었다. 그 소리를 들었는지 남자의 시선이 내 쪽을 향했다. 그가 쓰고 있던 모자를 벗으며 말했다.

"오랜만에 뵙습니다, 카타리나 양."

내가 놀란 표정을 지우지 않은 채 물었다.

"베인 경?"

무의식 반, 의식 반으로 주머니에 병을 재빠르게 쑤셔 넣었다. 점가게 앞에서 약병을 들고 서 있는 건 충분히 수상쩍게 보일 만한 광경이었다.

주머니에 손을 가져다 댄 것이 어색하지 않도록 나는 허리를 벅벅 긁었다.

조르제의 의아한 시선에 내가 최대한 자연스럽게 대꾸했다.

"요즘 몸이 좀 가렵네요. 이라도 있나?"

"……."

그러고 보니 이는 몸이 아니라 머리카락에서 자라는 거였던가? 아니면 말고.

"근데…… 여긴 어쩐 일이세요?"

"지나가는 길에 카타리나 양이 보여서 들렀습니다. 마침 비 피할 데도 필요했고."

그가 손가락으로 모자 위에 고인 물을 툭툭 털어냈다. 그러고는 가볍게 주위를 돌아보았다. 그제야 주변을 살필 정신이 든 모양이었다. 나에게는 불행하게도, 곧 베인 조르제는 여기가 예사로운 가게가 아니란 사실을 알아챈 듯했다.

바로 앞에 놓인 칠판을 발견한 조르제의 눈이 가늘어졌다. 분필 자국까지 비에 씻겨 내려갔으면 좋았으련만, 또박또박 쓰인 글자의 형태는 여전했다.

"특가, 아카데미 합격 보장 부적 50퍼센트 할인…… 판매. 7일 한정……."

베인 조르제는 참으로 성실하게도 그 글귀들을 한 자 한 자 읽어 내렸다. 마지막 음절을 입 밖으로 내었을 즈음 그의 시선이 내 쪽으로 돌아왔다.

"……아카데미 진학 예정이 있으십니까?"

"아뇨. 친구가 볼일이 있다고 해서 왔어요. 전 그냥…… 밖에서 기다리는 중이고요."

저는 여기 볼일이 없답니다.

나는 눈을 깜빡이며 천연덕스럽게 대꾸했다. 별다른 이상함을 느끼지 못한 듯 베인 조르제가 고개를 끄덕였다. 그의 입술이 부드러운 호선을 그려갔다.

"나중의 만남을 기다리기가 힘이 들었는데, 우연히 뵙게 되어 기쁩니다."

그러고 보니 조르제 공작저에 재방문하기로 한 때가 머지않았다.

베인을 생각하면 그날 밤에도 또 악몽을 꿀까 봐 일부러 그를 떠올리지 않은 지가 한참이었다. 그의 얼굴을 마주 보고 나니 잊고 있던 조르제 특제 개꿈이 다시금 시야를 흐렸다.

나는 실례인 줄도 모르고 그의 목덜미를 한참 응시했다. 그 사이에서 입술이 비집고 나와 다시 '죽었습니다.' 따위의 말을 외치기라도 할 것처럼 말이다. 그 징그러운 입술은 왜 그동안 내 잠자리를 방해한 걸까. 불쑥 화가 난 나는 호기롭게도 이런 말까지 내뱉었다.

"안 죽었어."

왜 꿈꿀 때에도 안 났던 용기가 이런 때 치솟았는지 모를 일이다. 뜬금없는 말에 베인 조르제가 놀란 얼굴을 했다. 비 내리는 우중충한 뒷골목, 같이 있던 여자가 대뜸 안 죽었다는 말을 내뱉었으니 이상할 법도 했다. 그가 미간을 좁히며 내게 물었다.

"방금 뭐라고 하셨습니까?"

"아, 그…… 나 아직 안 죽었다, 이런 의미죠. 소공작님께서 계속 저를 띄워주시니까. 호……호."

나는 재빠르게 머리를 굴려 대답했다. 요즘 왜 이렇게 대책 없이 사는지 모르겠다. 예전엔 이렇게 되는대로 행동하지 않았는데, 혹시 나 자신마저 자포자기해버리고 있는 건 아니겠지. 나는 불길한 예감을 애써 머릿속에서 치워냈다.

내 대답에 베인 조르제가 나를 내려다보며 "아……." 하는 소리를 길게 내었다. 더 길게 물고 늘어지면 어떡하나 걱정했는데, 다행스럽게도 그는 화제를 돌리기로 한 모양이다.

"거짓으로 드리는 말씀이 아니라, 그간 아주 뵙고 싶었습니다."

"제가 보고 싶으셨다고요?"

기세 좋게 말해놓고서는 잠시 멈칫했다.

차라리 그냥 인사치레로 넘겼으면 좋았을 것을, 나온 반응이 몹시 거세었다. 베인 조르제가 대단한 신사라 나를 민망하게 만들지 않았으니 망정이지.

"예, 말하자면…… 무척 보고 싶었습니다."

그렇게 말하며 베인 조르제는 친절한 미소를 띠었다. 어쩐지 부담스러운 반응이라 슬그머니 눈을 피했다. 어느새 허벅지 위로 얌전하게 모인 손이 부산스럽게 꼬였다. 빗소리가 적막을 가린 것이 다행이었다. 비 때문인지 아니면 우중충한 하늘 때문인지, 어딘지 기묘한 분위기였다.

그와 이렇게 다시 마주치게 되다니, 그것도 길거리 한복판에서. 참으로 대단한 우연이었다. 기실 나는 아직 베인 조르제를 만날 준비가 되지 않은 상태였다. 그의 갑작스러운 다가옴이나, 혹은 속 모를 태도는 어딘지 꺼림칙하게 느껴졌다. 감이 좋은 편은 아니지만 그렇다고 같이 있을 때 불편한 사람을 군이 만나려 들 필요는 없는 법 아닌가.

그의 죽은 애인도 그 음험한 인상에서 대단한 지분을 차지했다. 망자를 욕되게 하고자 함은 아니나, 죽은 사람 이야기를 기분 좋게 떠올릴 수는 없었다.

"비가 많이 내리네요."

그가 하늘을 올려다보며 중얼거리듯 말했다. 나는 가볍게 동조했다.

"그러게요. 금방 멎을 것 같진 않아요."

"비를 싫어하십니까?"

"좋아하지도, 싫어하지도 않아요."

그의 얼굴에 기묘한 표정이 떠올랐다.

"이유는?"

"싫어하고 말 게 있나요? 자연 현상이잖아요. 제가 싫어해도 이 비는 그치지 않거든요."

나는 뭘 그런 걸 묻느냐는 듯 대꾸했다. 그의 입술에 옅은 미소가 떠올랐다.

"저는 싫어합니다."

"이유는요?"

나는 그에게 똑같은 질문을 돌려주었다. 대화가 그치면 어색한 공기만 남게 되므로 되도록 말을 끊고 싶지 않았다.

"카타리나 양의 말을 인용하자면, 제가 어찌 생각하든 그치지 않으니 더욱 짜증스럽지 않습니까? 또 보통들 다 그렇게 생각하고요."

"이런 날씨를 좋아하는 사람도 많아요."

"물론 있기야 있겠죠."

거기까지 말한 베인 조르제가 잠시 뒤 짧게 덧붙였다.

"그녀도 비를 좋아했습니다."

나는 하늘을 보던 눈을 돌려 그를 응시했다. 그녀라는 말은 몹시 폭넓은 지칭이었지만, 누구를 뜻하는지는 어렵지 않게 알아들었다. 내가 눈을 깜빡이며 물었다.

"베인 경, 방금 상당히 예의 없는 행동을 했다고 생각하지 않으시나요?"

나른한 시선이 뒤따라왔다. 뭐가 잘못되었냐는 투다.

"어쨌든 경은 제게 구애 중인 입장인 걸로 알아요. 그런데 제 앞에서 자꾸 지난 연애사를 꺼내는 이유가 뭔가요?"

"다른 의도는 없었습니다."

"그게 문제가 되는 거죠."

나는 피식 바람 소리를 내며 대꾸했다.

그는 별생각 없이 옛 애인의 이야기를 꺼낸다. 마치 나를 보면 그녀가 떠오르기라도 한다는 듯이. 누군가의 대체품 따위로 취급된다는 것이 썩 기분 좋은 일은 아니었다.

"대체 누구기에 베인 경이나 되는 분께서 아직도 못 잊고 계시는지 모르겠네요."

"……."

"어떤 분이셨나요?"

그의 눈을 들여다보며 물었다. 남자의 손가락이 가볍게 꿈틀거렸다.

호기로 시작한 설전이지만 자존심 때문에라도 자의로 끝맺고 싶지는 않았다. 아픈 일을 꺼낸 것이라 불쾌해할지도 모른다고 생각했는데, 불행인지 행운인지 대답하는 목소리는 그리 화난 기색이 아니었다. 대신 그저 담담하게 이렇게 되물었을 뿐이다.

"왜 그런 걸 물으시죠?"

"호기심이 생겨서요."

"저에 대해 궁금해지기라도 하셨습니까?"

나는 아무런 대답을 않았다. 내 호기심에 지대한 원인 제공을 한 것은 베인 조르제 본인이었다. 지난번 그가 제 연인이 죽었다고 말한 이후 좀처럼 그 말이 잊히지 않았으니까.

내가 곤란한 티를 내었는지 그가 머지않아 입을 열었다.

"글쎄요, 어떤 분이었냐니……. 사실 꽤 오래전의 일이라서요. 그녀가 죽은 지 벌써 6년이나 지났으니까."

그가 지금 스물셋의 나이이니 10대 때 만났던 연인인 듯했다. 풋사랑이라기엔 그 흔적이 꽤나 깊다.

"좋은 사람이었습니다. 활달한 성격에…… 그녀와 함께 있으면 항상 즐거웠죠. 밝고 재밌는 사람이었거든요. 그런데."

"어쩌다 돌아가셨죠?"

내가 그의 말을 끊고 질문했다.

비교적 온화하던 남자의 얼굴이 대번에 딱딱하게 굳었다. 생각 없이 던진 질문에 나 역시 몹시 당황했다. 궁금하여 속으로 물어볼까 말까 고민은 하고 있었지만 정말 입 밖으로 낼 줄은 몰랐다.

그녀에 관한 이야기가 주제로 나왔다고는 하나 물어도 될 게 있고 안 될 게 있는 법이다. 아까 그가 나에게 저지른 것이 실례라면 내 경우에는 덜 아문 상처를 찌른 셈이었다.

"죄송해요. 제가 잠시 미쳤나 보네요. 이런 실례되는……."

나는 입을 막으며 속사포같이 말을 내뱉었다. 그리고 나서는 로제가 나가서 기다리라고 했든 말든, 급하게 가게 안으로 들어갈 작정이었다.

베인 조르제가 그런 내 손을 잡아채지만 않았다면 말이다.

나는 붙잡힌 왼손을 내려다보다가 조용히 시선을 들었다. 눈이 마주쳤다. 그가 입을 열어 말했다.

"타살이었습니다."

괜히 말을 꺼냈다는 직감이 스쳤다. 팔을 놓아달라 말하고 싶었지만, 쓸모없는 목구멍은 침만 삼켜댔을 뿐이다. 잔뜩 긴장한 나와는 다르게 그는 어느 정도 여유를 찾은 기색이었다. 베인 조르제가 고개를 까딱이며 내 동맥 언저리를 문질렀다. 손톱 끝이 살갗을 파고들었다.

남자가 고저 없는 음성으로 말을 이었다.

"벌에 쏘여 죽은 것도 타살이라고 한다면 말이죠."

"지금 농담을 하시는 건 아니겠죠?"

"아니면 낙마해 목이 부러졌다고 할까요? 어떤 게 더 마음에 드십니까?"

"이봐요, 소공작님! 제가 실례를 저질렀다고는 해도……."

마침내 그가 나를 놓아주었다. 그의 팔에서 힘이 빠지며, 붙잡혔던 내 손이 맥없이 미끄러졌다. 덕분에 나는 잠시간 휘청거리다 겨우 중심을 잡았다.

그사이 베인 조르제는 품 안에 든 시계로 시간을 확인하고 있었다. 비를 피하려 들렀다 하였으면서, 함께 들려 나온 물건에는 우산도 존재했다. 나는 그의 입술을 보았다. 그 더없이 온화했던, 그리고 여전히 친절한 미소를 말이다.

"시간이 다 되었군요. 다음에 또 뵙겠습니다."

그가 길로 발걸음을 내디뎠다. 그러나 곧 할 말을 잊었다는 듯, 잠시 멈춰 선 채 나를 돌아보았다.

"참."

"……."

"조심히 행동하세요. 특히 루센 경 앞에서는."

우산을 쓴 남자가 빗속으로 사라졌다.

"카렌."

"……."

"카렌!"

"나 멀미 나니까 말 걸지 마."

내가 아무렇게나 팔을 휘저으며 대꾸했다.

내 시큰둥한 대답에 로제는 불만 있다는 듯 팔짱을 꼈다. 콧방귀도 뀌고 싶은데 화장이 망가질까 봐 참는 기색이었다. 어차피 서로 볼 거 못 볼 거 다 보여준 사이라 잘 차려입고 마주 앉아 있어도 평소와 똑같아 보인다. 나는 창틀에 머리를 기대고 다시 마차 밖을 내다보았다.

베인 조르제가 악몽에 등장했을 때에는 뒤숭숭한 마음에 피부가 상했었는데, 지난 만남 이후로 더더욱 심란해진 속은 위장병까지 유발했다. 거기다 덜컹덜컹 흔들리는 마차까지 타니 더더욱 죽을 맛이었다. 나는 최대한 토기를 억누르려 애쓰며 배를 문질렀다.

생각해보면 베인 조르제는 그야말로 배려 없는 인물의 표상이다. 신경 쓰일 말을 툭툭 던져놓고 저는 아무 일도 없다는 듯 떠나버린다. 그의 말엔 해석의 여지가 몹시 많았고, 몇 없는 단서로 정답을 유추해낼 수 있는 방법은 없었다. 혹시 나를 놀리려고 이러는 것이 아닌가 싶을 정도다.

특히 마지막에 남기고 간 말은 더더욱 찜찜했다. 루센 앞에서 조심하라니. 설마 내가 사랑의 묘약을 숨기기 전 그걸 보고 용도를 알아채기라도 한 걸까. 그래서 약 같은 건 쓰지 말라고 경고라도 한 건가. 베인 조르제가 신의 눈썰미를 가지지 않은 이상 불가능한 일이니 기우라는 건 알지만, 그래도 미심쩍은 건 어쩔 수 없었다.

덕분에 나는 요즘 반쯤 정신을 놓고 지내는 상태였다. 로제가 기별을 보내지 않았다면 오늘 가기로 한 파티도 그만 깜빡 잊어버렸을 터였다. 오늘을 위해 얼마나 공들였는지를 생각하면 당연히 안 될 말이다. 루센에게 선사할 특제 59골드의 묘약…… 아니, 사랑의 묘약을 허투루 쓸 수는 없었다.

최대한 마음을 진정시키려 애썼으나, 그래도 일말의 불안은 남은 상태였다. 나는 가슴 안 작은 틈에 끼워두었던 사랑의 묘약을 꺼냈다. 손에 쥐고 가만히 만지작거리는데 로제가 불쑥 말을 던졌다.

"준비됐어?"

"뭘?"

"뭐긴. 그걸 루센의 입에 그걸 쑤셔 넣고 와야 할 거 아냐."

로제가 그렇게 말하며 주먹으로 내 입을 때리는 시늉을 했다.

그냥 보여주기 식 설명이라는 걸 아는데 왜 기분이 이상해질까?

나는 자세를 곧게 가다듬으며 대답했다.

"그것보단 평화적으로 해결할 거야."

"어떻게?"

"어떡하긴. 술이라도 같이 마시자고 잔을 권해야지."

로제의 얼굴이 이상하게 일그러졌다.

표정이 말로 환산될 수 있다면 '그게 실현될 수 있을 거라고 생각한다니 네 머리는 진공 상태인가 보구나.'라는 소리가 금방이라도 들려올 것만 같다.

로제가 미적지근한 목소리로 말했다.

"글쎄. 루센이 너와 사이좋게 술을 나눠 마실 가능성은 0으로 수렴하는 것 같은데."

내가 발끈하여 반박했다.

"루센은 신사라 거절하지 않을 거야."

"그 신사한테서 스토커 취급 받을 정도면 대체 어느 정도로 망나니여야 하는 거야?"

로제가 저돌적으로 고개를 갸웃거렸다. 저러다 목이 부러지지 않을까 걱정될 정도다. 목소리는 질질 늘어지고 발음은 우스꽝스러웠다. 저 못된 친구는 나를 놀리려 들고 있었다.

이왕 시간을 돌아올 거면 다섯 살 무렵으로 갈 걸 그랬다. 그럼 로제를 안 만날 수 있었을 텐데, 참으로 통탄할 일이 아닐 수 없다.

"아무튼 효과가 있었으면 좋겠네."

로제가 큼큼 목을 가다듬으며 말했다. 나는 약병을 애증 어린 시선으로 내려다보았다.

"59골드나 주고 산 약인데 그럼 효과가 있어야지."

"뭐? 얼마라고?"

아니나 다를까, 로제가 놀란 기색으로 물었다. 하기야 고작 약 한 병에 쓰기엔 무척 큰 금액이었다. 그러나 로제의 놀람은 다소 다른 방향이었다.

"내가 얻어듣기로는 30골드라고 했는데?"

"뭐……?"

나는 떨리는 목소리로 되물었다.

특별 할인이니 뭐니 하면서 생색은 엄청 내더니, 정말 나에게 바가지를 씌웠다는 말인가? 그것도 유통 기한 지난 물건을 팔면서?

손에 힘이 들어가 하마터면 원가 30골드에 할인가가 무려 200퍼센트인 약병을 깨부술 뻔했다. 로제가 괜히 말했다는 듯 손끝으로 제 입술을 덮었다. 그러고는 무척 안됐다는 어조로 말했다.

"저런, 괜찮아."

"난 안 괜찮은 것 같은데."

"칭찬으로 들어."

"대체 어디가?"

"돈이 많아 보였다는 거잖아?"

"그게 아니라 호구처럼 보였다는 뜻이겠지."

배신감에 정신을 차릴 수 없었다. 효과가 없기만 해봐라. 식약관리부에 찔러 다시는 영업을 못하게 만들 것이다!

"도착했습니다."

때마침 바깥에서 마부의 목소리가 들려왔다. 우울한 분위기를 벗어나려는 듯 로제가 급한 기색으로 일어섰다.

"그래, 얼른 그 30골드짜리 사랑의 묘약을 루센에게 먹이러 가자."

"59골드야……."

나는 더없이 쓸쓸하게 중얼거리며 마차에서 따라 내렸다. 로제는 아차 했다는 표정을 지었지만 이미 늦었다. 그리고 나도 따라서 아차 했다. 로제를 민망하게 만든 게 미안해서 그런 것은 절대 아니었고 갑자기 생각난 게 있었기 때문이다.

"그런데 난 그렇다 치고, 넌 거기 가서 대체 뭘 했던 거야?"

"몰라도 돼."

로제가 새침하게 대꾸하며 안으로 걸음을 옮겼다. 가만 보면 쟤는 은근히 나한테 비밀이 많았다. 의심 가득한 시꺼먼 우정, 과연 이대로 지속해도 좋은가. 이쯤 되면 왜 그렇게 로제하고만 붙어 다니느냐고 묻는 사람이 있을 거다. 이 점에 관해선 나도 할 말이 많다.

잘나고 예쁘고 성격도 좋은 내게 왜 친구가 없을까?

내게서 친구가 뭉텅이로 떨어져 나간 날을 떠올리려면 4년 전으로 거슬러 올라가야 한다. 그러니까 회귀 전으로 따지면 7년 전, 즉 열네 살 무렵으로 말이다.

사교계에 데뷔한 소녀들에게 사춘기는 빨리 온다. 책이나 인형 따위를 가지고 놀 나이에 조숙한 어른 흉내를 내야 하는 탓이다. 사춘기가 빠르니 첫사랑도 빠르고, 덕분에 연애 문제로 싸움도 심심찮게 일어난다. 여기서 문제는 이때 그 사랑싸움의 남자 주인공이 다름 아닌 내 오라버니 알테였다는 점이다.

도대체 알테의 어디가 멋있어 보였는지는 모르겠지만. 어쨌든 저 나이 때 소녀들에게 '오빠'란 특별한 존재였다. 그것도 행동 번듯한 데 다 후작 가문의 후계자까지 된다면 더더욱 그렇다.

나와 같이 어울리던 친우들은 로제와 나를 포함해 총 다섯이었는데, 무려 그중 셋이 알테를 향한 상사병을 앓았다. 이에 알테의 시스콤이 중대한 요인으로 작용했다. 친구들이 저택으로 놀러 올 때면 알테는 항상 등장해 이렇게 덕담을 하곤 했다.

「카타리나 친구들이 또 놀러 왔구나. 부디 우리 카타리나와 사이좋게 지내주렴.」

그것만 했어도 충분한데 꼭 다 같이 나누어 먹을 간식거리를 사 들고 왔다. 밖에서 마주치면 저녁을 샀다. 친구들에게는 종종 작은 선물을 했다. 충분히 열넷 소녀들이 설렐 만한 요소였다.

셋은 차례대로 몰래 알테에게 고백을 했고, 또 차례대로 사이좋게 차였다. 그도 그럴 것이 열일곱 살 소년에게 열네 살짜리 꼬맹이가 눈에 들어오겠는가?

정황상 그때 알테는 연상의 가정교사를 사모했던 것으로 추정된다. 물론 그녀는 약혼자가 있었고, 1년여 뒤 화창한 날에 식을 올리며 떠나갔다. 어쨌든 여기까진 다행인 점이, 수줍음 많았던 그들은 서로의 짝사랑 상대에 대하여 말을 꺼낸 적이 없었다. 차라리 그대로 서로 모른 채 지나갔으면 좋았을 것을, 어느 날 마지막으로 차인 친구가 울먹이며 이렇게 말했다.

「나 너무 힘들어…….」

그리고 그것이 우정 파괴의 신호탄이었다. 동생의 친구에게 향했던 선의는 어장 관리로 낙인찍혔고 알테는 바람둥이 칭호를 얻었다. 그들은 나에게 절연을 선언하며 이렇게 외쳤다.

「넌 우리가 네 오빠한테 놀아나는 걸 알면서도 어떻게 그렇게 시치미를 뚝 뗄 수가 있니?」

참고로 내 눈에 알테의 행동은 모두에게 공평해 보였다. 우리 중 알테가 가장 정성을 다한 상대가 있다면 그건 다른 누구도 아닌 나였다. 왜냐하면 나는 친동생이니까.

어쨌든 그들은 알테가 주었던 작은 귀걸이를 내던지며 나를 떠나갔다. 반짝이는 흰 진주 귀걸이가 여섯 짝이 바닥에 나동그라진 장면은 퍽 처량맞던 걸로 기억한다. 그들은 나름대로 그 귀걸이가 구애의 표시라 생각했던 것 같지만. 사실 그건 그냥 알테가 내 생일 파티 기념으로 선물했던 물건이었다. 알테에게 잘못이 있다면 셋이 같이 있는 자리에서 동시에 나눠주지 않고 따로따로 저택으로 배송해주었다는 점 정도일까?

그리 오래된 친구는 아니었지만 어쨌든 나름대로 친했던 그들을 잃은 후부터, 나는 슬프게도 아웃사이더가 되었다. 사람을 한번 싫어하게 되면 평소라면 그냥 넘어갔을 일들에서도 단점을 찾게 되는 법이다. 그때 바로 화해라도 했으면 몰라, 4년의 세월 동안 작은 원망은 무분별한 적의로 변해버렸다. 나와 갈라선 세 친구는 실연의 상처로 똘똘 뭉쳐 나를 앙숙으로 취급했다.

다행히 무슨 일이 일어났는지도 몰랐던 로제는 엉겁결에 내 곁에 남았다. 아니, 다행이 아닌가? 고마운 건 사실인데 왠지 옆에 선 저 얼굴을 보고 있으면 점점 갑갑해진다.

로제가 팔을 뒤로 뻗어 흘러내린 머리핀을 고정하며 물었다.

"너 왜 사람 얼굴을 보고 한숨을 쉬고 그러니?"

"네가 좀 한숨 나게 생겼잖아."

그리고 뾰족한 핀 끝으로 눈이 찔릴 뻔했다.

로제 앞에선 이런 말을 함부로 하면 안 된다. 그녀가 너무 소중해서가 아니라 그러다간 내가 맞아 죽을지도 모르기 때문이다.

나는 얌전히 입을 다물고 홀 안을 둘러보았다.

루센이 온다는 소리에 올 결심을 굳히기는 했으나, 사실 그 이유를 제하고서라도 참석해야 할 자리였다. 모임을 좋아하지 않는 루센이 참석할 만큼 이 파티는 왕궁의 중대사였다. 그도 그럴 것이 오늘 파티의 주인공이 다름 아닌 1왕자였던 탓이다.

그러나 나는 이 넓은 실내에서 묘한 변변찮음을 느꼈다. 물론 규모는 컸고 장식은 호화찬란했지만, 왕족의 탄생 축하연치고는 위세가 부족했다. 1왕자가 왕위 계승권 1위의 소유자임을 감안하면 더더욱 말이었다.

왕 아래 가장 높은 자여야 할 자의 대우가 이렇다면 한 가지 결론이 추론된다.

"이제 1왕자가 왕의 눈 밖에 났다는 거지."

비슷한 감상을 느꼈는지 로제가 부채로 입을 가리며 내 귓가에 속삭였다. 실례되는 말이지만 나는 그 말을 들으며 베인 조르제를 생각했다. 1왕자와 뜻을 함께하는 그를.

내가 중얼거리듯 말했다.

"왜 가라앉는 배에 탄 거지?"

내가 본 베인 조르제는 그렇게 멍청하지 않았다. 이미 기울어진 상황을 두고도 미련한 선택을 할 사람이 아니라는 말이다.

명분은 1왕자가 갖고 있으나 결국 후계자를 결정하는 것은 왕의 뜻이었다. 처음부터 시류를 잘 탔다면 좋았겠지만, 왕의 편애에 이미 대부분의 세도는 2왕자 쪽으로 기울어 있었다. 내가 겪었던 미래에서도 실제로 2왕자가 왕이 되지 않았던가?

"가라앉은 배?"

내 혼잣말을 엿들었는지 로제가 의아한 얼굴로 물어왔다. 설명할 자신이 없어 그저 손을 흔들어 보이고 말았지만.

"아무것도 아니야."

"실없긴."

입술을 삐죽이던 로제가 문득 눈을 크게 떴다. 그녀의 손가락이 저편을 가리켰다.

"저기 있네, 제2왕자."

"어디?"

"저기 창가에."

로제가 가리킨 쪽을 살피자 말쑥하게 차려입은 2왕자가 눈에 들어왔다. 캐러멜에 목이 막혀 죽을 뻔했다는 게 마지막 근황이다 보니 멀쩡한 모습이 괜히 거리감 있게 느껴진다. 아프다는 핑계를 대고 빠질 수도 있었을 텐데, 굳이 여기 참석한 걸 보면 성격도 별로 안 좋은 모양이다.

"무슨 염치로 여기 왔지?"

"글쎄, 패자를 비웃어주겠다 뭐 그런 결심 아니겠어?"

로제가 삼삼하게 대꾸했다.

당연한 말이지만 1왕자와 2왕자는 대놓고 사이가 안 좋았다. 분란의 근원인 왕부터가 둘의 관계를 굳이 보듬려 하지 않았으니 제어

장치도 없는 셈이다.

 사실 귀족들 입장에선 2왕자가 왕이 되는 게 그리 나쁜 일은 아니었다. 어미의 혈통이 좋지 않다 보니 2왕자에겐 그럴듯한 지지 기반도 없다. 힘없는 자가 왕이 되면 그 아래 신하들의 밥그릇이 커지는 법이다. 아직 1왕자의 눈치를 보며 중립을 지키고는 있지만, 다들 내심 그 점을 노리고 있을 것이었다.

 말하자면, 우리 가문을 포함해서.

 "비열하게 느껴지지만, 원래 세상 사는 게 다 그런 거지."

 내 말에 로제가 피식 웃으며 대꾸했다.

 "1왕자도 만만찮아. 병석에 앉은 2왕자한테 위로 선물로 캐러멜을 보내줬다더라고."

 이렇게 유치할 수가.

 저 모자란 형제 싸움에 여러 사람의 목이 달려 있다고 생각하니 더욱 무섭다. 혀를 끌끌 차던 로제가 목을 쭉 빼며 말했다.

 "그나저나 루센은 아직 안 온 모양인데."

 "원래 제일 늦게 와서 제일 늦게 가는 사람이니까. 이런 사치스러운 자리를 별로 안 좋아하거든."

 "좋아한다고 너 은근슬쩍 감싸준다?"

 감싸준 적 없다. 사실을 말했을 뿐이다. 나는 당당하게 고개를 쳐들었다.

 "그런 거 아니거든."

 "아니긴 무슨, 콧구멍에 침이나 바르고 말…… 어머, 안녕하세……."

 콧구멍이 아니라 입술이라고 대꾸하려는데 대뜸 로제가 하던 말을 끊었다. 이어진 목소리가 180도 바뀐 것을 보아 남자라도 등장한 모양이었다.

나는 조신한 표정을 지어 보이며 뒤로 돌아섰다. 그리고 내 얼굴이 썩어드는 데는 약 0.5초가 걸렸다.

"……요, 베인 경?"

때마침 로제가 말을 끝마쳤다. 발끝까지 가리는 드레스를 입고 있어 짝다리를 짚어도 티가 안 나는 게 한이다.

대신 나는 다분히 삐딱한 눈으로 베인 조르제를 올려다보았다. 음산한 비 내리는 길에서 마주쳤던 사람을 이렇게 멀쩡한 차림으로, 또 밝은 실내에서 마주하고 있으려니 기분이 몹시 묘했다. 그런 내 속을 아는지 모르는지 그가 예의 바르게 인사했다.

"그간 안녕하셨습니까?"

"아뇨, 전 안녕 못했어요."

부러 쌀쌀맞게 대꾸했다. 옆에서 로제가 지금 뭐 하냐는 듯한 눈으로 나를 째려봤다. 그 시선에 허리가 아릿한가 싶었는데, 알고 보니 손톱으로 나를 무지막지하게 찌르고 있었다.

"흐지 므라."

이를 악물고 하지 말라 말하고 나서야 나를 고통스럽게 하던 손이 떨어져 나갔다. 허리에 멍이 들었을지도 모른다. 아니, 분명 멍들었을 거다. 나는 점점 번져가는 아픔을 무시하며 목덜미를 매만졌다.

"무슨 볼일이라도 있으신가요?"

앞으로는 그가 무슨 말을 하든, 어떤 행동을 하든 그 손아귀에 말려들지 않을 작정이었다. 내 날 선 질문에 그가 가볍게 웃었다.

"잠시 대화라도 청할 생각이었습니다만."

"제가 오늘 좀 피곤해서요."

입가를 가리며 가볍게 부채를 부쳤다. 오랜만에 고상한 척을 하려니 머리가 간지러워졌다. 정말 이가 생겨버린 건 아니겠지?

"이런 자리가 아니면 뵐 일이 없으니, 영애의 시간을 잠시 빌리고 싶습니다."

"전 별로 빌려드리고 싶지……."

그때 아직도 아릿한 자리를 로제가 거세게 꼬집었다. 나는 입술을 깨물며 겨우 신음성을 억눌렀다. 그녀가 호호 웃으며 내 귓가에 입을 가져다 댔다. 그녀의 윽박지름이 고막 깊숙이 파고들었다.

"저기서 레이첼이 재수 없게 쳐다보고 있잖아. 기든 아니든 얼른 다정한 척해. 유명한 철벽남, 바로 그 베인 조르제를 내가 꼬셨다 티를 내란 말이야!"

나는 로제가 고갯짓한 자리를 한 번 살펴보았다. 그 자리에서 나와 절교 선언을 한 레이첼이 몹시 띠꺼운 눈빛을 하고 있었다.

그런데 베인 역시 나와 시선의 방향이 같다. 문득 고개를 돌려 그를 응시하자 베인 조르제가 귓가를 두들기며 대답했다.

"다 들립니다."

다 들릴 만한 크기이기는 했지.

로제가 헛기침을 하며 "그럼 저는 이만." 하고 재빠르게 자리를 피했다. 창피한 짓은 자기가 해놓고 나만 남겨두고 도망가다니, 아무래도 정말 새 친구를 사귈 때가 온 모양이다.

로제는 때마침 저에게 춤을 신청한 남자와 함께 홀 중앙으로 떠나갔다. 나는 베인 조르제를 툭툭 쳐 테라스 쪽을 가리켰다. 주변 사람들에게 대화를 들려주고 싶지 않았고, 더 레이첼의 눈에 띄어 이야깃거리를 내주는 것도 싫었다.

내가 천천히 걸으며 말했다.

"로제의 말은 무시하세요. 꼬셨다느니 뭐니 하는 저속한 말은 특히

요. 사실이 아니니까."

"압니다. 작업을 걸고 있는 것은 제 쪽이었죠."

나는 어이없다는 듯이 그를 쳐다보았다.

"예의 없이 사라지셨던 것치곤 재등장이 뻔뻔하시네요."

"그때 마침 바쁜 일이 있어서요. 저도 길게 함께 있지 못해 아쉽습니다."

"언제나 명분은 번지르르하시고요."

"글쎄요, 말주변이 없어 영애를 즐겁게 하지 못한 게 걱정이라면 걱정입니다만."

"그래서 당신은 연인의 죽음을 가지고도 농을 하나요?"

또 말려들 듯이 대답해버렸다. 가장 싫은 것은 이렇게 내가 성을 낼 때 남자가 보이는 반응이다. 그는 내 감정 변화는 전혀 상관없다는 듯이 그대로 웃어버린다. 지금처럼 조용히 입꼬리를 끌어 올리며 말이다.

"농담을 한 적은 없습니다."

"대체 무슨 생각을 하고 계시는지 모르겠네요. 그 연인이란 분이 존재하긴 했나요? 당신의 언행에는 존중이 없어 보여요."

"방식이 다르다고 해서 망자를 애도하지 않는다는 뜻은 아닙니다."

"하나 의미 없는 원론적인 말을 하시는군요. 경의 언행엔 내실이 없어요."

내가 가차 없이 말했다. 물론 이번에도 베인 조르제는 아랑곳 않았다. 대신 정말 모르겠다는 듯, 이렇게 물었을 뿐이다.

"왜 그리 기분이 상하셨습니까?"

가끔 그와 대화하면 석상을 대하는 느낌을 받을 때가 있다. 따지고 보면 나랑 나이 차가 그리 많이 나는 것도 아닌데 그의 태도는 어딘지 아이를 다루는 아버지 같다. 철저히 윗사람의 관점에서 내려다보는 훈육자.

마치 서로 처음부터 말하고자 하는 것이 다른 듯 대화가 겉도는 느낌이었다. 어쩌면 이 미묘한 불쾌감은 거기서부터 기인하는지 모르겠다.

"지금 제가 왜 이러는지 몰라서 묻는 건가요?"

"제가 영애를 불편하게 했습니까?"

예, 아주 많이요, 라고 대꾸하려 했으나 때마침 입구 주변이 소란스럽게 변했다. 나는 무의식적으로 그쪽을 돌아보았다.

과연 새로 등장한 인물은 화제성이 있는 사람이었다. 빛나는 금발의 루센은 멀리서도 눈에 띄었다. 나는 아직까지 손안에 들려 있던 사랑의 묘약을 다시금 상기했다. 손에 힘이 들어간다.

"전 당신이 지금 저와 뭘 하자는 건지 모르겠어요."

내가 그렇게 말하며 걸음을 뗐다. 그러나 전처럼 팔을 붙잡혔다. 테라스로 나와 있기는 했지만, 누가 또 보았을지도 모를 일이다. 그와 관련해서 소문이라도 번지는 건 사양이었다.

베인 조르제라는 사람 자체가 좋고 싫고를 떠나서 그럼 루센이 나를 어떻게 생각하겠는가?

"놓으시죠."

"놓아드리고 싶은데, 행선지가 빤히 보여서 말입니다."

"제가 누구한테 가든 무슨 상관이신가요?"

"글쎄요, 일전에 루센 경을 조심하라고 일러드렸던 것으로 기억하는데 말입니다."

내 얼굴에 짜증스러운 기색이 떠올랐다. 그와 왜 이렇게 답지 않은 실랑이를 계속해야 하는지 모르겠다. 루센 경과 거리를 두길 종용하는 그의 행동은 내게 한 가지 의미로 읽혔다.

몹시 껄끄럽지만, 그가 계속 내게 표현하고자 하는 그것 말이었다.

"비웃으실지도 모르지만, 이 꺼림칙한 기분을 정리하기 위해 확인 차 물어볼게요. 제 말도 안 되는 상상을 좀 부숴주시겠어요?"

"좋으실 대로."

내가 숨을 한 번 들이켜고는 그에게 물었다.

"혹시 질투하세요?"

단순히 비꼴 목적으로 한 질문이었다. 나는 좋아하는 사람 앞에서 옛 연인을 언급하는 사람을 본 적이 없다. 그것도 점수를 따야 할 만 남의 초기라면 더더욱 말이다.

아니, 애초에 그는 내게 왜 관심을 두는 걸까. 전에도 생각했듯 회 귀 전 그와 나의 접점은 없었다. 저번의 시간과 지금의 시간이 다른 이유는 대체 무엇인지.

"맞다고 하면 어떡하실 겁니까?"

"네?"

그가 고개를 들었다. 곧은 눈으로 나를 쳐다보았다.

"제가 그 남자를 질투했다고 하면, 어떡하실 겁니까?"

나 역시 그를 똑바로 쳐다보려 애썼으나, 안타깝게도 입을 벌리고 나온 음성은 그리 자연스럽지 않았다.

"또 말도 안 되는 말을 하시네요."

"매번 이 주제가 나오면 피하려고만 드시는군요. 제가 영애께 관심 이 있다는 게 왜 말이 안 되는 일입니까?"

내가 이미 지나온 시간에서, 당신은 나를 사랑한 적이 없으니까.

하도 답답한 마음에 하마터면 그리 외칠 뻔했다. 아마 행동으로 옮 겼다면 미친 여자 취급을 받았을 테니 잘 자제한 셈이었다. 나는 튀어

나오려는 말을 혀 밑으로 누른 채 애써 담담하게 대꾸했다.

"전 좋아하는 사람이 있어요."

"루센 경 말씀입니까?"

나는 입을 꾹 다물고 대답을 않았다. 베인 조르제가 가는 눈으로 나를 내려다보며 읊조리듯 말했다.

"대체 왜 그분께 감정이 생긴 건지는 모르겠지만……."

내 팔을 놓은 그의 손이 아래쪽으로 향했다. 허리를 지나친 손이 내 손목으로 향했다. 깜짝 놀라 무의식적으로 몸이 움찔거렸다. 그 덕에 비틀어진 손가락 사이로 작은 분홍색 병이 비쳤다. 베인 조르제의 손가락이 그 사이를 파고들었다. 내게서 약병을 낚아챈 남자가 가볍게 흔들어 보였다.

"약물로 얻는 사랑이 그리 진실돼 보이지는 않는군요."

"……."

"대답이 없는 걸 보니 제 짐작이 맞았나 봅니다."

괜히 손에 들고 있었다. 재봉사를 닦달해 옷에 작게 주머니라도 내 달라 할 것을, 가슴 안에 넣어두기가 불편하여 미리 꺼내둔 게 화근이었다. 내가 얼굴을 붉히며 말했다.

"돌려주세요."

"지난번에 마주친 곳이 하필 점술사의 집이었고, 분홍색 약물은 왠지 연애사 쪽으로 짐작이 되니……."

"돌려달라고 했어요."

"하도 제 행동을 장난 취급하시니 발끈한 겁니다."

그가 딱 잘라 말하며 내게 약병을 돌려주었다. 의외로 순순한 항복이었다. 나는 얼떨떨한 낯으로 베인 조르제를 올려다보았다. 그러나 별말 없이 돌려준 것과는 다르게 그의 얼굴은 다소 굳은 채였다. 들려온 것은 확실히 전보다 딱딱해진 음성이었다.

"약물로 사람 마음을 움직이기가, 그리 쉬운 일이라는 생각은 안 드는군요."

"이런 행동이 우습나요?"

"영애는 만들어진 사랑으로 만족합니까?"

아직 나조차도 답을 찾지 못한 문제였다. 당연히 기다렸다는 듯 대답할 수 있을 리 없다. 내가 입을 열지 못하고 머뭇대는 사이 베인 조르제가 담담하게 말을 이었다.

"그 만들어진 사랑은 얼마나 지속됩니까? 한 달? 한 해? 그 후엔 새로운 약을 찾으실 건가요?"

그의 말이 옳다. 하지만 그렇다고 별다른 방법이 있는 것도 아니었다. 혹시 루센에게 나에 대한 감정이 생긴다면, 그래서 계속 함께 시간을 보낸다면 무언가 떠오르지 않을까. 말도 안 되는 상상임을 알면서도 나는 그러한 희망에 기대고 있는 것이다.

멍청한 생각을 하고 있다는 사실은 스스로도 알았다. 허나 본인의 잘못이라는 걸 안다고 해도, 그것을 지적받았을 때의 기분이 좋을 리는 없었다. 치부를 찔린 것마냥 몹시 속내가 불편했다. 내가 꾹 다물고 있던 입술을 열었다.

"지금 알았어요."

"무얼 말입니까?"

"당신은 무척 성격이 나빠요."

"영애야말로 현명치 못하시군요."

"저는 좋아하는 여자에게 이렇게 말하는 기사는 보지 못했어요. 사랑하는 사람을 아프게 하고 싶어 하는 사람은 없어요."

"마음을 담은 충고에 돌아오는 게 제 감정에 대한 부정이라, 기분이 썩 좋진 않습니다."

한 마디도 지지 않는 걸 보니 더 울화가 솟았다. 왜 말다툼을 시작했
는지 벌써 본연의 목적은 잊은 상태다. 이젠 누가 더 서로를 기분 상
하게 하냐, 아프게 할 수 있느냐의 문제였다. 나는 스스로가 비겁한
짓을 하고 있다는 것을 알면서도 아무렇게나 지껄였다.

"그러지 말고 솔직히 말해봐요. 제게 바라는 것이라도 있나요? 무
슨 목적이시죠? 오, 짐작하기로는 무척 곤란한 일 같네요. 목석같은
당신이 제게 구애까지 하다니. 본인에게 너무 안 어울리는 역이라고
생각되지 않나요?"

"카타리나 양, 말조심하세요. 지금 감정이 격해져서…….."

"혹시 그런 건가요? 제가 당신과 결혼하면, 리플렉츠가는 1왕자께
힘을 보태게 되겠죠. 그렇지 않나요?"

말하다 말고 잠시 멈칫했다.

아무렇게나 뱉었던 그 말이, 실로 가능성 있게 느껴졌던 탓이었다.
그렇게 생각하면 접점이 없었던 그와 나의 과거와도 맞아떨어졌다.
회귀 전 이맘때쯤 나는 루센과 염문을 뿌렸고, 그래서 베인 조르제
는 내게 접근할 수 없었을 것이다.

"잠깐, 정말……?"

"영애."

베인 조르제가 곤란하다는 듯 제 이마를 매만졌다. 그 반응에 심증
을 더 굳혔다. 나는 그를 마주 본 채 뒷걸음질 쳤다. 그대로 서서히 물
러나 테라스를 빠져나갈 작정이었다. 나는 가볍게 왼편으로 고개를
까딱였다.

"충고 하나 할까요? 당신의 1왕자는 왕이 되지 못할 거예요."

나는 몹시 안됐다는 투로 통고했다. 그를 기분 상하게 하려고 한 말

이라고는 하지만, 실제로 이기지 못할 주군을 선택한 데에 대한 연민도 섞여 있었다.

"지금 뭐라고……."

베인 조르제가 나를 붙잡기도 전, 등이 무언가에 부딪혔다. 벽에라도 부딪힌 줄 알았는데 느껴진 감촉은 그것보단 푹신했다. 부드러운 천과 단단한 금장의 찬기. 황급히 뒤로 돌아서자 방금 전 먼발치에서 보았던 이의 낯이 한눈에 들어왔다.

상대가 스치듯 웃으며 말했다.

"영애가 위험한 발언을 하시는군."

"제핀 왕자님?"

내 얼떨떨한 물음에, 2왕자는 대답 대신 내 손을 들어 올리고는 키스했다. 그가 느릿하게 몸을 일으켜 세우며 눈을 들었다.

"후작 영애와 소공작의 은밀한 회동이라, 둘 사이가 이리 좋은 줄은 미처 몰랐어. 안 그런가, 소공작?"

"우연히 마주쳤을 뿐입니다."

"그런 것치곤 격앙된 분위기던데. 신하 될 자가 주군께 비밀을 만들다니 서운해."

사석이었음이 망정이지, 공적인 자리에선 하지 못할 오만한 발언이었다. 조르제가 1왕자를 비호하고 있다는 것을 알면서도 저를 주군이라 칭한 것이다. 왕이 될 사람은 저라고 대놓고 도발을 한 셈이었다.

동요를 드러낼 법한데도 베인 조르제는 별다른 표정 변화가 없다. 그런 베인을 응시하던 2왕자가 제 턱밑을 매만졌다.

"믿음직한 신하가 여자와 제 뒷이야기나 하고 있었던 걸 알면, 우리 형님은 무슨 생각을 하실까?"

그렇게 말하며 그가 홀과 테라스를 가린 커튼을 걷어 올렸다. 멀리 있긴 하지만, 중앙에 선 1왕자를 언뜻 알아볼 수 있었다. 내 얼굴이 하얗게 질렸다. 내가 황급히 끼어들었다.

"생각하시는 그런 일이 아니었습니다. 왕자님."

잠시 감정이 격해졌다고는 하나, 우리 둘의 싸움이지 더 넓게 번져서는 안 되는 일이었다. 주군과 신하 사이의 분란까지 빚어내고 싶지는 않았다. 나로 인해 베인 조르제가 곤란해지는 건 꺼림칙한 일이었다. 마음의 빚을 남기고 싶지 않은 탓이다.

"그래, 내가 들은 목소리의 주인은 이쪽이었지. 후작 영애는 어떤 변명을 할 건가?"

2왕자의 눈이 느릿하게 굴러 내 쪽을 향했다.

"뭐라 드릴 말씀이 없습니다. 윗사람의 험담을 하려던 것은 아니었습니다. 1왕자님 쪽이든, 아니면 제핀 왕자님의 일이든요. 소공작님은 관계가 없습니다. 기분이 상하셨다면…… 정말 죄송합니다. 제 잘못이니 벌은 제게 주세요."

"벌이라니, 섭섭한 말이야."

내 말에 2왕자가 짧게 웃었다. 그의 눈이 이렇게 말하고 있었다.

그리고 엄밀히 말하면, 그건 내 칭찬에 가까운 말 아닌가?

"그래도 그런 말은 아주 조심해서 해야 해. 특히 이 궁 안에선 말이야. 난 형님을 아주 존경하고 있거든."

"송구합니다."

"그래도…… 그래, 그 말이 썩 듣기 나쁘진 않군."

그가 그렇게 중얼거리며 제 턱을 쓰다듬었다. 순전히 베인 조르제에게 보여주기 위한 행동 같았다. 포만감 어린 표정은 과연 기분 나빠 보이지 않았다. 전에도 몇 번 만난 적은 있지만 여전히 종잡을 수 없는 성격이다. 자라온 환경 탓인지 1왕자의 모범적인 분위기와 다르게 그는 반항아 같은 느낌이 짙었다.

"영애만 괜찮다면 조르제 경을 잠깐 빌려도 될까? 남자끼리만의 이야기가 있어서, 양을 초대하긴 좀 민망하군."

2왕자가 그렇게 말하며 내 손을 놓아주었다. 하도 긴장해 있던 탓에 계속 붙잡혀 있었단 사실을 그제야 깨달았다. 나는 무의식적으로 베인 조르제를 돌아보았다. 혼자 돌아가도 될지 알 수 없었던 탓이다. 내 시선에 그가 말없이 파티장 쪽을 눈짓해 보였다. 가보라는 표시였다. 나는 머뭇거리다 드레스 자락을 쥐었다. 그러고는 몸을 돌려 자리를 벗어났다.

2왕자는 베인 조르제에게 무슨 할 말이 있기에 둘만 남은 것일까. 나 때문에 그가 곤란해진 건 아닌지 모르겠다. 정치싸움에 밀려드는 것은 딱 질색이었다. 아버지나 알테조차 쉽사리 두 왕자 중 누구 하나를 선택하지 못하고 있지 않던가. 내게 하나 목표가 있다면 조용히 사는 것이지 따로 바라는 일이 없었다.

지금 생각해보면 하늘이 하필 나를 과거로 되돌린 것이 화근이었다. 다른 사람이었다면 어떻게 되었겠는가? 자발적으로 원래의 미래를 찾아가고 있는 나와 다르게 운명을 바꾸겠다고 죽을 똥 살 똥 똥을 싸고 있었을 거다. 과거로 돌아온 게 내가 아닌 다른 여자였다면 왕의 비 자리를 노렸을지도 모를 일이다.

그러고 보니 나는 2왕자의 여자 취향을 완벽하게 알고 있었다. 그의 정부랍시고 등장했던 여자들은 전부 휘황찬란한 미모에 끝내주는 몸매를 가지고 있었다.

듣기로는 코르셋을 착용하지 않은 사이즈가 34-24-36씩이나 됐던 것으로 기억한다. 나는 조용히 내 몸매를 짚어보았다.

일단 가슴…….

아니, 그래도 허리는…….

골반…….

"소문은 소문일 뿐이야."

나는 재빠르게 내 몸에서 시선을 떼어냈다.

예로부터 나도는 소문들은 믿을 게 못 된다. 나와 루센을 주인공으로 두고 났던 소문만 해도 그렇지 않은가? 그리고 일단 내 목적은 2왕자가 아니라 루센이니 전자의 취향이 어떻든 나와는 관계가 없다.

꼬셔야 할 상대가 루센이어서 정말 다행이었다. 정공법은 모두 파하고 이제는 약물에 기대고 있다는 점을 감안했을 때 이 경우도 그리 잘 풀리고 있지는 않았지만, 어쨌든 연애 상대 기본 조건에 미달되지는 않는다.

신경전을 펼치고 났더니 몸까지 피곤해졌다. 여자들이랑도 안 하던 기 싸움을 남자와 벌이다니 인생에 급격히 회의감이 밀려든다. 평생 남자들한테서 에스코트만 받아오며 살았었는데, 저번엔 기사들한테 끌려갈 뻔하지 않나, 베인 조르제와는 머리싸움이나 하고 있지 않나, 골 아픈 일투성이였다.

"어머, 카타리나 양. 어디서 사랑싸움이라도 하고 왔나요? 표정이 험상궂은 게 꼭 현상 수배범 같네요."

"아니, 그렇다고 여자랑 싸우고 싶다는 소리는 아니었는데."

건너편에서 들려온 시비조의 음성에 내가 맥 빠지게 중얼거렸다. 고개를 들어 확인해본 상대는 알테로 인한 첫사랑을 거하게 앓았던 레이첼이었다. 그녀가 짐짓 미간을 찌푸리며 되물었다.

"뭐라고요?"

"아, 아니…… 아무것도…….."

재빠르게 고개를 내저었다. 어느새 내 앞으로 다가온 레이첼이 마음에 안 든다는 듯 팔짱을 끼었다. 겨우 베인 조르제에게서 풀려나 자유를 얻었다 싶었는데 제2의 장벽이 나를 기다리고 있었다. 루센에게 다가가는 길이 왜 이리 멀까. 혹시 루센이 내가 자신에게 접근하지 못하도록 미리 사주라도 해둔 것은 아닌가.

나는 멀찍이서 담소를 나누고 있는 그를 아련한 눈으로 쳐다보았다. 내가 저에게 집중하지 않고 있다는 걸 알았는지 들려오는 레이첼의 목소리가 한층 더 까칠해졌다.

"항상 붙어 다니던 로제 양은 어디다 두고 혼자 계신지 모르겠네요. 아, 혹시 둘이 싸웠나요? 저런, 두 분, 서로 외엔 친구가 없으신 걸로 아는데……."

그렇게 말하며 레이첼이 조소를 날렸다. 시작부터 크리티컬이었다. 얘 피한다고 파티는 가려가며 나갔었는데, 루센이 이런 자리에 참석하는 일이 잦지 않으니 오늘은 안 나올 수가 없었다.

참으로 애석하게도 레이첼은 나를 사교계에서 왕따시키려 하고 있었다. 내 신분이 있는 탓에 직접적인 방향은 아니었으나 은근한 무시와 비아냥은 꾸준했다. 하지만 따돌림이 아무리 무서운 일이라 해도, 상대가 치마에 오줌을 지렸던 전적까지 알고 있으면 왠지 그런 시비도 영 시답잖아진다.

나는 애잔한 미소를 떠올리며 대꾸했다.

"너야말로 옆에 붙어 있던 떨거지들이 없구나. 혹시 오늘도 속옷에 실례했니? 장소는 또 엘르제 공원?"

나는 그녀의 여덟 살 무렵을 어렵지 않게 떠올렸다. 날이 좋아 다 같이 가까이 있는 엘르제 공원으로 티타임 겸 소풍을 갔었는데, 여럿이서 몰리는 자리다 보니 아이들의 옷차림도 비교적 화려했다.

혼인 전 스스로의 몸에 무엇을 걸쳤는지를 두고 눈치싸움을 벌인다면 혼인 후엔 아이의 차림으로도 품평이 이루어진다. 그날의 레이첼 역시 어미가 이끄는 대로 복잡한 드레스를 입었었다. 그것도 아이 스스로는 혼자 입고 벗을 수 없는 종류의 것을 말이다.

기분 좋게 샌드위치나 주스 따위의 먹거리를 해치우고, 그다음에 밀려든 것은 극심한 요의였다. 안타깝게도 레이첼은 자신과의 싸움에서 패배했다. 어머니와 유모가 잠시 한눈을 판 사이 일어난 비극이었다.

다행히 유모가 재빠르게 수습한 덕분에 이 일을 아는 이는 많지 않았으나, 그 옆에서 풀을 잡아당기며 놀던 나는 모든 상황을 똑똑히 목격했다.

"너, 너⋯⋯!"

"왜 말을 더듬고 그러니, 오줌싸개 레이첼?"

물론 너무나 당연해서 굳이 언급할 필요도 없는 일이지만, 나는 지금 베인 조르제에게서 받았던 스트레스를 그녀에게 풀고 있는 게 절대 아니다.

"너 지금 무슨 말을⋯⋯!"

"저런, 꼭 얼굴이 노란 고구마 같구나. 마치 그때 네 오줌 색처럼."

그동안은 레이첼의 인권을 생각해 말을 아껴왔지만, 가끔은 피를 보아야만 할 때도 있는 법이다. 나는 거의 살인을 불사하겠다는 각오를 하고 있었다. 사람 죽이는 게 별게 아니다. 다른 사람도 써먹을 수 있게 계획을 친절하게 정리해보도록 하자.

1. 내가 오줌싸개라고 놀리며 과거를 들추면 레이첼이 밤중에 이불을 걷어차는 횟수가 늘어난다.

2. 이불에서 나온 미세먼지가 레이첼의 방 안에 가득 찬다.

3. 잠 못 이루던 레이첼이 '아휴, 속상해.'라고 중얼거리며 시가에 불을 붙인다.

그리고 결과는 돌연 뻥 하고 터지는 폭발음이다. 커다란 불꽃은 모든 것에 말끔하게 종지부를 찍어줄 거다. 쪽팔림의 종지부인지, 인생의 종지부인지는 따로 언급하지 않겠다.

내가 생각해도 스스로가 너무 무서운 사람인 것 같다. 이렇게 박학다식한 데다 잔인해서야……. 내가 권력욕이 없었기 망정이지 있었다면 어찌 되었겠는가? 내 정적들은 아마 전부 살아남지 못했을 거다.

아무튼 그건 그렇고.

"할 말 있으면 하렴."

얼굴이 노랗다 못해 빨갛게 달아오르기에 배려해준 건데, 내 친절한 응대에 그녀는 더 열을 올렸다.

"나쁜 년!"

레이첼은 어느새 가증스러운 존대를 벗어던진 채였다. 절교 전까지 한평생 반말만 써왔던 걸 생각하면 확실히 영 실리 없는 짓이었다.

"제 오빠랑 똑 닮아서는 어떻게 모욕을 주는 것도 똑같아!"

"나한테 먼저 모욕을 준 건 네 쪽이야, 오줌싸개 레이첼. 그리고 난 로제 외에도 친구가 많단다."

일단 로제가 있고…… 먼저 로제가 있고…… 첫째로 로제가 있고…….

생각이 안 날 뿐이지 많을 거다, 아마도.

"난, 난 네가 여기저기 꼬리치고 다니는 게 한심해서 조언을 좀 해주려고 했던 것뿐이야!"

레이첼이 얼굴을 빨갛게 붉히며 소리쳤다.

꼬리를 치다니, 어디서 큰일 날 소리를!

나름대로 작업을 걸었다면 걸었다고 말할 수 있는 게 루센인데 그는 나한테 안 넘어오지 않았던가? 그러니까 내 스코어는 아직까지 0인 셈이다.

내가 영문 모를 얼굴을 해 보이자 레이첼이 흥! 하고 크게 콧소리를 내었다. 콧구멍 안 아플까. 아플 것 같은데.

"아를르 양에게서 다 들었어. 이번엔 루센 경을 노리고 있다면서? 그래놓고 베인 경에게 또 꼬리를 치다니, 여자 망신은 다 시키는구나. 하나로는 만족을 못하는 거니?"

그녀가 험상궂게 입술을 꿈틀거리며 덧붙였다.

"피는 못 속인다더니, 네 오라비처럼 말이야."

결국 욕하고 싶은 상대는 알테였다는 거다. 그런데 왜 알테에게 가는 게 아니라 내게 와서 수선을 피우는 걸까? 부디 나는 조용히 살게 해주었으면 싶다.

"넌 오줌싸개라 남자 하나도 못 꼬시잖니, 안쓰러운 레이첼."

"뭐?"

내 설렁설렁한 대꾸에 레이첼이 버럭 소리쳤다.

그때 레이첼의 뒤편으로 누군가가 지나쳤다. 와인 잔을 든 하인이었다. 레이첼의 열성적인 태도와 그 붉은 잔을 보고 있자니 문득 좋은 생각이 솟았다.

나는 조용히 하인을 불러 세워 술잔 하나를 받아 들고, 둥근 모양으로 가볍게 흔들었다. 유리잔 너머로 레이첼의 떨리는 어깨가 그대로 들여다보였다.

나는 손끝으로 내 턱을 가볍게 두들겼다.

"어디 남자라도 한번 만나보고 그런 소리를 하지 그러니?"

참, 오줌싸개라고 부르는 거 까먹었다. 내가 느릿하게 "오줌싸개 레이첼." 하고 덧붙였다. 레이첼의 얼굴은 이제 거의 폭발 직전이었다.

"나, 나도 남자 만나봤어."

"뭐? 하지만 넌 한 번도 애인이 있었던 적이 없잖아."

내가 짐짓 놀랐다는 듯 대꾸했다. 그렇다. 레이첼은 그 유명한 모태솔로였다. 나는 몹시 안쓰럽다는 듯한 표정을 지으며 말을 이었다.

"넌 우리 오빠가 널 갖고 놀았다고 말하지만, 글쎄, 오빠가 너와 사귀지 않았다는 건 네가 그만큼 매력적이지는 않았다는 소리이기도 하잖아?"

"나, 나도 마음만 먹으면 애인 사귀는 건 일도 아니야!"

이렇게 잘 걸려들다니, 혹시 레이첼의 뇌는 푸딩으로 만들어진 게 아닐까?

"그래? 하지만 믿을 수 없는걸."

"네가 뭘 모르나 본데 나도 꽤나 인기 좋은 몸이야."

"그래? 하지만 그 말도 믿을 수 없는걸."

그렇게 말하며 로제가 그러했던 것처럼 양옆으로 고개를 까딱여 보였다. 아까 배운 걸 이렇게 금방 써먹을 줄은 몰랐다. 직접 당해봐서 아는데 이거 굉장히 열받는다. 나는 레이첼이 빽 하고 소리쳐버리기 전에 재빠르게 화제를 전환했다.

"그럼 어디 누구한테 술잔이라도 건네고 와봐. 설마, 그것도 못하면서, 누굴 사귀겠다느니 하는 배짱을 부리려는 건 아니겠지?"

잠시 망설이던 레이첼이 곧 숨을 가다듬으며 대꾸했다.

"조, 좋아."

"……."

레이첼의 머리를 갈랐을 때 정말 푸딩이 튀어나오는 건 아니겠지?

"그래, 그럼 상대는 네가 안줏거리로 삼았던 저기 저, 루센으로 하자."

내 손짓에 레이첼이 홱 뒤를 돌아보았다. 나는 레이첼이 루센 쪽을 보는 사이 재빨리 잔에 사랑의 묘약을 털어 넣었다. 병을 소매 안으로 감추자마자 그녀의 얼굴이 다시 원래의 방향으로 돌아왔다.

다행히 본 사람이 없다. 진행이 부드럽군그래.

나는 최대한 자연스러운 손길로 그녀에게 잔을 건네주었다. 그러고는 활짝 웃었다.

"파이팅!"

놀리려고 한 게 아니라 마음속 깊이 우러나온 응원이었는데, 그녀는 큰 모욕이라도 당했다는 투로 뒤돌아섰다. 안타까운 일이다. 나는 느릿한 걸음으로 레이첼의 뒤를 따라 걸었다. 어느새 그녀는 루센에게 다다라 무어라 이야기를 건네고 있었다.

오늘 파티의 초장부터 영 재수가 없어 불안했었는데 의외로 진행이 순조롭다. 루센은 신사니까 레이첼의 권유를 거절하지 않을 거다. 내가 직접 건넨 잔이면 겁에 질려 도망쳤을지도 모르는 일이지만.

그래도 어디 소설에 나오는 것처럼 '약을 마시고 처음 본 상대에게 반한다.'는 둥의 쓸데없는 전제가 없어서 다행이었다. 약에 머리카락을 녹여서 입에 쑤셔 넣기만 하면 알콩달콩한 사랑의 시작이라니, 이 얼마나 명중률 높은 약인가. 나는 마음속으로 점술사의 능력을 찬양하며 흐뭇한 미소를 지었다.

바로 뒤편에서 성난 얼굴의 아를르가 나타나 잔을 낚아채기 전까지는 말이다.

"레이첼 양, 지금 뭐하시는 건가요? 루센 경의 파트너인 제가 뻔히 옆에 있는데 어떻게 이런 무례한 짓을."

아를르가 성난 얼굴로 딱딱하게 내뱉었다.

나는 차마 소리를 내진 못하고, 속으로 비명처럼 소리쳤다.

'망할!'

루센이 내가 아니라 다른 사람에게 반하는 것보다 더 곤란한 상황에 봉착했다. 저걸 아를르 제냐가 마셨다간 그녀가 나를 사랑하게 될 테니까.

내게 구애하는 아를르라니, 마음속 깊은 곳에서부터 거부감이 솟았다. 무엇보다 정통 로맨스에서 백합으로 장르가 변질되는 것만은 사양하고 싶다.

아니, 쟤는 대체 왜 이 타이밍에 등장한단 말인가?

이런 말도 안 되는 전개는 있어선 안 된다. 이 세상이 나를 괴롭히기 위해 존재하는 게 아니라면 도무지 있을 수 없는 일이다.

"이…… 이런, 무슨 말도 안 되는 일이."

차오르는 어지럼증을 겨우 물리쳤다. 아를르는 금방이라도 들이켜 버릴 듯 잔을 높게 쳐든 상태였다.

어떻게 할까. 모른 척하고 도망칠까, 아니면 양심 있게 나서서 미친 여자 소리를 들을까. 하지만 내게 사랑의 세레나데를 부를 아를르의 미래를 알고서도 두고 볼 수는 없잖아.

나는 눈물을 머금고 그들 무리 사이로 뛰어 들어갔다. 루센을 등지고서 두 여인과 대치하며 말했다.

"아를르 양, 그 잔을 마셔선 안 돼요."

그러고는 재빠르게 그녀의 손에 들려 있던 잔을 낚아챘다.

갑작스러운 등장에 루센과 아를르, 레이첼까지 다소 놀란 표정을 지었다. 특히 아를르가 불쾌감 짙은 눈으로 나를 노려보며 말했다.

"왜 그러시죠, 카타리나 양?"

일전에 내가 제 애인을 사모하고 있다고 소리치는 장면을 목격했으니 경계할 법도 하다. 아를르는 지금 내게 고마워할 상황이라는 걸 전혀 모르고 있었다. 저걸 마시고 내게 반한다면 지금보다 백배는 끔찍한 상황이 벌어질 거다.

하지만 그렇다고 해서 '제가 이 잔에 사랑의 묘약을 탔어요. 루센 경이 저한테 반할 수 있게요. 그러니까 님은 드시면 안 돼요.'라고 솔직하게 변명할 수 있는 것도 아니었다. 그럼 상황은 더 파국으로 치달을 테니까.

나는 일단 '저는 사람을 해치지 않아요.'라는 미소를 만면에 띠었다.

"제가 멀리서 지켜봤는데, 여기 레이첼 양께서 존경의 의미로 루센 경에게 잔을 드린 것 같더라고요. 아를르 양도 아시다시피, 루센 경은 만인의 귀감이 되는 분이시잖아요?"

나는 내가 뭐라고 말하는지도 잘 이해하지 못한 상태에서 아무렇게나 내뱉었다.

뭐, 남자판 신데렐라 스토리도 귀감이라면 귀감이 된다. 게다가 여자 잘 만나 신분 상승한 것도 아니고 친척의 도움을 받은 거니까 비교적 더 건실하다.

갑작스레 튀어나온 제 남자 칭찬에 아를르가 헛기침을 했다. 이때다 싶어 나는 마저 장황한 말을 늘어놓았다.

"그런데 그러한 존경을 아를르 양께서 잘못 이해하시고, 두 분 사이를 오해하신다면 레이첼 양이 많이 슬퍼하시지 않겠어요? 오, 그리고 무엇보다 그녀는 두 분이 잘 어울리는 짝이란 걸 너무 잘 알고 계신 분이라고요."

'잘 어울리는 짝'에서 삑사리가 나지 않음에 감사하며 말을 끝맺었다. 그러고는 불안하게 제 손을 맞잡고 있는 레이첼 쪽으로 눈짓했다. 그녀는 구원 투수라도 보는 눈으로 나를 쳐다보고 있었다.

설마 이걸 화해의 신호탄으로 받아들이고 있는 건 아니겠지?

미안하지만 난 내 신변의 안전이 중요해서 나선 거지, 네가 망신을 당하든 말든가는 별로 상관이 없단다.

"저도…… 레이첼 양에게 그런 의도가 없었단 것쯤은 알아요. 조금 당황해 그만 무례를 저질렀군요. 미안해요, 레이첼."

"아, 아니에요, 아를르 양. 제가 생각이 짧았어요. 충분히 오해하실 만한 상황이었잖아요."

분위기가 급격히 화기애애해졌다. 레이첼과 아를르는 서로의 손을 붙잡고 가볍게 쓸어주었다. 내 뒤에 선 루센은 반전된 분위기가 어색한 듯 제자리에서 눈만 움직이고 있었다.

후후. 조금만 기다리세요, 루센 경. 제가 끝내주는 사랑의 황홀경을 보여드릴 테니.

내가 포만감 어린 미소를 지으며 잔을 높게 들었다.

"그럼 이 잔은 루센 경에게 돌려드리도록 할까요?"

퍽!

"음?"

단지 잔을 들었을 뿐인데 왜 이런 불길한 소리가 나는지 모를 일이다. 나는 천천히 뒤로 돌아섰다. 와인 잔에 코를 들이박은 루센이 동시에 입가를 가리며 목을 숙였다.

벌리고 있던 입 사이로도 술이 흘러들어 갔던 듯 입술에서 뚝뚝 물방울이 떨어졌다. 거칠게 기침을 하는 모습이 사레라도 들린 모습이었다.

"루센 경!"

아를르가 깜짝 놀란 얼굴로 루센에게 다가갔다. 어떻게 각도가 저렇게 절묘하게 맞아떨어졌을까. 방해물은 다 치웠고 이제 먹이기만 하면 됐는데!

그러고 보니까 점술사에게 얼마나 마셔야 하는지는 안 물어봤었다. 설마 한 병 다 마셔야 하는 건 아니겠지? 지금 턱밑으로 줄줄 샌 게 반절은 넘는 것 같은데. 만약에 남은 약을 다 먹여도 효과가 안 돌면 어쩔 것인가. 그리고 지금 이 상황은 어떻게 수습해야 하지?

나는 황급히 루센에게 다가섰다. 남의 눈을 신경 쓸 정신이 없어 일단 옷자락으로 그의 얼굴부터 닦아주었다. 손수건을 찾을 여유도 없었다. 내가 그와 눈을 마주치며 필사적으로 말했다.

"루센 경, 죄송해요. 결코, 결코 고의는 아니었어요."

여기서 이미지가 더 나빠지는 것은 사양이다. 루센이 혹 내가 일부러 그랬다고 생각했을까 싶어 진땀이 다 났다.

"괘, 괜찮……."

루센이 대답을 하다 말고 다시금 기침을 쏟아냈다. 그가 가래 낀 듯한 음성으로 꺽꺽거렸다.

"코로 조금…… 들어가서……."

언뜻 드러난 그의 손 아래에선 코 밑으로 와인이 콧물처럼 질질 흐르고 있었다. 우리들은 자연스럽게 눈을 다른 쪽으로 돌렸다. 그 광경은 안쓰러움과 비위 상함의 중간쯤 되는 감상을 주었다. 나는 거기에 미안함까지 추가했다.

지금까지 루센에게 해온 짓들, 내 본의가 아니었더라도 루센에게는 그렇게 비쳤을 행동들을 생각하자 등에 식은땀이 흘렀다. 루센이 나를 기피하게 되어도 할 말이 없었다. 그래서 기대고자 한 게 약인데 그 히든카드는 지금 질질 흘러 바닥을 적시고 있다.

그래도 코와 입은 연결되어 있으니까 뭐 어떻게…… 효능이 없진 않겠지?

제발 그래야만 한다. 이젠 정말 약 아니면 방법이 없을 것 같았다.

"루센, 오, 내 사랑. 괜찮아요? 저희 함께 후원으로 가요. 가까운 곳에 분수대가 있어요. 거기서 대충 닦아낼 수 있을 거예요."

애인인 자신보다 내가 더 루센을 돌보고 있다는 사실을 깨달았는지, 아를르가 나를 막아서듯 앞으로 나섰다.

"예, 그럼. 쿨럭. 그곳으로."

에취!

루센이 다시금 기침을 쏟아냈다.

나는 마음속 깊은 곳에서 눈물을 흘렸다. 어쩌다 일이 이렇게 됐을까. 분명 루센은 찔러도 바늘 하나 안 들어갈 것 같은 단단한 남자였는데. 나는 그의 젠틀하고 신사다운 이미지를 열심히 말아먹고 있었다.

"자, 루센 경, 이쪽으로."

아를르가 루센의 팔을 잡아끌며 안내했다. 나는 그 둘 뒤로 조용히 따라붙었다. 인기척을 알아챘는지 아를르가 싸늘한 시선으로 나를 돌아보았다.

"양은 왜 따라오시죠?"

"저…… 저도 드레스가 젖어서."

그렇게 말하며 팔을 들어 보였다. 붉은 기가 스민 흰 천이 시야에 드러났다. 아까 루센의 턱을 닦아준 자국이다.

무의식적으로 한 짓이었는데 이렇게 변명거리가 되다니. 과거의 나야, 잘했어.

"따로 시종을 부르셔도 될 텐데."

"사람을 부를 필요까진 없을 것 같아서요. 대충 씻어내고 사저로 돌아갈까 봐요."

"……그럼 따라오세요."

나는 그녀를 따라나서며 잠시 뒤를 돌아보았다.

로제를 찾을 요량이었는데, 대체 어디로 갔는지 보이지가 않았다. 여러 사람이 몰려 있으니 누구 하나를 찾아내기가 쉽지 않았다. 베인 조르제 역시 2왕자에게서 벗어나지 못한 모양이었다. 그의 얼굴도 찾아볼 수 없었으니까.

그는…….

생각을 하다 말고 고개를 저었다. 왜 베인 조르제 생각을 하고 있었을까. 중요한 건 루센인 것을.

베인 조르제와는 다시 만나지 말아야겠다. 안 그래도 시간을 돌아오며 꼬인 인생을 배로 혼란스럽게 하는 남자였다. 그리 결심하며 아를르를 부지런히 따라 걸었다.

바깥은 어두웠다. 원래 늦은 시각에 시작하기도 했지만 처음 파티장에 발을 들였을 때와 하늘의 색이 달랐다. 이런 시간에 후원을 걷고 있으려니 남녀의 은밀한 만남이 연상되었다. 우리 무리의 구성원이 여남여라는 게 흠이라면 흠이다.

걸어가는 내내 아를르와 루센은 몹시 다정하게도 이런저런 말을 주고받았다. 연인 사이에 끼어 걸으려니 마치 개밥에 낀 도토리 신세였다. 아를르는 참으로 얄밉게도 내가 모를 법한 둘만의 일들을 입에 담고 있었다.

점점 어깨가 움츠러들고 손을 어디다 둘지 모르겠다. 밀려드는 소외감이 절절했다. 레이첼을 떨쳐내고 나니 이젠 아를르가 나를 따돌리고 있었다. 이래서 왕따가 나쁜 짓이라고들 하는 것이다.

내가 무어라 화두를 던지며 끼어들 때마다 아를르는 "그러고 보니 루센 경은……."으로 시작하는 말로 내 입을 막았다.

더럽고 치사해서 안 말하고 말지!

"아, 저기예요."

레이첼이 열 걸음 남짓 떨어진 곳을 가리켰다.

과연 흰 분수대 위로 물이 졸졸 흐르고 있었다. 왜 본인이야말로 시종을 부르지 않고 이리 나왔나 했는데 아까 있던 곳과 정말 가까웠다. 무엇보다 물도 깨끗했고.

쫑쫑거리는 걸음으로 분수대로 다가가자 아를르가 내게 가볍게 눈을 흘겼다. 나는 아랑곳 않고 물을 받아 옷을 헹구는 시늉을 했다. 아를르는 다정하게도 손을 적셔 루센의 얼굴을 닦아주었다. 왠지 저쪽만 분위기가 화기애애하다.

루센에겐 사랑의 묘약을 쓴 그 어떤 징조도 나타나지 않고 있었다. 예를 들자면 아를르를 밀치고 내게 다가와 '제 진정한 사랑은 당신입니다.'라고 외치는 등의 행동 말이다. 당연했던 일이 당연하지 않게 된 것은 몹시 슬픈 일이었다.

이전에 그와 나는 마치 잘 어울리는 한 쌍의 바퀴벌레였는데!

나는 슬픈 마음으로 루센을 돌아보았다. 지금은 남의 남자가 되었지만 그는 여전히 잘생겼다. 와인을 닦아내고 나자 지저분하던 얼굴마저 멀끔해졌다.

한데 몸 상태가 안 좋은지 그의 미간이 약간 좁혀져 있었다. 처음엔 단순히 물로 닦은 흔적인가 했더니, 이마에선 옅게 식은땀도 흐르고 있었다. 그가 가슴을 부여잡는 것까지 유심히 보는데 갑작스레 아를르의 목소리가 들려왔다.

"어딜 그렇게 보시나요?"

"예?"

"남의 남자를 그렇게 뚫어져라 보시다니, 예의 없는 행동 아닌가요?"

"영애, 제가 다른 의미가 있는 게 아니라 루센 경 상태가 좀 안 좋아 보여서 그런…….."

"그건 카타리나 양이 루센 경에게 와인을 끼얹었기 때문이잖아요? 덕분에 찬물까지 묻혀야 했으니 감기에 걸릴지도 모르겠네요."

아를르가 톡 쏘아붙였다. 듣고 보니 맞는 말이다. 루센은 젖은 겉옷을 벗어놓은 차였다. 거기다가 찬물로 몸까지 닦고 나니 좀 추울 것도 같았다.

내가 타당하다는 듯이 고개를 끄덕이자 아를르의 미간이 깊게 파였다. 그녀가 손으로 허리를 짚으며 내게 다가왔다. 찡그린 얼굴이 짐짓 위협적이다.

"우리끼리 있으니까 하는 말이지만 말이죠."

내가 계속하라는 듯 고개를 끄덕였다. 아를르가 눈을 가늘게 뜨며 말을 이었다.

"루센 경에 대한 연심…… 그만 접어주셨으면 좋겠어요."

"연심이요?"

모르는 척하려는데 들려오는 대답이 무섭다.

"네, 전에 엘르에서 들려주셨던 그 고백, 거의 저한테 하시는 선전포고 아니었나요?"

나는 땀을 뻘뻘 흘리며 대답했다.

"불행히도 그땐 두 분께서 그 자리에 계신 걸 미처 몰라…….."

"어쨌든 루센 경을 좋아하고 계신 건 사실이잖아요?"

점심으로 단호박을 먹었나, 쓸데없이 단호하군. 나는 입술에 경련이 일어날 것 같은 미소를 떠올렸다.

"그게 아니라…… 저…… 뭐 길게 보면 이게 바로 인류애 아니겠어요? 이 시간에도 굶고 있는 전쟁통의 기아들과 배고픈 걸인들을 생각하는 마음을 기르려면, 일단 이웃부터 사랑해나가는 것이……."

"말도 안 되는 소리 집어치워요!"

아를르가 신경질적으로 소리쳤다. 나는 기아 구호 포스터에 붙어 있을 법한 문구를 입에 담다 말고 찔끔했다. 정말 화가 난 듯 잔뜩 구겨진 눈주름이 무서웠다.

사실 아를르에게 미안한 마음이 없는 것은 아니었다. 그녀의 평판과 내가 개인적으로 가진 악감정을 떠나 생각하면 아를르의 입장에선 이리 화를 내는 게 당연한 일이었다.

루센이 내게 돌아오는 것은, 이를테면 그녀의 입장에서는 잘 사귀고 있던 애인을 뺏기는 일이다. 비록 루센이 원래 내 것이었다 해도 이젠 그 사실을 아는 사람은 나밖에 없었다.

나는 애인을 뺏기지 않았되 뺏기었고, 루센은 사랑하는 사람을 잃었되 잃지 않았다. 순간 눈가에 눈물이 핑 돌았다.

"제가……."

내가 아무렇게나 입을 열었을 때였다. 루센이 자리에서 벌떡 일어났다. 저를 두고 두 여자가 다투는 광경을 보기 괴로웠을까. 그가 입가를 가리며 대뜸 걸음을 떼었다. 그런 그를 아를르가 재빨리 붙잡았다.

"어디 가세요, 루센 경? 우린 지금 상황 정리가 필요해요. 당신도 여기 있어야 한다고요."

"이거 놓으세요. 난 가봐야 해!"

루센이 팔을 휘저으며 소리쳤다. 눈이 반쯤 풀려 있었다. 얼굴은 잔뜩 일그러진 채였다. 그가 왜 갑자기 성을 내는지 알 수 없었다. 그것을 저에 대한 책망의 의미로 받아들였는지 아를르의 눈이 가볍게 떨리었다. 그녀가 루센을 향해 마주 외쳤다.

"이 꼴로 어딜 간다는 거예요?"

나는 제자리에 앉아 둘을 얌전히 관망했다. 사실, 내가 끼어들 틈도 없었다. 내가 숨죽이며 눈알만 굴리는데 아를르가 비명처럼 울부짖었다.

"애당초 저 여자를 제대로 정리하지 않은 건 루센 경 쪽이잖아요!"

"그만 놔줘, 욱."

"제가 카타리나 양에게 한 말이 시기 질투라 생각하시나요? 예, 맞아요. 그게 끔찍하셨나요? 그래서 그런 구역질난다는 얼굴을 하고 계시나요? 하지만 전 이 정도 끼어들 자격은 있어요!"

그때 하얗게 질린 얼굴의 루센의 고개가 바닥으로 확 꺾였다. 그리고 별안간 그의 입에서 무언가가 확 쏟아졌다.

방금 와인을 마셨기 때문인지 핏빛을 띤 그것은 퍽 비위 상하는 광경으로 다가왔다. 토사물은 바닥만 적시지 않고 루센의 어깨를 붙잡고 있던 아를르까지 뒤덮었다.

그리고 정적이 찾아왔다.

아를르와 루센은 한참 서로를 멍청한 눈으로 응시했다. 나 역시 제자리에서 미동 없이 그 둘을 쳐다보고 있는 수밖에는 없었다. 아를르의 입술이 몇 차례 떨리고, 겨우 경련이랄 게 멎었을 즈음이었다. 하얗게 질린 얼굴로 아를르가 조용히 입을 열었다.

"전…… 전 자격이…… ."

풍기는 구수한 냄새에 아를르가 정신을 못 차리고 중얼거렸다. 이게 지금 무슨 상황인지 도무지 이해를 하지 못하고 있는 듯했다. 불현

듯 그녀의 눈에 빛이 들어왔다.

짝!

아를르가 반쯤 몸을 틀더니, 그 반동으로 힘을 주어 루센의 따귀를 날렸다. 그녀가 씩씩거리며 일갈했다.

"기가 막혀!"

그러고는 힘찬 걸음으로 뒤돌아섰다. 루센은 멀어지는 그녀를 황망한 눈으로 응시했다. 붙잡으려는 듯 뻗쳐졌던 손이, 다시 비집고 나온 구토감에 밀려 떨궈졌다. 루센은 거의 바닥에 엎드려 힘겨운 자세로 제 속의 모든 걸 쏟아내었다.

나는 차마 그 모습을 보고 있을 자신이 없어 하늘을 올려다보았다. 안 어울리게도, 별은 밝았다.

"우욱, 욱, 웃!"

한참 알 수 없는 신음을 내던 루센이 기듯이 분수대로 다가갔다. 입가를 닦아내는 손이 파리하게 떨렸다.

나는 천천히 그에게로 걸어가 무릎을 굽히고 앉았다. 혹시, 혹시 하는 마음이지만.

"하나만 물어볼게요."

"말씀하세요."

루센이 몹시 침통한 어조로 대꾸했다.

"방금 저한테 사랑을 느끼셔서…… 아를르 양을 떼어내려고 그러신 건 아니시죠? 아, 물론 아니겠죠. 아니실 거 아는데, 그래도 뭐든지 확실히 하는 게 좋으니까요."

루센이 고개를 끄덕였다. 세상에, 약이 제 역할을 했다고? 내가 놀라 소리쳤다.

"맞다고요?"

"아니요."

루센이 정색하며 대답했다. 나는 어색한 얼굴로 고개를 끄덕였다.

"아……."

풀 죽어 쪼그려 앉은 자세 그대로 두 다리를 양팔로 감쌌다. 망설이지도 않고 루센을 떠나간 아를르의 모습은 나 역시도 충격이었다.

천년만년 사랑할 것 같더니, 애인의 토사물을 얼굴에 뒤집어쓴 것이 그렇게 화가 났던가? 생각해보니 나라도 그럴 것 같기도 하고…….

나는 다시금 어두운 하늘을 올려다보았다. 이쯤에서 고백하고 회개해보자. 애써 떠올리지 않고 있던, 떠올리고 싶지 않던 기억의 조각을 말이었다. 루센의 옷을 술로 적신 것도, 대뜸 왕궁 후원에서 구토를 하게 만든 것도 바로 나란 사실을.

나는 점술사가 사랑의 묘약 병 바닥에 붙은 라벨을 떼며 중얼거렸던 말을 상기했다.

「유통 기한이 좀 지났는데 괜찮겠지?」

「유통 기한이 좀 지났는데…….」

「유통 기한…….」

전혀 괜찮지 않았다.

대체 얼마나 오래되었기에 마시자마자 이렇게 격한 반응이 올라온단 말인가?

보통 사람 같으면 아를르가 떨어져 나갔다는 점에 감사해할지도 모르지만, 나는 그 정도로 파렴치한 인간은 아니었다. 내가 스스로를 안심시키듯 말했다.

216

"괜찮아요, 루셴 경."

"무엇이 말씀이십니까?"

"……."

그러게, 뭐가 괜찮을까? 괜찮은 일이 없는데.

"아를르 양이 지금 경황이 없으셔서…… 네, 그런 걸 거예요. 너무 힘들어 마세요."

애인이 다른 사람에게 실연당했다고 그에 대해 위로를 하고 있자니 피눈물이 흘렀다. 비록 그 헤어짐의 원인이 나라고 해도 말이다.

루셴의 얼굴에 어두운 기운이 밀려왔다. 방금 일어난 일의 실마리를 찾는 듯 보이지만, 그럴 수 있을 리 없다. 루셴이 정신 나간 사람처럼 횡설수설했다.

"저는…… 전혀 모르겠습니다. 제가 술이 약한 사람이 아닌데, 코로마신 탓인지, 갑자기 속이 메스꺼워져서……."

나도 코로 마신 몇 방울이 이 정도로 효과가 좋을지는 몰랐다. 정작 내가 바랐던 효과와는 영 다른 방향의 효과기는 했지만.

곧 루셴이 다시 입을 부여잡고 헛구역질을 시작했다. 방금 다 쏟아내서 더 나올 것도 없을 텐데. 마치 임신 3개월의 모양새였다. 나는 깊이 통탄했다.

상한 걸 알았으면 그냥 아를르가 먹게 두는 건데.

어쨌든 이 상황을 수습하기는 해야 했다. 후원에서 이렇게 계속 넋나간 부랑자처럼 하염없이 앉아 있을 수는 없었다. 아를르가 소문을 낼지의 여부는 차치하고서라도, 일단 다른 사람에게 보이기에 영 꼴사나운 몰골이었다.

나는 루셴 쪽으로 고개를 기울이며 조심스럽게 입을 열었다.

"저기요, 루셴 경. 제가 사심으로 하는 말은 아닌데요. 정말, 정말

부담 갖지 마시고. 리플렉츠가, 그러니까 저희 저택이 여기서 좀 가깝
거든요. 이대로 사저로 돌아가시긴 곤란하실 테고, 그러니까…….”

　침을 꿀꺽 삼키며 마저 물었다.

　“잠깐 들러서 씻고 가실래요?”

부작용

집으로 돌아오는 과정은 무척이나 험난하고 고되었다.

사람과 되도록 마주치지 않도록 하고, 만약 마주쳤을 경우엔 최대한 상한 몰골을 가리느라 고생이었다. 만약 둘이 있다가 들키는 것을 막기 위해 따로따로 움직이니 더더욱 그러했다.

우리는 거의 첩보 작전에 가까운 신기를 펼치며 퇴궐에 성공했다. 그다음부터는 지름길이었다.

마차를 타고 저택으로 돌아와, 입이 무거운 몇몇 시녀들을 불러 입단속을 시키며 루센을 욕실로 안내했다. 내친김에 손님방과 알테의 옷까지 내주었다.

알테의 바지를 유심히 내려다보던 레이가 옷을 길게 펼치며 말했다.

"근데 이거 루센 님께는 좀 길 것 같은데요?"

"그래? 그럼 잘라."

나는 차를 마시다 말고 가위질하는 시늉을 해 보였다.

내 옷이 아니니 자르든 꿰매든 다리가 나갈 출구를 막든 상관없는 일이다. 그리고 귀족가 자제답게 옷이 차고 넘치도록 많은 알테도 그리 신경 쓰지 않을 거다.

"그런데 아씨께서 고르신 이거, 알테 님이 무척 좋아하시는 옷 같은

219

데⋯⋯."

"그럼 몰래 똑같은 걸로 하나 사다놓으면 되잖아."

"아, 그러네요."

레이가 선선히 대꾸하며 미묘하게 비틀어진 미소를 지었다. 마치 돈 많은 졸부의 쓸데없는 낭비와 사치를 관망하는 표정이랄까?

하지만 이 시간에 상점이 문을 열었을 리 없으니 어쩔 수 없는 일이었다. 그렇다고 내 드레스를 입힐 수도 없는 노릇이고 말이다.

"그리고 알테는 동생 바보라 괜찮아."

"글쎄요. 야밤에 남자를 저택으로 들여서, 그것도 자기 옷을 외간 남자에게 입혀줬다는 걸 알면 천하의 알테 님도 화를 내시지 않겠어요?"

"그러니까 조심스럽게 굴자는 거지. 비밀스럽게."

나는 그렇게 말하며 입가에 검지를 가져다 붙였다.

아버지나 어머니의 귀에 들어가지 않도록 일단은 하녀들에게 특별 보너스를 챙겨준 상태였다. 적어도 당분간은 조용할 거다.

"하긴 들켜도 혼나는 건 아가씨죠."

레이가 알았다는 듯 고개를 주억거렸다.

책임 소재가 나에게 있는 건 맞지만 이렇게 발을 빼는 발언을 하다니. 이래서 세상에 믿을 사람 하나 없다고들 하는 것이다. 나중에 내가 위험에 처하면, 예를 들어 뒷산에서 곰을 만난다거나 하면 레이는 곧장 나를 버리고 도망치지 않을까? 지금까지 레이의 태도를 보아 몹시 신빙성 있는 가정이었다.

"평생직장 잃고 싶지 않으면 바지 밑단이나 자르렴."

"하고 있어요."

레이가 그렇게 말하며 가위를 손에 쥐었다. 표정은 근엄하고 눈빛은 날카롭다.

눈대중으로 손가락 두 마디 정도를 잘라낸 레이가 곧장 바느질을 시작했다. 많이 해본 솜씨답게 손이 빨랐다. 하지만 허리까지 금방 줄일 순 없었기 때문에 대응책으로 혁대를 챙겼다. 한데 그 가짓수가 조금 많다.

하나면 될 텐데 왜 여러 개를 가지고 왔을까? 그뿐만 아니라 왠지 수상쩍은 검은 천이나 구속구도 함께인 이유는 또 무엇인가?

내가 수갑 엇비슷하게 생긴 무언가를 들어 올리며 물었다.

"이게 뭐야?"

"수갑인데요?"

"……."

수갑같이 생겼다 했는데 정말 수갑이었단 말인가? 하지만 레이스가 달린 모양은 어쩐지 장신구처럼도 보였다. 출처가 대체 어딘지 의심이 된다. 보통 사람은 접근할 수 없는 곳에서 사들였을 것만 같은 비주얼이었다.

"그러니까 왜 수갑이 여기 있냐고."

내 말에 레이가 다소 당황한 표정을 떠올렸다. 내 말을 이해 못한 것 같기도, 아니면 이해는 했는데 받아들이지 못한 것 같기도 했다.

잠시간 정적을 지키던 레이가 더듬대며 입을 떼었다.

"아, 어, 그게……."

"안 잡아먹으니까 얼른 말해."

"이러려고 루센 경 데려오신 것 아니었어요?"

"뭐?"

"전 또 지하 같은 데 감금해두시려는 줄……."

"뭐?"

나는 충격받은 얼굴로 재차 되물었다. 세상에, 곤란을 겪은 사람에게 옷을 내어주는 내 선의를 이렇게 악질적으로 해석하다니!

내 시녀마저 나를 예비 범죄자로 보고 있었다고 생각하니 눈앞이 부옇게 흐려져갔다. 그냥 변태도 아니고 감금 페티시가 있는 변태라 오인당하다니, 딱 혀 깨물고 죽고 싶은 심정이다.

안 그래도 스토커 취급받는 것도 억울한데 내 편을 들어주는 사람은 아무도 없었다. 루셴이 나를 따라온 것이 용하다 싶었다. 하기야 그는 지금 제대로 사고할 정신이 없는 상태인 듯했지만.

진짜 험악한 짓을 했으면 억울하지나 않지!

루셴의 머리를 짱돌로 내리치고 싶다는 욕구를 인내해온 것치고는 그 결과가 몹시 볼품없었다. 나는 피곤하다는 듯 눈을 감고 손을 휘저었다.

"진짜 아니니까 저거 얼른 내 눈앞에서 치워."

"정말 아니세요?"

레이의 얼굴에 감격 비슷한 감정이 떠올랐다. 혹시나 해 준비는 했지만 정말 그런 목적이면 어쩌나 걱정되었던 모양이다. 아니, 애초에 자기가 언제부터 그렇게 내 말을 잘 들었다고 갑자기 충직한 하수인 흉내를 내고 난리인가. 평소에는 내가 하는 일에 이러쿵저러쿵 잘만 훈수를 두더니 정작 중요한 부분에선 조언자의 역할을 내다 버렸다.

내 미래를 생각한다면 '아가씨, 이건 아니에요!' 하고 당당히 끼어들어야 하는 거 아닌가? 나야말로 이 창창한 나이에 지하 감옥에서 썩고 싶지는 않았다.

"정말 아니니까 빨리 내다놔. 루셴 경이 보고 엄한 오해를 하면 어떡해?"

"요 며칠 귀신 같은 몰골로 루셴 경 이름을 부르짖던 아씨 얼굴을 생각하면, 글쎄요. 딱히 엄한 오해까진…… 어머, 내 정신 좀 봐. 루센 경께 옷 좀 전해드리고 와야겠어요."

내가 반박하려 입을 열자마자 레이가 재빠르게 화제를 돌렸다. 잔소리 피해 가는 타이밍이 귀신이었다.

레이가 욕실 쪽으로 사라지더니, 얼마 뒤 알테의 옷을 걸친 루센과 함께 다시 등장했다. 레이는 루센의 시야를 가리며 쏜살같이 달려와 테이블에 늘어놓았던 온갖 구속구들을 품에 끌어안았다.

낑낑거리며 나가는 레이를 잠시간 살펴보던 루센이 궁금하다는 듯 물었다.

"저게 다 뭔가요?"

"아무것도 아니에요. 안 쓰던 방이라 이것저것 치울 게 많았거든요."

"언뜻 보니 저거……."

"그보다 루센 경, 얼른 앉으세요. 다리 아프시겠어요."

"아, 예."

내가 말을 가로채자 루센이 어리둥절한 낯으로 자리에 앉았다. 조금 전 땀과 루센의 체면상 이름을 말할 수 없는 그 액체로 젖었던 모습 보단 훨씬 말끔해진 모습이었다.

"네. 그럼…… 그…… 이제 좀 괜찮으세요?"

내가 헛기침을 하며 물었다. 루센의 얼굴이 급격히 침울해졌다. 적합하지 않은 화제 선정이었다. 하지만 그 외에 딱히 할 말이 없는 것도 사실이다. 지금의 그와 나는 겹치는 관심사 같은 것이 하나도 없었으니까. 내가 그의 취미나 습관 따위에 깊은 조예를 가지고 있다는 걸 안다면 루센은 '카타리나 스토커 설'을 다시 밀기 시작할 거다.

"예, 씻는 동안 조금 진정이 되었습니다."

루센이 담담한, 혹은 담담해지려 노력하는 음성으로 대답했다. 살짝 달아오른 얼굴은 혹시 나를 향한 남다른 감정이 생겨난 탓이 아닌가 싶은 의심을 남긴다.

'아냐, 지레짐작은 금물이지.'

나는 무릎 위로 손을 모아 쥐며 말했다.

"날이 밝으면 아를르 양을 다시 찾아가보세요. 감정이 험악해졌던 상태에서 일어난, 음…… 말하자면 사건이잖아요."

"카타리나 양에게서 그런 위로를 들으니 기분이 묘하군요."

그렇게 말하는 루센의 입꼬리가 옅게 휘어졌다. 미소와 비슷한 성질의 것이지만 자조의 느낌이 더 컸다. 이 상황에 지대한 원인 제공을 한 건 나였기에 깊은 죄책감이 일었다.

내가 스스로에게 변명하듯 말했다.

"임자가 있는 남자를 뺏으려 드는 염치없는 사람은 아니에요. 실연 당한 사람에게 연민을 못 느낄 만큼 무정하지도 않고요."

임자 있는 남자를 뺏으려고 한 건 사실이지만 그게 탈환의 목적이었다면 정상 참작이 되지 않을까?

그리고 후자는 확실한 진실이었다. 나는 지금 루센이 무척 안쓰럽게 느껴졌다. 나 역시도 운명의 장난으로 실연을 겪어본 몸이었으니까. 사랑하는 사람과 더는 다정히 이야기할 수 없다는 건 생각보다 훨씬 더 마음이 아린 일이다.

"죄송합니다. 카타리나 양에게 꺼내기가 실례되는 말이었네요."

"신경 쓰지 않으셔도 돼요."

"그러고 보니 그간 양께 실례되는 일을 참 많이 저질렀었던 것 같습니다. 그…… 지난번에 있었던 오해도 그렇고요."

오해라니, 긴가민가한 표정을 하고 있던 내가 이내 아 하고 깨달음

224

을 담은 소리를 내었다. 예의 스토커 건을 말하는 듯했다. 그때 나를 연행시키던 루센의 모습을 떠올리면 지금 이렇게 마주 앉아 있는 것 자체가 참으로 감읍할 결과였다.

대답이 없는 나를 향해 그가 쓰게 웃었다.

"어쩌면 제가 큰 뜻을 저버린 것에 대한 벌을 받고 있는지도 모르겠네요."

"큰 뜻이라뇨?"

내가 무슨 말이냐는 듯 되물었다. 그가 조심스럽게 대답했다.

"카타리나 양께서 봉사하고 계신 그분의 의지 말입니다."

"……."

그분의 의지? 내가 봉사하고 있는?

영문 모를 말에 내 머릿속에서 물음표가 떠올렸다. 한참 기억을 더듬고 있자니 꿈틀거리는 기억이 실마리처럼 기어 나온다.

「혹시 무슨 임무를 맡고 계시는지 알 수 있을까요.」
「오, 그건 너무나 비밀스러운 일이라 절대 발설할 수가 없어요.」

바로 당당하게 생구라를 던지고 있었던 내 과거의 모습이 말이다. 맞다. 까먹고 있었다.

아니, 애초에 그런 말을 믿는 게 이상한 것 아닌가. 솔직히 말하자면 그는 이쯤에서 적당히 내 어깨를 툭툭 치며,

'역시 지난번 그거, 장난이셨죠?'

물어야 한다. 그럼 나는 그 손등을 또 두드리며,

'그걸 이제 아셨어요? 생각보다 순진하시네요.'

대답할 테고.

하지만 루센은 생각보다 내가 지어낸 이야기에 깊이 심취해 있는 모양이었다. 오해를 어떻게 풀어나가야 할지 알 수 없었다. 오늘 그에게 먹인 사랑의 묘약이 제대로 된 것이었다면 이런 일로 골머리를 앓는 일도 없었을 텐데. 만약 성공했다면 그가 내게 반한 상태이니 상황은 훨씬 부드럽게 흘러갔을 것이다.

'호호, 그걸 믿으셨어요? 바보 같아.'
'하하하, 제 착각이었다고요? 이런 깜찍한 사람.'

이렇듯 화기애애한 분위기에서 풀 오해였단 말이다.

이래서 사람은 거짓말을 하고는 못 산다고들 하는 것이다. 스토커라는 오명을 벗어던진 것까진 좋았는데 이렇게 위태위태하게 사는 것도 영 할 짓이 못 되었다.

내가 아무 말이나 주워섬기려 입을 열 때였다. 루센의 입도 같이 열렸다. 정확히 말하자면 루센의 위장이 식도를 향한 총공격을 시도했다.

"욱!"

루센이 오른손으로 제 입을 틀어막았다. 다행히 아까 잔뜩 쏟아낸 탓에 소화된 무언가를 더 목격해야 하는 일은 벌어지지 않았다.

루센이 해쓱하게 질린 얼굴로 화장실로 뛰어갔다. 그리고 한참 후에야 진정된 표정으로 천천히 걸어 나왔다.

루센이 자리에 앉으며 점잖게 다시 말문을 뗄 때였다. 2차 공격이 시작되었다.

"윽!"

아까와 동일한 자세로 그가 뛰쳐나갔다. 이번엔 화장실에 머무는 시간이 조금 더 길었다. 완전히 진정시킨 후 돌아왔나 했는데 루센의 위장은 무자비했다. 손속에 자비가 없다.

"우윽!"

루센이 다섯 번째로 달려 나갔을 때, 나는 문가에 기대 겨우 몸을 지탱하고 있는 그를 향해 조심스럽게 물었다.

"혹시 루센 경……."

"말씀…… 흡, 허억. 하, 읍. 세요."

나는 한 손으로 입을 가리며 몹시 걱정된다는 표정을 지어 보였다.

"임신하셨어요?"

"욱!"

루센이 헛구역질을 하며 수도를 향해 돌진했다.

"당연히 아닙니다!"

잠시 뒤 문 너머에서 쩌렁쩌렁한 외침이 울려 퍼졌다. 정말 아닌 모양이었다. 하도 반응이 민감하기에 혹시나 했지. 아무래도 아직 약의 부작용이 덜 가신 모양이다.

그가 들을 수 있도록 나는 화장실을 향해 소리 높여 말했다.

"제가 물이라도 따라다 드릴게요. 잠시만요."

마침 레이가 가져다두었던 티팟이 가까이에 있었다. 아직 차를 우리지 않은 상태였기 때문에 물은 맑았다. 끓여둔 것이기는 했지만, 그가 씻는 사이 적당히 식어 마셔도 상관없을 것 같았다. 뒤집힌 속에 찬물을 끼얹는 것도 안 좋을 듯하고. 나는 물이 찰랑이는 잔을 들고서 루센을 기다렸다.

그런데 문을 열고 나온 루센의 표정이 사뭇 기묘하다. 그는 몇 걸음 내 쪽으로 다가왔다가, 다시 조용히 뒤로 물러났다. 전자의 경우에는 배를 움켜쥔 손에 힘이 들어가고 반대의 경우엔 약해진다. 그러한 행동이 몇 차례 반복되었다. 그리고 루센의 표정은 점점 안 좋게 변해갔다.

그가 이내 입을 떼어 말했다.

"……카타리나 양, 죄송하지만 조금 더 멀리에 서주시겠습니까?"

나는 선선히 두 걸음 정도를 뒤로 물러섰다. 그래도 루센이 고개를 저어, 다섯 걸음을 더 물러났다.

방의 절반 정도 되는 길이의 거리를 두자 그제야 루센이 후련하다는 듯 고개를 끄덕였다.

"예, 그 정도면 됩니다."

뭐가 됐다는 걸까. 내가 고개를 갸웃거렸다.

"루센 경, 왜 절 피하시는 건가요?"

"카타리나 양, 그것이…… 말씀드리기 참 곤란한 상황인 듯한데."

"왜 저와 거리를 두고 계세요?"

나는 그렇게 물으며 성큼성큼 루센에게로 다가갔다. 루센이 식은 땀을 흘리며 내가 다가갈 때마다 뒤로 몸을 물렸다. 나는 아랑곳 않고 다음 걸음을 디뎠다.

"윽, 카타리나 양. 조금만 멀리……."

그렇게 중얼거리던 루센이 결국 욕실 안까지 도망쳤다. 하지만 복도 쪽으로 갔으면 몰라, 여기야말로 완벽한 밀실이다. 내가 가까워질수록 루센의 얼굴이 하얗게 질려갔다.

"카타리나 양, 아, 안…… 안 돼, 안 돼!"

갑작스레 루센 경이 세면대를 부여잡았다. 몸속에서 무언가가 요동치기라도 하는 듯 헐떡이는 숨이 부자연스럽다.

"설마……."

내가 핏기가 가신 얼굴로 중얼거렸다. 제자리에 굳은 채 그를 응시하는데, 핼쑥해진 루센의 눈이 조용히 들렸다.

그가 기사로서 이런 말을 하는 자신을 용서할 수 없다는 듯, 혹은 도무지 이해가 가지 않는다는 듯 눈을 질끈 감았다.

"영애와 함께 있으면…… 토기가……."

그리고 루센은 장렬하게 세면대로 고개를 처박았다.

'엿 됐다.'

나는 그제야 그에게 무슨 일이 일어났는지를 깨달았다.

그는 수줍음 같은 것 때문에 나를 피한 것이 아니었다. 아까 얼굴이 벌게졌던 이유는 갑자기 뱃속이 요동쳤기 때문이고, 황급히 자리를 피한 것은 토기를 참지 못했기 때문이다.

저 빌어먹을 사랑의 묘약은 분명 루센이 나를 보면 어떤 징조를 느끼게는 해주었다. 문제는 그것이 사랑이 아니라 배탈이라는 점이다. 찢어 죽여도 시원찮을 점술사의 얼굴을 상기하며 나는 한 가지 결론을 내렸다.

정리해보자. 루센은 나만 보면 구토를 하게 되었다.

"카타리나, 좋은 아침이구나. 잘 잤니?"

"오라버니께서 뭔가를 잊고 있는 듯한데, 지금 해가 뜬 지 한참하고도 또 한참이 지났어요. 지금은 저녁 식사를 할 시간이라고요."

"원래 파티에 참석한 뒤엔 하루 이틀은 죽은 듯이 침대에 파묻혀 지

내지 않았니? 피곤하다면서."

내 설렁설렁한 물음에 알테가 이상하다는 듯 되물었다.

그제야 나는 아 하고 알은체를 하며 읽고 있던 책을 들어 얼굴을 반쯤 가렸다. 그러고 보니 파티에서 밤을 새운 후엔 보통 방에서 진을 치고 나오지 않았었다. 하지만 이번엔 무리하게 움직이는 일이 없었고, 무엇보다 요 며칠 나는 다른 일로 몹시 바빴다. 이전처럼 거칠어진 피부를 정돈했다든가 하는 종류의 일은 아니었다.

"근데 오늘따라 이 바지가 왜 이렇게 짧지? 옷이 줄어들었을 리는 없고, 키가 자랐나?"

알테가 이상하다는 듯 고개를 갸웃거렸다. 나는 시선을 내려 알테의 바지를 유심히 보았다.

뭔가 했더니 얼마 전 루센에게 내주었던 바로 그 옷이었다. 생각해보니 너무 정신이 없어 저걸 새것과 바꾸어놓는 것도 까먹었다. 나는 알테에게 속으로 사과했다. 미안, 줄인 거 맞아.

그리고 그 사실을 알 리 없는 알테는 해맑은 얼굴로 내게 자랑을 했다. 또 키가 컸다는 둥 이러다 문을 못 지나가겠다는 둥 하는 순 개소리였다. 이제 와 저걸 갖다 원래대로 복구시키면 어떻게 되려나. 뒤늦은 성장에 희망을 품은 알테의 꿈이 무너지겠지.

불쑥 문가에서 노크 소리가 들려왔다. 문을 열고 들어온 것은 낯익은 얼굴의 하녀였다.

"아가씨, 치안대에서 아가씨를 찾으시는데 어떻게 할까요?"

"치안대에서?"

알테가 눈을 휘둥그레 떴다. 내 동생이 무슨 짓을 저질렀기에 치안대가 방문했나 의심하는 표정이었다. 나는 알테의 상상력이 험악한 범죄 현장까지 가 닿기 전 선수를 쳤다.

"내가 피해자야."

"피해자?"

이번엔 더 놀란 얼굴이었다.

알테가 나를 끔찍이 아낀다는 사실을 깜빡 잊고 있었다. 알테는 내가 누군가를 때린 쪽과 맞은 쪽 중 차라리 전자를 더 반길 거다. 어쩐지 무서운 아군이로군.

나는 별일 아니라는 말로 알테를 안심시킨 후 복도로 나왔다. 하녀가 고개를 꾸벅 숙여 보이며 나를 안내했다.

"일단 응접실에 모셔뒀어요."

"잘했어."

가볍게 감사 표시를 하고는 걸음을 떼었다. 머지않아 도착한 응접실은 문이 닫혀 있었다. 문고리를 쥐는데 언뜻 안에서 인기척이 들려온다.

나는 우아한 손길로 문을 열었다. 나를 발견한 치안대장이 반색하며 내게로 다가왔다.

"카타리나 아가씨, 오셨습니까?"

"오랜만에 뵈어요, 제로 경."

"리플렉츠가에서 일할 때가 아직 눈에 선한데, 아가씨는 그동안 많이 자라셨네요. 제가 다 감격스럽습니다. 비록 다른 곳으로 이직하긴 했지만 가끔 리플렉츠 저택이 생각날 때가 있었어요. 워낙 후작님이나 후작부인님께서 잘해주셔서……."

제로 경이 꿈결 같은 표정을 지으며 과거를 회상했다.

우리 집을 좋은 직장으로 여겨준 건 고맙지만 여기에 계속 머물렀다면 일개 영애인 내가 치안대에 연줄이 생길 일도 없었을 거다. 아버지의 귀에 들어가지 않게 연락할 수 있다는 점에서 제로 경의 퇴직은

신의 한 수였다.

나는 부드럽게 미소 지으며 말했다.

"대신 나가서 성공하셨잖아요. 오라버니도 이따금 제로 경 이야기를 하더라고요."

"그러신가요? 부끄럽네요."

"저도 이렇게 힘들 때 의지가 되어주셔서 얼마나 감사한지 몰라요."

"제가 다 이해합니다, 아가씨. 많이 힘드셨죠? 요새 사기꾼들이 참 악질적이에요. 일단 잡아 온 사람부터 확인하시죠. 저 여자 맞습니까?"

나는 제로 경 뒤편에 있는 여자의 얼굴을 확인했다. 손이 묶이고 입이 막힌 채 잡혀 있는 이는 과연 예의 점술사였다. 그녀는 믿을 수 없다는 듯 눈을 크게 뜨고 있었다. 대사로 표현하자면 '너…… 너는 그때!' 정도가 되겠지.

내 얼굴에 비릿한 미소가 떠올랐다.

"예, 맞아요."

"어휴…… 세상이 어찌나 무서운지. 돈 쉽게 벌 생각에 양심을 내다 버린 파렴치한들이 많아요."

"단순히 바가지만 썼으면 상관이 없는데, 제 아끼던 화분들이 모두 죽어버렸더라고요. 그 아이들도 생명인데 어떻게 영양제랍시고 이상한 걸 속여 팔 수 있는지……."

나는 손수건을 꺼내어 눈 끝을 톡톡 찍어 내렸다.

사랑의 묘약을 샀다고 이실직고할 수 없으니 생각해낸 게 이 변명이었다. 조사 과정에서 조금 이상한 점이 생겨도 제로 경은 눈감고 넘어가줄 거다. 이래서 인맥이 중요하다고들 하는 것이다.

재산과 인맥, 또 잡을 때까지 물고 늘어지는 끈기까지 있는 내게 사기를 치다니!

나는 흘긋 눈을 돌려 점술사를 노려보았다. 이 사건이 해결되면 편한 마음으로 닭을 튀겨 먹을 테다.

"말라 비틀어져간 저 아이들을 생각하면…… 아직까지 잠도 잘 안 오네요."

그렇게 말하며 서글픈 눈으로 창가 쪽의 화분을 응시했다. 내가 요 며칠간 뿌리를 찌르고 뙤약볕에 내놓아 급격히 시든 식물들이 그 자리에 있었다.

뭔가 싶어 내가 시선을 둔 쪽을 돌아보던 점술사의 얼굴이 묘하게 일그러졌다. 그러고는 무언가를 깨달았다는 듯 번쩍 고개를 든다. 같이 자폭하겠다는 심산인지 그녀가 고개를 도리도리 저으며 제로 경에게 손짓 발짓을 해 보였다.

제로 경이 가만히 있으라고 주의를 주는 사이 나는 그녀에게 몸으로 경고했다.

'말을 맞추지 않으면,'

내가 양손으로 입 모양을 만든 뒤 둘을 힘껏 부딪쳤다.

'합의는 없다.'

손을 잡아 악수하는 모양새를 만들었다가 거칠게 떼어냈다. 양팔을 꼬아 엑스자도 함께 표시했다. 그러고는 가만두지 않을 거라는 표시로 험악한 표정을 지으며 잽을 여러 번 날렸다.

그제야 상황을 파악했는지 그녀가 갑자기 얌전해졌다. 저 덕분에 조용해졌다고 믿는 제로 경이 뿌듯한 얼굴로 내게 돌아왔다.

"이제야 좀 조용해졌네요. 리플렉츠 후작가의 레이디께서 이런 험악한 일을 당하시다니…… 아가씨 외에도 피해자가 많았습니다. 참으로 악질적인 여자죠."

나 외에도 전과가 있었단 말인가?

혹시 예의 신고인은 남편이 돌아왔단 이유로 점술사를 신봉하던 로제의 지인? 돌팔이를 믿고 가산을 탕진했을 그녀를 생각하면 눈앞이 다 흐릿해진다.

"정의는 승리하는 법 아니겠어요? 정말 수고 많으셨어요."

"저야말로 신고해주셔서 감사하죠. 이게 다 나라를 위한 일인데요. 그래서 후속 절차는 어떻게……? 재판으로 송부할까요?"

"일단 둘이서 이야기를 좀 나누어볼게요. 반성의 여지가 있다면…… 용서하고 싶어요. 사람은 누구나 실수를 하니까요."

나는 선량한 얼굴로 대답했다. 나를 보는 제로 경의 눈이 더더욱 초롱초롱해졌다.

"아가씨…… 정말 훌륭하게 자라셨군요. 저는 더 바랄 게 없습니다. 예, 당사자끼리 이야기도 나눠봐야지요."

"잠시 정원에라도 나가 계세요. 밖에 있는 하녀에게 야외에 차를 준비하라고 일렀어요. 날이 따뜻하니 분명 기분 전환이 될 거예요."

"이런 배려까지……. 예, 그럼 나가 있겠습니다. 얘기 끝나시면 다시 부르세요."

제로 경이 한결 시원해진 얼굴로 방을 나섰다. 나는 그의 등이 문 너머로 사라질 때까지 손을 흔들다가 곧 웃음을 거두었다. 따라 매듭을 풀려 꿈지럭거리던 여자의 손이 뚝 멎었다.

천천히 점술사에게로 다가가 입에 붙은 테이프를 거칠게 떼어냈다. 호흡이 가빴는지 길게 숨을 들이켠 그녀가 이내 질린 얼굴로 소리쳤다.

"너…… 너는 그때!"

방금 전의 예상과 오버랩 되는 대사였다. 입술을 잘근잘근 깨물던 여자가 휙 문가를 돌아보며 외쳤다.

"비겁한 치안대! 내가 뒷돈을 얼마나 찔러줬는데!"

왜 그렇게 바가지를 씌우나 했더니 남몰래 치안대원들의 뒷주머니를 빵빵하게 부풀려주고 있었던 모양이다.

사기꾼이라기엔 그 대처가 몹시 허술하다 했는데 역시 믿는 구석이 있었다. 하지만 더 높은 권력이 등장한 순간 그 요망한 뒷구멍의 농간도 무용지물이 되고 말았다.

"호호호, 이래서 권력이 좋은 거지!"

내가 한 손으로 입을 가리며 웃음을 터트렸다. 방 안에 마녀 같은 웃음소리가 크게 퍼져나갔다.

뒷돈 따위, 그까짓 건 내가 가진 지위를 이용해서 타개해버리겠어!

나는 웃음을 멈추고 점술사를 내려다보았다. 그녀가 무릎을 꿇고 있는 탓에 내 쪽이 시야가 더 높았다. 나는 허리를 숙이며 손끝으로 그녀의 턱을 들어 올렸다.

"내가 당신을 왜 여기 불렀는지 알아?"

"모, 모르겠는데요."

그녀가 눈을 끔뻑거리며 대답했다. 상황 파악을 했는지 어느새 반말은 존대로 바뀌어 있었다. 무릎 위에 모인 두 손은 사뭇 조심스럽기까지 하다.

내가 눈썹을 추켜세우며 다시금 물었다.

"정말 모르겠어?"

"모르겠는…… 아니, 생각해보니 떠오르는 것 같기도 하네요."

점점 험악해지는 내 표정에 점술사가 꼬리를 말았다. 이전의 당당했던 태도는 법의 철퇴 앞에서 그 빛을 잃은 지 오래였다.

그녀가 고개를 푹 숙이며 말했다.

"죄, 죄송해요. 29골드는 돌려드릴게요."

"……."

맞다, 그걸 그만 빼놓고 넘어갈 뻔했다.

할인가라고 해놓고는 정가에서 근 두 배를 더 부르다니, 양심을 수 프에 말아 먹지 않은 이상 있을 수 없는 일이다. 어쨌든 더 중요한 게 따로 있으니 이 건은 일단 뒤로 미뤄두고.

"그것도 있지만 진짜 문제점은 따로 있어. 왜 유통 기한이 지난 걸 팔았어?"

"그, 그걸 어, 어떻게!"

그렇게 소리친 그녀가 퍼뜩 제 입을 틀어막았다.

그 큰 소리를 내놓고 정말 못 들었을 줄 알았단 말인가? 그녀의 뇌 구조가 심히 의심되었다. 아니, 이 경우엔 고막의 구조겠군.

나는 화를 참지 못하고 그녀의 멱살을 잡아 짤짤 흔들었다.

"지금 나한테 어떤 일이 벌어졌는지 알아? 그 남자가 나를 사랑하 게 해준다며! 약효 보장이라며! 근데 지금 내가 가까이만 가면 토하고 있어! 뭐 이딴 부작용이 다 있느냐고!"

내가 튀기는 침을 맞으며 그녀가 열심히 눈을 깜빡였다.

"그, 그럴 리가 없는데. 유통 기한이 6개월 정도 지났긴 해도 약은 정품이 맞거든요."

"6…… 6개월?"

순간 머리로 가는 산소가 멈췄다. 빈혈이 밀려들어 힘을 잃고 바닥 에 쓰러질 뻔했다. 6개월이라니, 우유였다면 치즈가 되다 못해 썩어 가고도 남을 시간이었다. 루센의 병명이 배탈이라는 게 오히려 다행 일까. 내가 그 생화학 병기 수준의 약물을 연인에게 먹였다니 믿어지 지 않았다.

나는 간신히 호흡을 진정시키며 입을 열었다.

"6개월이라고? 무려 6개월? 그걸 팔지 말아야겠다는 생각은 한 번도 안 해봤던 거야?"

"약물이라 원래 보통 음식이랑은 달라요. 1년 넘긴 발모제도 판 적 있는데 괜찮았단 말이에요. 흐흐흑."

6개월도 까무러칠 수준인데 1년 넘은 약도 팔았었단 말인가?

예상하기로 그 약을 사 간 사람은 안 찾아온 게 아니라 못 찾아온 걸 거다.

아마 운이 좋아야 의식 불명 상태 아닐까?

나는 대머리의 미래를 피하고 싶었던 이름 모를 이에게 명복을 빌어주었다. 대머리의 운명을 피하려다가 정말 운명할 뻔했다. 내가 그녀의 팔을 아무렇게나 잡아끌며 말했다.

"안 되겠어. 도저히 선처할 수 없어. 제로 경한테 가자. 감방에 넣고 식사로 6개월씩 묵힌 음식만 주라고 해야겠어."

화들짝 놀란 점술사가 내 다리를 붙잡고 매달렸다.

"한 번만 봐주세요. 저는 조부와 처자식이 있어요. 그때 제가 술을 마시고 제정신이 아니었던 상태라 실수했어요. 흐흐흑."

"……."

여자가 웬 처자식을 찾아?

그리고 업무 중 음주 사실을 이렇게 당당하게 밝혀도 되는 거야?

흘끔 내 쪽을 올려다보던 그녀가 먹힌다 싶었는지 재빨리 손에 침을 묻혀 눈가에 찍었다. 그러고는 더더욱 구성진 울음소리를 토해내기 시작했다.

"불치병에 걸린 남편이 지금 병상에 있어요. 저 감방 가면 저희 남편 병원비도 못 내요. 저희 아이들 학비는 또 어떡하고요."

"암만 그래도 못 봐줘. 사람이 잘못을 했으면 벌을 받아야지. 안 그러면 다 범죄를 저지르고 살게?"

"헉, 안 돼요. 제 아이들 모두 젖먹이예요. 엄마 젖도 다 못 뗴었는데 어떻게 두고 가겠어요."

"방금은 학비가 필요하다며?"

"요새는 조기 교육이 필수라고들 하잖아요. 한 살 때부터 벨저 말 배우라고 유치원에 보낸다고요. 흐흑."

아직 우리나라 말도 안 익혔을 아이한테 외국어를 배우게 하다니. 아무리 요즘 벨저 어가 기본 소양이라고 해도 그래서야 알아듣기나 할까. 내가 보기에 이 여자는 애 교육에 힘을 쓸 게 아니라 본인의 장사 철학부터 바로 세워야 했다.

"그렇게 애들 생각을 하면서 사기를 쳤어? 자식들 보기 부끄럽지도 않아?"

"흐흐흐흑, 앞으론 정말 착하게 살게요."

점술사가 내 다리에 아무렇게나 얼굴을 비벼댔다. 감정이 북받쳤는지 내 치맛자락을 잡더니 그 위에 팽 하고 코도 풀었다. 도저히 끌고 갈 수 없는 상태다.

나는 다리를 흔들어 그녀의 팔을 아무렇게나 쳐냈다. 밖에 있는 하녀에게 제로 경을 불러오라고 해야겠다. 그런 생각으로 문가로 다가가는데 뒤편에서 절박한 목소리가 들려왔다.

"잠깐!"

내가 뭔가 하는 얼굴로 뒤를 돌아보았다. 점술사가 내 쪽으로 손을 뻗으며 속사포처럼 외쳤다.

"진짜 사랑의 묘약을 만들어드릴게요!"

"뭐라고?"

멈칫하여 제자리에 섰다. 이때다 싶었는지 그녀가 급하게 말을 이었다.

"지…… 진짜 사랑의 묘약이요. 제대로 된 거. 이번엔 잘 만들 수 있어요. 한 달만 기다려주세요. 갓 만든 약이니까 약효도 좋을 거예요!"

"한 달이나 기다리라고? 내가 당신의 뭘 믿고 기다려줘? 도망갈 줄 어떻게 알고."

내가 팔짱을 끼며 대답했다. 뭔 얘기를 하려 하나 했더니 순 말도 안 되는 소리였다. 까놓고 말해서 정말 내가 저의 뭘 믿고 기다려준단 말인가. 한 달이면 위조 여권을 만들어 국외로 튀고도 충분한 시간이다. 바가지에 사기까지 쌍타로 얻어맞은 나로서는 받아들일 수 없는 제안이었다.

애초에 양치기 소녀 짓을 하지 않으면 되었을 것을.

내가 혀를 차자 점술사가 필사적으로 설명했다.

"원래 정성이 많이 들어가는 약이에요. 재료 숙성시키는 데만 3주가 걸린단 말이에요."

"그건 내 알 바 아니지. 그리고 내가 나가 죽는 한이 있어도 당신이 만든 약은 안 써."

매정히 돌아서려는데 그녀가 다급히 소리쳤다.

"토. 구, 구토 현상이 있다고 하셨죠! 그거 제가 멈출 수 있어요!"

내 목이 삐걱거리며 그녀가 있는 방향으로 움직였다. 넘어가면 안 된다. 넘어가면 안 된다는 사실을 너무나 잘 알고 있다.

헌데 왜 어떤 해결 방법이 있는지 궁금해질까?

왜 그녀를 다시 한 번 믿어보고 싶어지는 걸까?

"어…… 어떻게?"

"그분 제가 한번 진단하게 해주세요. 뭣 때문에 문제가 생긴 건지 알면 해독제도 만들 수 있어요."

나는 입을 다물고 아무런 대답을 하지 않았다. 어떻게 해야 할지 결정을 내릴 수 없었던 탓이다. 그녀 때문에 있었던 일을 생각하며 피가 거꾸로 솟으며 당장 감방에 처넣고 싶어진다. 하지만 나만 보면 구토를 하는 루센을 생각하면 마음이 약해지는 것도 사실이다.

속으로 갈팡질팡하고 있는 나에게 그녀가 결정타를 날렸다.

"전의 점괘는 잘 맞아들었잖아요. 약만 잘못 팔았을 뿐이지 저 실력 있는 점술사 맞아요. 사랑의 묘약이 싫으시면 연애 코치 해드릴게요. 호감도 측정 및 솔루션 제공 다 가능해요. 제 전문이에요."

아…… 안 돼…….

넘어가면 안…… 돼.

"저…… 정말?"

안 돼, 이 요망한 입아. 그런 것도 묻지 말고 그냥 싫다고 하라고. 안 돼!

"네, 정말이에요. 신분증명서 떼어다 드릴게요. 각서도 쓸게요."

정말 안 되는데 팔랑인다, 귀가.

"딱 한 번만 믿어주세요. 제가 지금 와서 또 사기를 치겠어요? 저도 가족들 두고 도망 못 쳐요. 예?"

나를 향해 젖은 눈이 반짝였다. 나는 그 시선을 차마 마주하지 못하고 고개를 돌렸다. 고개가 힘없이 떨구어졌다.

"지장으로 찍어야 해. 인감은 못 믿어."

경련이 일어날 것 같은 입술을 겨우 벌려 말했다.

방금 전까지의 절박함은 마치 연기였다는 것처럼 점술사의 얼굴이 급격히 온화해진다.

그녀가 자본주의 미소를 띤 낯으로 선선히 대답했다.

"물론이죠."

사실은 내가 반쯤 돌았던 게 아닐까. 나는 왜 이렇게 귀가 얇은 거지. 아니면 혹시 최면이라도 걸렸었나?

상념에 잠겨 있자니 여러 생각이 두서없이 떠오른다. 나는 소파 위에 반쯤 드러누운 자세로 코를 긁적였다. 옆에서 차를 따르던 레이가 그런 내 손등을 찰싹 쳤다.

"아가씨, 그렇게 누워 계시면 배 나와요."

"까짓 탈모도 걸렸는데 뱃살쯤이야."

내가 그렇게 말하며 아랫배를 아무렇게나 긁어댔다. 점수를 따고 싶었는지 저 멀리 구석에 있던 점술사가 반색을 하며 물었다.

"탈모 있으세요? 저 발모제도 잘 만들어요."

"댁은 좀 조용히 있으세요."

내 축객령에 여자의 어깨가 다시금 움츠러들었다. 그 모양을 가만히 지켜보던 레이가 내 귀에 대고 속삭이듯 묻는다.

"어디서 저런 군식구를 데려오셨어요?"

"그러게."

지하 감옥으로 보내버렸어야 했는데 내 귀는 왜 팔랑거렸을까.

나는 마음이 너무 약한 게 문제다. 이렇게 천사 같은 마음씨를 가져서야 이 험한 세상에서 살아남을 수나 있을까?

내가 아무렇게나 손을 휘저으며 말했다.

"일단 둘이 인사해. 저 여자 이름은……."

말을 멈추고 눈을 끔뻑거렸다.

그러고 보니 이름이 뭐였지?

아까 신분증명서를 보면서 확인하긴 했는데 갑자기 기억이 안 난다. 기억력 안 좋다고 광고하는 꼴이라 모른 척 넘어가려는 찰나 점술사가 곧장 끼어들었다.

"피오니 멘델이에요. 각서에도 썼는데 확인 안 하셨어요?"

"알아, 장난친 거야. 아무튼 한 번만 설명할 테니까 잘 들어, 레이. 저 여자 이름은 피오니고 직업은 점술사야. 나한테 유통 기한 지난 약을 판 전적이 있는 속이 시꺼먼 여자지. 레이 네가 도망 못 치게 감시 잘해야 해. 당분간 우리 집에서 빌붙어 살면서 내 연애 사업에 종사할 거야."

"저 도망 안 친다니까요."

"댁은 지금 신뢰도가 0퍼센트도 아니고 마이너스를 찍고 있다는 걸 기억해줬으면 좋겠어."

내가 회의적인 표정으로 대답했다.

거래가 성사된 후 피오니는 말했던 대로 제 신분증명서니 뭐니 하는 것들을 잔뜩 떼어 왔지만, 그와 별개로 일말의 의심은 남아 있었다. 언제 뒤통수를 칠지 모르니 미리미리 대비해둬야 한다.

그나마 다행인 사실은 적어도 가족들에 관해서 한 말은 거짓이 없었다는 점이다. 못 미더운 마음에 가정환경까지 뒤져보았는데 놀랍게도 상황은 그녀의 증언과 일치했다.

남편의 장애가 불치병으로 둔갑했다든지 하는 사소한 변형은 있었지만 어쨌건 대략적인 내용은 비슷했다. 없는 다리 한쪽이 다시 자라날 순 없다는 점에서 불치병이란 말이 틀린 것도 아니니까. 그리고 젖먹이 딸들은 정말 벨저 어학 유치원에 다니고 있더라. 대단한 교육열이다.

"피오니, 이쪽은 레이 제인이라고 해. 내 전담 하녀야. 모르는 거 있으면 애한테 물어보면 돼."

두 사람이 어색하게 악수를 했다. 다들 입술에 경련이 일어날 것만 같다. 나는 주인으로서 보편적인 대처를 보이기로 마음먹었다. 쉽게 말해서 서로 어색해하든 말든 개뿔도 신경 안 썼다는 뜻이다. 이 결정은 사뭇 감성적이기까지 하다.

'나만 아니면 돼.'

나는 이지적인 인생 모토를 상기하며 찻잔을 가볍게 들었다. 쭈뼛쭈뼛 서서 눈치를 보던 레이가 그런 내게 속삭이듯 말했다.

"그런데요, 아가씨. 그동안 너무 바빠 보이셔서 말씀을 못 드렸는데요."

"뭔데?"

"저번에 조르제 공작저에 안 가겠다고 하셨을 때 있잖아요. 그때 이후로 조르제가에서 계속 서신이 날아왔거든요."

"태워버려."

내가 깔끔하게 대꾸했다. 파티에 돌아온 이후 나는 조르제가와의 방문 약속을 완벽히 무시하고 있었다. 피오니를 잡으러 신출귀몰하느라 바빠서 베인 따위를 보러 갈 시간이 없었다. 애초에 별로 보고 싶지도 않았고. 아버지는 애달파했고 어머니도 걱정스러워했지만 단 하나 알테만은 좋아했다.

'이제 됐지?' 하는 표정으로 레이를 돌아보는데 웬일로 바로 물러나지 않고 제자리에 서 있다. 그녀가 다소 곤란하다는 표정으로 제 손을 만지작거렸다.

"네, 그러실까 봐 알아서 버리고 있었거든요. 근데 문제가 있는데……."

"나 질질 끄는 거 싫어하는 거 알지. 하고 싶은 말이 뭐야?"

"지금 베인 경이 방문하셨는데요?"

"뭐?"

급하게 찻잔을 내려놓다가 다 엎어버릴 뻔했다. 넘칠 듯 출렁이던 차가 겨우 잔잔해지고, 나는 딸꾹질이 튀어나오는 입을 틀어막았다. 그러고는 새된 목소리로 다시 물었다.

"걔가 우리 집에 왜 와?"

레이가 미간을 좁혔다가 입꼬리를 끌어 올리거나 하며 모호한 표정을 지었다. 그녀가 고개를 가볍게 흔들며 대답했다.

"음, 그게, 그냥 안 간다고 할 수는 없으니 어쨌든 아프다는 핑계를 대셨었잖아요? 그 핑계로 병문안 오셨어요. 좀처럼 안 낫는 거 같아 걱정되신다면서."

지나가던 개도 알아들을 거절인데 베인 조르제는 왜 저러는 걸까? 혹시 나를 스트레스로 말려 죽이려는 것은 아닌가?

나는 머리를 박박 긁어대며 히스테릭하게 말했다.

"아니, 한여름에 감기 핑계를 댔는데 그쯤이면 싫다는 뜻인 줄 알아먹어야지. 지금 나랑 해보자는 건가?"

"뭘 해요?"

피오니가 수줍게 입술을 가리며 끼어들었다.

'전 아무것도 몰라요.'라고 말하는 듯한 눈망울이 촉촉하다. 뒷골목에서 살아오신 분이라 그런지 그렇고 그런 농담이 반사적이었다.

내가 자리에서 벌떡 일어나며 소리쳤다.

"아무것도 안 해!"

그러고는 레이를 향해 돌아보며 물었다.

"지금 어디 있는데?"

"일단 후원으로 모셨어요. 후작 부인께서 보시면 닭이라도 고아주실까 봐."

"잘했어. 이번 달 보너스 기대해도 좋아."

레이의 어깨를 붙잡고 진지하게 칭찬했다. 농담 아니고 정말로 보너스라도 줘야겠다.

나는 곧장 거울 앞으로 가 섰다.

아무렇게나 묶고 있어 눌린 자국이 선명한 머리와 얼굴에 다닥다닥 붙은 과자 가루, 그리고 잠옷은 손님을 맞기에 전혀 적합하지 않았다. 빙 뒤돌며 그 몰골을 진중히 살피던 내가 결국 낮은 한숨을 내쉬었다.

"어쩔 수 없다. 씻는 건 포기하자."

"머리는 그냥 틀어 올릴게요."

"지금 배 나왔으니까 드레스는 좀 펑퍼짐한 스타일로 가지고 와. 근데 여기 왜 너만 있니? 시중드는 애들 다 어디 갔어?"

"그게, 아가씨께서 꾸미고 어딜 나가려고 하시는 게 워낙 억만 년 만이라……. 얼마 전에 큰 파티도 있었고 해서 하녀장님께서 휴가를 몰아주셨거든요."

"꼭 필요할 땐 없지."

쉼 없이 구시렁대면서도 준비를 멈추지는 않았다. 레이가 건넨 물에 적신 수건으로 얼굴을 닦고, 그 위에 옅게 분칠을 했다.

그런데 생각해보니 나는 베인 조르제한테 그렇게 잘 보일 필요도 없잖아?

급격히 마음이 편해진다. 본래는 두 번 정도 더 덧발랐을 분을 옆으로 치워냈다. 코르셋도 안 차고, 그 위에는 헐렁헐렁한 시폰 원피스를 걸쳤다. '성의는 차렸지만 결코 너에게 잘 보이고 싶은 게 아니다.' 룩의 완성은 빨랐다.

그걸 뒤에서 한창 지켜보고 있던 피오니가 손을 들어 질문했다.

"저, 죄송한데 지금 누가 오신 거예요?"

베인 조르제라고 이름만 말해주려다 멈칫했다. 그렇게 설명한다고 알아들을 리가 있나. 피오니도 고작 이름이나 듣겠다고 질문한 것은 아닐 거다.

나는 잠시 머리를 굴리다가, 그녀에게 했던 과거 연애 상담을 떠올렸다. 이것저것 설명하는 것보다는 그냥 짧게 보여주는 게 낫겠다.

주변을 둘러보니 거울이라는 꽤 좋은 칠판이 눈에 들어왔다. 나는 손가락에 연지를 바르고 그 위에 삼각형 모양으로 이름을 써 넣었다.

카타리나 리플렉츠, 베인 조르제, 루센 그레미오.

베인에게서 카타리나로 향하고, 카타리나에게서 루센으로 향하는 화살표까지 그리자 금방 삼각관계가 완성됐다. 내가 당당하게 베인 조르제의 이름을 가리키며 말했다.

"이 사람이야."

이렇게 명쾌한 설명이 다 있다니.

스스로 감탄하는데 곧이곧대로 잘 알아들은 피오니도 따라 고개를 끄덕였다.

"아! 아가씨를 좋아하신다는."

"난 잘 모르겠는데 본인 주장으로는 그렇지."

"저도 같이 가서 뵈어도 돼요?"

"응? 뭘?"

"따라가야 관상을 볼 수 있잖아요. 정보가 많을수록 코치가 쉽지 않겠어요?"

제법 타당하다. 근데 대체 누구라고 소개해야 하나?

"하녀인 척 옆에서 대기하고 있을게요."

내 고민을 알아챘는지 피오니가 재빠르게 대답했다. 무속인들이 기본적으로 눈칫밥을 먹고 살 듯 그녀도 제법 상황 판단이 재빨랐다.

"좋아, 가자."

위풍당당하게 방을 나섰다. 개선장군 같은 내 뒤를 피오니와 레이가 종종걸음으로 쫓아왔다. 걸음은 빠르고 힘 있었지만, 사실 머릿속에 뜬 물음표는 지워지기는커녕 그 수만 불리고 있었다.

베인 조르제가 대체 왜 여길 방문했을까. 설마 바람맞힌 데 대한 보복을 하려고?

가능성 적은 이야기지만 왠지 무서워진다. 베인 조르제는 도무지 종잡을 수가 없는 사람이었다. 내게 대뜸 구애 비슷한 것을 하다가도, 나를 좋아하면 도저히 할 수 없는 행동을 저지르는 등의 일이 그러하다.

'혹시 좀 미쳤나?'

집안이 엄격근엄진지하다 보니 성격이 좀 괴상한 방면으로 발달한 걸 수도 있다. 그러지 않으면 이 상황이 설명이 안 된다.

"아가씨, 저기 계세요."

레이가 작은 목소리로 소곤거렸다. 고개를 드니 티 테이블에 앉아 무료히 발을 까딱이는 이가 눈에 들어왔다.

녹색의 푸르른 정원과 하얀색 가구, 그리고 남색의 기사단복은 제법 잘 어울렸다. 마치 베인 조르제가 이곳을 여러 번 방문해보았던 것처럼 말이다.

피오니를 뒤쪽에 대기시킨 뒤 천천히 베인 앞으로 나섰다. 내 인기척을 느꼈는지 분수대 근처를 유영하던 남자의 시선이 내게로 돌아왔다.

내가 고개도 숙이지 않은 채 인사했다.

"안녕하세요."

"오랜만에 뵙습니다."

인사치레랄 것을 주고받았지만 나는 자리에 앉지 않았다. 베인 조르제에게 차릴 예의도, 거기에 들어갈 내 노력도 모두 아까웠다. 그리고 무엇보다 먼저 무례하게 군 것은 베인 쪽이다.

"어쩐 일로 방문하셨나요?"

"하인을 통해 언질 드렸듯 병문안입니다."

"염려 감사하지만 곧 나을 것 같으니 이만 돌아가주세요."

내가 목 주변을 매만지며 시선을 피했다. 그를 보고 싶지 않은 척했지만 사실은 피오니에게 눈치를 주기 위함이었다.

나는 잔디를 짓이기며 딴짓을 하던 피오니에게 눈을 부라리면서 경고했다.

'제대로 봐둬라.'

꼼지락거리던 피오니의 발이 슬그머니 제자리를 찾았다. 나는 다시 온화한 표정을 떠올렸다.

"그러게 말입니다. 외출을 금하실 정도로 건강이 안 좋아 보이시진 않네요."

베인 조르제에게서 들려온 대답에 다시 고개를 돌렸다. 그 말에 담긴 내용에 조금 놀랐던 탓이었다. 속을 파고들면 지저분한 것으로 어디 지지 않는 게 귀족이라지만 그럴수록 겉으로 더 따지는 것이 예의고 격식이다. 그와 나는 결코 허물없는 사이가 아니었으므로, 대놓고 의중에 있는 말을 꺼내는 건 결코 신사와 레이디스럽지 않았다.

하긴 보통의 기준으로 저 남자를 판단하면 안 되겠지.

"비꼬시는 건가요?"

내가 불편한 기색으로 대꾸했다.

"다행이라는 말씀을 드리려는 겁니다. 혹 심하게 편찮으셨던 건 아닌지 진심으로 걱정했으니까."

남자는 퍽 진지한 투로 말했다. 그 말에 담긴 대로 진심인 것처럼. 나는 그를 조용히 내려다보다가 이내 건너편으로 가 앉았다. 무엇이 주제가 되든 이야기가 길어질 듯했다.

그런 나를 응시하며 베인 조르제가 차를 들이켰다.

"지난번 지각에 대해 보답을 하신 거라면, 충분히 받았습니다. 저녁 식사 때까지 꼬박 기다렸으니까요."

"아팠다고 말씀드렸어요."

남자의 입가에서 옅은 웃음이 새었다. 조롱이나 비웃음 따위의 느낌은 아니었지만 어쨌든 내 대답을 우스워한 것은 맞았다.

그의 시선이 느리게 굴러 내 뒤편으로 가 닿았다. 그가 양손을 깍지 끼며 말했다.

"사용인은 그만 물리셨으면 합니다만."

"왜 그러시죠? 남이 봐선 안 되는 불순한 계획이라도 있으신가요?"

"그러길 바라십니까?"

그의 지그시 바라보는 시선에 내가 먼저 고개를 돌렸다. 뱃전에서부터 올라온 더운 기운이 목덜미를 타고 흘렀다.

나는 손으로 가볍게 바람을 일으켰다. 전혀 시원하진 않지만, 말을 가다듬을 시간은 벌었다.

내가 목을 가다듬으며 평온한 척 되물었다.

"저희가 그리 막역한 사이였던가요?"

"그건 카타리나 양의 의사에 달렸죠."

제 속내는 결코 밝히지 않는 바람둥이 카사노바 같은 대답이군.

"제 대답은 아니요, 예요."

내 단호한 대답에 그가 가볍게 웃었다. 예의로 지은 미소는 익히 봐 왔으나 그러한 무방비한 낯은 또 처음이었다. 무의식적으로 그와 시선을 맞추는데, 이야기는 대뜸 본론으로 진입했다.

"말장난은 그만하죠. 저는 하고 싶은 말이 있어 찾아왔고, 다른 듣는 귀가 있다면 입을 열지 않을 겁니다. 이왕이면 담아 온 이야기를 들어주시는 아량을 베풀어주셨으면 합니다만, 아니라면 돌아가야겠지요."

사뭇 호기롭기까지 한 말투였다. 그의 의도대로 넘어가고 있다는 걸 알면서도 선뜻 거절을 뱉어낼 수가 없다.

나는 남자에 대해 알고 있는 것이 없었다. 공적으로 드러난 그의 정보와 내가 마주한 남자의 방향이 너무나 달랐으므로. 그러나 베인 조르제는 마치 내 속을 꿰뚫어 볼 수 있다는 듯이 굴고 있다. 이 일방적인 기욺이 어디에서 기인했는지 모를 일이다.

나는 잠시 내 무릎 언저리를 내려다보다가 뒤편으로 눈을 돌렸다. 어떤 신호라도 되는 것처럼 피오니가 나를 향해 고개를 끄덕였다. 이 정도면 다 봐두었다는 뜻이겠지.

"다 물러가."

내 힘없는 말에 주변의 인적이 잦아들었다. 나는 눈을 치뜨며 물었다.

"됐나요?"

"불만이 많아 보이십니다."

"이 상황에 어느 누가 기분이 좋을 수 있죠?"

벌컥 언성이 높아졌다. 나는 분을 삭이듯 고개를 내저었다.

"처음부터 이렇게 행동하시지 그랬어요. 대체 어떻게 참아오셨는지."

"제가 어떻게 행동하고 있기에 말입니까?"

"지금 저를 놀리고 계시잖아요. 정작 자기 얘기는 하지도 않으면서 사람 속을 까발려 수치스럽게 만들고, 비웃고, 그러면서 당신을 피하는 저를 쫓아오기까지 하고 있죠. 대체 원하는 게 뭐예요?"

역시나 베인 조르제는 대답하지 않았다. 그가 가볍게 티를 마시는 동안 나는 찻잔 밑의 그 둥근 받침을 참으로 열심히도 노려보았다.

이윽고 내가 조용히 입을 열었다.

"절 정말 좋아하세요?"

찻잔이 부딪는 소리와 함께 그가 내게 눈을 돌렸다. 드물게 그 눈이 진지한 빛을 띤다.

"좋아한다는 말은 좀 가볍지 않습니까?"

무심코 헛웃음이 흘렀다. 그래서 그 이상의 것이기라도 하다고? 그를 트집 잡을 요량으로 내가 곧장 되물었다.

"그럼, 절 사랑하세요?"

베인 조르제의 손가락이 테이블을 가볍게 두드렸다. 나를 곤란케 하는 말을 아무렇게나 내뱉던 때와 다르게 대화의 속도는 몹시 느렸다. 갈증이 느껴졌으나 사용인들은 모두 물러간 뒤고, 뜨거운 것을 목구멍에 들이부을 기분은 아니다. 나는 말없이 침만 삼키었다.

"질문의 저의가 뭔지 먼저 듣고 싶습니다."

잠긴 목소리에 나는 곧장 대답했다.

"당신의 진심이 알고 싶어서요."

남자가 짧게 대답했다.

"사랑합니다."

더 이상 참을 수가 없다. 나를 기만하려는 말임이 분명하며, 그것이 아니라면 남자는 정신병자임이 틀림없다.

나는 벌떡 자리에서 일어났다.

"저를 언제부터 보셨다고요?"

베인 조르제의 입에 엷은 미소가 떠올랐다.

"이렇게 제가 무슨 대답을 해도 믿지 않으실 텐데."

"그럼 제발 당신을 믿게 해주세요."

차라리 그것은 호소에 가까웠을 것이다. 베인 조르제 때문에 골머리를 썩이는 일은 이제 지긋지긋했다.

그와 이런 쓸데없는 소모전을 벌이고 있노라면 '내가 왜 이러고 있어야 하지. 원래는 이렇지 않았는데.'에서 시작한 신세한탄이 끝없이 흐른다. 그러고는 잊은 척 겨우 둑을 막고 있던 과거의 일이 떠오르는 것이다.

루센의 다정한 눈빛, 조심히 맞닿던 입술, 꽉 그러쥐던 손가락 따위가. 내가 잃어버리고 돌려받지 못한 것들이.

"아니요, 의심하고, 믿지 않고, 긴장을 늦추지 말고. 그렇게 모두를 경계하세요. 좋은 자세입니다."

베인 조르제가 담담히 말했다.

"지금 빈정거리신 건가요?"

"그럴 리가요."

나는 그를 내려다보며 주먹을 꽉 쥐었다. 뺨이라도 한 대 올려붙여 주고 싶은 심정이었으나, 연약한 레이디의 손 따위는 별로 아프지 않을 것이다. 날아오는 화살도 막는 철인이 그냥 맞아줄지도 의문이고.

"저를 사랑하신다는 분이, 정작 제가 당신을 싫어해도 상관없다는 것처럼 굴고 계시네요."

이번에도 돌아온 건 담백한 대답이었다.

"맞는 말입니다."

"이 미……."

뒤에 따라올 '친 새끼, 누굴 놀려?'는 혼신의 힘으로 참아냈다.

"네랄워터 같으신 분. 하시는 말씀이 영양가는 없는데 포장만 반질반질하시네요. 됐습니다, 당신의 말을 들어보기로 한 게 그야말로 멍청한 선택이었단 걸 이제 알겠어요."

그리 말하며 뒤로 돌아섰다. 베인 조르제와 더 이야기를 나눌 여력이 남지 않은 상태였다. 첫인상이 그리 나빴던 것도 아닌데 그에 대한 내 인상은 언제 이리 바닥을 쳤을까. 알 수 없는 사람. 속에 무슨 꿍꿍이를 숨기고 있는지 모를 음험한 남자다.

그가 정말 나를 좋아했다면, 적어도 나와 잘해볼 생각이 있다면 달콤한 말로 꾀어내는 것이 정상이다. 알 수 없는 이야기를 꺼낸 채 저 무감각한 눈으로 그저 나를 관찰하는 대신 말이다.

그가 보통의 신사들처럼만 굴었어도 우리 사이엔 호감이라는 게 존재했을 텐데. 실제로 그가 나를 구해주었던 일을 감사히 여기기도 했었고 말이었다.

근원 모를 불쾌감의 원인은 언제부터였나. 죽었다는 남자의 연인의 이야기를 들을 때부터 왠지 모르게 소름이 끼쳤었다.

"제가 영애에게 해줄 수 있는 말은 많지 않습니다."

뒤편에서 들려온 음성에 걸음을 멈추었다. 천천히 뒤로 돌자 역시 자리에서 일어난 남자가 내 쪽으로 다가오고 있었다.

"'해줄 수 있는 말'이라니, 꼭 은혜라도 베푸는 것처럼 말씀하시네요. 본인에 대한 과대평가가 지나치신 것 아닌가요? 우습군요."

내 코웃음에는 아랑곳 않고 베인 조르제가 입을 열었다.

"2왕자를 만나지 마세요. 그의 측근도. 외출을 삼가시고 주변엔 믿을 만한 사용인만 두십시오. 사람을 믿지 마요."

나는 황당하다는 표정을 지었다. 갈수록 점입가경이다. 이젠 부리는 아랫것들에까지 간섭하고 있었다.

그러나 그 말이 꼭 피오니의 존재를 꼬집는 것만 같아 나는 쉽사리 반박할 수 없었다. 고명한 후작가의 딸이 한낱 무속인의 도움을 받고 있다는 것은 몹시 창피한 일이었기 때문이다.

그가 알아챘을 리 없다는 걸 알면서도 나는 침묵을 지켰다. 그런 나를 앞에 두고 베인 조르제가 절도 있게 고개를 숙였다.

"무례하게 느껴진 언행이 있었다면 사과드립니다. 방금 드린 조언의 진정성과는 별개의 일입니다."

베인 조르제의 손이 가만히 들렸다. 곧 내 뺨에 와 닿을 듯해 무의식적으로 어깨를 움츠렸으나, 그 손가락은 흘러내린 머리칼만을 가벼이 쓸어 넘겼다.

"처음에는 반가웠고, 다른 사람을 보는 영애는 아름다우면서 야속했고, 제 심술궂음에 그대는 더 화나게 되었으나……."

"……."

"그래도 나쁘지 않겠다는 생각을 했습니다. 아무래도 상관없는 일이니."

달래는 듯한 음성에 온기가 있다. 고개를 들어 마주한 남자의 눈은 그간의 무감각한 시선과는 다르게 부드러웠다.

그러나 그 따뜻한 목소리가 낸 결론은 결국 상관없다는 말이었다. 내가 저 아닌 다른 누군갈 바라보아도 상관없는 이가 하는 것이 정말 사랑이 맞을까.

"속없으셔서 좋겠네요. 그렇다면 부디 제 연애사에 더 이상 간섭 마세요."

몸을 물려 그의 손에서 멀어졌다. 나는 그를 지그시 노려보다가 그대로 축객령을 내렸다.

"이만 가주세요. 돌아가지 않는다면 이 무례를 양가 어른 모두께 고할 거예요."

베인 조르제의 접근을 지나치게 반겼던 아버지가 내 편을 들어줄지는 장담할 수 없으나, 적어도 조르제 공작은 공명정대하게 해결해줄 것이다. 그리고 베인 조르제도 그만한 무뢰배가 될 생각은 없는 듯했다. 그는 정중한 인사를 남기고는 후원을 나섰다. 그제야 지나치게 긴장했던 몸에서 힘이 탁 풀린다. 나는 그가 멀어진 자리를 잠시간 응시했다.

갈수록 종잡을 수가 없는 사람이다. 나를 전혀 사랑하지 않는 것처럼 행동하면서 거짓으론 낼 수 없는 애정의 눈빛을 보인다. 그러나 '당신 정말 날 사랑하는 게 맞아?' 같은 논조로 따지고 드는 것도 우스운 일이다. 마치 그에게 좋아해달라고 떼라도 쓰는 것 같으니 말이다. 결국 해결된 건 아무것도 없고, 오히려 더한 의문만 얻은 셈이다.

내 얼굴에 긍정이나 부정 따위로 구분되지 않는 애매한 표정이 떠올랐다. 나는 그가 내게 했던 말을 입안에서 한번 굴리고, 이내 밖으로까지 내었다.

"2왕자를 가까이하지 말라고?"

왕자의 평소 행실과 성격을 생각하면 사실 당연한 조언이라 하겠다.

그는 다혈질적이고 기분파인 데다 성질이 포악한 편이다. 정부의 자식이라는 등의 모욕적인 말을 어릴 적부터 들어온 탓인지 발화점역시 낮다. 그의 수발을 드는 시종들이 정기적으로 쓸려나가는 것만 봐도 알 수 있는 사실이었다.

하지만 사람을 믿지 말라니.

그야말로 베인 조르제 본인에게도 해당하는 말이 아닌가. 내게 최근 접근한 이들 중 가장 신뢰할 수 없는 자가 바로 그였다. 그 진중한 눈이 그가 나 모르는 무언가를 알고 있다는 인상을 주었다 할지라도…….

"아가씨?"

바로 앞에서 들려온 익숙한 목소리에 고개를 들었다. 곧장 눈에 들어온 건 하녀 레이의 얼굴이었다. 깊은 생각에 잠겨 있느라 내가 반응이랄 것을 보인 건 잠시 뒤였다.

"어어…….." 하고 반걸음 정도를 뒤로 물러서는데 레이가 대뜸 질문했다.

"얘기 끝나셨어요?"

"끝나긴 끝났지. 근데 뭐야, 안으로 들어간 거 아니었어?"

"입구 쪽에서 대기하고 있었는데 거기서 소공작님이랑 마주쳤거든요. 아가씨한테 가보라고 그러시던데요."

레이가 순진하게 눈을 깜빡이며 말했다.

저 뱀 같은 남자에게 홀랑 속아 넘어갔는지 그녀는 '어쩜 그렇게 멋있는 남자가!'라는 표정을 고스란히 내보이고 있었다. 인생 홀로 태어나 홀로 간다는 옛말 틀린 거 하나 없다. 나는 투덜거리듯 중얼댔다.

"쓸데없는 오지랖 부리는 덴 아주 선수구만."

"그리고 하인 통해서 이것도 주고 가셨던데요."

그리 말하며 레이가 과일 바구니를 번쩍 들어 올렸다. 정신이 없어 못 보고 있었는데 그 크기가 제법 크다. 나뭇가지로 엮은 듯한 단단한 바구니 안에는 주먹만 한 코켓이 가득 쌓여 있었다.

'병문안 핑계 대고 오더니 구색은 맞췄군.'

"딱 아가씨 좋아하는 과일만 콕 집어 사오셨던데요."

레이가 가볍게 바구니를 흔들며 말했다. 내가 맥없이 대꾸했다.

"하나도 안 반가운 사실이야."

평소 같았으면 그냥 좋다고 받아먹었을 과일이 왠지 찜찜하게 느껴진다. 음식은 죄가 없다는 걸 알면서도 나는 빨간 코켓을 열심히 노려보았다. 붉은 과육의 말랑말랑한 단맛은 생각만 해도 기분이 좋아지는 종류의 것이었지만, 지금만큼은 식욕이 돌지 않는다.

"제철이라 사 왔는지, 내가 좋아하는 걸 알고 가져왔는지……."

가능하면 전자로 생각하고 싶지만 직감이 가는 건 후자 쪽이었다. 베인 조르제는 생각보다 나에 대해 많이 알고 있다. 어쩌면 그것도 아주 잘.

그렇다면 그 일방적인 정보의 근원은 어디일까.

애써 무시하려 노력해왔으나 이젠 루센에게만 신경 쓸 때가 아니라는 걸 인정해야 했다. 베인이 어째서 내게 저런 행동을 하는지를 알아야 한다.

내가 원해서 돌아온 시간은 아니니 이 회귀는 신, 혹은 타자의 의지가 개입한 일이겠지. 이전과 같은 시간을 보내길 바랐다면 굳이 돌려보낼 필요는 없었을 것이고. 결국 회귀의 원인은 과거와 달라진 어떤 것에서 찾아내야 한다는 뜻이다. 그러한 면에서 베인 조르제는 참으로 특징적인 존재였다.

"피한다고 해결되는 일은 없지."

"네?"

저에게 한 말인 줄 안 듯 레이가 되물어왔지만 대답하지 않았다. 덕분에 그다음 말을 잇는 것도 레이의 몫이었다.

"아가씨, 피오니 부인을 불러올까요? 그, 관상이라는 거 보게 하신다고……."

"됐어, 지금 그런 거나 들을 기분이 아니야."

한가롭게 점괘나 듣고 있을 때가 아니다. 무시하는 것 같아 피오니에겐 미안하지만 관상이 어떻고 따위의 이야기를 들으며 장단을 맞춰줄 기분이 아니었다.

"나갈 일이 있으니 마차 대기시켜. 우리 가문 인장이 박히지 않은 물건으로. 갔다 오는 김에 커다란 겉옷도 하나 챙겨 오고. 아, 예전에 세탁 맡겼던 보라색 손수건도."

분위기가 심상치 않음을 알았는지 레이가 재빠르게 물러갔다. 나는 베인 조르제가 내게 했던 말들을 천천히 되짚어보았다. 그의 농간에 더 휘말리지 않기 위해서는 그를 알아야 했고 적절한 단서는 얼마든지 있었다.

첫째로, 애인에게서 받았다는 그의 손수건.

두 번째, 장난처럼 말했지만 진심 같았던 애인의 사인. 6년 전 벌에 쏘이거나 낙마해 사망한 이를 찾으면 범위가 더욱 좁혀지겠지.

셋째로 나와 몹시 닮은 여자. 번거롭기야 하겠지만 찾기가 불가능할 정도로 단서가 없는 건 아니다. 그가 거짓말을 한 적이 없길 바랄 뿐이다.

알 수 없는 소리에 고개만 갸웃거리고 있는 것은 성미에 맞지 않았다. 나 스스로가 직접 해내지 못한다면 다른 사람을 고용하는 수도 있고. 만약 그래도 베인 조르제의 뒤를 캐내지 못한다면 깔끔하게 포기하고 그를 무시하면 된다.

화원을 빠져나와 정문 즈음에서 기다리고 있으려니 금방 레이가 돌아왔다. 그녀의 품엔 내가 부탁했던 물건이 가지런히 들려 있었다.

"아가씨, 여기요. 오면서 마부에게 말을 전해뒀으니 금방 태우러 올 거예요."

"고마워, 레이. 보너스 얘긴 다음에 하자. 정말 섭섭지 않게 챙겨줄게. 휴가가 필요하면 가족들한테 갔다 와도 좋고."

"갑자기 왜 그러세요, 아가씨……? 곧 죽을 사람들이 안 하던 일을 한대요……."

"……."

도무지 감정 잡을 틈을 주지 않는다. 모처럼 사이좋은 주종 분위기를 연출해보려고 했더니 레이가 다 망쳤다.

아무리 오글거리는 게 싫어도 그렇지, 지금 내 진지한 표정이 보이지 않니?

"휴가가 받기 싫으면 그렇다고 곧이곧대로 말하렴, 레이."

"어머, 아가씨도. 휴가 싫어하는 사람이 어딨어요? 갈 거예요."

"말이나 못하면……."

내가 흘긋 눈을 흘기는 사이 마차가 내 앞에 다다랐다. 나는 거기에 올라타며 레이에게 인사를 남겼다.

"아무튼 나갔다 올게. 피오니한텐 기다리지 말고 자라고 해. 얘기는 나중에 듣는다고."

"꼭 애첩한테 남기는 말씀 같네요."

"넌 무슨 그런 재수 옴 붙을 소리를 하고 그러니?"

내 애첩과 본부인을 통틀어 정인이 될 수 있는 사람은 루센뿐이다.

기다리세요, 루센, 얼른 베인을 눈앞에서 치워버리고 당신에게 달려갈 테니!

"다녀오세요, 아가씨."

레이가 공손하게 머리를 조아렸다. 아무 말 대잔치는 거름망 없이 잘만 벌이면서 인사는 쓸데없이 예의 발랐다.

"아가씨, 어디로 모실까요?"

"아울레르 살롱가로 가줘요."

그리 대답하고는 마부석과 연결된 창을 닫았다. 문에 달린 창문에도 커튼을 치고 레이가 주었던 옷가지를 펼쳐 들었다.

녹색 후드는 어두운 색이면서 그렇다고 지나치게 음침하지도 않았다. 눈에 띄어서 좋을 것은 없으므로 참으로 적합한 색상 선정이다. 쓸데없이 수상해 보일 의상은 피하는 편이 좋다.

통 넓은 옷에 팔을 꿰고 목을 밖으로 빼자 나는 금세 지나가는 행인 1의 모습으로 바뀌었다. 주머니가 볼록 튀어나와 있어 뒤져보니 함께 부탁했던 보라색 손수건이 들어 있었다.

나는 그 천 가장자리를 가만히 매만져보았다. 언뜻 봐도 고급스러운 재질과 실력 좋은 장인의 자수 솜씨가 어우러진 고가품이었지만, 다만 그뿐이다. 그 안에서 스스로 어떠한 단서를 찾아낼 수는 없었다.

그렇다면 이 물건을 가장 잘 아는 곳으로 가야겠지.

"아가씨, 도착했습니다."

"고마워요, 저택으론 알아서 돌아갈 테니 먼저 가봐도 좋아요. 아니면 주변에서 적당히 쉬다 가셔도 좋고."

"네. 살펴 가세요, 아씨."

사람 좋은 인상의 마부가 인자하게 웃으며 인사했다. 나는 가볍게 고개를 까딱이고는 마차에서 내렸다.

"좋아, 비밀을 파헤쳐볼까."

콧바람을 내뿜으며 기합을 넣었다.

로제와 많이도 들렀던 곳이지만 찾은 목적이 다르니 어쩐지 건물 자체의 분위기도 상이하게 느껴진다. 일반 상점가일 뿐인데 마치 의문의 소굴인 것처럼 음험한 냄새가 풍기는 것도 같고 말이다.

내부 복도를 따라 걷다 보니 일전에 베인 조르제와 마주쳤던 일이 떠오른다. 공적인 자리에선 많이 본 데다 인사를 나눈 적도 수두룩하지만, 사적인 자리에서의 만남은 그때가 두 번째였다.

그러니까 그 사적인 자리의 명칭을 정의하자면, 기사들에게 붙잡혀 회장에서 끌려 나갈 뻔하거나 화장기 없는 본연의 얼굴을 보여줄 정도의…….

"……."

좋은 기억이 아니니 더 이상의 언급은 자제하기로 하자. 아무튼 그날의 마음가짐과 지금은 퍽 대조되는 방향에 있었다.

그때에는 위기에서 구해준 은인에게 보답하는 마음이었다고 하면 지금의 나는 원수의 약점을 파헤치는 듯이 굴고 있었다. 그가 내게 저지른 무례를 생각하면 그 표현이 꼭 맞기는 하다.

"어서 오세요. 찾으시는 물건이 있으신가요?"

기억을 더듬어 예의 손수건을 찾았던 매장을 찾아 들어가니 직원이 반기며 인사했다. 나는 품속에 넣어두었던 물건을 꺼내 그녀에게 내보였다.

"이 손수건에 대해 묻고 싶은 게 있어요. 이 매장에서 샀던 물건인데. 지금도 있죠?"

대뜸 던진 질문에 직원의 얼굴에 당황이 떠올랐다. 설마 물건 안 사고 쓸데없는 거나 묻는다고 면박을 주는 건 아니겠지?

그러나 내 걱정과는 다르게 그녀는 프로로서의 자질을 갖추고 있었다. 곧 친절한 미소를 만면에 띤 그녀가 나를 진열장 쪽으로 안내했다.

"물론이죠, 손님. 이쪽 오른편을 보시면 진열돼 있습니다."

"이거 잘 팔리나요?"

나는 진지한 얼굴로 물었다. 사 간 손님이 많으면 수사망을 좁히는

데 하등 도움이 안 될 텐데.

내 질문에 입꼬리를 끌어 올린 점원이 양손을 모아 쥐며 대답했다.

"음, 사실 이게 고가의 품목이라 많은 분께 어필하는 스타일은 아니에요. 하지만 그 가치를 알아보시는 손님께는 이만한 물건도 또 없죠. 천 자체가 희귀 동물 레리티에게서 얻은 원료로 짜여 있거든요. 제작이 까다로워서 한 해에 몇 장 생산되지 않는 천인 거 아시죠? 게다가, 당연히 아시겠지만 저희 브랜드는 벨저에 본사를 두고 있고, 거기서도 손꼽히는 장인들이 수제작으로 한 땀 한 땀……."

포장하려는 노력이 가상하지만 결국 비싸서 더럽게 안 팔렸다는 소리로군.

"네, 물론 알죠. 참, 혹시 여기서 근무한 지 얼마나 되셨나요?"

"8년 정도 되었습니다, 손님."

"오래 일하셨네요. 그럼 혹시 이 손수건을 사 간 손님들 기억하시나요? 간단하게라도."

지나치게 캐물었는지 직원의 얼굴에 곤란함이 떠올랐다. 하기야 다른 고객들 신상들까지 고해바치기는 곤란할 것이다. 그런 매장이라면 나라도 다시 안 올 테니까. 하지만 알려주지 않을 걸 알면서도 물을 수밖에 없는 내 처지도 이해해줘야 한다. 이걸 사 간 인물을 알아야 베인 조르제의 옛 연인을 찾든 말든 할 것 아닌가.

"손님, 죄송하지만 그런 질문을 하시는 이유를 물을 수 있을는지……."

쉽게 입을 열 거라고 생각했던 것은 당연히 아니지만, 아무래도 어지간히 수상해 보였나 보다. 여기서 대답을 피하면 기회는 날아가겠지. 사실대로 밝힐 수는 없는 법이기에 나는 잠시 고민하다 그럴듯한 변명을 지어냈다.

"애인이 바람을 피웠어요."

"어머."

"이건 그 내연녀가 사준 물건이고요."

"어머머."

"그 찢어 죽일 두 연놈을 응징하기 위해 증거를 찾고 있어요. 다시는 당당하게 얼굴 들고 다니지 못하도록!"

나도 모르게 이입해서는 주먹을 불끈 치켜들었다. 손으로 입가를 가린 직원의 눈에 측은한 빛이 돌았다. 설정상 애인에게 배신당한 가련한 나를 불쌍히 여겨 부디 도움을 주길.

"흠흠, 그러니 가능하다면 도움을 받고 싶어요. 말로만 부탁하는 게 아니라 금전적으로 섭섭지 않게 사례를 할게요."

내가 헛기침을 하며 목을 가다듬었다. 잠시 무언가 고민하는 듯하던 직원이 결연한 낯으로 말했다.

"손님, 죄송하지만 방침상 고객님들의 신상을 알려드릴 순 없어요. 하지만 구매 날짜 정도는 불러드릴 수 있습니다. 날짜를 바탕으로 하나씩 추적하시다 보면 답이 나오실지도 몰라요. 같은 여자 입장으로서 더 도움 드리고 싶지만, 이게 제가 해드릴 수 있는 최선이에요."

다소 원칙적으로 보이는 인상의 직원이니 확실히 그 이상을 캐낼 수는 없을 것 같다. 나는 선선히 포기하고 고개를 주억거렸다.

"그거라도 감사해요. 부탁할게요."

날짜를 쪼아도 단서가 안 나오면 그땐 이 매장 직원 명단이라도 공수해 와야겠다. 개중 돈이 궁한 사람이 하나는 있을 것이고, 그럼 그 사람과 나는 좋은 상부상조 관계가 될 수 있겠지.

"잠시만 기다리세요."

카운터 너머로 들어간 직원이 안쪽에서 커다란 장부를 하나 꺼내

왔다. 워낙 값이 나가는 품목이다 보니 대개 가문으로 계산을 달아두거나 해 기록이 남은 모양이었다. 그 여자가 쇼핑을 할 때마다 현금을 잔뜩 들고 다니는 괴짜일 경우엔…… 답이 안 나오면 다시 생각해보자.

"823년 월부터, 안식의 달에 두 건, 풍요의 달에 네 건…… 혹시 예상하시는 일자가 어떻게 되세요? 무슨 월부터 무슨 월까지라는 대략적인 기간이라도 알면 도움이 될 듯한데."

베인은 자신의 연인이 6년 전에 죽었다고 했다. 그럼 적어도 6년 전에 샀을 물건일 것이다.

그러고 보니 이 매장은 스테디 품목도 아니고 더럽게 안 팔리는 물건을 그 오랜 기간 판매해왔단 말인가? 설마 이것이 말로만 듣던 악성 재고?

"6년 전 기록도 확인 가능할까요?"

내가 머리를 쓸어 올리며 물었다. 내 물음에 여자가 눈썹을 치키며 되물었다.

"6년 전 기록이요?"

고개를 갸웃거리던 여자가 쓰고 있던 안경을 벗었다. 그걸 가지런히 카운터에 내려놓은 그녀가 또박또박 말했다.

"손님, 죄송하지만 이건 작년 겨울에 나온 시즌 상품이에요. 따라서 6년 전 기록은 없습니다."

"작년 겨울에 나온 상품이라고요?"

내가 눈을 크게 뜨고 되물었다.

그래, 그렇지. 보통 그 정도 되는 기간 동안 같은 물건을 팔지는 않겠지. 상식적으로 그게 맞다.

뭐야, 그럼 이 손수건을 사준 인물은 다른 인물인가? 하지만 베인 조르제는 마치 같은 사람인 것처럼 말했었잖아. 설마. 진짜 나를 놀리려고 한 거 아냐?

어느 쪽이 사실이든 귀결되는 결론은 그가 나를 속였다는 것이다. 그리 판단이 서자 귀 끝까지 얼굴이 빨갛게 달아올랐다.

"그럼 이건 다른…… 그…….."

내가 말을 잇지 못하고 있자 직원이 안됐다는 눈으로 나를 응시했다. 아무래도 내 가상 연인의 바람 상대가 한둘이 아니라고 생각한 듯했다.

"괜찮으세요, 손님?"

"물론, 괜찮아요. 도움 주셔서 감사해요. 이거…… 이건 얼마 안 되지만 받아주세요."

지갑에서 잡히는 대로 돈을 꺼내 그녀에게 쥐여주었다. 터덜터덜한 걸음으로 상점가를 빠져나오니 뒤편에서 "힘내세요!" 하는 작은 응원의 말이 들려왔다. 매장 직원에게서 동정받은 것은 처음이라 기분이 몹시 색달랐다. 물론 안 좋은 쪽으로.

이렇게 베인 조르제가 내게 주었던 의문의 첫 번째 전제가 깨졌다. 그렇다면 다음 타자는 과연 신빙성이 있을까?

무엇이든 알아낼 듯한 자신감으로 기세 좋게 나왔건만 무얼 캐내야 할지는 다시 오리무중에 빠졌다. 일단 시작했으니 이대로 끝내기는 찜찜하고, 칼을 뽑았으면 무라도 썰어야 할 텐데.

"다른 것도 다 거짓말로 판명 나면, 뭐 그건 그것대로 속 시원하긴 하겠네."

애초에 베인 조르제를 믿기 위해 시작했다기보단 믿지 않을 확실한 근거를 찾기 위해 벌인 일이니 말이다. 그리 생각하며 고개를 주억거리는데 뒤편에서 내 이름을 부르는 소리가 들려왔다. 마치…… 먼 거리에서 들려오는 듯 아주…… 미약한 소리가.

"카타리나 양!"

목소리는 들리는데 그 인물을 찾을 수가 없다. 허나 나는 기민하게 도 이 음성을 어디서 들어보았다는 것을 알아챘다.

이게 누구 목소리냐면…… 그러니까…….

"루센 경?"

마침내 나는 루센을 찾아냈다.

그는 나와 굉장한 간격을 두고 멀찍이 떨어져 서 있었는데, 설명을 듣지 않아도 그 연유를 알 것 같아 나는 무척 슬퍼졌다. 우연한 만남에 기뻐할 새도 없이 기분이 바닥까지 추락했다. 그가 나와 붙어 있으면 구토를 한다는 사실을 상기해야 했기 때문이다.

"언뜻 보고 카타리나 양인가 했는데, 정말 맞았네요!"

그가 입가에 손을 모으고 외치듯이 말했다. 나 역시 그와 같은 자세를 취한 채 따라 외쳤다.

"예! 잠시 외출 나왔어요. 경은 어쩐 일로 나오셨나요?"

"이 근처에 잠시 들를 일이 있어서요!"

사람들이 멀리 떨어져 대화하는 우리를 이상하게 볼 것이 분명했지만 별다른 수가 없다. 소리를 지르며 하는 대화가 구토를 하며 나누는 대화보다는 온건해 보일 테니 말이었다. 내 착잡한 마음을 알아챘는지 루센이 머뭇거리다가 이렇게 말했다.

"죄송합니다, 영애! 제 건강이 좋지 못하여 이렇게 추태만 보이는군요!"

나야말로 미안하게도, 그 추태의 원인은 바로 나였다. 내가 사랑의 묘약을 빙자한 불량 식품을 먹였으니 말이었다. 사실, 그 약이 찬장에서 썩어갔을 시간을 생각하면 나는 감방에 가도 모자랐다. 이를테면

266

나는 루센에게 승천 프리패스 권을 선물했던 셈이다. 그 약이 용케 원래의 핑크색을 유지하고 있었다는 게 신기할 따름이었다. 녹색 하얀색 푸른색 형형색색 곰팡이가 잔뜩 슬어 있어도 모자랄 판인데 말이다.

"아니에요, 루센. 전 염려 마시고 얼른 나을 걱정이나 하세요!"

그래, 빨리 좀 나아라. 일단 증상이 멎어야 내가 그를 꼬시든 말든 할 것 아닌가?

"걱정 감사합니다, 영애! 제가 봐도 정말 말이 안 되는 억지스러운 증상인데, 거짓이라 치부하지 않고 믿어주시는 것 자체가 얼마나 고마운지 모릅니다."

루센이 다소 북받친 듯한 음성으로 외쳤다.

하기야 상대만 보면 구토를 하게 되었다는데 이를 모욕적으로 느끼지 않을 자가 없을 거다. 나는 지은 죄가 있기에 입을 다물고 있는 것뿐. 하나도 좋은 상황이 없는데, 그 와중 루센과의 사이는 도리어 가까워졌다는 게 아이러니한 일이다.

나를 스토커라 취급하며 멀리했던 때가 있었다는 게 믿기지 않을 정도로 그는 내게 유순한 태도를 보이고 있었다. 일련의 일들로 내게 고마움과 미안함이 생겨났을지도 모를 일이다.

그도 그럴 것이 그가 실연의 죽빵을 정통으로 얻어맞았을 때 가장 먼저 위로해준 게 바로 내가 아니던가?

이를테면 새끼 짐승들이 처음 만난 동물을 어미 취급하는 것과 비슷한 연계였다. 그가 실연의 고통을 삼켰을 때 자리에 있던 이는 나와 루센, 그리고 아를르 딱 셋이었다. 아를르는 그의 마음을 두들겨 패고 간 장본인이니 루센의 무의식은 자연스럽게 나를 택한 것이다. 바닥을 기던 이전의 친밀도와 비견했을 때 장족의 발전을 이룬 셈이었다.

특히 그가 나를 먼저 불러 세우다니, 오늘을 꼭 달력에 표기해놓고 잊지 않겠다.

"경이 제게 거짓을 말할 이유가 무어 있겠어요! 믿지 않을 까닭이 있나요!"

"정말…… 정말 힘이 되었습니다. 양이 해주신 위로의 말도요."

목소리가 다소 작아졌지만, 입 모양이 그대로 보였기에 알아듣기 어렵지 않았다. 말미에 느껴지는 약간의 떨림으로 보아 잠시 울컥하였던 듯도 싶다.

'정말 힘들었나 보다.'

하기야 나도 루센에게 차였다고 하면 저와 비슷한, 아니, 그 이상의 반응을 보일 것이다. 그것이 내가 그의 얼굴에 토사물을 쏟는 수치스러운 원인 탓이라면 더더욱 말이다. 따라서 내 코끝이 다 시큰해졌다. 얼른 그를 낫게 해주고 싶다는 건전한 결심도 함께 피어오른다.

그러고 보니 피오니에게 루센을 한번 보여봐야 할 텐데. 해법이 나올지는 알 수 없지만 어쨌든 손가락만 빨고 있는 것보다는 낫겠지.

"루센! 저희 집에 좋은 의사가 있으니 한번 방문해서 진찰받아보세요! 그분이 경이 앓고 있는 증상에 도움이 되어주실 것 같아요. 내과와 비뇨기과 업계에서 영험한 권위가 있는 분이거든요!"

나는 변비약 등 피오니가 팔았던 각종 약의 전적을 생각하며 말을 꾸며내었다. 목소리가 컸는지 주변 사람들의 시선이 흘긋흘긋 내게로 와 닿았다.

저 멀리서 루센의 얼굴이 언뜻 빨개진 듯한데, 착각인가?

"네……! 후에 꼭 들르겠습니다. 바쁘실 텐데 오래 붙잡은 건 아닌지 염려스럽군요. 이만 들어가세요!"

"네! 꼭 오세요!"

루센이 손을 흔들며 멀어졌다.

나는 코끝을 훔치며 그런 그의 뒷모습을 아련하게 쳐다보았다. 오른손으로 목 부근을 매만지며 말이다. 대화를 마치고 나니 목젖이 다아렸다.

설마 평생 안 낫는 건 아니겠지?

토사물을 받을 양동이를 옆에 두고 초야를 치르고 싶지는 않다. 만약 그런 불길한 일이 생긴다면 피오니의 목젖을 5분에 한 번씩 찔러줄테다.

"그래, 내 인생 아직 살 만해."

내 안에 부족했던 루센력이 충만해졌다.

다신 못 채울 줄 알았는데, 이래서 사람은 오래 살고 봐야 한다는 거다. 저택으로 돌아가는 걸음이 한결 가벼워졌다. 돌아가서는 서재에서 책이라도 뒤져보아야겠다. 치료약의 부작용도 아니고 사술의 문제이니 의사에게 보이는 건 별 쓸모가 없을 것 같았다. 이럴 땐 쓸데없이 수상한 고서적이나 뒤져보는 것이 훨씬 도움 될 것이다.

근처에서 마차를 빌려 타고 저택으로 돌아왔다. 가문의 마차가 아닌 걸 타고 안까지 들어갔다간 사용인들이 기함할 것이라 다소 떨어진 곳에서 내리는 것을 잊지 않았다. 오늘의 외출은 다소 은밀할 필요가 있었다. 베인 조르제를 좋아하는 아버지에게는 특히.

정문을 지키고 있던 문지기에게 검지를 입에 가져다 대는 시늉을 해 보이고 들어왔다. 조용히 하란 뜻을 알았는지 문을 여닫는 행동이 평소보다 조심스러웠다.

그러고 보니 늦게까지 서재에 머물러 있으면 레이는 내가 아직 밖에 있는 줄 알고 걱정할 텐데. 방에 가서 먼저 자라고 일러두는 편이 나을까 고민이 된다. 그러나 그런 내 염려가 무색하게 건물 안으로 들어가자마자 레이의 얼굴이 튀어나왔다.

"깜짝이야!"

"이제 들어오세요?"

"그렇지. 넌 어떻게 알고 딱 맞춰 여기 있어?"

"이쯤 오시지 않을까 했죠. 아가씨랑 제 사이가 몇 년인데."

"다른 사람이 들으면 오해할 수 있는 발언은 그쯤 하고, 어머니 아버지는?"

"식사 마치시고 방에 들어가 계실 거예요."

하기야 날이 어둡다. 안 그래도 식사 시간은 진즉 지난 때였다. 나는 수긍하며 겉옷을 벗어 레이에게 건네주었다. 별다른 말이 없는 걸 보아 내 외출 사실엔 아무도 관심이 없는 모양이었다.

나는 문득 생각났다는 듯이 물었다.

"피오니는?"

"지금 자고 있을 거예요. 일단 제 옆방이 비어 있기에 내줬어요."

"잘했어. 난 서재에 좀 들를 거니까 너도 먼저 자."

"네. 그럼 내일 뵈어요."

레이가 꾸벅 고개를 숙이고는 물러갔다. 다행히 레이가 깨어 있어 짐을 덜었다.

무거운 옷을 벗어 던져 한결 가벼워진 걸음으로 2층의 서재로 향했다. 자그마한 규모로 책장을 꾸려놓은 곳은 여러 곳이 있지만 아버지의 집무실 근처에 있는 서재가 가장 방대한 규모였다.

아버지는 별로 책을 좋아하는 편이 아니었지만 옛날 소문난 수집광이었던 선조의 유물은 후대에 와서도 방대한 규모로 남았다. 보통 사술은 전수에 전수를 거듭하니 고서적을 보는 것도 도움은 되겠지.

서재 안으로 발을 들이자 묵은 종이 냄새가 나를 반겼다. 해가 진 후라 어두워 시야가 밝지는 않았다. 나는 문가 근처의 램프를 들고 불을 켰다. 잘 만들어진 물건이라 불이 밝아 금방 방향을 찾았다.

손끝으로 책등을 더듬으며 점차 안으로 들어갔다. 갈수록 증축되며 규모가 커졌기에 신간은 비교적 바깥에, 그리고 오래된 책일수록 안쪽에 있었다. 이윽고 나는 어렵지 않게 관심 분야의 책을 찾을 수 있었다. 장르와 어순을 기준으로 정리가 어찌나 잘되어 있는지 관리인의 노고가 눈에 다 선하다.

주술의 역사, 부작용의 반작용, 아프니까 부작용이다, 걸어서 세계 주술 한 바퀴 반, 저주받을 용기……

꼭 어디서 들어본 듯한 제목인 것 같지만 별로 중요한 게 아니니 넘어가자.

시야에 걸리는 대로 책을 뽑아드는데 문득 앞쪽에서 불빛이 느껴진다.

"누가 램프를 켜놓고 그냥 갔나?"

들고 있던 책들을 발판에 내려놓고 걸음을 뗐다. 조심스럽게 발을 떼어 앞으로 나아가는데, 그 주변 풍경이 사뭇 익숙하다. 나는 별안간 그 방향이 어느 쪽인지 깨달았다. 분명 아버지 집무실로 연결되는 곳이다.

문 앞에 서자 반쯤 열린 틈 사이로 빛이 흘렀다. 호기심에 틈으로 눈을 가져다 대니 예상했던 대로 아버지의 모습과……

'알테?'

이 시간에 두 사람이 이야기 나눌 일이 뭐가 있지. 아버지가 자식들에게 흔히들 남기는 덕담과 격려, 대충 뭐 그런 건가? 그렇지만 세대 차이 나는 자식들은 그 녹슨 방식을 받아들이지 못하고 반항하던데.

"아버지 생각은 완전히 잘못됐어요."

271

바로 이렇게.

다소 성난 듯한 알테의 음성에 나는 몸을 숨겼다. 아무래도 분위기가 진지해 보였기 때문이다. 끼어들었다간 아무래도 이 재밌는 구경을 놓칠 것 같다. 나는 문가에 머리를 바싹 가져다 붙이고 귀를 기울였다.

"2왕자는 위험합니다, 아버지."

밤에 은밀히 어떤 얘기가 오가고 있나 했더니 정치와 관련된 모양이다. 그 주제가 된 것은 2왕자인 듯하고. 요즘 들어 2왕자가 내 인생에 등장하는 일이 잦아졌다.

베인 조르제도 그를 조심하라고 말했었지.

"제핀 그놈은 그야말로 종잡을 수 없는 인간이에요. 그 남자가 왕이 되면 다시 귀족들의 시대라도 열릴 것 같던가요? 천만에요, 2왕자는 제 뜻대로 안 되면 비열한 술수를 쓰고도 남을 사람입니다. 그 과정에서 누가 다칠지 모른다고요."

나는 숨을 죽이고 둘의 이야기에 집중했다.

그동안 표면상으로 입장을 내비치는 일은 없었지만, 1왕자와 2왕자 사이의 싸움이 거센 상황에서 아버지라고 생각이 기울지 않았을 리 없다. 누가 왕이 되어야 본인에게 이득이 될지를 따지며 추를 달고 있었겠지. 그건 가문을 이어받을 알테의 입장에서도 마찬가지고.

시가 연기를 길게 뿜어낸 아버지가 느릿하게 말했다.

"그 정도 배짱도 없이 정치를 할 순 없지."

"아버지!"

"기껏해야 핏덩이 애송이다. 떼쓰는 법밖에 못 배운 철부지야. 지금은 아비가 힘을 실어주니 힘이 있지만 오늘내일하는 전하가 승하하시고 나면 남는 게 무엇일 것 같으냐?"

"악이 남겠죠. 그게 가장 위험한 거고요."

알테가 완강하게 대꾸했다. 동시에 웃음소리가 슬쩍 흘러나온 것을 보아 아버지는 회의적인 반응인 듯싶었다.

"1왕자는 모계 쪽 소레트 왕가의 정통성이 대단해. 그들은 왕의 외가라는 명분으로 권위를 세우려 들 테고, 타국의 세력이 끼어들면 자연히 우리 입지는 줄어들 거다. 무서운 건 밥그릇 싸움이지 오줌 가릴 데도 모르는 애송이가 아니야."

"그래서 2왕자 편을 드시겠다고요?"

"편을 들다니. 단지 중립을 지키자는 거다. 입을 다물고 있는 것뿐이야. 위험할 일은 아무것도 없지."

"그렇게 자기 밥그릇 챙기려는 귀족들이 다 입을 다물면 그 폭군이 왕이 되겠죠."

"2왕자는 폭군이 되지 못할 거야. 우리가 그럴 힘을 주지 않을 테니까. 기껏해야 아랫것들이나 좀 베어 죽이는 정도겠지."

"아버지는 누가 성군이 될지보다 누굴 얼마나 벗겨먹을 수 있을지가 더 중요하십니까?"

"적어도 내게는 그렇다."

"적어도! 1왕자는 공정할 거예요. 타고난 성품이 선량한 걸 아버지도 보아 아시지 않습니까? 귀족들에게 힘이 생길 일은 없겠지만, 그렇다고 지금과 그리 달라지는 일도 없을 겁니다."

"인간은 언제나 더 나은 삶을 원하지. 애석하지만 너도 내 나이가 되면 이해할 게야."

"사람이 죽어 나갈 결정을 하는 아버지는 죽어도 이해하고 싶지 않아요."

"나를 원망할 시간에 차라리 2왕자가 더 똑똑해지기를 빌어라. 그

273

놈이 본인 간수 할 수 있을 정도로 머리 굴리는 놈이 되면 나도 왕관을 씌워줄 생각이 없으니까."

그리 말하고는 아버지가 자리에서 일어섰다. 알테가 주먹을 꽉 쥐며 곧장 대답했다.

"아버지는 이 결정을 후회하실 거예요. 카타리나와 제게 부끄러워지실 거라고요."

심각한 분위기라 이런 말 하긴 좀 그렇지만…… 2왕자가 조금 불쌍해졌다. 알테는 정말 2왕자의 멍청함을 의심하지 않는군. 절대 그가 똑똑해질 일이 없다고 생각하는 걸 보니 말이다. 멍청해서 왕이 된다는 건 어떤 기분일지 다소 궁금해진다.

"그럴 거면 왜 카타리나를 베인 조르제와 이어주려 하셨어요?"

알테가 더욱 목소리를 높이며 말을 이었다.

"보험 삼으신 거겠죠. 잘되면 좋고, 안 되면 2왕자 편에 가 붙으면 되고. 그 결정에 아버지의 신념이란 게 존재합니까?"

"아비 앞에서 언성 높이는 예의 없는 짓은 어디서 배웠는지 모르겠구나. 고얀 것."

"그런 말을 하려는 게……!"

"듣기 싫다. 네가 지금은 젊은 혈기에 성군이며 뭐며 이상을 떠들지만, 너야말로 내가 작위를 물려줄 때 우리 가문이 보다 번창해 있음에 감사하게 될 거다."

아버지가 딱딱하게 대꾸했다. 그러고는 더 듣기 싫다는 듯 먼저 집무실을 나섰다. 그제야 나는 입을 막고 있던 손을 풀었다.

하기야 아버지의 말이 틀린 것은 아니었다. 입지가 단단한 1왕자보다는 2왕자가 왕이 되는 편이 귀족들이 해먹기 좋은 세상이 올 테니 말이다.

"젠장……."

자리에 남은 알테가 깊은 한숨을 내쉬며 양손을 얼굴에 얹었다. 마른세수를 하던 그가 이윽고 자리에서 일어났다. 알테도 집무실을 나가면 조용히 돌아가야겠다, 그리 생각하는데 알테의 발걸음은 아버지가 나간 방향이 아니라 내 쪽으로 향했다.

"책이나 좀 읽을까……."

알테가 우수에 젖은 눈으로 중얼거렸다.

아니, 그냥 방에 돌아가서 발 닦고 잠이나 잤으면 좋겠는데.

하지만 내 바람은 이루어지지 않았고 문은 코앞에서 열렸다. 뛰어 도망쳐야겠다는 생각은 들지도 않았다. 발이 굳어 있기도 했고, 사위가 너무 조용해서 그래봤자 곧 잡혔을 것이다.

"아악!"

나를 발견한 알테가 귀신이라도 봤다는 얼굴로 뒤로 자빠졌다. 그게 안돼 보였던 나는 그를 안심시켜주었다.

"나야."

"꺄아악!"

"……."

뭐야? 다섯 살배기 기지배 같은 저 비명은.

아무래도 내가 여기 있다는 사실이 귀신보다 무서웠던 모양이다. 사용인도 다 물리고 비밀스럽게 하던 얘기니 어렵하겠냐만.

알테가 품속에 있던 손수건을 꺼내 식은땀을 닦으며 물었다.

"다 들었니, 카렌?"

"별로 많이 듣진 않았어요. '아버지 생각은 완전히 틀렸어요.'부터였나?"

"요점은 다 들었구나."

알테가 다시금 한숨을 내쉬었다. 그러고는 어두운 얼굴로 서둘러 변명했다.

"아버지를 너무 원망하진 마렴. 다 생각이 있으셔서 저러신 거란다. 나와 의견이 좀 안 맞긴 해도……. 그래, 아버지의 말씀이 틀린 건 아니지."

아니, 난 별로 아버지 원망 안 했는데. 솔직히 내가 생각하기에 더 합리적인 결정을 내린 것은 아버지 쪽이었다.

알테는 세상 모든 사람이 자기처럼 정의롭다고 생각하는 경향이 있다. 옛날부터 알테는 로맨티스트적인 면모가 좀 있었다. 연애 문제라기보다는 왕과 기사가 나누는 끈끈한 군주의 정 같은 것을 꿈꿔왔다고나 할까?

어릴 적, 알테가 군주론이나 기사의 서약 같은 제목의 책을 읽을 때 나는 그 옆에 자리를 펴고 독서에 동참했었다. 물론 내 취향에 맞았던 것은 군신의 끈끈한 우정이 아닌 끈적한 사랑 이야기였다.

알테의 관심 분야가 꼬챙이 같은 칼로 왕을 지키는 기사였다고 치면 내가 읽는 책에선 기사의 꼬챙이가 왕의 은밀한 부분을 찔렀다고나 할까?

"걱정 마요, 오라버니. 아버지처럼 생각하는 이들도 있고, 오라버니와 뜻을 같이하는 이들도 있겠죠. 다들 나름대로의 이유가 있기에 내린 결정이라고 생각해요."

그리고 솔직히 말하자면 나는 누가 왕이 되든 별로 관심이 없었다. 저 대륙 너머 어딘가에서는 귀족들끼리 투표해서 대표를 뽑거나 하기도 한다는데, 그건 먼 외국의 이야기고 우리나라는 아니다. 가주도 아니고 일개 식솔, 내 의견이 어떻든 누가 왕이 될지에 영향을 미치지 않는다. 할 수 있는 일도 없는데 괜한 힘을 뺄 필요가 있나.

"그렇다면 다행이구나. 넌 아버지를 이해해야 해……."

"……."

나는 아주 몹시 잘 이해하고 있는데 왜 본인이 더 저러는 걸까? 사실 저건 스스로에게 하는 말 아닐까?

솔직히 아버지에게 더 분을 삭이고 있는 건 알테 본인이었다.

"잠깐, 그러고 보니 오라버니는 1왕자의 편이었잖아요. 근데 왜 베인과 만나지 말라고 한 거예요? 제가 베인과 결혼하는 편이 오라버니의 사상에 맞는 결과 아닌가요?"

나는 문득 생각이 나서 물었다. 내가 베인과 결혼했다면 아버지도 1왕자의 편을 들었을 텐데 대체 왜 그런 걸까. 남녀 간의 애정사가 어찌 시키는 대로 흘러가겠냐만 아버지, 어머니, 알테까지 온 가족이 합세해 공격하면 내가 버티기도 어려웠을 텐데.

"카렌, 전에도 말했지 않니. 네게 어떤 풍랑도 주지 않을 남자와 결혼하라고."

알테가 그렇게 말하면서 내 양손을 잡았다. 내 손가락 뼈 마디마디를 매만지는 손에서 걱정과 애정이 느껴진다.

"나는 누구 편이니 하는 유치한 싸움에는 관심 없단다. 내가 1왕자를 지지하는 건 다른 이유가 있어서가 아니고 단지 그가 온건하기 때문이야. 후계자가 정해지지 않은 상황에선 모든 게 불확실하고, 베인 조르제 같은 경우는 위험의 정점에 있어. 나는 네가 거기에 휘말리길 바라지 않는단다, 카렌. 네 몸 간수만 잘하면 나는 더 바랄 게 없어."

알테의 눈빛이 진중했다. 램프 불빛이 흔들리는 것이 눈동자에 그대로 비치어 더욱 감성적으로 보였다. 나는 코를 훔치며 알테를 향해 고개를 주억여주었다.

"고마워요, 오라버니. 얼마나 가족 생각 많이 하는지는 나도 잘 알아요. 알테 같은 좋은 형제랑 같이 태어나서 얼마나 기쁜지 몰라. 그런 김에, 오라버니한테는 거짓말하고 싶지 않아서 밝히는 건데요."

"응? 그게 뭔데?"

"자주 입는 바지 짧아졌다고 했잖아, 그거 내가 자른 겁니다. 그럼 이만."

나는 그대로 곧장 매정하게 몸을 돌렸다.

알테의 동생 사랑은 알겠는데 일일이 진지하게 받아주기는 좀 오글거린다. 감사한 건 감사한 거고 오글거리는 건 오글거리는 거지.

뒤편에서 언젠가 들어보았던 "카타리나아!" 하는 부름이 들려왔지만 무시하고 원래 있던 자리로 되돌아왔다. 그러고는 뽑아놓았던 책들을 잔뜩 이고 방으로 향했다.

알테는 아마 배신감에 몸부림치고 있을 테지. 안됐으니 그 바지는 다시 사주기로 하자. 겉에 예쁘게 리본 포장까지 해서 정식으로.

"조용하네."

나는 램프에 있던 불을 방에 있던 조명으로 옮겨 붙이며 중얼거렸다.

그러고 보니 방에 혼자 들어오는 건 참 오랜만이다. 항상 레이가 먼저 들어와 불을 켜주거나 창문을 열거나 하며 부산을 떨었었는데.

"걔도 쉴 땐 쉬어야지."

픽 웃음을 흘리고는 마저 가운으로 갈아입었다. 씻지도 않은 채였지만, 오늘 너무 많이 돌아다녔더니 목욕할 힘도 안 남았다.

나는 끈을 여미며 테라스로 연결된 창가로 다가갔다. 워낙 어두워서 딱히 뭐가 보이는 건 아니었지만, 시야 끄트머리에 반짝이는 지상의 태양은 뚜렷했다. 침입자를 경계하기 위해 밝게 피우는 왕성의 불은 수도를 찾아오는 밤의 여행자에게 좋은 지표가 된다.

나는 잠시 그 장면을 응시하다가, 이내 몸을 돌려 난간에 등을 기대었다.

"2왕자라…… 확실히 영 싹수 노란 놈이긴 하지."

사춘기 무렵, 그러니까 사교계에 데뷔한 지 얼마 되지 않았을 때 그와 짧게 마주쳤던 적이 있다. 첫인상은 한마디로 거지같았는데, 바로 제핀 왕자가 그 어린 내 가슴팍을 훑고는 '맛있겠군.' 하고 지나쳤던 것이다. 신분이 한이라 따지고 들지는 않았지만 그 치욕의 순간은 아직도 잊지 않았다. 이러한 일화에서 쉽게 짐작할 수 있듯 2왕자는 망나니다.

"그것도 정말 거지같은 쌩양아치지. 왕까지 되면 볼 만할 거야. 실제로도 그랬고."

회귀 전 내가 루센과 결혼할 당시 2왕자는 주색에 빠져 제대로 국정을 돌보지도 않았었다.

그 당시 아버지가 묘하게 신나 했던 기억이 남는데, 내 결혼이라는 경사 때문인 줄 알았더니 왕이 왕 같지 않아서 그랬나 보다. 본인 힘쓸 수 있는 일이 늘어나서.

나는 한숨을 내쉬며 머리를 벅벅 긁었다.

"아, 그래서 뭐 어쩌자는 거야. 이제 와서 아버지가 누구 편이었고, 알테는 누구 편이었고를 알려주면 뭐? 어쩔 방법이 없잖아. 왕이 몰테 자작부인한테 완전히 홀려 있는데."

지금 이 상황에서 내가 할 수 있는 일이…….

생각을 정리하는데 문득 시야에 무언가가 스쳤다. 항상 비어 있던 침대 옆 탁상에 하얀 종이가 놓여 있었던 것이다.

누가 가져다 놨을까.

아까 마주쳤을 때 별말이 없었으니 레이는 아니고. 부모님은 쪽지를 남기는 게 아니라 시녀를 부려 전달할 사람이다. 그럼 이 집에서 내 방에 저런 걸 놓아둘 만한 사람은…….

"피오니?"

아니나 다를까, 예상 적중이었다.

내용은 길지 않았다. 기껏해야 한 문장이 적혀 있는 메모였지만, 나는 그걸 한 번 읽고 두 번 읽고 가로로 읽고 세로로 읽고 어쨌든 읽을 수 있는 모든 방식으로 다 읽었다.

그런데 모르겠다. 이 문장의 의미를.

[베인 조르제라는 사람 믿어도 될 것 같아요.]

"진짜 뭐 어쩌라는 거야아…….”

그대로 침대로 엎어져 옆으로 굴렀다. 엎드려 파묻혔던 고개를 들고 테라스 너머에 시선을 주자 여전히 야속한 하늘이 보인다. 나는 베개를 껴안고 가만히 눈을 깜빡이다가, 피곤했는지 그대로 잠이 들었다.

그날 나는 오랜만에 꿈을 꿨다. 널따란 가슴팍의 남자가 숨이 막힐 만큼 나를 꽉 끌어안아주는 꿈을.

얼굴은 보이지 않았지만, 루센이었겠지.

"진짜 때릴까?"

심통 난 얼굴의 로제가 나를 물끄러미 쳐다보며 말했다. 그녀의 화풀이는 그것으로 그치지 않았다.

"넌 어떻게 생각해. 좀 맞아도 될 것 같지?"

"내가 설마 거기다 대고 응이라고 대답하겠니?"

내 대답에 로제의 표정이 한층 더 우중충해졌다. 그녀가 인생에 달관한 표정으로 창 밖을 내다보며 중얼거렸다.

"난 왜 이런 거지같은 친구를 둬서……."

무지개 반사라는 대답을 돌려주고 싶지만, 참았다. 오늘만큼은 나는 죄인의 입장이었다.

로제가 아침부터 뿔이 난 이유를 따지자면 사실 별건 아니다. 내가 일찌감치 저택에 들이닥쳐 아침 일찍 일어나야 했기 때문이다. 얼마나 일찍 일어났기에 저렇게 친구를 패려고 드느냐고 묻는다면…… 대략 평소 기상 시간보다 세 시간 정도 일찍?

어제는 베인 조르제가 남긴 세 가지 의문 중 1번을 탐구했고, 오늘은 2번에 대해 알아볼 차례였다. 바로 벌에 쏘이고 낙마했다는 연인의 불운한 사인 말이었다.

새벽같이 잠에서 깬 나는 불안함과 초조함을 참지 못했고, 결국 레이나 가족들이 깨어나기도 전에 마차를 타고 리플렉츠가를 빠져나왔다. 그대로 목적지로 향하려다, 어제처럼 침울함에 빠졌을 때를 대비하여 기분을 풀어줄 사람이 필요하다는 생각이 갑자기 들었다. 그리하여 위로할 친구 역할 로제의 아침잠을 자비 없이 파괴한 것이다.

"맛있는 거 사줄게."

"그런 당연한 소리는 별로 기껍지도 않아."

맛있는 것만 물려주면 세계 정복이라도 해줄 것 같던 애가 오늘따라 왜 이러는 걸까?

요즘 다이어트 한답시고 좀 사양하는 것 같긴 했는데, 사흘은 한참 지났으니 의지가 원상복귀 될 때도 됐다. 나는 날짜를 곰곰이 셈해보았다. 지난번 로제의 히스테리 주기와 날짜 간격을 셈해봤을 때…….

"그날이구나?"

"눈치 참 빠르다."

"저런, 배 많이 아프면 말하지. 두고 나왔을 텐데."

내가 열심히 빈말을 쏟아내자 로제가 '뻥치기는!' 하는 이글이글한 눈으로 나를 노려보았다.

그래, 사실 아프다고 해도 데리고 나오긴 할 거였다.

보통 추리 소설 같은 데 보면 천재 명탐정이 오리무중에 빠진 사건을 보고 '정말 해결할 수 없나…….' 같은 소리를 하며 포기하려 할 때 조연 1이 아무 생각 없이 던진 말이 결정적인 힌트를 주지 않던가? 솔직히 로제의 머리에서 쓸 만한 의견이 나올 것이라고 생각하진 않지만 하나보단 둘이 나을 거다.

"근데 이렇게 아침 일찍부터 가면 출근은 해 있대?"

"공무원이잖아."

내 비릿한 대답에 로제가 "아……." 하고 깊게 탄식했다.

지금 내가 찾아가는 곳은 바로 왕성의 치안대였다. 베인 조르제와 연인 사이였다면 수도 근처에서 거주하는 인물이었을 테고, 그렇다면 안건이 이쪽까지 흘러들었을 것이다. 어지간한 사건은 다 거길 거쳐서 올라가니 쓸 만한 자료가 꽤 있을 터다.

"벌써 도착했네."

길가에 지나는 사람이 없어서인지 마차가 질주하는 속도도 빨랐다. 로제와 나는 조심스럽게 마차에서 내렸다. 로제는 대자연의 저주 때문에 그러했고, 나는 기립성 저혈압이 좀 있어서 앉거나 누웠다 일어날 때 좀 주의를 해줘야 한다. 원래 건강 빼면 시체였는데 회귀 후 3개월 동안 식음을 전폐했더니 신체 나이가 급격히 늘었다.

내가 건물 안으로 들어가기 전 머뭇거리자 로제가 조금의 거름망도 없이 물었다.

"왜 그래? 뭐 마려운 개처럼."

"과일 같은 거라도 사 가야 하나 고민 좀 했다."

"병문안 가냐?"

로제의 태클에도 나는 꿋꿋하게 말을 이었다.

"그래도 엄청 신세 지는 거잖아. 말하자면 공문서 반출인데."

"그걸 생각했으면 여길 오면 안 됐지."

"우리 들어가기 전에 잠깐 명상의 시간을 가져보지 않을래?"

"갑자기 무슨 개뼈다귀 같은 소리니?"

"마음속의 악을 정화하고 상냥한 말씨를 써보자는 얘기지."

"방귀나 먹으렴."

뽕!

그냥 던진 말인 줄 알았더니 로제는 정말 생화학 폭탄을 던지고 먼저 안으로 들어갔다. 나는 그만 입을 틀어막고 구역질을 쏟아내고 말았다. 무의식적으로 숨을 들이켜다가 그대로 세상과 영영 이별할 뻔했다.

세상에, 어제 저녁에 대체 뭘 먹었기에……?

단언컨대 이건 지상의 냄새가 아니다.

나는 정신이 하늘로 가출하기 전 재빨리 건물 안으로 피신했다. 당분간 이 문을 지나는 사람이 없기를 바란다. 누군지 몰라도 저승이란 게 어떻게 생겨먹은 건지 체험하게 될 테니까.

"저기요, 누구 계세요?"

로제가 주변을 들러보며 소리 높여 물었다. 나는 그녀를 따라 주변을 둘러보았다. 내부에 불이 꺼져 있어 창문으로 스미는 아스라한 햇살만이 실내를 밝히고 있었다.

경비를 서는 인원이 있으니 사람이 있을 거라고 생각했는데, 설마 단체로 휴가라도 간 건가?

"아무도 없어요?"

괜히 일찍 왔나 싶은 불안에 나 역시 로제를 따라 목청을 높였다. 그러자 별안간 문이 벌컥 열리며 아는 얼굴이 등장했다.

"카타리나 아가씨?"

시작부터 잭팟을 뽑을 줄은 몰랐는데. 일전에 피오니 소탕 작전에 대대적인 기여를 했던 제로 경이 바로 눈앞에 있었다. 도움 얻기가 한층 더 수월하겠군.

"제로 경!"

내가 반갑게 소리치자 제로 경 역시 나를 반갑게 맞았다.

"여기까진 어쩐 일이십니까, 아가씨?"

어리둥절한 표정을 짓던 제로 경이 갑자기 헉 하고 숨을 들이켜며 눈을 부릅떴다.

"설마 그 여자가 보복이라도!"

"그 여자?"

로제가 궁금하다는 듯 끼어들었다. 그러고 보니 피오니를 소개해준 게 로제였지. 볼일이 다 끝나면 로제에게도 무슨 일이 있었는지 알려 주어야겠다.

그동안 미처 생각을 못해 말을 못 전하고 있었는데 혹시 그녀가 나처럼 약물이라도 샀으면 큰일 아닌가? 어쩌면 로제가 산 물건은 유통기한이 1년쯤 지나 있을지도 모른다.

"이따가 얘기해줄게."

"그래, 그럼."

반박이 돌아올 줄 알았더니 의외로 대답이 선선하다. 이따가 얘기
해준다고 양해를 구하면서도 지레 겁을 먹어야 한다니, 나는 뿌리 깊
은 로제 불신에 시달리고 있었다. 로제를 의심했다는 사실이 미안해
지기보다는 새삼 분노가 치밀어 오르는 순간이다.

얼마나 당했으면!

나는 지난 울화를 내리누르려 애쓰며 작게 헛기침을 했다.

"오늘은 그 일 때문이 아니고, 다른 물어볼 게 있어서 들렀어요."

"다른 용건이라면 무슨……?"

제로 경이 의아한 얼굴로 되물었다. 평생 안 찾아오다가 갑자기 찾
아와선 이런저런 부탁이 많으니 뭔가 싶기도 할 것이다.

그도 그럴 것이 레이디들은 보통 사건 사고와는 연관 없이 살고 있
지 않던가? 나도 웬만하면 조용히 살고 싶지만 세상이 나를 가만두지
않고 있다.

"혹시 6년 전 사망자 기록이 열람 가능할까요? 성별은 여자고 사인
은, 으음…… 벌에 쏘였거나 낙마를 했거나, 아니면 둘 다 해당하거
나."

내 말이 끝나자마자 로제가 동그랗게 뜨며 내 어깨를 잡았다. 그녀
가 떨리는 동공으로 나를 응시하며 물었다.

"뭐야, 왜 갑자기 사망 사건이 튀어나와?"

"그럴 일이 있어."

그냥 대충 넘기려고 했는데 로제의 반응은 생각보다 더 심각했다.
그녀가 정색하며 대답을 재촉했다.

"아니, 우리가 사망 사건 궁금해할 일이 대체 뭐가 있느냐고."

"그 정도니까 여기 왔겠지. 아님 사람 시켜서 알아보면 되는 문제잖
아. 그럼 내가 여기 왜 왔다고 생각한 거야?"

내 질문에 로제가 잠시 머뭇거렸다. 정곡을 찔렸다는 듯 그녀가 당황한 얼굴로 솔직하게 대답했다.

"사실 루센 스토커 짓 하다 들켜서 조사받으러 오는 줄…… 쪽팔려서 일찍 나온 줄 알았지."

"……."

어쩐지 투덜대면서도 순순히 따라오더라. 친절하게도 세상 빛 마지막으로 볼지도 모르는 친구를 위해 기꺼이 쫓아와줬다 이거였다. 고맙다고 감동이라도 해야 하나…….

솔직히 인간적으로 카타리나 루센 스토커 설은 이제 좀 들어갈 때도 됐다고 본다. 이젠 좀 많이 식상하다. 단지 그뿐이다. 결코 내가 찔리거나 듣기 싫다거나 하는 이유 때문이 아니다.

"아무튼요, 알아봐주실 수 있을까요?"

내게 불리한 화제는 입에 담지 않는 것이 바람직한 자세다. 나는 제로 경이 로제의 말에 관심을 가지기 전에 재빨리 화제를 돌렸다.

"네, 그 정도야 뭐……. 일단 이쪽으로 들어오세요. 아이쿠, 근데 이거 영 정신이 없어서……."

제로 경이 까치집이 된 머리를 매만지며 안쪽 자료실로 우리를 안내했다. 아무래도 야근하다 선잠이 든 걸 우리가 깨운 모양이었다. 턱 끝까지 내려앉은 다크서클은 보기에 몹시 안쓰러웠다. 나중에 보약이라도 한 제 지어다 줘야겠다. 사람이 출세는 했는데 일에 찌드니 행색은 전보다 안 좋아졌다.

"6년 전이라고 하시면……."

제로 경이 그리 중얼거리며 어떤 박스 안에서 서류 뭉치들을 잔뜩 꺼내 들었다.

"나이 대는 어떻게 되세요?"

"음······. 10대 후반에서 20대 사이 정도요?"

"그럼 후보군이 많진 않겠네요. 일단 여자분이 벌에 쏘이거나 낙마하는 일이 많이 없고······ 보통 레이디들은 야외 활동을 잘 안 하시니까요. 또 낙마라 치면 부유한 취미라 애초에 사망 사고가 귀족들 위주로 발생합니다. 개중에 사망까지 가는 경우도 소수고요. 나이까지 정리해보면 대략적으로 기억하는 사건이 몇 개 있는데······."

그리 말하며 제로 경이 종이 몇 장을 쓱쓱 뽑아 들었다. 그 속도가 하도 빨라 내 앞에 올려놓은 서류의 맨 윗줄을 읽기도 전에 다음 장이, 그리고 또 다음 장이 올라올 정도였다. 이윽고 마지막 장을 내민 제로 경이 이걸로 끝 하며 서류 뭉치를 덮었다.

그 광경을 멍하니 쳐다보고 있던 나와 로제는 무의식적으로 박수를 보냈다. 제로 경이 쑥스럽다는 듯 웃었다.

"별것 아닙니다. 항상 일만 하고 살다 보니 손에 이렇게 다 익네요."

"저런······."

저 놀라운 탐색 능력은 천재적인 재능이 아니었다. 일의 홍수에 말려들다 보니 자연히 계발된 것이다. 나는 직장에 헌신한 그의 청춘에 마음속 깊이 애도를 남겼다.

"찾으시는 게 있는지 한번 보세요."

"네, 고마워요."

감사의 말을 남기며 제로 경이 준 서류들을 집어 들었다. 나는 서류에 붙은 초상화의 인상착의에 집중했다. 한 장, 한 장, 그리고 또 한 장.

"그림이라 애매한데······."

"예?"

"아니에요."

287

서류 전부를 다 보아도 나와 닮은 사람은 없는 듯한데 이게 또 애매했다. 아무리 초상화라도 모습 그대로를 옮기는 게 아니라 사람의 손으로 그린 것이다 보니 실제와 다를 수도 있다. 나는 비교적 판별이 쉬운 머리카락 색과 눈 색에 집중해보기로 했다. 금발에 초록 눈, 금발에…… 그리 중얼거리며 다시 종이를 뒤적이다가, 결국 한숨을 내쉬었다.

금발은 있는데 초록색 눈이 없다.

이쯤 되니 진짜 베인 조르제가 내게 거짓말을 한 것 같다. 대체 나를 속여서 좋을 것이 뭐가 있는지는 모르겠지만, 어쨌든 그가 내게 말한 것들 중 사실과 일치하는 것들은 없었다.

세 번째 단서를 알아본다고 답이 나오긴 할까?

지금까지의 결과로 미루어 보아 그것도 헛고생이 될 가능성이 높았다.

"필요한 정보는 찾으셨어요?"

"아니요, 제가 찾던 사람이 없네요. 그래도 고마워요, 제로 경. 이렇게 도움 줘서."

"뭐 고작 이런 것 가지고요. 그런데 잠시 시간을 내드린 대가로 무슨 일 때문에 그러시냐고 물으면…… 실례겠죠?"

제로 경이 미소 지으며 눈치를 보듯 물었다.

그가 지금까지 나한테 해준 일을 생각하면 전부 다 털어놓아도 모자라지만, 이곳저곳에 떠들고 다니기엔 이야기가 너무 길고 지나치게 사적인 일이다. 내가 곤란한 표정으로 대답했다.

"미안해요, 제로 경. 지금은 얘기하기가 좀 그래요. 대신 나중에 일이 다 해결되면 꼭 말씀드릴게요."

실제로 이 거지 같은 탐색전이 다 끝나고 나면 거짓말쟁이 베인의 이야기를 만천하에 떠들고 다닐 테다. 만천하는 아니더라도 주변인들과 함께 베인을 씹는 데 매일매일을 알차게 소비할 예정이었다.

"그럼 이만 저희는 가볼게요."

"두 분 차라도 한잔 드시고 가시죠. 새벽이라 공기가 찬데."

"친구 몸이 안 좋아서 일찍 들어가봐야 할 것 같아요. 다음에 다시 올게요."

나는 그렇게 말하며 옆에 선 로제를 가리켜 보였다. 생리통이 도졌는지 배를 끌어안고 있는 자세와 누렇게 뜬 안색이 썩 보기 좋진 않았다. 아니, 누렇게 뜬 안색은 단지 화장을 안 했기 때문인 것 같기도 하고.

어쨌든 로제는 집에 간다는 소리에 지나치게 반색했다. 제로 경은 본인의 차 대접이 반갑잖게 받아들여진 것이 다소 민망한 듯, 헛기침을 하며 우리를 밖으로 안내했다.

"예, 그럼 들어가보세요."

제로에게 인사를 남기고는 밖으로 나왔다. 그동안 바람에 날린 것인지 다행히 문 앞에 남았던 생화학 병기 급의 냄새는 사라진 상태였다.

"이제 말해봐. 사망 사건은 뭐하러 뒤진 거야?"

마차가 기다리고 있는 쪽으로 천천히 걸어가려는데, 로제가 내 팔을 대뜸 붙잡았다.

로제의 추궁에 나는 잠시 눈알을 굴렸다. 사실대로 못 말해줄 건 없는데, 그동안 쌓인 일들이 많아 길거리에서 꺼냈다간 지나치게 두서없어질 것 같았다. 하지만 후에 얘기해준다고 미뤘다간 로제가 정말 내 목을 조르려 들겠지.

"베인 경의 죽은 애인에 대해서 찾고 있었어."

"뭐?"

생각지 못한 이야기에 로제가 미간을 좁혔다. 그녀가 그대로 내 팔을 당겨, 나는 그녀에게 더 가까이 서게 되었다. 이거 좀 부담스럽군.

"좀 떨어져서 얘기해줄래? 나는 못생긴 걸 오래 못 보는 병이 있단다."

"시답잖은 농담 말고 얼른 다 털어놓을 생각이나 해."

농담이 아닌데 농담으로 들렸다니 유감이다. 로제 본인도 눈이 있다면 저의 화장 전후 차이가 얼마나 드라마틱한지 알고 있을 텐데 말이다.

"예전에 말했던 그 애인이 죽은 사람이었던 거야? 아니, 잠깐, 그전에 짚고 넘어갈 게 있네. 그럼 너 베인 경이랑 잘해보기로 한 거야? 그런 걸 궁금해하게."

로제가 흥분한 얼굴로 따박따박 따지고 들었다. 목청이 어찌나 컸는지 나는 잠시 새끼손가락으로 귀를 막고 있어야 했다. 그런데 뒷부분에 도무지 그냥 들어 넘길 수 없는 말이 끼어 있구먼.

나는 고개를 저으며 완강히 부정했다.

"설마. 그냥 꺼림칙한 부분이 있어서 그래. 워낙 비밀도 많은 사람이고."

"아니지, 네가 그 사람한테 관심이 없으면 그걸 궁금해할 필요가 뭐가 있어?"

"넌 그 사람이 나한테 어떤 짓을 했는지 알면 그 사람이랑 나를 이으려 들진 못할 거야. 그만 입 다물고 나와 루센의 사랑이나 응원해주지 않겠니?"

"그 사람이 너한테 뭔 짓을 했는데?"

"……."

도돌이표가 끝나지 않는다.

도대체 어떻게 상황 정리를 해야 로제가 이 화제에서 관심을 끌까 고민하는데 그녀가 대뜸 이렇게 물었다.

"둘이 잤니?"

"미친!"

너무나 개소리라 반사적으로 욕이 튀어나왔다. 나는 부리부리한 눈으로 경고했다.

"그 이상 더 얘기 꺼내면 프레토 백작님께 그간 네가 벌였던 문란한 성생활을 고해바치겠어."

결국 나는 최후의 방책으로 로제의 아버지를 팔았다. 로제는 재빠르게 정색하며 내 어깨를 붙잡았다.

"친구, 친구 사이에 그런 농담을 할 수도 있지, 뭘 그렇게 무서운 말을 하고 그러니. 친구 좋다는 게 뭐야? 서로의 허물을 덮어주는 것, 그게 바로 사나이의 우정 아니겠어?"

"그래, 그럼 이제 다른 이야기를 하자."

"알았어, 그럼 제론가 뭐시기 하는 사람이 말한 '그 여자'는 또 누군지 말해봐."

"……."

딱히 더 나아질 것 없는 화제가 튀어나왔다.

생각해봤더니 피오니에 대해 얘기하려면 약의 부작용에 대해 이야기해야 하고 약의 부작용에 관해 이야기하려면 루센이 나만 보면 구토를 하게 되었다는 이야기도 해야 했다.

과연 로제가 나를 가련히 여겨 웃음을 참아줄까?

단언컨대 아닐 것이다.

하지만 아까 말해준다고 공언했으니 이제 와 무를 수도 없지. 나는 로제의 실성한 웃음에 상처받지 않을 준비를 하며 느릿하게 입을 열었다.

"너도 아는 사람이야."

"그러니까 그게 누군데?"

"네가 그리도 믿던 점술사."

"뭐? 그 사람이 왜?"

"나한테 유통 기한 지난 약을 팔았어."

나는 결국 가슴 아픈 과거를 토해냈다. 다시 떠올리기도 싫은 일인데 해결을 해야 하니 도무지 마음속에 묻고 덮을 수가 없다. 로제가 깜짝 놀란 얼굴로 되물었다.

"뭐? 59골드나 받아먹고 사기를 쳤단 말이야?"

"그래."

"그래서 제로 경한테 잡아달라고 한 거고?"

나는 침통하게 고개를 끄덕였다.

"그래, 하지만 문제는 거기서 끝이 아니야. 내가 이걸 알게 된 건 루센이 부작용을 겪는 걸 눈으로 봤기 때문이거든."

"어쩐지 그날 파티에서 홀연히 사라지더니 결국 먹었구나, 그 약. 징한 년⋯⋯."

"뭐?"

"아, 아니. 아무것도 아니야. 호호."

나는 미심쩍은 눈으로 로제를 응시했다. 로제가 사탕 구르는 듯한 웃음을 흘리며 내 팔을 부드럽게 쓸었다.

가증스럽기도 하지!

"아무튼, 이다음은 안 웃는다고 약속하면 알려줄게."

내 말에 로제가 순순히 고개를 끄덕였다.

"안 웃을게."

"으음, 근데 네 말을 믿을 수가 있어야지."

"뭐야, 어쩌라는 거야. 아빠라도 걸고 약속할까?"

"걸을 수 있으면 걸어줄래?"

로제가 깜찍하게 눈을 깜빡이며 내게 주먹을 들어 보였다.

"이걸로 맞으면 1부터 10까지 중 얼마나 아플 거 같냐?"

"으응……, 별로 안 궁금한데."

더 끌었다간 정말 한 대 맞을 것 같다. 나는 숨을 들이켰다가 내뱉으며 그 끔찍한 사건을 입 밖으로 내었다.

"루센이…… 나만 보면 구토를 하게 됐어."

"픕. 푸…… 푸흐흐……."

로제는 황급히 입을 틀어막았으나 결국 웃음이 새어나오는 걸 막지 못했다. 그녀는 곧 배를 감싸고 고개를 뒤로 젖히며 미친 듯이 웃기 시작했다.

"……."

이럴 것 같아서 말하기 싫었다. 어떻게 친구의 불행을 보고 저렇게 사이코패스 같은 행동을 할 수 있는지 도무지 이해할 수 없다.

"그만해라."

"구토…… 토호호호호호, 구토래, 아, 아 배야. 아, 허리가!"

그녀가 갑자기 몸을 숙이며 고통을 호소했다. 대체 얼마나 웃으면 갈비뼈가 다 아파지는 걸까? 그러면서도 웃음을 멈추지 못하는 모습이 다소 기괴하기까지 하다.

내가 처연한 낯으로 말했다.

"그만 웃으랬지."

"너라면 안 웃게 생겼니?"

"난 지금 매우 심각하단다."

내 반응이 장난이 아닌 걸 알았는지 로제가 뚝 웃음을 멈췄다. 아니, 뚝이라기보다는 간신히 웃음소리가 나는 것만 멈췄다. 그녀의 입꼬리는 아직도 쭉 찢어져 귀까지 닿아 있었다. 소싯적 유행했던 괴담에 나오는 빨간 얼굴 가리개 여자와 흡사한 모습이다. 그냥 못 본 척하는 게 정신 건강에 좋을 것 같다.

로제가 간신히 숨을 진정시키며 말했다.

"알았어. 그만할게. 그래서 어떻게 됐는데?"

"일단 부작용 좀 어떻게 해보라고 우리 저택에 데려왔어. 루센 상태 보여주고 해결책을 알아봐야지."

"야, 너도 참 고생이다."

"너도 혹시 약 산 거 있으면 얼른 버려라."

"난 약 산 거 없어. 그리고 네 경우가 특이한 거지, 그 사람 정말 제대로 된 점쟁이 맞아. 가족 대대로 무속인 핏줄이었거든. 특히 그 할머니가 엄청 유명해서 고위 귀족들도 찾아갈 정도였다지?"

사기꾼 피오니에게 그런 성골의 피가 흐르고 있을 줄은 몰랐다. 그 좋은 능력을 가지고 있으면서 재료값 아끼려다 호적에 빨간 줄을 긋다니, 좀 안타깝기까지 하군.

"근데 나한텐 왜 그랬대?"

내 불만스러운 목소리에 로제가 상큼하게 대답했다.

"네가 좀 많이 호구 같았나 보지. 아, 아! 아아! 아파!"

옆구리를 꼬집힌 로제가 고통스러운 비명을 토해냈다. 나는 손에 더욱 힘을 주며 깊은 한숨을 흘렸다. 그나저나 다음 세 번째 단서를 뒤지면 좀 쓸 만한 사실이 나오긴 하려나 모르겠다.

제3번 명제, 베인의 그녀는 나와 몹시 닮았다. 나는 심각한 얼굴로 중얼거렸다.

"나랑 닮은 여자는 도대체 어디서 찾아야 하는 거야?"

로제를 돌려보내고 다시 집으로 돌아갔다. 어찌나 외출이 일렀던지 귀가 시각은 아침 식사가 시작될 때와 딱 맞아떨어졌다.

"아침부터 대체 어딜 갔다 오셨어요?" 하고 잔소리를 하는 레이의 말을 대충 흘려 넘기고, 나는 부모님이 기다리고 있을 식당으로 향했다.

물론 그 와중에도 레이의 잔소리는 멎지 않았다.

"아가씨, 어딜 가면 간다! 내가 외출을 할 계획이다! 이 말씀을 왜 못하세요! 만약에 마님께서 불시에 아가씨 찾으셨으면 뒷감당하는 건 다 저라고요. 아가씨, 지금 제 말 안 듣고 계시죠? 제가 다 알아요. 아이고, 내 팔자야……. 청춘을 다 바치며 보필했는데 돌아오는 건 찬 빵 신세네, 아이고……."

한번 대답하면 하소연이 끝없이 이어질 기세라 입을 다물고 있었는데, 굳이 그러지 않아도 레이의 직장 불만은 오늘 저녁까지도 끝나지 않을 것 같다.

나는 결국 중간에 그녀의 말을 끊고 물었다.

"피오니는 어딨어?"

어제 피오니가 남겼던 쪽지에 대해서 좀 물어봐야 할 것 같다. 왜 베인 조르제를 믿어도 된다고 말했는지를 말이다. 베인 조르제가 좀 솔직하기라도 했다면 못 이긴 척 그 말을 따랐을 텐데, 그녀의 영적인 촉과 지금 돌아가는 상황은 전혀 맞아떨어지지 않고 있었다. 내가 지금까지 밝혀낸 건 그가 거짓말을 했다는 사실밖에 없다.

"아이고, 10년 넘게 머문 저는 거들떠보지도 않으시고 꼴랑 며칠 된 여자한테만 관심을 주시네. 사람이면 이렇게는 못합니다. 이렇게는 못해요!"

"다음부턴 말하고 나갈 테니까 슬슬 그만해."

"네. 피오니는 구해야 할 물건이 있다고 옆 지방으로 떠났어요. 델타 산맥에서만 나오는 귀한 약이 있다나?"

내가 잘못을 인정하자 침통하고 억울해 보이던 레이의 얼굴이 금세 무표정해졌다. 태세 전환이 이렇게 대단할 수가 있나. 연기력이 워낙 뛰어나 항상 알면서도 속는다.

"델타 산맥? 아니, 그걸 보내줬어?"

"네. 연차 신청하고 가던데요?"

그녀가 그렇게 말하고는 피오니의 자필로 적은 연차 신청서를 내밀었다.

감방 보내는 대신 취직시켜줬더니 양심 없이 연차까지 쓰다니! 하녀들이 쓰는 것과 똑같이 근로 계약을 맺었더니 이런 빈틈이 있었다. 설마 이대로 야반도주해서 안 돌아오는 건 아니겠지?

"지금이 몇 신데 벌써 나가?"

"낮까지 도착하려면 일찍 나가야 한다던데요. 그리고 아가씨야말로 새벽 댓바람부터 나가서 이제 들어오셨잖아요."

"레이, 넌 너무 나한테 가차 없어……."

나는 우울하게 중얼거리며 식당 문을 열었다. 레이는 "식사 맛있게 하고 오세요!" 하고 쓸데없이 밝게 인사했다.

그나저나 개똥도 약에 쓰려면 없다더니, 이제 좀 피오니와 일적인 이야기를 해보려는 결심이 무섭게 홀랑 사라져버렸다. 나는 지금도 피오니가 그런 말을 남긴 이유를 알고 싶어서 애가 타는데 말이다.

나는 피오니가 쓰고 간 연차 신청서를 들여다보았다. 양심은 있는지 신청한 휴가일은 이틀이었다. 다음부터 재료는 말하면 구해줄 테니 옆에 딱 붙어 있으라고 해야겠다. 사기 전적이 있는 사람을 어떻게 믿고 외출을 허락해준단 말인가? 월급을 주고 부리는 것만 해도 관대한 처사였다.

나는 종이를 가볍게 반절로 접고는 자리에 앉았다. 그러고는 쓱 주위를 둘러보는데, 여기 있어야 하는 사람이 없다.

"알테는요?"

모처럼 주말이라 가족들끼리 모여서 아침 식사를 하는 시간인데 알테가 자리에 없었다. 내 물음에 어머니가 냅킨으로 입가를 닦으며 대답했다.

"네 오라비는 아직 안 깬 모양이다. 어제 늦게 잠들었다고 하니 우리끼리 먹자."

어제 아버지와 둘이 한 이야기 때문에 잠을 설쳤을까.

알테로서도 머리가 아프긴 할 터였다. 본인의 이상을 좇으려면 아버지와 반목해야 할 텐데 알테 성격에 그게 가능이나 하려나 모르겠다.

"네."

내가 선선히 고개를 끄덕였다. 그대로 어머니의 얼굴에서 그만 시선을 돌리다가, 나는 그대로 몸을 굳혔다.

어머니에게 다시 시선을 고정하자 나와 놀랍게도 닮은 이목구비가 보인다. 눈 밑에 점은 없지만 나처럼 귓불이 둥글고 입술이 두꺼운 편이다. 양볼의 보조개는 아버지 쪽에 있고. 금발은 아버지에게서, 녹안은 어머니에게서 각각 물려받았다.

그리고 베인은 사랑했던 연인이 나를 닮았다고 말했다.

타인이라면 가능성이 희박하지만 같은 집안이라면 비슷한 피가 흐르므로 간혹 비슷한 생김새를 가진 사람들이 태어나곤 한다. 나와 놀랍도록 닮은 다른 친인척이 있었고, 그 여자가 베인 조르제의 연인이었다면?

그렇다면 유난히 내게 집착하던 베인 조르제의 행동도 이해가 간다.

"아버지."

"응? 왜 그러니, 카타리나?"

내 부름에 아버지가 졸린 눈을 들어 물었다. 나는 몸이 달아 식탁에 상체를 붙이며 물었다.

"혹시 아버지나 어머니 친척 중에 저랑 비슷한 나이 대의 여자애는 없나요?"

"너랑 비슷한 나이의 여자애? 그건 왜 묻는지 모르겠구나."

"그냥요, 친척들 본 지도 너무 오래됐고. 궁금해서요."

리플렉츠가의 영지는 수도와 꽤나 거리가 있는 곳이기에 친인척과 만날 수 있는 기회는 많지 않았다. 어릴 때에는 무리가 된다는 이유로 장거리 여행을 삼갔고, 나이가 든 후부터는 장기간 마차에 타는 게 싫어 자진해서 빠졌다. 얼굴도 잘 기억 안 나는 그들에게서, 어쩌면 답을 찾을 수 있을지도 모르겠다.

"글쎄……. 여보, 카타리나랑 나이 대가 맞는 애가 있었나?"

"리플렉츠가 쪽엔 없어요. 당신 당숙 딸인 리리가 있는데 지금 나이가 서른이라 애초에 가신에게 시집갔답니다."

"나이 어린 애가 하나 있긴 있었던 것 같은데."

"제이를 말하는 것 같은데 그 애는 지금 열 살도 안 되었어요. 카타리나랑 연배 맞는 아이는 없어요."

"으음, 그랬나?"

아버지가 턱수염을 쓰다듬으며 말했다. 이번엔 어머니의 얼굴에 황당하다는 표정이 떠올랐다.

"아니, 어떻게 자기 친척들이 누군지를 몰라요?"

"난 워낙 사촌들이 많잖소. 내 동생들 이름만 알면 됐지, 그 외에는 알 게 뭐람?"

그건 그렇다. 애초에 나도 친척들에 대해 아는 게 없으니 이렇게 물어본 것 아닌가? 내조의 여왕 어머니가 아니었으면 본전도 못 건질 뻔했다.

나는 이번엔 방향을 돌려 어머니에게 물었다.

"그럼 어머니 쪽은요?"

"내 친척들?"

"네."

"글쎄다……. 근데 진짜 그건 알아 뭐 하려고 그러니?"

"궁금해서 그런다니까요."

"애도 참 실없긴……. 글쎄다, 가까운 친척 중에는 다 남자애들만 있고……. 음, 그러고 보니 이 근처 지방에 사는 가족이 하나 있다고 들었는데. 오종 여자 사촌 중 하나가 상인 가문에 시집간 경우라 엄마 처녀 적 성인 도나일을 쓰고 있지는 않아. 그 딸 이름이 아마 게리였던가? 성까지는 기억이 안 나네."

솔직히 거기까지 기억하는 것도 대단하다는 생각이 든다. 아니, 대단을 넘어 신기해 보일 지경이었다. 남편 가문의 먼 친척 이름까지 외우고 있다는 게 대체 말이나 되는가?

허술하고 어리벙벙한 아버지가 꼼꼼한 어머니를 아내로 맞은 건 리플렉츠가에 있어서 엄청난 축복이었다. 아버지는 지출에 큰 구멍이 뚫려 재산이 스멀스멀 빠져나가도 절대 못 알아챘을 것이다.

"그런데 네가 친구를 찾는 거라면 좀 곤란하구나."

어머니가 다소 안쓰럽다는 얼굴로 왼뺨을 문질렀다. 나는 의아한 얼굴로 되물었다.

"왜 그러시는데요?"

"그게…… 그 애가 몇 년 전에 죽었거든. 그래서 조의금을 보냈다고 들은 기억이 있단다."

"죽었다고요?"

나는 자리에서 벌떡 일어났다.

나와 비슷한 나이 대에, 몇 년 전에 사망했다? 타인의 사망 소식에 기뻐하면 안 되겠지만, 실마리를 찾았다는 느낌에 다소 흥분되는 건 어쩔 수 없었다. 식탁보를 쥔 손에 힘이 들어갔다.

나는 침을 삼키며 물었다.

"그분이 살았던 지방이 어딘데요?"

"수도 바로 옆 리암 영지라고 알고 있어."

"혹시 성도 알고 계시나요?"

"그것까진 기억이 안 나는데…… 왜 이렇게 캐묻고 그러니? 식사 자리에서 죽은 사람 얘기 하는 거 아니다. 그만 물으렴."

어머니가 나이프를 접시에 내려놓으며 말을 잘랐다. 더 캐묻지 못한 건 아쉽지만, 그 정도면 충분한 단서가 된 것 같았다.

나는 허둥지둥 자리에서 일어났다.

"저, 저 그럼 급한 일이 있어서 좀 들어가볼게요."

"얘, 수프만 먹고 되겠어? 너……."

"배가 안 고파서요!"

"아니, 얘가 예절 배운 건 다 어디에 팔아먹고!"

죄송하지만 어머니의 질책이나 가만히 듣고 있을 때가 아니다. 나는 식당을 박차고 나와 내 방으로 뛰어갔다. 마주치는 사용인들이 인사를 건넸지만 그에 대답할 정신도 없어 그저 달리기만 했다. 덕분에 방에 도착했을 무렵 나는 숨을 잔뜩 몰아쉬고 있었다. 식사를 하러 간 듯 레이는 자리에 없었다. 레이가 있었다면 물건 찾는 데 도움을 줬을 텐데.

결국 나는 방 안을 쥐 잡듯이 뒤져 지리서와 깃펜을 찾아냈다. 옛날에 가정교사가 교재로 썼던 역사서인데, 그 안에 우리나라의 각 지명이 상세히 적혀 있던 기억이 난다. 아니나 다를까, 맨 첫 장을 펴자 커다란 지도가 접혀 있었다. 나는 수도 부근을 손으로 쿡 찍고는 그 주변을 찬찬히 살폈다.

리암.

생각보다 멀지 않다. 이전에 휴가차 오갔던 피테일 지방 바로 근처이니 그리 오래 걸리지도 않을 거다. 마차로 반나절 정도? 하루 외박한다고 치면 이틀이면 다녀올 수 있는 거리다. 하룻밤 정도는 아프다는 핑계를 대고 칩거하면 어떻게든 들키지 않고 넘어갈 수 있을 거고. 이건 레이의 협조가 필요할 텐데…….

뭐, 내가 어머니 때문에 경을 치는 꼴을 보고 싶지 않다면 레이도 알아서 변명해주겠지. 원래 사용인이란 주인의 부족함을 채우기 위해 존재하는 것 아니던가? 레이는 똑똑하고 유능하므로 '아파서 이틀을 내리 자는 카타리나' 설정에 맞춰 합리적인 행동을 할 거다. 아니면 좀 혼나고 말지 뭐.

"좋아, 완벽해."

날치기 계획이지만 콩깍지가 씌고 나니 더없이 천재적인 결정 같아

보인다. 그리고 뭐든지 실행은 빠를수록 좋다.

나는 결연하게 눈을 빛내었다.

"강행은 오늘이다."

그나저나 언제부터 이렇게 혼잣말이 자연스러워졌지? 아닌 게 아니라 벌써 습관이 되어 무심코 뱉은 말로 몇 번이나 곤혹스러웠던 적이 있었다. 다음부턴 좀 조심히 행동해야겠다. 아무리 세상이 나를 왕따시키고 있다고는 하지만 정말 아웃사이더 체질이 되어가다니 이거 큰일이군.

오해

　가족들이 다 깨어 있는 시간은 아무래도 몰래 행동하기에 마땅치 않아 모두가 잠들기를 기다려야 했다. 나는 일과 중 몰래 싸두었던 짐을 다시금 찬찬히 살폈다. 간단히 갈아입을 옷, 돈 조금과 혹시 몰라 챙긴 간식 조금 등 딱히 중요한 것은 없었다. 아닌 게 아니라 누구의 도움도, 눈으로 보이는 증거도 없는 그야말로 발로 뛰는 수사다. 덕분에 일은 상당히 주먹구구식으로 진행되고 있었다.

　초상화도 없이 모르는 여자를 찾으라니. 몇 가지 특이 사항이 있긴 하지만 말 그래도 특이 사항일 뿐 확실한 증거는 아니다. 심지어 내가 지금 찾아가려는 게리라는 여자조차 베인의 연인이 맞을지 불분명했다.

　"만약 그 여자가 아니면……."

　눈 딱 감고 포기해야겠지.

　솔직히 루셴의 마음을 되찾는 일이 훨씬 급하다. 일의 경중도 비교가 되지 않고.

　나는 마음을 비우려 애쓰며 저택을 몰래 빠져나왔다. 레이가 몰래 애인을 만나러 갈 때 썼던 개구멍의 존재가 도움이 되는 순간이다. 당시엔 쟤도 남자 좀 만나봐야지 하는 인자한 마음으로 비밀을 지켰었는데 그게 나한테 큰 기회로 돌아왔다. 이래서 사람은 마음을 착하게 먹고 살아야 한다는 것이다. 개구멍은 큰 편이 아니었지만 몸집이 작은 여자 정도는 지나갈 수 있는 크기였다.

나는 외벽에서 몇 걸음 떨어져 저택을 올려다보았다. 창가를 향해 중얼거리듯 작별 인사를 남겼다.

"레이, 잘 있어. 그리고 미안."

솔직히 말해서 좀 많이 미안했다. 아침에 했던 약속이 무색하게 레이에게도 언질을 남기지 않고 왔으므로. 그렇지만 레이에게 말했을 때 그 비밀이 지켜지리라는 보장이 없다. 말없이 외출을 몇 번 했더니 요즈음 레이에게서 '걸리기만 해봐.'라는 듯한 살기가 느껴지고 있었다.

미리 협조를 구했다면 나는 지금쯤 삼엄한 감시 속에 얌전히 잠을 자고 있지 않았을까?

그게 아니더라도 딱히 순순한 반응이 돌아왔을 것 같진 않다. 대신 나는 피오니가 그랬던 것처럼 방에 쪽지 하나를 남겼다. 내용 역시 그녀처럼 짧게, 함축적으로.

[뒷일을 부탁한다.]

내일쯤 나를 깨우러 들어온 레이가 머리를 쥐어뜯는 소소한 소동이 있겠지만. 뭐, 내 알 바는 아니다. 내 머리카락은 아니지 않은가?

내가 집에 돌아가면 레이는 또 나를 이렇게 혼내겠지.

"아가씨, 밖은 위험하다고 말했잖아요! 게다가 그런 깜깜한 밤에! 납치를 당해도 모자란다고요. 요즘 세상 흉흉한 거 모르세요? 가다가 얻어맞고 삥 뜯겨도 전 몰라요!"

나는 그녀를 흉내 내다 말고 자리에 멈춰 서 남몰래 웃음을 삼켰다. 내가 생각해도 방금 좀 진짜 레이 같았어…….

"그런 로맨스 여주인공 같은 일은 나한테 안 일어나지요오."

"젊은 아가씨가 벌써부터 노망이 났나, 길 가다 웬 혼잣말이야?"

"……."

나는 무언가를 망각하고 있었다. 얼마 전 그 로맨스 여주인공 같은 일이 내게도 일어났었다는 사실 말이다. 빌어먹게도 나는 소설처럼 시간을 돌아와 과거에 안착했었다. 밤중에 양아치를 맞닥뜨려 삥 뜯길 가능성보단, 당연히 그편이 희박하다.

"가진 거 있으면 다 내놔."

뒤를 돌아보자 껄렁한 인상의 건달이 대뜸 내게 금전을 요구하고 있었다.

나야 가진 걸 내놓고 다시 저택으로 돌아가 다음을 기약하면 된다. 하지만 그것만으로 끝나지 않을 것 같다는 게 더 큰 문제였다. 내 입으로 말하긴 그렇지만 나는 나름대로 아름다운 미모의 소유자였다. 이는 멀리서 증거를 찾지 않아도 왕국 제일의 킹카 루센과 결혼에 골인할 뻔했다는 사실만으로 알 수 있다. 자칫 반반한 여자라는 걸 들켰다간 험한 일을 당할 수도 있었다.

나는 흘긋 눈을 돌려 그들 무리의 행색을 훑었다. 건들건들한 걸음과 쓸데없이 싼 티 나는 생김새 등 동네 한량의 모습이었다. 고위 귀족 가문의 수사망을 뚫을 만한 거물은 절대 아니다. 이럴 땐 차라리 신분을 드러내고 얌전히 보내달라고 하는 게 상책이었다.

나는 한숨을 쉬며 머리에 쓰고 있던 후드를 벗었다. 그러고는 그들을 향해 근엄하게 말했다.

"사람을 잘못 보았다. 나는 리플렉츠가의 장녀 카타리나 레종 드 리플렉츠다. 그냥 보내준다면 나중에 큰 사례를 약속하지."

그리 말하며 나는 찬찬한 눈으로 그들을 훑었다. 깜짝 놀라 굽실거리며 자리를 비킬 때가 되었는데, 그들은 자리에 그대로 뻣뻣이 서 있었다.

"푸하하하하!"

돌연 터진 웃음소리에 나는 당황한 표정을 떠올렸다. 거짓을 말했다 비웃음을 당한 것인가. 수치스러움에 다시 일갈하려는데 건달 대장이 진심으로 화난 표정을 지었다.

"아무리 천한 것이로서니 리플렉츠 후작가의 적녀 얼굴도 몰라볼 것 같으냐. 1년 전 평화제에 대표격으로 춤을 추셨을 당시 가장 가까이에서 봤던 게 바로 나다. 눈을 부라리고 위협하니 다들 비켜줬거든. 이 얘기가 중요한 게 아니고, 아무튼, 그분은 그야말로 절세미인이란 말이 아깝지 않은 분이셨지."

회귀 전으로 치면 한참 전의 일이라 거의 잊고 있었던 일이다. 생각해보니 정말로 그런 기억이 있었다.

평화제 첫날엔 덕목을 갖춘 귀족 여성이 나와 춤을 추는 의식이 있다. 고위 귀족가의 여식이라면 한 번씩 거쳐 가는 관문 같은 것인데, 나 역시 열일곱 무렵 그에 뽑혀 춤을 추었었다. 새삼 언급된 과거에 나는 눈을 감고 진한 향수를 음미했다.

"그래, 그랬었지. 그게 바로 나……."

"근데 그 얼굴로 감히 나를 속이려 들다니! 리플렉츠가에 모욕을 줬다며 끌려가 치죄를 당하지 않는 걸 감사히 여기도록 하여라, 계집! 만약 저를 사칭하는 네 모습을 보았다간 카타리나 님, 그 어린 분이 눈물을 다 쏟으셨을 거다. 에잉, 쯧쯔!"

아, 님 그거 화장발…….

평소에도 공들여 화장을 하긴 하지만, 평화제는 정말 중요한 자리였기 때문에 손재주로 유명한 인물을 수소문해 분칠을 했었다. 확실히 결과물은 내가 보기에도 정말 예뻤으나 그건 거의 내 얼굴이 아니었다. 부모님이 나를 못 알아봤다면 말 다 한 일이다. 거의 이목구비 개조의 수준이었달까?

그 얼굴과 내 지금의 민낯이 비교되는 건 당연한 일이다. 나는 지끈 거리는 머리를 문지르며 입을 열었다.

"믿어지진 않겠지만 그게……."

"닥쳐라, 계집!"

"그래, 정말로 믿어지진 않겠지만 그게 바로……."

"못생긴 계집!"

"아, 사람 말 좀 끝까지 들으라니까!"

내가 눈을 감고 빽 악을 썼다. 오크랑 친구 할 것 같은 험상궂은 아저씨한테서 못생겼다는 소리를 들으니 수치스럽기 그지없다.

아니, 뭐 자기는 얼마나 잘났다고 그래? 별꼴이야!

"뭐 그래도, 썩 봐줄 만한 낯짝인 건 맞군."

질끈 눈을 감았다 뜨는데 무두 가죽 같은 커다란 손이 바로 뺨 옆에 있었다. 나는 이를 악물고 건달을 노려보았다.

"이 손 치우지 않으면 아주 더러운 꼴을 보게 될 거야."

"원래 앙칼진 계집이 잡아먹는 맛이 있지."

"성질 더러운 아저씨야말로 무릎 꿇리는 재미가 있다는 걸 모르나 본데?"

"뭐? 푸핫, 그래. 나를 어떻게 무릎 꿇려줄 건가? 그 소젖으로 우유를 짜 주면 내 기어서라도 마시지."

"이 무례한……!"

내가 주먹을 치켜든 것과 동시에 둔탁한 타격음이 울려 퍼졌다.

난 아직 안 때렸는데?

"괜찮으십니까?"

그리고 나는 이 목소리를 안다.

"멀쩡해요."

"아니, 이 미친놈이 여기가 어디라고 끼어들어……."

내 대답을 듣자마자 고개를 돌린 그가 건달을 다시금 후려갈겼다. 왼쪽 뺨을 얻어맞고 흥분해서 항의하던 남자는, 이번엔 아예 바닥에 얼굴을 처박았다.

이후는 일방적인 폭행이었다. 모욕을 만회해보겠다며 다가왔던 건달 2와 건달 3은 차라리 두 대에 기절한 대장이 부러워지는 몰골을 하게 되었다.

아마 한 대 맞는 순간 항복을 외치고 싶은 심정이었을 텐데, 그럴 기회는 오지도 않았다. 배를 제대로 얻어맞아 숨도 제대로 못 쉬고 있는 듯 보였으니까.

피떡이 된 건달들은 그대로 기절했다. 그리고 소설 같은 무공을 선보인 남자는 남자 주인공처럼 멋있게 내게로 돌아왔다. 바람에 흩날리는 검은색 머리칼, 뒤편에 빛나는 달로 비치는 역광, 뺨 주변에 튄 피 한두 방울은 묘하게 색스럽기까지 하다. 다만, 분명 덤벼든 건달들은 다 해치운 후인데도 화난 듯한 표정은 사그라지지 않았다.

내 앞으로 다다른 남자가 대뜸 내 팔을 붙잡았다. 그러고는 이를 악물며 소리쳤다.

"주변 사람을 경계하라고, 댁에서 나오지 말라고 했잖습니까! 이딴 별것 아닌 인간들에게까지 위험을 자초합니까. 왜, 대체 왜!"

몹시 흥분한 듯 베인 조르제의 눈은 붉게 달아올라 있었다, 어찌나 세게 쥐었는지 그에게 잡힌 팔이 다 아릿할 정도였다.

나는 눈살을 찌푸리며 그를 뿌리쳤다.

"이거 놔요. 도와준 건 고맙지만 그 이상의 참견은 사양이에요."

"지금 어떤 짓을 당할 뻔했는지 정말 몰라서 묻는 겁니까?"

"내게 계속 손을 댔다간 그치들이 어떻게 됐을지는 알죠."

나는 오른손을 내밀어 보였다. 날이 어두웠지만, 중지에 끼인 황금 장신구를 알아볼 정도는 되었다.

"전기를 다루는 아티팩트예요. 힘을 실어서 급소 근처를 치면 어지간한 덩치도 기절시킬 수 있죠. 단순히 고통스럽게 하는 거라면 그 이상도 가능해요. 대책 없이 밤 나들이를 나온 건 아니라는 소리예요."

그리 말하며 손을 거둬들였다. 남자가 그런 나를 빤히 쳐다보았다. 질긴 눈으로 나를 응시하던 시선이 그대로 바닥에 내려앉았다. 그가 오른손으로 마른세수를 하며 느린 한숨을 내쉬었다.

"어디 다친 곳은 없으십니까?"

베인 조르제가 잠긴 음성으로 물었다. 나는 느리게 눈을 깜빡이며 대답했다.

"아까 말했던 대로 없어요."

"그 아티팩트를 사용했을 때 몸에 생기는 부담도 없습니까?"

마법이랄 게 존재하긴 하나 역사책에나 존재하는 천년 영광과 달리 그 희귀성이 엄청난 시대였다. 존재하는 마법사라고 해봐야 대단치 않은 수준이고 제대로 된 아티팩트는 더더욱 귀하다. 일시적으로 마력을 쓰게 해주기는 하나 고통, 노화 등의 부작용이 뒤따르는 물건도 많다. 그러나 다행히도 리플렉츠 후작가의 위세가 불량품을 사용할 정도로 기울지는 않았다.

"조상 대부터 내려오는 귀한 물건이에요. 물론, 다른 어중간한 물건들과 질적으로 달라요."

"다행이군요."

그가 자리에서 일어났다. 나는 그제야 그의 눈을 똑바로 들여다보았다. 약간의 걱정과 안도감. 그 외의 것은 보이지 않는다. 내가 여기 있는 줄은 또 어떻게 알고 왔을까. 운명이라도 된다는 걸까.

말도 안 되는 소리.

"여긴 어떻게 오셨어요? 그냥 기분이 그랬다는 말도 안 되는 변명을 하시려는 건 아니겠죠?"

"이 주변을 자주 산책합니다."

"안 믿기지만, 뭐 됐어요. 따지고 들 힘도 없네요. 그럼 이만 가보세요. 그리고 웬만하면 남의 집 담벼락 주변은 산책길로 삼지 마시고요."

그와 얼굴 부대끼며 오랜 얘기를 나누고 싶진 않았다. 더 따지고 들 기력도 없어 나는 그대로 발을 뗐다. 그러나 남자의 발걸음은 금세 나를 쫓아와 길을 가로막았다.

"댁에 돌아가십시오."

"참견 마요."

"외출을 하시려거든 호위를 데리고 낮에 나오십시오. 가족들이 모르는 가출은 생각도 마시고요."

"방금 내가 참견 말라고 하지 않았나요?"

"참견하지 않으면, 당신 혼자 가서 뭘 어떻게 하실 겁니까?"

"내가 알아서……!"

그를 옆으로 밀쳐내려는데 대뜸 팔이 붙잡혔다. 그의 손이 위를 타고 올라 예의 반지 쪽을 향했다.

반지를 낀 손을 잡아챈 그가 그것을 내 눈앞으로 들이대었다.

"이게 귀한 물건인 건 압니다. 확실히 하나는 상대할 수 있겠죠. 하지만 둘은? 셋은? 열은? 아무리 그런 물건이 흔치 않은 시대라고 해도 여럿을 상대하는 동안 아무도 기현상을 느끼지 못할 것 같습니까? 글쎄요, 저라면 그 수상쩍은 반지부터 뺏으려 들 것 같은데요."

"이봐요."

"만약 실력 있는 암수가 암살이라도 시도하면, 이 손 한 번이라도 휘두를 짬이 있을 것 같습니까? 그렇게 사람이 태평합니까!"

"대체 왜 화를 내는 거예요?"

그에게 붙잡힌 손을 빼내었다. 애초에 세게 잡힌 것은 아니었기에 생각보다 그의 저지는 손쉽게 풀렸다. 내가 다시 목에 힘을 주며 소리 쳤다.

"대체 왜, 당신이 화를 내냐고요!"

오지랖에 가까운 괜한 참견을 들었고 일갈 당하는 무례도 겪었다. 대체 왜 그가 이리 나서는지를 모를 일이었다.

"호위 문제라 치면 용병을 구할 생각이었고, 수도 벨로나가 그 잠깐 의 거리에서 수준 떨어지는 양아치 이상을 만날 만큼 치안이 안 좋은 곳도 아니에요. 그래요, 조금 과감했을 수는 있어요. 그런데 그게 당 신이 저지른 무례를 참아내야 할 만한 잘못이 되나요?"

"그게 왜 잘못이 아닙니까!"

베인 조르제가 나를 따라 소리쳤다. 그로 할 말이 그치지는 않은 듯 그가 이어 외쳤다.

"자기 목숨 소중히 안 여기는 게 어떻게 잘못이 아닙니까!"

이윽고 그가 입을 다물었다. 입술을 깨무는 남자의 얼굴이 일렁인 다. 그가 숨을 토해내며 스스로에게 말하듯 읊조렸다.

"제가 걱정을, 걱정을……."

그의 목소리가 차츰 잦아들었다. 날것의 감정이 너무나 선명해 나 는 쉽사리 입을 열 수 없었다. 그가 반복해 말했듯, 나를 걱정하고 있다는 것은 확실히 알 수 있다. 저 얼굴을 보고도 그걸 믿지 않을 수는 없었다.

하지만 그 이유를 알 수가 없다.

그는 말했다. 나를 사랑한다고. 그리고 동시에 여럿의 거짓을 함께 입에 담았다. 그러나 그가 저렇게 나를 보며 진실된 눈빛을 할 때에는, 그가 마치 나를…….

"댁으로 못 돌아가시겠다면, 제가 같이 가겠습니다."

가볍게 고개를 저은 남자가 통첩하듯 말했다. 순식간에 현실로 끌려 나온 느낌이라, 나는 잠시 후에야 정신을 차리고 되물었다.

"네?"

"제가 같이 가겠다고 말씀드렸습니다. 고르십시오. 이대로 댁에 돌아가실 것인지, 아니면 저와 함께 가겠다고 약조하실 건지."

나는 황당하다는 표정을 지었다.

"지금 그걸 말이라고 하세요?"

"그 외의 선택지는 없습니다. 결정을 못하시겠다면 그대로 영애를 데리고 후작저를 방문하겠습니다. 한밤중 홀로 돌아다니는 여인을 집까지 바래다드리는 걸, 아무도 무례라고 하진 못할 겁니다."

그리 말하며 베인 조르제는 내가 들고 있던 가방을 빼앗아 들었다. 그러고는 성큼성큼 저 멀리로 먼저 걸어가버렸다. 너무나 삽시간에 일어난 일이라 이성적으로 뭘 판단하고 말고 할 것도 없었다. 재빨리 따라가 그를 붙잡으려 했으나. 당연히 그의 속도가 훨씬 빨랐다. 그가 정말 정문 쪽으로 가려는 기색이었기에 나는 그를 황급히 불러 세웠다.

"알았어요, 알았어요! 같이 갈 테니 그거 이리 줘요!"

"못 드립니다."

"뭐라고요?"

"짐만 들고 도망치실지 어찌 압니까. 마차를 탈 때까진 제가 들고 있겠습니다."

나는 어처구니없다는 표정을 지우지 못했다. 그러나 내 얘기를 듣기는 들은 듯 그의 걸음이 느려졌다. 내가 나란히 속도를 맞춰 걸을 수 있을 정도로 말이었다. 그와 보폭을 맞추는 것이 자존심 상하는 일처럼 느껴졌지만, 이 상황에 따로 떨어져서 걸을 수도 없었다. 결국 나는 한숨을 내쉬며 그의 옆으로 가 섰다.

"이 늦은 밤에 어딜 가시려 하십니까?"

"소공작님이야말로 야심한 밤에 먼 데까지 행차하셨네요."

"저와 양을 비교할 수 있습니까. 안전 문제를 얘기하고 있는 겁니다."

"여인들이 안전치 못하도록 사고를 치는 건 대개 아랫도리 간수를 못하는 남자들이죠."

그렇게 말하며 그에게 눈을 흘기는데, 베인 조르제 역시 내 쪽을 쳐다보고 있었다. 속 좁게 행동한 듯한 느낌에 나도 모르게 찔끔해 다시 앞을 보았다. 서로 신경전을 주고받기만 하는데 이래서야 정말 목적지에 잘 도착할 수 있을까. 아니, 애초에 그와 같이 제대로 된 탐문이란 걸 할 수 있긴 할까.

그에게 지난 연인의 흔적을 찾고 있다는 사실을 들키는 것은 상상만 해도 끔찍했다. 만약 내가 게리라는 여자를 찾아가는 걸 알았을 때 남자의 반응이 어떨지 알 수 없다.

만약 그녀가 맞다면 연인의 정체를 알게 되는 대신 베인에게 제 뒤를 캐고 있었다는 사실을 들킬 것이고, 베인에게 들키지 않는다면 연인의 정체도 오리무중에 빠지게 되는 도무지 이득이랄 게 없는 동행

313

이었다. 리암에 도착한다면 그대로 그 몰래 도망을 쳐야겠다. 그런데 저 단련된 남자를 두고 그게 가능은 할는지.

싱숭생숭한 마음에 바닥만 보며 걷는데 별안간 이마에 무언가가 부딪쳤다. 앞머리를 문지르며 고개를 들자 남자의 넓은 등이 시야를 가렸다. 그가 내게 짧게 시선을 주었다가 다시 앞을 가리켰다.

"도착했습니다. 마차를 빌려 타도록 하죠."

눈을 들어 확인해보니 그의 말대로 마차와 말을 빌리는 곳에 다다라 있었다.

"잠깐만요. 얼굴을 가려야 해요."

나는 그를 불러 세우고는 겉옷에 달린 모자를 썼다. 깊숙이 누르자 얼굴 반절 정도가 가려졌다. 만일 외간남자와 같은 마차라도 탔다간 추문이 어떻게 번질지 알 수 없다. 이 정도의 변복은 해야 안심이 될 것이었다.

야심한 밤이어서인지 주인장은 자고 있었다. 문간에 설치한 종을 몇 번 울리자 피곤한 얼굴의 남자가 반쯤 눈을 감은 채 걸어 나왔다. 채 정신도 차리지 못한 듯한 주인에게 베인 조르제가 대뜸 용건을 읊었다.

"마차 하나와 말 둘을 빌리고 싶소. 목적지는……."

말을 하다 말고 그가 내게 시선을 주었다. 그러고 보니 그에게 어디로 간다고 말을 하지 않았었다. 나는 목깃 부분을 쥐고는 최대한 목소리를 낮추어 말했다.

"리암으로 갈 계획이에요. 아마 이틀 안으로 돌아올 거고요."

"마차는 질이 좋은 것이었으면 좋겠는데."

내가 말을 마치자마자 베인이 끼어들었다. 나와 베인 조르제를 번갈아 보던 주인이 마구간 쪽으로 걸음을 돌렸다.

"마침 가장 비싼 마차가 남아 있지. 가격이 좀 나가지만 착승감은 꽤 괜찮아."

말이 많은 편인지 주인은 그 외에도 말이나 마차에 관한 이런저런 이야기들을 늘어놓았다. 나는 얼른 안으로 들어가 숨고 싶은 심정이었기에 그 긴 수다가 달갑지는 않았다. 아니나 다를까, 내내 나를 수상쩍게 여기는 듯하던 주인이 툭 물음을 던졌다.

"근데 아가씨는 왜 얼굴을 가리고 다니우? 뭐 수상한 사람 아니야?"

잠시간 베인과 나 사이에 정적이 돌았다. 이렇게 대놓고 물어볼 줄은 몰라 상황극도 짜지 않고 왔다.

아니, 마차 빌리러 왔으면 돈만 잘 내면 되는 거 아닌가?

그냥 넘어가라는 염원을 담은 시선을 보냈지만 의심의 눈초리는 지워지지 않았다. 상황을 수습하려 먼저 나선 것은 베인 조르제 쪽이었다.

"내 여동생이오."

"근데 왜 저리 얼굴을 가리고 있는감?"

베인 조르제가 도움을 청하듯 나를 돌아보았다. 그러나 나야말로 이 상황을 타개할 방법이 생각나지 않는 건 마찬가지다. 결국 베인 조르제는 별다른 소득 없이 다시 주인을 대면했다. 그가 한 번 눈을 감았다 뜨며 느릿하게 말했다.

"너무 못생겨서 얼굴을 가리고 다니고 있소."

"……."

아니, 변명이 필요해도 그렇지 저렇게 말을 할 건 또 뭐람? 차라리 신분 밝히고 입 다물라고 돈이나 찔러주는 게 낫겠네!

당연히도 주인장은 여전히 미심쩍은 얼굴을 하고 있었다. 그 사실이 초조했는지 베인 조르제는 안 해도 될 말을 더 했다.

"내 여동생은 모든 사람이 보자마자 토를 쏟는……."

뭐야?

"아주 끔찍한 얼굴로, 지나가던 사람한테 못생겼다고 얻어맞은 적도 있소. 주인장도 때리고 싶어질지 모르니 안 보는 게 나을 거요."

"……."

"그렇지, 카레?"

이젠 하다 하다 카레다.

나는 모든 것을 포기한 깊은 한숨을 내쉬었다.

"네, 오라버니. 저는 참 못생겼지요……."

내가 힘없이 대꾸했다.

"저런……."

나를 보는 주인의 눈에 언뜻 측은한 빛이 돌았다. 혀를 끌끌 차는 것으로 보아 정말 안됐다고 생각하는 듯싶었다.

이런 말도 안 되는 거짓말은 차라리 믿지 마!

"그런데 얼마나 못생겼기에 저렇게……."

"흠, 친절한 사장님께 팁을 드릴까 하는데. 얼마가 적당하겠소?"

팁이란 말에 내게 두었던 짧은 관심은 완전히 거두어졌다. 주인은 온순하고 순종적인 얼굴로 '하하! 얼마든 좋지요. 아, 물론 많이 주시면 더 좋고요.' 같은 요지의 말을 단어만 바꾸어 반복했다. 짐작하건대 처음부터 팁 얘기를 꺼냈으면 내 모자엔 관심도 가지지 않았을 거다.

"혹시 마차를 몰 인부도 빌릴 수 있을지 궁금하군. 사례는 이 정도가 어떨까 하는데."

베인 조르제가 그렇게 말하고는 주머니에서 얼마간을 꺼내 보였다.

눈동자가 금빛 탐욕으로 물든 주인이 번쩍 손을 들었다.

"제가 하겠습니다!"

심히 과한 대가를 받은 주인의 말투는 어느새 존대로 바뀌어 있다. 아닌 게 아니라 말 기백은 빌릴 수 있을 액수였다.

"잘되었군. 이 금액이 뭘 의미할지 모르는 철부지는 아니리라 믿소. 우리는 아주 조용한 여행을 하고 싶거든."

베인 조르제가 입가에 검지를 갖다 붙였다. 이 여행에 대해 함부로 입 밖에 내지 말라는 의미였다. 받을 돈에 눈먼 주인은 당연히도 바로 고개를 끄덕였다.

신이 난 주인이 한달음에 운전석으로 가 앉고, 베인 조르제는 나를 마차 안으로 안내했다. 그가 문을 닫음과 동시에 나는 답답한 모자를 벗었다. 그러고는 등받이에 기댄 채 눈알만 굴려 베인을 보았다.

"아까 다 보셨나 보네요."

"무얼 말씀이십니까?"

내가 눈을 가늘게 뜨며 대답했다.

"제가 못생겼다고 맞을 뻔했다면서요."

"상황을 모면하기 위한 거짓말이었을 뿐입니다."

"거짓말치곤 굉장히 자연스러우시던데요. 심정 토로하시는 줄 알았어요."

나는 그렇게 말하며 창가에 팔을 올렸다. 손등에 뺨을 괴고, 빤한 시선으로 남자를 응시했다.

"평화제 때와 제 얼굴이 그렇게 다른가요? 아니, 소공작님은 안 보셨으려나."

잠시 침묵하던 남자가 이윽고 입을 열었다.

"봤습니다."

마치 풋사랑을 하는 소년처럼 조심스러운 기색으로.

"아름다우셨습니다."

베인 조르제가 머뭇거리는 모습은 거의 처음 본 것 같았다. 조금 당황했지만, 나는 애써 아무렇지 않은 척 다시 물었다.

"지금은요? 처음 질문은 많이 달랐냐는 물음이었는데."

베인 조르제가 고개를 끄덕이며 긍정했다.

"확실히 제가 아는 얼굴은 아니었죠."

과연 간만에 찾아온 간질간질한 분위기는 오래가지 않았다. 나는 창 밖으로 향했던 고개를 돌리며 얼굴을 구겼다.

"뭐가 어째요?"

내 성질에도 아랑곳 않고, 원래 이렇게 말하려 했다는 듯이 그가 말을 이었다.

"하지만 저는 카타리나 양의 지금 모습이 더 자연스럽다고 생각합니다."

뭐야, 이거. 욕이야, 칭찬이야? 꾸며봤자 인조인간 같으니 차라리 민낯이 낫다는 건가?

"익숙해서 좋다, 이 말씀이신가요?"

"익숙한 건 좋은 게 아닙니다. 익숙하다는 건 가슴 아픈 일이죠."

어떻게든 에둘러 칭찬을 들으려 했지만 그가 돌려준 건 영 뚱딴지 같은 대답이었다. 나는 곰곰이 그가 한 말을 되짚다가, 결국 미간을 좁히었다. 그의 발언을 조합했을 때 나오는 건 한 가지 결론이다.

"제 민낯이 익숙해서 가슴까지 아프다는 건가요?"

"⋯⋯이야기가 왜 그렇게 새는지는 모르겠지만, 나쁜 뜻으로 드린 말씀이 아닙니다. 자연스럽다는 것과 익숙하다는 건 다른 의미죠. 자연스럽다고 말씀드린 건, 말 그대로 지금 모습이 카타리나 양께 더 잘 어울린다는 말입니다."

"그러니까 내가 자연스럽게 못생겼다는 뜻이죠, 그거……?"

나는 긴가민가한 기색으로 되물었다. 분위기상 칭찬인 것 같긴 한데, 베인 조르제는 칭찬도 욕처럼 들리게 하는 재주가 있었다. 잠시 곤란한 표정을 떠올리던 남자가 지그시 눈을 감았다. 천천히 되뜨며 곤란한 투로 말했다.

"마치 영애께서 저를 놀리시는 것 같군요."

베인 조르제가 내게로 눈을 맞췄다. 그러고는 분명한 음성으로 말했다.

"예쁩니다. 제 눈에 양이 아름답지 않게 보인 적은 없습니다."

"……."

"만족할 대답이 되셨습니까?"

그에게서 예쁘다는 말 한번 듣자고 판을 벌이기는 했지만, 막상 원하던 말이 나오니 몹시 당혹스러웠다. 그에게 지금처럼 우선권을 가지고 따지고 들 일이 없어 반쯤 재미로 그랬던 것인데 남자의 대답은 몹시 진지했다. 좀처럼 대답을 하지 못하는 내게 베인 조르제가 다시 말을 건네었다.

"그래서 다른 누군가도 양을 어여삐 보고 몹쓸 짓을 할까 봐, 그것이 걱정되어 따라왔습니다."

나도 모르게 딸꾹질을 삼켰다. 그리고 그와 동시에 마차가 멈추었다. 성벽에 다다른 듯 창문 너머로 거친 돌벽을 올려다볼 수 있었다. 검문을 위한 것인지 누군가가 마차 근처로 다가오는 인기척이 느껴졌다. 베인 조르제는 검지를 입에 가져다 대고 조용히 하란 표시를 하더니, 손수 내 모자를 당겨 씌워주었다.

곧 바깥에서 마차 문을 두드리는 소리가 났다.

"검문이 있겠습니다."

왜 본인은 얼굴을 가리지 않을까, 그런 의문이 무색하게 베인 조르제는 머뭇거림 없이 창을 열었다. 졸린 기색을 하고 있던 병사의 눈이 크게 뜨였다.

"소…… 소공작님?!"

"조용. 도성 밖으로 급히 나가볼 일이 있다. 이 마차는 본 기억이 없는 것으로 알아두었으면 좋겠군."

"예, 예……? 하지만 그건……."

"내가 더 높으신 분의 이름까지 대어야 사안의 중요성을 알아줄 텐가?"

"아닙니다! 시정하겠습니다!"

기합이 바짝 든 병사가 하얗게 질린 얼굴로 떠나갔다. 그 후로는 일사천리였다. 너무 쉽게 빠져나와 김이 다 샜을 정도다. 거대한 성문을 지나고, 우리는 곧 수도 밖의 하늘을 볼 수 있었다.

"너무 쉽네요."

"이런 특권이라도 없으면 도무지 즐겁게 살 수 없는 위치니까요."

"다른 사람이 들으면 욕하겠어요."

"소중하지 않은 사람의 비난은 의미가 없습니다."

거참 철벽같은 사나이다.

나는 모든 걸 다, 아니, 거의 가졌으면서 쓸데없이 염세적으로 구는 남자를 잠시간 응시했다. 창 밖을 내다보던 베인 조르제가 문득 생각났다는 듯 물어왔다.

"성문은 어찌 빠져나가시려고 했습니까?"

"용병을 쓸 계획이었다니까요."

돈을 주면 뭐든지 하는 그들에게 사람 하나 숨겨 나가는 건 일도 아니었을 것이다. 베인 조르제가 했던 것처럼 권력을 행사하는 대신 눈앞에 꽉 찬 주머니를 흔드는 방법도 있겠지.

"믿을 수 있는 용병을 사는 건 쉬운 일이 아닙니다."

"언제까지 절 타이르기만 하실 건가요?"

"불쾌하셨다면 사과드리겠습니다."

"무례를 용서할게요."

내 말에 베인 조르제가 짧은 웃음을 흘렸다. 그의 입꼬리는 어느새 보기 좋은 모양새로 올라가 있었다. 그 모습을 본 나 역시 무의식적으로 미소를 지었다. 뒤늦게 아차 하긴 했지만.

위기에서 좀 구해줬다고, 걱정하는 소리 좀 들었다고 벌써 마음이 풀어진 건 아니겠지? 그렇다면 레이첼에게서 머릿속을 푸딩으로 채웠느냐는 비웃음을 들어도 할 말이 없다. 마음속으로 스스로를 다잡는데 베인 조르제가 졸린 음성으로 말했다.

"밤이 늦어 곤하군요. 먼저 한숨 자겠습니다."

그러고는 그가 눈을 감았다.

지금 자둬야 내일 기운을 내어 돌아다닐 수 있다는 걸 알면서도, 나는 그처럼 쉽사리 잠들지 못했다. 대신 나는 베인 조르제의 불규칙한 숨소리가 찬찬히 잦아들기까지를 쭉 지켜보았다.

얼마나 지났을까. 사위가 어둡고, 말발굽이 땅을 박차거나 마차 바퀴가 구르는 소음만 은은히 들리는, 그래서 사람의 기척이라고는 없는 이 와중에.

나는 오늘 나를 구하려 했던 남자를 보며 불쑥 입을 열었다.

"당신이 왜 내 걱정을 하는데요?"

그의 얼굴에 빤히 시선을 고정한 채 물었다. 꿈나라로 떠난 그는 듣지 못할 혼잣말이었지만, 이렇게라도 그에게 물어보고 싶었다.

"대체 당신이 왜 나를 좋아하느냐고."

말을 마치고는 꾹 입을 다물었다. 야속하게도, 어쩌면 다행히도 그는 여전히 잠들어 있었다. 그러므로 지금 내 물음에 대답을 들려줄 사람은 없다.

나는 무의식적으로 남자를 향해 손을 뻗었다. 그러고는 그의 눈썹이나 콧날, 입술 따위의 것들을 천천히 쓸어보았다. 그의 생김새를 기억 속에 새기듯이 말이다. 남자의 입술은 유난히도 따듯했다. 말랑하고, 부드럽고, 입이라도 맞췄다간 애타게 스며들 듯한.

"나는 당신한테 그런 애절한 감정을 준 기억이 없단 말이야."

천천히 그에게서 손을 거두었다. 등받이에 파묻힐 만큼 뒤로 물러나고는, 의자 위로 다리를 올려 끌어안았다. 그러면서도 베인 조르제에게 머문 시선은 좀처럼 떼어내지 않았다.

나를 사랑해줬던 루셴은 더 이상 그 마음을 기억하지 못하고, 생각지도 못했던 베인 조르제는 알 수 없는 구애를 한다. 평생에 한 사람이 사랑받을 수 있는 총량이 존재한다면 루셴이 주던 몫이 베인 조르제에게 옮겨 가기라도 한 것인지. 그럼 이제 나를 좋아해줄 사람은 베인밖에 남지 않은 건지.

그렇다면 내 사랑의 총량은 어디에 있을까.

나는 그대로 무릎에 얼굴을 파묻었다.

"사람 맘이 뭐 이래? 망할 신 같으니라고……."

"잘 주무셨습니까?"

익숙한 음성이 나를 흔들어 깨웠다. 무의식적으로 눈을 뜨자 시야로 어슴푸레한 햇빛이 스몄다. 그때까지도 잠이 덜 깨었던지라 나는 한참 멍한 눈을 끔뻑였다.

레이치고는 목소리가 좀 굵은데? 아니, 잠깐. 어깨가 쓸데없이 넓은 것도 같아. 그리고 무엇보다 레이는 말린 지푸라기 같은 갈색 머리카락을 가지고 있다고. 절대 저렇게 칠흑 같은 빛과 우아한 광택을 내지 않아…….

그리고 나는 번뜩 눈을 떴다. 다급하게 몸을 일으킨 것도 당연한 이치였다. 그런 내 시야에 든 것은 어젯밤 내 앞에서 잠들었던 베인 조르제였다.

나는 다급히 얼굴을 더듬으며 중얼거렸다.

"세상에, 미쳤나 봐. 남우세스럽게 외간 남자 앞에서 퍼질러 잤어?"

쉴 새 없이 스스로를 저주하며 작은 손거울을 꺼내 들었다. 재빨리 비춰 본 얼굴은 어제보다 백만 배는 참혹했다. 실로 저 남자에게 못 볼 꼴이란 못 볼 꼴은 다 보이고 있었다.

"거의 다 도착했습니다."

정신없이 얼굴을 매만지고 있는 나와 반대로 베인 조르제의 어조는 심히 평온했다. 나는 푸석한 얼굴을 가리려 노력하며 물었다.

"얼마나 더 가야 할까요?"

"거의 영지 앞입니다. 마차와 말을 맡기고 간단히 아침 식사라도 하지요."

"배가 고프긴 하네요."

어젯밤 아픈 척을 하느라고 저녁도 제대로 먹지 않았었다. 새벽 중 열심히 나돌아다닌 데다 흔들리는 마차 안에 있으니 공복감이 더 심했다. 따뜻한 스튜 한 그릇 들이켜면 더 소원이 없으련만.

"이젠 들을 때도 된 것 같군요."

뜬금없이 나온 말에, 나는 그가 무슨 말을 하는지 잠시 알아듣지 못했다. 그가 이어 부연 설명을 하고 나서야 그 질문의 의미를 이해했다.

"리암까진 왜 오려고 하셨습니까?"

"관광을…… 하려고요."

내가 우물쭈물하며 대답했다. 남자의 눈썹이 날 선 모양을 띠게 된 것은 어쩌면 당연한 일이다.

"혼기가 다 찬 여인이 새벽에 몰래 댁을 빠져나오기까지 했는데, 그 이유가 얼마든지 부모를 졸라 갈 수 있는 여행이라? 후작께서 바로 근처 지방으로의 관광도 이해 못하실 분은 아닐 텐데요."

나도 아버지에게 따로 말씀드리고 나오는 방법을 생각 못한 건 아니었다. 하지만 어머니에게서 리암에 살았던 오종 여자 사촌 딸의 존재를 들은 이상, 그리고 아버지가 그걸 아는 이상 이상히 여길 것이 틀림없었다. 아버지에게 수상쩍은 기색을 들켰다간 가까운 미래가 몹시 피곤해질 것이다.

"부모님께 말씀드렸다간 혼자 가진 못했을 것 아니에요."

내가 재빠르게 머리를 굴려 변명했다. 그러나 당연히도 불신은 그것으로 끝나지 않았다.

"굳이 혼자 갈 필요가 있다는 건, 그만큼 비밀로 할 일이 있다는 뜻 아닙니까?"

정곡을 찔린 나는 당황을 들키지 않기 위해 낮은 헛기침을 했다. 정말 질기기가 찰거머리 수준이다. 나는 어떤 것도 발설할 수 없다는 완강한 낯으로 고개를 내저었다.

"사람은 누구나 혼자만의 시간이 필요해요."

"말꼬리 잡기를 하려 드시는군요."

"그대가 잘했던 일이죠."

내 대꾸에 베인 조르제가 눈썹을 추켜세웠다. 무언가를 더 따지려는 듯하던 기색의 남자가, 이내 눈을 감고 고개를 흔들었다.

"뭐, 좋습니다. 계속 영애를 따라다니다 보면 직접 듣지 않아도 자연히 알게 될 테니 말이죠."

"……."

문제는 이거다. 아무리 숨기려 해도 그가 지켜보고 있는 이상 숨길 수가 없다는 것.

그에게 들키지 않기 위해선 정말 관광인 척 위장을 해야 한다. 그러나 그러면 모처럼의 가출에 결실이 없는 것은 당연지사고, 무엇보다 이번을 놓치면 다음 기회가 있을지 없을지도 모른다. 어떻게 해야 할지 고민하는데 바깥에서 그제까지 잊고 있었던 마차 주인의 목소리가 들려왔다.

"나리! 도착했습니다. 마을 어디로 모실까요?"

베인 조르제가 내게로 눈을 돌리며 물었다.

"여관과 식당을 겸업하는 곳으로 가는 것이 좋을 것 같은데, 영애께선 어떻게 생각……."

"여, 여관이요?"

남자의 말이 끝나기도 전에 나는 몹시 놀라 소리쳤다. 무슨 의중으로 여관으로 간다고 하는지 이해가 가지 않았던 탓이다.

여관이라는 단어를 들었을 때 바로 그렇고 그런 짓이 연상됐다면 이는 내가 타락한 것일까?

아니다. 혈기왕성한 젊은 남녀가 같이 여행을 떠나, 남자가 숙박을 제안한다면 이건 의심하지 않을 수가 없는 상황이다. 게다가 발언의 진위성은 둘째치고 어쨌든 베인 조르제는 나를 좋아한다고 말했었다!

"저…… 저를 얼마나 쉽게 보았으면 그런 말씀을……."

내가 몸을 감싸 끌어안으며 파렴치하다는 눈으로 그를 흘겼다. 자연히 속눈썹이 파르르 떨렸다.

"설마 저와 그…… 끈적하고 은밀한 상황을 꿈꾸셨다면 당장 포기하세요!"

치한을 보는 듯한 내 태도에 베인 조르제가 두통이 인다는 듯 제 관자놀이를 문질렀다.

"마차를 맡겨둘 의향이었습니다. 저희가 잠을 청할 동안 밤을 새워 달렸을 저 남자의 쉴 자리도 마련해주어야 할 테고요. 무슨 엄한 생각을 하신 겁니까?"

"그럼 미리 말을 하시지……."

내가 슬그머니 몸을 감쌌던 팔을 내렸다. 그러고는 다시 바르게 앉아 작게 헛기침을 했다.

민망하다. 민망해 죽을 것 같다.

"오해해서 미안해요."

"됐습니다."

쓸데없는 말을 하는 바람에 민망한 공기가 피어올랐다. 덕분에 목적지에 도착할 때까지 베인 조르제나 나나 창 밖만 쳐다보고 있는 수밖에는 없었다.

"다 왔습니다!"

마부가 던진 기쁜 외침에 마차에서 내려섰다. 밀폐된 공간에서 그와 마주 앉아 있는 것은 생각보다 고역이었다. 밤에는 피곤하기도 하여 신경 쓸 새가 없었는데 아침이 되어 햇빛이 밝으니 쉽게 무시하고 넘길 거리가 아니다.

"흠흠, 날이 밝네요."

당황한 티가 나지 않도록 내가 목을 가다듬으며 말했다. 베인 조르제에게서 별다른 대답이 들려오지 않았기에 나는 더 바깥 풍경에 더 심취한 척 주위를 둘러보았다.

도성에 비해 건물들이 다소 낡은 듯도 싶었지만, 잘 관리된 듯 주변 풍경은 나쁘지 않았다. 잘 깔린 바닥과 그 길 사이로 심어놓은 식물 같은 것이 잘 어우러져 기분 좋은 도시였다. 나는 순수하게 감탄했다.

"길이 넓어 예뻐요."

"리암엔 식물 위주로 조성한 유명한 산책로가 있습니다. 관광을 위해 오셨다면 그쪽에 들르셔도 괜찮으실 듯합니다."

그가 그리 말하며 길 너머를 손으로 가리켰다. 의식한 것인지 의식하지 않은 것인지, 그의 팔이 내 어깨를 스쳤다. 나는 어깨에 와 닿는 감촉을 나뭇가지 따위의 무생물로 인식하려 애썼다.

"이만 들어갈까요?"

예부터 전해 내려오기를, 최고의 공격은 방어이다. 최대한 아무렇지 않게 지껄인 뒤 나는 재빨리 건물 안으로 대피했다. 그러자 문 근처에 있던 여급이 밝은 얼굴로 다가와 물었다.

"식사? 아니면 숙박 목적이신가요?"

"식사요. 아, 방 하나도 부탁드려요."

아까의 실수를 만회하기 위해 나는 너그러운 여주인 흉내를 내며 뒤를 돌아보았다. 마치 처음부터 사용인의 처우를 먼저 염려했었다는 듯.

"방을 맡아드릴 테니 푹 쉬고 계세요. 일어나서 식사하실 수 있도록 값은 미리 지불해둘게요."

"아, 예. 그럼 저는 쉬고 있겠습니다."

확실히 밤새 말을 몬 것은 무리였던 듯, 피곤한 행색의 마부는 사양하는 기색도 없이 위층으로 올라갔다. 베인 조르제와 나는 여급에게 안내받아 안쪽 테이블로 들어가 앉았다. 음식 냄새를 맡고 나니 위장이 요동친다.

나는 다소 몸이 단 기색으로 메뉴판을 펴며 물었다.

"뭐 드실래요? 전 지금 철도 씹어 먹을 수 있을 것 같아요."

"간단한 스튜와 빵 종류가 좋을 것 같군요."

"어떤 종류로 할까요? 야채? 소고기? 이러다 제 뱃가죽이 등에 달라붙겠네요. 여기요, 주문할게요!"

한가하게 메뉴나 고르고 있을 때가 아니다. 아사하기 직전인 내 뱃속에 뭐라도 밀어 넣어야 했다. 간단한 것들 위주로 급하게 주문을 마치고, 얼마 있지 않아 음식이 나왔다. 조리법이 복잡하지 않은 것들이라 완성이 빠른 듯했다. 스튜를 재빨리 한입 떠 넣은 후, 나는 그대로 등받이에 늘어졌다.

"이제 좀 살 것 같아요……."

"맛이 괜찮네요. 여행지에서 괜찮은 식사 하기가 쉽지 않은데."

"배고파서 맛있게 느껴지는 건 아니고요?"

베인 조르제가 스치듯 웃었다.

"그럴 수도 있고요."

나는 그런 남자의 얼굴을 멍하니 쳐다보았다. 그의 멀끔한 미소에서 눈을 떼기가 쉽지 않았던 탓이었다.

인정하기 싫지만 베인 조르제는 잘생겼다. 물론 루센보다는 1퍼센트 정도 더 못생겼지만, 아니. 0.01퍼센트. 아니, 0.000001. 아니…… 어쨌든, 그만한 수준을 찾기 힘든 미남자인 건 사실이었다.

그에 대한 이미지가 워낙 안 좋았던 탓에 저 잘생긴 얼굴도 그리 달갑지 않아 보였었는데, 아침이라 긴장이 풀어진 탓인지 반(反) 베인 세

포들이 일을 하지 않고 있었다.

"안 드세요?"

한참 접시에 코를 박고 있는데 건너편이 조용하다. 내가 슬쩍 눈을 들어 묻자 베인이 조용히 고개를 저었다.

"잘 드시는 모습이 보기 좋아 계속 보았습니다."

낯간지러운 말을 잘도…….

그런데 잘 어울려서 더 무섭다. 나는 어쩔 줄 모르는 표정을 감추기 위해 더더욱 먹성 좋게 먹어치웠다. 덕분에 다 먹고 나왔을 즈음엔 거동이 힘들 정도로 배가 부른 상태였다. 그런 내가 염려스러운지 베인 조르제가 걱정스러운 기색으로 물었다.

"걸을 수 있겠습니까?"

"아마도요."

내가 뒤뚱뒤뚱 앞서 걸어가며 대꾸했다.

식사 중엔 음식에 정신이 팔려서 잊고 있었는데, 나는 베인 조르제를 떨쳐내야 하는 입장이었다. 그런데 도무지 마땅한 핑계거리가 없다. 이러다간 베인 조르제와 감시를 빙자한 데이트를 하게 될지도 모른다. 이는 내 평판에도 몹시 좋지 않은 일이다. 레이첼이 지난번 루센과 베인에게 번갈아 꼬리 친다며 나를 모욕 주지 않았던가?

내가 아무리 베인에게 마음이 없다고 해도 이렇게 계속 붙어 다니는 게 소문나면 조신한 양갓집 규수 타이틀은 다 버린 셈이었다. 그리고 그걸 들은 루센은 나를 부정하다는 듯이 쳐다보며 떠나가겠지.

밝은 대낮에 길을 걷노라니 문득 루센이 보고 싶어졌다. 햇살 같은 루센이. 부드럽게 나를 그러쥐던 손, 이내 허리로 타고 올라오던 감각. 그리고 입술에 내려앉던 따사로운…….

"리나 양. 카타리나 양."

나를 부르는 목소리에 정신을 차렸다. 번뜩 눈을 뜨자 베인 조르제가 걱정스러운 눈으로 나를 내려다보고 있었다.

"많이 피곤하시면 쉬었다 출발하는 게 낫지 않겠습니까?"

"네, 네?"

"통 정신을 차리지 못하시는 듯하여."

나는 재빠르게 손을 내저었다.

"아니에요. 잠깐 다른 생각 좀 했어요."

"그렇다면 상관없지만……."

베인 조르제가 미심쩍은 시선으로 나를 훑었다. 나는 그의 눈을 피하며 양손으로 뺨을 두드렸다. 정신 좀 차리고 있어야겠다. 이렇게 넋을 놓고 있어서야 무슨 말실수를 할지 모른다.

"진짜 아무것도 아니에요. 우선 좀 걸을까요?"

그러고는 부러 활달한 척 길을 앞섰다. 그를 안심시키기 위해 즐거운 척 연기라도 할 요량이었는데, 그와 함께하는 산책은 생각보다 어색하지 않았다. 내가 보도블록을 찬찬히 밟으며 말했다.

"주변에 꽃집이 많네요."

숙소나 식당가가 몰린 관광지여서인지, 현지인들만으론 결코 수요가 차지 않을 만큼 꽃집이 여럿이었다. 한 골목 건너 하나 있을 정도라면 말 다 했다.

내 의문에 베인 조르제가 여상하게 답했다.

"재배 산업으로 유명한 도시니까요."

길을 건널 때마다 보이는 노랗고 빨간 꽃들에서 달큰한 향기가 났다. 나는 잠시 걸음을 멈추어 서서 탐스러운 꽃 한 송이를 뽑아 들었다.

"아, 예쁘다."

그런 나를 조용히 내려다보던 남자가 불쑥 말했다.

"모자는 안 갑갑하십니까?"

그러고 보니 쭉 모자를 쓰고 있었다. 못생긴 여동생이라는 수치스러운 변명을 해준 베인 조르제 덕이었다. 마부에게 얼굴을 보이지 않도록 쓴 모자가 지금까지도 거둬지지 않았다.

"안 그래도 좀 갑갑해요."

내가 수긍하며 모자를 벗었다. 거슬리는 것을 치웠으니 금방 주의를 돌릴 줄 알았는데, 의외로 남자의 시선은 내게 질기게 남았다.

"뭘 그렇게 보세요?"

그가 대꾸 없이 내가 들고 있던 꽃을 빼앗아 들었다. 생각지 못한 일이었기에 나는 어이없을 만치 쉽게 내주었다. 가지 부분을 아무렇게나 꺾은 남자가 그대로 그것을 내 귓가에 꽂았다. 그러고는 나를 내려다보며 몹시도 부드럽게 웃는 것이다.

"잘 어울립니다."

그 웃음에 나는 반쯤 얼어버리고 말았다. 그의 그 말 뒤로 어쩐지 다른 목소리가 환청처럼 들리는 것 같다.

「잘 어울립니다, 카렌.」

아직 잠이 덜 깬 것이 틀림없다. 나는 주춤주춤 뒤로 물러서며 말을 더듬었다.

"무…… 무슨……."

"얼맙니까?"

가게 주인을 불러 세운 베인 조르제가 재빠르게 계산까지 마쳤다. 나는 얼떨결에 귀에 꽂은 꽃에 이어 대단한 크기의 꽃다발까지 품에 안게 되었다. 나는 멍한 눈으로 그가 들려준 꽃뭉치를 내려다보았다.

낱개로 봐도 풍성했는데 여러 색의 다채로움이 섞이고 나니 더더욱 아름다웠다. 그와 나 사이에 어울리지 않는 로맨틱한 모양이다. 뭐라 대답할 말을 찾지 못하는 내게 베인 조르제가 반복해 말했다.

"정말 잘 어울립니다."

"그게, 그게……."

감사 인사를 해야 할지, 아니면 왜 이런 걸 주느냐고 따져야 할지 알 수 없다. 얼굴을 붉힌 채 말을 더듬는데, 예고 없이 머리 위로 굵은 물방울이 떨어졌다. 깜짝 놀라 고개를 들자 하나, 둘, 낱개로 떨어지던 비가 어느새 한 아름의 무리를 끌고 왔다.

급작스러운 굵은 빗방울에 당황한 것도 잠시, 어물거리는 나를 베인 조르제가 잡아당겼다. 차양의 반경 안으로 들어감과 동시에 하늘이 뚫린 듯 비가 무섭게 쏟아져 내렸다. 잠깐이라도 늦었으면 홀딱 다 맞아버릴 뻔했다. 내가 비를 맞아 짙은 색으로 변해버린 소매 근처를 내려다보며 웅얼거렸다.

"젖어버렸네요."

"날씨가 변덕스럽군요."

삽시간에 머리 위를 채운 검은 구름들이 험상궂다. 뻥 뚫린 하늘은 무서울 만치 대단한 비를 쏟아냈다.

"한참 그치지 않을 것도 같고요."

"확실히 소나기치고는 빗방울이 굵습니다."

내가 멍하니 빗줄기에 시선을 둔 채 물었다.

"숙소로 돌아갈까요?"

방을 잡아둔 건 마부의 몫뿐이었으므로 엄밀히 말하면 숙소는 아니지만.

내 설명을 어렵지 않게 알아들은 베인이 수긍했다.

"아무래도 그게 낫겠지요."

"그럼 우산 좀 사 오세요."

나는 그리 말하며 건너 골목의 잡화점을 가리켰다. 이때란 듯 재빨리 가판대로 우산을 내놓는 모습이 사뭇 인상적이다. 물 들어올 때 노젓는다 이건가.

나는 베인 조르제를 가만히 올려다보며 물었다.

"레이디를 비에 젖게 할 심산은 아니시겠죠?"

베인 조르제는 나와 가게를 번갈아 보며 잠시 망설였다. 갈등하는 듯하던 남자가 이내 한숨을 내쉬었다. 그러고는 분명한 어조로 말했다.

"기다리세요."

그가 뛰듯이 차양을 벗어나 길을 건넜다. 빗줄기가 굵었던 탓에 그의 등은 금방 젖어들었다.

날 위해 젖는 걸 서슴지 않는 저 남자의 친절을 기사도 정신으로 봐야 할지, 아니면 남자로서의 구애로 봐야 할지.

나는 잡화점 안으로 그의 인영이 사라지자마자 재빨리 머리에 꽂았던 꽃을 빼내었다. 들고 있던 꽃다발은 가게 주인에게 떠밀 듯 맡겼다. 그리고 곧장 반대편으로 뛰기 시작했다.

"이봐요, 아가씨!"

당황한 꽃집 주인이 나를 불렀으나 돌아보지 않고 곧장 뛰었다. 베인 조르제에겐 미안하지만 이런 순간 외에는 그의 감시망을 탈출할 방법이 없다.

다리가 마음을 따르지 못해 휘청거리기도 하고, 지나가던 행인과 부딪쳐 짧고 급한 사과를 남겨가며 숨이 턱 끝까지 차도록 내달렸다.

얼마나 달렸을까. 내 걸음이 잦아든 것은 정말 어딘지 알 수 없는 곳에 다다르고 나서였다. 길을 잃었다.

그러나 나는 그제야 안심했다. 더는 베인 조르제가 곁에 없었기 때문에. 나는 입 밖으로 튀어나올 것 같은 심장을 진정시키기 위해 가슴에 손을 얹었다.

세상에, 꽃다발이라니. 귀에 꽃을 꽂은 미친 몰골을 보고 아름답다고 하다니. 어떤 얼간이가 그런 발언을 한단 말인가. 사랑에 미친 멍청이가 아니고서야…….

나는 숨을 헐떡이며 혼잣말을 하듯 물었다.

"정말 미쳤나?"

아니면 왜 뜬금없이 꽃을 주고 난리란 말인가?

이 두서없이 뛰는 내 심장은 분명 무리한 달음박질 때문일 것이다. 그런데 이상한 일이다. 숨이 점점 잦아드는데. 거센 박동은 좀처럼 느려지지 않는다는 것이.

순간 다리에 힘이 풀렸다. 악으로 끌어왔던 뜀이니 어쩌면 당연한 일이다. 모든 힘이 다 빠져 구경거리가 될 몰골임을 알면서도 자리에서 일어날 수 없었다.

나는 아직까지 주체되지 않는 심장을 붙잡으며 심각하게 중얼거렸다.

"아니면 내가 미쳤나?"

소나기는 아니었는지 생각보다 비는 쉽게 그치지 않았다. 수중에 돈이 얼마간 있었기에 나는 근처 가게에 들어가 젖은 옷 대신 새 옷을

사 입었다. 인자한 인상의 여주인은 내가 몸을 말릴 수 있도록 수건을 내어주고, 젖은 채로 그대로 들고 가면 천이 삭는다며 옷을 말릴 수 있도록 난로도 지펴주었다.

그녀가 타준 맑은 티를 마시고 나니 비에 얼었던 몸이 금세 후끈해졌다. 찻잎의 종류가 그리 값비싼 것은 아니었지만 여주인의 솜씨가 좋아 단아한 맛이 있었다.

나는 눈을 감고 입안에 머무는 따듯한 액체를 음미했다.

"요 근처에서 못 보던 아가씨 같은데."

나는 벽 위에 걸려 있는 액자를 응시하다가, 아주머니 쪽으로 시선을 돌렸다. 노란 조명 덕분인지 실내는 안온한 분위기를 띠고 있었다. 난로 위에 올라간 더운 주전자가 이따금 사나운 소리를 내뱉었다.

내가 입가에 미소를 띠며 대답했다.

"잠깐 여행 왔어요."

"어쩐지 이 지방 사람 같지는 않더라. 역시 관광객이셨구나. 여긴 거의 토박이들만 있는 동네라 딱히 볼 만한 게 없는데, 저 밖으로 좀 나가야 뭐가 있죠."

아침에 도착했던 여관은 분명 관광지의 중심 느낌이었는데, 아주머니가 염려할 정도면 정말 어지간히도 달렸었나 보다. 어쩐지 아까부터 다리가 후들거려 도통 일어날 수가 없었다. 어떻게 정신을 차리고 이 가게까지 걸어 들어온 것만 해도 대단한 일이었다.

어쨌든 이 정도 멀리 왔으니 베인과는 더 마주치지 않겠지. 수도로 돌아가서의 일은 나중에 생각해보자. 지금의 그는 제정신이 아니었다.

그리고 어쩌면 나도.

"여기서 오래 사셨나 봐요?"

어지러운 머릿속을 환기하려 화제를 돌렸다. 날이 궂어 지나다니는 사람이 없었기 때문에 가게를 찾아드는 객도 적었다. 나 외의 손님을 하나도 못 보았다면 대충 어느 정도인지 설명이 된다.

덕분에 여주인과 나는 한갓지게 티타임을 보내고 있었다. 살벌한 남자와 추리 게임을 벌이다가 유모 같은 인상의 아주머니를 마주하고 나니 마음이 급격히 풀어진다.

곰곰이 생각하던 아주머니가 하나하나 손가락을 꼽았다.

"할머니의 할머니 때부터 여기서 살았으니 그 말이 꼭 맞지. 나뿐만 아니라 다른 주민들도 거의 그래요. 아마 우리 마을 사람들은 시체가 썩고 나면 프론티 꽃 종자가 나올 거야."

시골은 농담도 살벌하군.

내 머릿속 상상은 어느새 무덤을 파서 꽃씨를 수거하는 장면까지 진전되었다. 나는 선명한 해골을 눈앞에서 지워버리기 위해 고개를 휘휘 내저었다.

"프론티는 특산물인가요?"

"어머, 이 아가씨가 그것도 모르고 여기에 왔어? 리암에서 나는 프론티라고 하면 타 왕국 사람들도 알아주는데."

그거야 그 종자에 대해 잘 알고 있는 사람들의 얘기가 아닐까?

소고기 하면 회웅성 지방, 녹차 하면 보르성, 한라봉 하면 제르주 등의 지방이 자연히 떠오르기야 하지만 그렇게 유명하지 않은 꽃이라면 딱히……

"이게 바로 프론티야."

아주머니가 카운터 앞을 장식하고 있던 화병을 가져왔다. 그녀가 보여준 꽃은 확실히 낯이 익었다. 조금 전 베인이 내게 주었던 바로 그것이었다. 예기치 못한 등장에 얼굴이 살짝 굳었으나, 애써 아무렇지 않은 척 꽃을 건네받았다.

"예쁘네요. 색도 샛노랗고."

"주황색, 빨간색 꽃도 있어요."

아주머니가 그렇게 말하며 내 뒤쪽에 놓여 있던 화병에서 각각 다른 색의 꽃도 뽑아 왔다.

"꽃말도 있나요?"

내 무심한 물음에 아주머니가 짧게 손뼉을 쳤다.

"아가씨 의외로 로맨틱하다."

별생각 없이 물은 것인데 그런 대답을 듣고 나니 좀 소녀스러운 발언이었던 듯싶기도 하다. 나는 머쓱함에 머리끝을 아무렇게나 매만졌다.

"아가씨, 물망초라는 꽃 꽃말이 뭔지 알아요?"

"나를 잊지 마요, 아닌가요?"

그런 제목의 노래를 좋아했던 적이 있어 기억에 남는다. 아주머니가 따라 고개를 끄덕였다.

"맞아요. 꽃말은 그거랑 같은데, 재밌는 게 색깔마다 부차적인 뜻이 달라. 그러니까 꽃 선물을 받을 땐 무슨 색인지 유심히 봐야 해요."

그녀가 그렇게 말하며 빨간색 꽃을 집어 들었다.

"빨간색은 나를 잊으면 후회할 거예요. 덕분에 협박 편지와 함께 자주 배달되지."

가볍게 던진 농담에 나는 깔깔 웃음을 터트렸다. 정말이지 말 그대로 새빨간 색을 띠고 있는 꽃이었기에, 저걸 다발로 받으면 확실히 좀 섬뜩할 것 같았다.

"그리고 주황색, 나를 영원히 마음에 간직해주세요. 세련된 이별을 하는 사람들이 자주 사 가는 꽃이에요. 근데 경험상 이 꽃을 자주 사가는 남자들은 하나같이 난봉꾼이었어."

"그래도 연인이 바람피우는 장면을 목격하게 하는 것보단 온건한 이별이네요. 낭만을 파는 남자들이랄까."

아주머니가 키득거리며 대답했다.

"그리고 소녀같이 사랑에 취해 있던 여자들은 나이가 들고 나서야 그놈이 얼마나 거지같았는지를 깨닫게 되지."

"경험에서 우러나온 조언인가요?"

"아가씨가 눈치가 빠르네."

말은 그렇게 하면서도 첫사랑의 추억이 제법 애달픈 듯 아주머니가 감상적인 표정을 떠올렸다. 그녀가 쓸 만한 기억의 조각을 채굴하도록 기다려주고 싶었지만, 마지막 궁금증이 남았기에 나는 과거 속을 유영하는 그녀의 손을 잡아 끌어내었다.

"노란색은요?"

"아, 노란색."

아주머니가 장난스러운 미소를 보이며 내 콧잔등에 꽃잎을 가져다 대었다. 간지럽다. 커다란 재채기를 토해내고 나자 코와 귀가 다 얼얼했다.

"이 꽃의 꽃말이 잊지 말라는 뜻이 된 건 방금 아가씨를 간질인 꽃 가루 때문이야. 소량은 재채기를 유발하지만 응축하면 독이 돼요. 참, 몇 백 송이를 한꺼번에 갈아 넣어야 하는 양이니까 들이마셨다고 너무 염려하진 말고."

그녀가 나를 안심시키듯 덧붙였다.

"어쨌든 오래전부터 내려오는 리암의 전설에 따르면, 그 옛날 지주의 딸은 대륙 이곳저곳을 여행 중이던 방랑자와 사랑에 빠졌어요. 방랑자는 여자를 사랑했지만, 애석하게도 그에겐 여자를 꼬시는 재주만

338

있지 그 관계를 보전하는 재주는 없었어요. 왜냐면 그 남자는 정말로 몹쓸 난봉꾼이었거든. 하지만 지주의 딸은 자존심이 대단했기 때문에 다른 사람을 보는 남자를 용서하지 못했어요."

예고 없이 시작된 이야기에 당황했으나, 나는 곧 푹 빠져들었다. 아까부터 생각했는데, 말재주가 있다, 이 아주머니. 분명 영업도 잘할 것이다.

"그래서 여자는 방랑자가 잠든 어느 날 밤 그의 입에 독약을 털어넣었지. 남자의 입술 사이로 빨간 독을 한 숟갈 흘리며 '나를 두고 가면 후회할 거예요.'. 그리고 주황색 약을 한 숟갈 흘리며 '나를 영원히 마음에 간직해주세요.'. 그리고 마지막으론 노란 독약을 삼키게 하고는 이렇게 말했지."

잠시 뜸을 들이던 그녀가 음미하듯 말을 이었다.

"나를 다시 사랑해주세요."

"……."

"어때요?"

"화끈한 복수극이었네요."

나는 들고 있던 찻잔을 내려놓으며 대답했다. 이미 다 비운 찻물 아래 시꺼먼 가루가 가라앉아 있었다. 채 거름망에 걸리지 않은 작은 찻잎 조각들이다.

"그리고 어떻게 됐어요?"

재촉하듯 던진 물음에 아주머니가 어깨를 으쓱였다.

"어떻게 되긴? 그게 끝이지. 그냥 남자는 죽고, 여자도 따라 자살하고. 애들 듣기 남우세스러운 얘긴데 제법 로맨틱하다고 여겼는지 꾸준히 전해 내려오고 있어요. 근데 내가 보기엔 영 한물간 감성이야."

"어차피 죽고 죽일 거면서 왜 다시 사랑해달라는 소원을 빌었는지 모르겠네요."

"저승길에서 영원히 사랑하자, 이 뜻 아니겠어?"

그녀가 그렇게 말하며 화병에 다시 꽃을 꽂았다. 내가 아무리 루센을 사랑한다고는 하지만 생과 생을 넘을 정도의 애정이란 도무지 상상이 가지 않는다.

시골 사람은 무서웠다. 그게 몇 백 년 전의 살인자 아가씨든, 죽으면 프론티 꽃씨가 나올 것 같다는 옷가게 아주머니든 말이다. 이곳에서 자라났을 베인의 애인 후보, 게리는 과연 어떤 사람이었을지 문득 궁금해진다.

그나저나 그 여자는 또 어디서 찾아야 하나…….

아무리 생각해도 집집마다 돌아다니면서 '게리를 아시나요?'라고 물어보는 수밖에 없어 보인다. 이왕 질리도록 할 질문, 이곳에서부터 시작해볼까.

"저 아주머니, 혹시 게리라는 사람을 아시나요? 왜, 어머니 쪽이 도나일 가문 출신인……."

"게리? 게리 론티스 말하는 건가? 아버지가 여기서 꽤 큰 상단을 운영하시는?"

"……."

낯선 도시에 와서 처음 탐문한 사람이 바로 사건 해결의 실마리를 제공할 무지막지한 확률을 구하시오.

모르긴 몰라도 무척 낮은 자릿수일 것이다. 분모는 하염없이 크되 그 위에 올라앉은 분자는 소수니까. 이렇게 운이 좋을 수가 있나?

"게리를 아…… 아세요?"

믿기지 않는 마음에 나는 거의 더듬거리며 물었다. 내 긴가민가한 태도와는 반대로 아주머니는 몹시 당당했다.

"그럼, 모를 리가 있나. 우리 가게에도 몇 번 왔었거든."

"정, 정말이에요?"

"어머, 내가 왜 이런 걸 가지고 거짓말을 하겠어요? 게리 론티스라고 하면 이 고장에서 모르는 사람이 없지. 그 아가씨가 정말 참한 처자였거든. 아버지가 그렇게 돈이 많으면 위세를 떨 법도 한데 참 맑은 아가씨였어."

한참 추억에 잠겨 있던 아주머니가 퍼뜩 고개를 들며 물었다.

"근데 그건 왜 물어요?"

나는 간만에 다시 짱돌을 굴렸다. 거짓말쟁이 베인을 타개하기 위해 나선 수사인데 정작 그 와중에 내가 거짓말을 더 많이 하고 있었다. 그럴듯하게 둘러댈 말을 고민하던 나는 얼굴에 침울한 표정을 떠올렸다.

"사실 저는 게리 론티스의 친척이에요. 자매는 원래부터 없었고, 어머니는 어릴 적 돌아가셨어요. 제가 너무 외로워하니까 아버지가 친척 중에 제 또래 아이가 있다며 한번 찾아가보라고 하셨어요. 좋은 친구가 되어줄지도 모른다면서요."

나는 지금쯤 티타임을 즐기고 있을 어머니에게 마음속으로 깊은 사과를 남겼다. 멀쩡히 옆 고장에 생모가 살아 계시는데 돌아가셨다는 거짓말을 하려니 몹시 가슴이 찔리는군.

"어머, 저런."

내 연기력이 제법 뛰어났던 듯 아주머니가 나를 안됐다는 눈으로 응시했다. 그녀가 안절부절못하며 제 손을 만지작거렸다.

"그런데 이거 어쩌지, 음…… 아가씨. 충격받지 말고 잘 들어요."

"네?"

"사실 게리는…… 몇 년 전에 그만……."

"그게…… 무슨 말씀이세요?"

나는 떨리는 동공으로 조심스럽게 되물었다. 척 봐도 여우주연상감 연기였다. 내가 상처받을 것이 걱정되었는지 아주머니가 기어 들어가는 듯한 음성으로 말을 끝맺었다.

"그 애는 죽었어요."

"그럴 수가……."

나는 양손으로 입을 틀어막았다. 아주머니가 침통한 어조로 말했다.

"참 안된 일이지. 결혼을 약속한 애인도 있었는데……. 정말 안된 일이야."

"애인이요……?"

"그래요, 훤칠한 기사 애인이 있다고 들었는데……."

기사 애인?

심장이 점점 빨리 뛰기 시작한다. 아무리 생각해도 너무 교집합이 많다. 내가 정말 베인 조르제의 연인을 찾아낸 게 맞을까? 고지가 곧이라고 생각하니 마음이 몹시 떨리었다.

"혹시 그 애인이 누군지 아시나요? 게리에 대한 이야기를 더 듣고 싶어서요. 아버지도 이 사실을 아셔야, 흡. 하니까……."

나는 목소리를 죽이며 눈가를 훔쳤다. 정보를 캐내야 하니 연기를 하고는 있지만 죽은 사람을 이용하는 것 같아 영 찝찝하군. 연기력은 늘었는데 뒷맛이 영 별로였다. 스스로가 사이코패스처럼 느껴진다고나 할까. 하지만 이제 와서 그만두기엔 너무 멀리 왔다.

"글쎄……. 나도 자세히는 잘 모르는데. 음. 잠시만요."

자리에서 일어난 여자가 가게 뒤편으로 이어진 문을 열었다. 아무래도 가게와 가정집이 연결된 구조였던 듯 그 안에서 인기척이 들려왔다. 그녀가 문 안쪽을 향해 크게 소리쳤다.

"알렉! 이리 좀 나와봐라."

"왜요?"

"부르면 좀 한 번에 나와!"

"아, 왜 부르냐니까요!"

"너 엄마 말 안 들을래!"

결국 기 싸움에서 패배한 아들이 구시렁거리며 문을 열고 나왔다.

"왜 부르셨어요?"

"너 게리랑 좀 알고 지냈었지? 혹시 그 애인 이름이 기억나니?"

"아, 지금 그거 물어보려고…… 아, 아니, 물론 궁금하실 수 있죠."

치솟았던 반항심은 몽둥이 앞에 금방 자취를 감췄다. 알렉이라는, 다소 맹하게 생긴 청년은 열심히 제 머릿속 기억을 헤집기 시작했다.

"저도 잘 몰라요. 얘기만 몇 번 들었지, 그 애인은 직접 만나보지도 못했는걸. 어디 기사라고 했나…… 엄청 바쁜 모양이던데요. 게리랑 그렇게 자주 만나지도 않았던 거 같고. 아, 힘이 장사라는 소리는 들었어요. 근데 그게 왜 필요해요?"

"손님이 물어보셔서."

"아, 엄마. 아무리 죽었다지만 게리 사생활인데 아무한테나 고해바치면 어떡해요."

"너, 너, 엄마가 그렇게 생각이 없는 줄 알아? 이 아가씨가 다 그럴 만한 사정이 있어 온 거야!"

나를 필사적으로 보듬는 아주머니를 보니 마음속 깊은 죄책감이 생겨난다. 그녀는 나를 친척의 흔적을 좇아 타 고장에 방문한 여린 아가씨라고 철석같이 믿고 있는 모양이었다. 마음이 불편해 말수가 적어진 나를 대신하여 아주머니가 공격적으로 캐물었다.

"뭐 더 생각나는 건 없고?"

"원래는 수도에 산다고 했나? 그래서 자주는 못 만났다던데. 아! 흑발이라는 말을 들었던 것 같은데요."

"그거 말고는?"

"몰라요. 진짜 몰라."

아주머니는 영 정보가 부족하다 싶은 모양이지만, 이미 나온 말만으로도 나는 충분히 놀란 상태였다.

어딘가의 먼 나라에선 국민들 대다수가 검정 머리칼을 가지고 있다는 믿기 힘든 얘기가 있긴 하지만, 적어도 카르스에서는 아니었다. 안 그래도 흔하지 않은 흑발인데 기사로 그 수를 한정 짓는다면 그야말로 손에 꼽는다.

그런데 수도에 사는 검정 머리의 기사라. 더 말이 필요할까? 소공작쯤 되면 애인을 위해 시간을 많이 뺄 수 없었을 테고, 그래서 게리라는 여자와도 잦은 만남이 불가능했을 터다. 게다가 베인 조르제가 직접 제시했던 제 지난 연인에 대한 설명까지. 동일 인물이 아니고서야 이 정도로 겹쳐들 수 있나?

"도움이 못 돼서 미안하네."

"아니에요. 정말…… 정말 큰 도움이 됐어요."

정말 큰 도움이 되었다. 모든 의문이 말끔히 풀렸으니 말이었다.

용건이 끝났으니 이제 그만 집으로 돌아가도 되겠지. 무엇보다 더는 이 자리에 멍하니 앉아 있을 기분이 아니었다. 고작 짧은 문답 한 번에 풀릴 정도로, 내가 가진 의문은 정말 별게 아니었다.

나는 몸을 일으켜 아직 채 마르지 않은 옷가지 따위의 짐들을 챙겨 들었다. 오늘 처음 만난 사람들에게 이런 멍청한 표정을 내보이고 싶진 않았다. 황급히 가게 문을 나서는 내 등 뒤로, 아주머니의 걱정스러운 목소리가 울려 퍼졌다.

"아가씨! 아직 비 안 그쳤는데!"

기껏 말린 보람도 없이 몸은 금방 젖어들었다. 그러나 나는 걸음을 재촉하거나, 다른 곳으로 몸을 피하거나 하지는 않았다. 비를 피할 생각이었으면 애초에 가게를 나오지 않았을 것이다. 더운 공기 속에 있으니 졸음에 감각이 둔했는데, 외려 시원한 비를 맞으니 머릿속이 깨는 것도 같았다.

정말…… 그런 애인이 있었다. 거짓말이 아니었다.

그래, 그건 그렇지. 그가 나를 속일 일이 또 뭐가 있다고. 손수건에 관한 이야기는 거짓, 혹은 장난이었을지라도 그에겐 실제로 사랑한 애인이 있었다. 나를 속이려 이야기를 지어낸 것이 아니라, 베인 조르제는 정말로 내게서 옛 애인의 모습을 보고 있었다…….

"허."

헛웃음이 입 밖으로 튀어나왔다. 어이가 없어 그런 것이었는데, 그 다음을 이은 것은 분노였다. 진즉 알고 있던 사실임에도 확인 사살을 당하니 기분이 남달랐다.

"이거 진짜 완전 개새끼네?"

난 오늘 대체 뭐에 설렜지?

꽃 주면서 나한테 잘 어울린다고 했던 거? 아니면 예쁘다는 칭찬을 들은 거? '설렜다'는 단어를 직접적으로 꺼내고 나니 더욱이 낯이 화끈해졌다.

정말, 고작 그걸로 넘어갔었다고?

회귀 전 왕년엔 넘치도록 들었던 게 그 예쁘다는 말인데, 하도 루센이 관심을 안 주니 외롭기라도 했나. 아니, 애초에 설렌 것 자체가 미친 일이었다. 그 남자가 그렇게 자기 옛 애인 이야기를 해댔는데 알면서도 작업에 걸려든 게 천하의 멍청한 짓이었다.

"지금 나 대용품 취급당한 거야? 버터 대신 마가린? 설마 내가 마가린?"

정신 관리가 안 된다.

나는 자리에 멈춰서 고개를 뒤로 젖혔다. 콧구멍으로 빗물이 들어가는데도 하나도 거슬리지 않았을 정도로 이 상황이 어이가 없었다.

그래서 나는 한 번 웃어보기로 했다.

"허허……."

그래도 화가 가시지 않는다. 당연한 일이다. 시야에 뭐가 들어오면 그게 무엇이더라도 소리를 지르게 될 것 같아 나는 눈을 감았다. 빗방울이 얼굴을 때리고, 어깨를 스치고, 이어 발끝 위로 흘러. 그래서 빗줄기가 나를 흠씬 두들겼을 즈음.

팔이 붙잡혔다. 나는 맥없이 돌아서 나를 붙잡은 상대를 보았다. 초점이 흐렸다가, 맑아졌다가 하며 남자의 얼굴과 그 뒤의 풍경이 눈에 들어왔다. 뒤로 이어진 길이 아까 가게를 나오며 보았던 거리와는 차이가 있는 것을 보아 꽤 오래 걸은 듯싶었다.

나를 어떻게 찾았을까. 하기야 저 남자는 내 인상착의를 알지. 오히려 좀 늦은 감이 있기도 하다.

"당신 사람 미치게 하려고 작정했어!"

그렇다고 이렇게 일찍 다시 만날 줄은 몰랐는데.

"진짜 사람 안달 나 죽는 꼴 보고 싶어서 그래! 어떻게 그렇게 사람이 자기 생각만 해. 내 말이 말 같지 않아? 내가 위험하다고 말한 게 농담 같아!"

그가 고함쳤다. 소리친 것도 아니고 고함쳤다. 그리고 나는 처음으로 사람을 죽여버리고 싶다는 생각을 했다.

어쩜 사람을 이렇게 비참하게 만들 수가 있지? 나는 행복했어. 루센과 정말 행복했었다고. 근데 왜 거지같은 과거로 돌아와서 당신과 엮여, 죽은 애인의 대용품 노릇이나 하고 있는 거야?

"저를 왜 걱정하세요?"

내가 그의 손을 쳐내며 물었다. 그러고도 속에 밴 화가 사그라지지 않아 더 언성을 높였다.

"당신이 왜 나를 걱정하느냐고요!"

오늘은 너무 이상했다. 쓸데없이 햇볕 쨍쨍한 날씨도 이상했고, 나를 사랑스럽게 보는 저 남자의 눈길도 이상했고, 그에 조금이나마 온기를 느꼈던 나도 이상했고.

무엇보다 갑자기 내리는 비가 이상했다. 너무 젖고 축축해서 사람이 이상한 생각을 하게 만들었다.

너무…… 너무 이상했다.

"내가 왜 걱정을 안 합니까! 당신 일인데, 어떻게 내가 아무렇지 않게 넘어갑니까!"

화가 가시지 않은 듯 베인 조르제가 반복해 소리쳤다. 내 팔을 붙잡고 흔드는, 그 악력이 너무나 세어 그의 손 안에서 으스러질 것 같았다. 정작 내 팔은 아주 멀쩡히도 움직이고 있는데 말이다.

나는 그런 그를 마른 눈으로 올려다보았다. 내가 입술을 비틀며 비웃듯이 말했다.

"예전부터 생각했는데, 지난 연인을 못 잊고 계시면서 왜 제게 마음이 있는 척하시는지 모르겠네요."

예상치 못한 화제였는지 남자의 눈이 가늘어졌다. 내 의중을 가늠하려는 듯 한 발 뒤로 물러선 베인 조르제가 다시금 내 행색을 살폈다. 그가 미간을 좁히며 되물었다.

"무슨 말씀을 하시는 겁니까?"

"말 그대로예요. 아직 마음에 못 지운 상대가 있으면서, 저와 이 연애놀음 흉내를 내려고 하시는 이유가 뭐냐고요."

"내가…… 누굴 못 잊고 있다고요?"

그가 무슨 말인지 못 알아듣겠다는 듯 되물었다.

그러고 보니 그는 어떻게 옛 연인이 죽은 도시에서 나와 뻔뻔히 대화할 수 있었을까. 그것도 어떠한 감정의 동요도 없이 제 속을 숨기고서 말이다. 보통 철면피로는 불가능한 일이었다.

내가 그의 손을 쳐내며 대답했다.

"당신의 죽었다는 애인 말이에요. 그것도 아주 선명하게. 그러니 이제 제겐 관심 좀 꺼주시면 좋겠네요. 당신과 엮여서 루센에게 오해받는 건 질색이거든요."

"갑자기 이러시는 이유가 뭡니까. 아까까지만 해도……."

나는 바로 그의 말허리를 잘랐다.

"갑자기라뇨. 어제오늘 내내 하고 있었던 생각인데."

"……."

"애초에 당신과 여길 같이 온 것부터가 말이 안 되는 거였어요. 당신과의 만남은 너무 질척거렸어서 별로 느낌이 동일하진 않지만, 다신 없을 일이라는 점에서 한여름 밤의 꿈이랑 비슷하네요. 평생 없을 일 한번 꿈처럼 겪어봤다고 생각하시고, 이제 서로 갈 길 가요."

내가 고개를 좌로 틀며 강조해 말했다.

"당신은 그 죽었다는 여자를 기리고, 저는 루센한테 가고. 그게 맞아요."

남자가 가라앉은 눈으로 빤히 나를 응시했다. 그가 완전히 잠겨 가라앉은 목소리로 입을 열었다.

"왜 갑자기 그런 생각이 드셨습니까? 잠깐 떨어져 있는 그 시간 동안 어떤 심경의 변화가 있으셨던 건지 모르겠군요."

"심경의 변화 같은 게 아니라, 원래부터 이랬어야 하는 일이에요. 제가 당신과의 동행을 반가워했던가요? 아닌 것으로 기억하는데요."

속내를 들킨 남자는 어떤 얼굴을 하고 있을까. 본심의 발각을 수치스러워할지 아니면 여전히 뻔뻔함을 가장하고 있을지 문득 궁금해진다.

나는 천천히 베인 조르제를 올려다보았다. 그러나 나를 기다리고 있는 것은 내가 예상했던 범주 내의 것이 아니었다. 나를 응시하고는 있지만, 그뿐만은 아닌 남자의 눈을 발견하자 참을 수 없는 감정이 울컥 튀어나왔다.

내가 입술을 깨물며 말했다.

"저를 그런 눈으로 보지 마세요."

나를 향한 남자의 시선은 아직 멎지 않았다. 베인 조르제는 나를 통해 죽은 사람을 보고 있다. 그 투과체가 된 스스로가 마치 시체라도 된 듯한 기분이었다. 생리적인 불쾌함이 몸 위를 스멀스멀 기어 다닌다.

"제 머리카락, 눈, 보조개, 당신이 직접 닮았다 했던 그것들이요. 다른 사람을 떠올리면서 저를 그런 눈으로 보지 마시라고요!"

그러나 남자는 계속해서 나를 바라보았다. 모멸감을 참을 수 없어 나는 고개를 숙였다. 파르르 떨리던 그의 입술이 이어 조용히 열렸다.

"당신은…… 내가 사랑했던 여자와 닮았습니다. 아주 많이요."

무심코 숨을 들이켰다. 예상했던 말이지만 본인 입으로 직접 듣는 것은 생각보다 훨씬 거지같은 기분이었다.

어느새 그의 눈가엔 물기가 어려 있었다. 눈물인지 아니면 단순히 빗방울인지, 육안으론 구분할 수 없었지만 목소리는 확실히 젖은 채였다.

"그래서 나는 당신을 보면 그 여자가 생각납니다. 그게 얼마나 절실한 되새김인지, 그대는 모를 겁니다."

그가 손을 내 뺨 위로 미끄러뜨렸다. 애절한 호소임에도 그저 불쾌한 이유는 무엇인가. 어찌 보면 참으로 애절한 광경인데, 대사와 같이 놓고 보니 폭탄도 이런 폭탄이 없었다. 대놓고 나를 옛 연인과 비교하는 모습이 너무나 당당해서 소름이 다 끼친다.

나는 단호하게 고개를 저었다.

"저는 누군가의 대용품이 아니에요."

"저는 당신을 그녀의 대용품으로 생각한 적이 없습니다."

"소공작님, 뭔가 착각을 하고 계시는군요. 당신이 지금 하시는 행동을 그 외의 무엇으로 해석할 수 있죠?"

"……."

"당신은 객관적으로 무척 잘난 남자예요. 그걸 부정하진 않을게요. 저희 아버지도 일등 신랑감으로 생각한, 대단한 사람이라는 걸 말이에요. 근데, 그게 다예요."

나는 검지를 펴 그의 가슴 중앙을 눌렀다. 손가락으로 천천히 그의 몸을 쓸어내리고는, 금방 떼어냈다. 내가 어깨를 으쓱이며 말했다.

"당신이 저를 좋아한다고 우겨도, 옛 연인과는 관계없는 사랑이라고 아무리 말해도. 그건 아무래도 상관없어요. 저는 당신을 좋아하지 않아요."

"……."

"이만하면 답이 되었다고 생각해요."

난 그대로 뒤로 돌아서려 했다. 남자의 축축한 음성이 내 발걸음을 붙잡지 않았다면 말이다.

"그럼 저는 그녀를 못 잊고, 계속 그렇게 살아야 합니까?"

내가 뒤를 돌자 그도 고개를 들어 나와 눈을 맞췄다. 그가 입술을 깨물더니, 가슴속 깊숙한 감정을 토해내듯 입을 열었다.

"그녀가 스러지던 모습이 눈에 선합니다. 아마 평생 못 잊을지도 모르죠. 매 순간순간 뇌리를 지나며 사람을 미치게 합니다. 밤이 지나고 악몽에서 눈을 뜨면, 그래도 그대가 남아 있음에, 그저 살아 있음에 감사합니다."

말을 마친 남자가 품속에서 무언가를 꺼내 들었다. 잔뜩 구겨지고 잎이 다 뜯겨나간 꽃이었다. 내가 바닥에 내던지고 갔던, 그가 오늘 내게 선물했던 바로 그 꽃송이 말이다.

나는 그가 들고 있는 노란 프론티를 가만히 응시했다. 그는 팔을 뻗어 이전처럼 그것을 내 머리칼에 끼워주려다, 이내 머뭇거리며 손을 떨구었다.

그는 저 꽃의 꽃말을 알까? 모르겠지. 그렇게나 비참한 애걸을 할 리는 없다.

"오늘 참 좋지 않았습니까?"

"……."

"저는 참으로 별것 아닌 일들을 하여 좋았습니다. 그대와 햇살 가득한 거리를 걷고, 예쁜 꽃을 머리에 꽂아주는 그런 일들이요."

나는 대답하지 않았다. 잠시간 말을 고르던 남자가 다시금 고해했다.

"꿈에서 그리도 그렸던 일인데, 그게 실제가 되어 그대가 내 눈앞에 있다는 게. 그 사실만으로 행복했습니다. 영애는 아니었습니까?"

비웃을 생각은 없었으나, 나도 모르게 입가에서 바람이 새었다. 내가 조소하며 말했다.

"그 꿈에 나온 건 제가 아니었겠죠."

이 와중에 동행 같은 친밀한 짓이 가능할 리 없다.

그대로 갈라서려 들 줄 알았으나, 베인 조르제는 자존심도 없이 다시 내 손을 잡았다. 어디 가지 못하도록 붙잡으려는 듯이 말이다. 그가 몹시 침중한 어조로 말했다.

"혼자 가지 마십시오. 불편하시다면 아무 말도 하지 않고 가겠습니다. 없는 사람인 척 굴 테니 없는 사람 취급을 해주시면 됩니다. 혼자는…… 위험합니다."

이 상황에서조차 신사 흉내를 내는 그가 대단하게까지 느껴진다. 나는 헛웃음을 흘리며 그에게 지금 우리가 나눈 지겨운 싸움을 읊었다.

"전 방금 당신을 비웃고 모욕 줬어요. 당신을 아프게 하려고 할 말 못할 말 가리지 않고 내뱉었고요."

"그래도 전 당신을 지켜야 합니다."

"전 애인처럼 쉽게 죽어버릴까 봐요?"

내 날 선 되물음에 남자는 대답하지 않았다. 나는 잠시간 그런 그를 빤히 쳐다봤다. 그리도 강인하게 굴던 사람이 이제는 꼭 천치 같았다.

"됐어요. 제가 꼭 악역이 된 것 같네요."

결국 고개를 저으며 항거했다. 그의 말마따나 여자 혼자 여행길에 오르는 건 위험한 일이었다.

돌아오는 길은 내내 조용했다. 마부는 급격한 분위기 변화에 몹시 당황한 기색이었지만, 베인이 찔러준 돈이 보람 있게도 어떤 참견도 하지 않았다. 출발할 당시엔 정답지 않게나마 담소를 나누었던 것과 반대로, 돌아가는 길을 차지한 건 침묵이었다.

베인 조르제와 나는 마주 앉아 있었지만 어떤 시선도 겹치지 않았다. 각각의 방향에서 오른쪽 창가에 시선을 두고 우리는 하염없이 창밖만 내다보았다.

벌써 날이 어두웠다. 나는 산 너머로 지는 석양을 한참 지켜보았다. 비를 맞은 데다 무리하게 뛰어다닌 여파로 몸이 피곤했다. 눈을 감고 잠을 청하려 노력했지만 몸이 지나치게 축난 탓인지 외려 잠이 오지 않았다.

그러나 수면 외엔 시간을 빠르게 달아나게 하는 방법이 없었기에 나는 억지로 잠들려 애썼다. 정확히 천 마리의 양을 세었을 때쯤이었다. 눈앞에서 인기척이 느껴졌다. 당연히 마차 안에 나 말고도 베인 조르제가 있긴 하지만 그 정도의 거리감이 아니었다. 마치 바로 코앞에 있는 듯한…….

그리 생각하자마자 콧잔등 근처에서 숨결이 느껴졌다.

설마 도둑 키스라도 하려는 건가. 내가 마음을 받아주지 않으니 이렇게라도 몸을 탐하려고?

위기감에 긴장된 몸이 바싹 굳었다. 눈을 떠 그를 말려야 할지, 아니면 모른 척해야 할지 알 수가 없다. 전자야 순결을 지킬 수 있겠지만 돌아가는 동안 더욱 어색해진 공기를 감당해야 할 테고 그렇다고 후자를 선택하기엔 거부감이 거셌다.

그러나 그의 손가락이 내 머리칼을 스치고 나자 더는 가만히 있을 수가 없었다. 나는 다급하게 눈을 떴다. 베인 조르제는 예상했듯이 바로 내 앞에 있었다. 다만 내가 깬 것을 보았음에도 별다른 표정 변화가 없었다.

"지금 뭐 하시는 건가요?"

내가 표독스럽게 물었다. 사교계에 신사라고 정평이 나 있는 남자가 나에게는 꼭 불한당같이 굴고 있었다. 베인 조르제가 나와 시선을 맞추며 대답했다.

"양께서 이전에 제게 하셨던 일이요."

그리고 이번엔 내가 꿀 먹은 벙어리가 되었다. 나는 자연히 오늘 새벽 무렵 내가 저지른 일을 떠올렸다. 자는 베인 조르제의 얼굴을 더듬으며 왜 나를 좋아하냐고 중얼거렸던 것을 말이었다.

안 자고 있었나? 그럼 왜 가만히 있었던 거야?

혼란과 당황으로 쉽사리 뭐라 입을 열 수가 없었다. 그의 무례를 탓했으면서 정작 내가 한 것과 똑같은 일이었다. 내가 하면 로맨스고 남이 하면 불륜이라고 탓하는 것과 무엇이 다른가.

나는 내가 다른 멍청한 소리를 하지 않았었는지 심도 있게 검토했다. 다행히도 시간을 돌아왔다거나 하는 광인 취급 받을 만한 말은 하지 않았다.

"그때 깨어 있으셨나요?"

"잠귀가 밝은 편이라서요."

"왜 그럼 가만히 계셨죠?"

"굳이 그러기도 무안하지 않습니까?"

나와 똑같은 고민을 했었다 이거다. 나는 손끝을 아무렇게나 만지작거렸다.

사과라도 해야 하나?

아니, 그런데 깨어 있었으면 진즉 말을 할 것이지 이렇게 후에 무안을 줄 것은 또 뭐란 말인가. 나는 괜스레 베인을 탓하며 속으로 험한 말을 곱씹었다. 그런 내 속을 아는지 모르는지 베인 조르제는 상황 정리를 마쳤다.

"눈가에 닿은 머리칼이 간지러우실 것 같아 손을 댔습니다. 염려하시는 일은 없을 테니 안심하고 주무십시오."

그렇게 말하며 그가 뒤로 물러났다. 나는 베인 조르제가 팔짱을 낀 채 마차 옆면에 기대는 것을 빤히 쳐다보았다. 이렇게 조용한 밤이 또 없는데도 그의 자세는 꼭 경계 태세 같았다.

지평 너머를 응시하던 남자가 불쑥 입을 열었다.

"오늘 일은 잊으심이 좋겠습니다."

"……네?"

뜬금없는 말에 내가 고개를 들었다. 놀란 듯한 되물음에 베인 조르제가 여상하게 대답했다.

"저택에 돌아가시면 말마따나 꿈이었다 생각하고 다 잊으십시오. 그게 맞습니다."

그에게서 나올 줄은 몰랐던 말이라 나는 다소 당황했다. 내가 그에게 해야 할 말이 아닌가. 실제로 말싸움을 하며 비슷한 얘기를 하기도 했었고 말이다.

"뒤늦게 그런 생각이 드신 이유가 뭐죠?"

겨우 정신을 차린 내가 목소리를 가다듬으며 물었다. 그야 당연히 기억해서 좋을 일 하나 없는 일이기는 했으나, 그는 얼굴 붉힌 일 자체를 이야기하는 건 아닌 듯 보였다. 아니나 다를까, 이윽고 베인 조르제가 설명을 이었다.

"오늘 드렸던 말씀을 진심이라 생각지 마십시오. 제가 감정이 앞서 실수를 했습니다. 하지 말았어야 하는 말인데 양과 단둘이라는 사실에 들떠 감정이 벅찼습니다. 아마 반 정도는 제정신에서 나온 말이 아니었을 겁니다."

반겨야 할 말임에도 그 무책임한 태도에 화가 나는 건 왜일까. 그가 제 감정 하나 주체 못해 저지른 일에 나는 그리도 고민하고 열을 냈었다. 내가 차가운 목소리로 되물었다.

"제정신에서 나온 말이 아니었다고요?"

"예."

"진심도 아니었고요?"

"……예."

내 입술에서 헛웃음이 비집고 나왔다.

"경은 참 제멋대로군요. 그렇게 멋대로 쏟아버리고 나면, 남은 저는 뭐가 되나요?"

"그 점은 정말 죄송하게 생각합니다."

"죄송하다는 말 외엔 할 말이 없어요?"

"……예."

잠시 망설이던 그가 고개를 끄덕였다. 잊어달라 사정하는 사람에게 더 따지고 드는 것도 우스운 일이다. 이걸로 끝이었다.

나는 그에게서 눈을 떼고 반대쪽 창을 내다보았다. 넓게 트인 풍경을 보면서도 답답함은 쉬이 가시질 않았다. 베인 조르제가 계속 제 감정을 부닥침으로써 생겼던 불씨는 마찬가지로 그의 물러섬에 자취를 감췄다. 그는 멋대로 사랑을 고백했으면서 제 감정에 책임을 지고 싶지 않아 했고 종래에는 그 사랑이란 것을 무르겠다고 했다.

거참, 쉽기도 하지.

내가 곱씹듯이 중얼거렸다.

"……좋아요. 간단하네요."

혼란스러웠던 일을 이리도 간편히 정리해주니 고마울 지경이었다. 나는 말없이 품속에서 손수건을 꺼내 들었다. 베인 조르제가 주었던 물건으로, 예의 보라색은 어둠 속에서도 선명했다. 나는 고이 접힌 그것을 그의 옆자리에 내려놓았다.

"이것까지 돌려줘야 정리가 되겠죠. 가져가세요. 버리셔도 상관없고요."

그러고는 그대로 고개를 돌렸다. 이어 내게로 향한 베인 조르제의 시선이 느껴졌지만, 돌아보지 않았다.

다시, 원점

집으로 돌아오면 푹 쉴 수 있을 것이라고 생각했지만 그것은 오산이었다. 그 모든 경과를 설명하자면 참으로 간단히 정리할 수 있다.

레이가 나를 배신했다. 레이는 나를 끌어안고 주인의 위신을 지키는 대신 어머니에게 투항하는 변절자의 길을 택했다!

"내가, 내가 못살아! 부모 속 태우려고 작정을 했니? 어떻게 말도 없이 외박을 해? 어딜 갔어! 어딜, 갔었냐고!"

어머니가 악센트를 주는 구간마다 눈앞에 별이 번쩍했다. 손으로 신나게 등짝을 두들겨 맞았기 때문이다. 나는 아린 등을 감싸 안으려 했지만 신체 구조상 불가능했다.

"아, 아! 아파! 그만, 그만 때려요!"

집으로 돌아오면 방에 처박혀 베인 조르제와 있었던 일을 곱씹으며 조용히 상황 정리라도 하려고 했더니만, 내 주변 사람들은 도무지 내가 감정 잡고 있을 시간을 안 준다. 하지만 '저 혼날 기분 아니에요.' 따위의 말을 했다간 오늘이 그대로 내 초상 날이 되겠지.

아니, 딸내미가 이렇게 축 처져서 들어왔으면 '아, 무슨 심각한 일이 있었구나.' 하고 마음 정리할 시간은 줘야 하는 것 아닌가? 억울해서 코가 막히고 귀가 막힐 일이었다. 내겐 정말 심각한 일이 있었는데도 그런 내 마음을 알아주는 사람은 없었다.

이래서 인간은 우주의 일개 먼지라고들 하는 걸까……?

"인생이란……."

나는 어머니의 힘을 이기지 못하고 쓰러진 그대로 아련하게 바닥을 내려다보았다. 그리고 그대로 머리를 또 쥐어박혔다.

"머리에 피도 안 마른 게 무슨 인생 타령이야?"

열여덟에서 3년분은 더 살았으니 그동안 피는 좀 말랐을 텐데. 내가 보냈던 그 세월을 알아주는 사람은 아무도 없군.

이렇게 혼날 줄 알았으면 차라리 말을 하고 나올 걸 그랬다. 그냥 휴양이라도 간다고 했더라면 수상쩍더라도 보내는 주었을 텐데. 베인 조르제와 마주칠 일도 없었을 테고 말이다. 뭐에 홀려 그리 멍청한 선택을 했는지 모를 일이었다. 무단가출은 결과적으로나 과정적으로나 참으로 바보 같은 결정이었다.

그러나 반성과 참회의 시간을 가져도 내가 일을 저지른 것은 변하지 않는다. 원래 과거란 돌이킬 수 없는 법 아닌가?

……라기엔 한번 회귀라는 걸 겪어본 전적이 있군. 하지만 신은 날 위해 움직이지 않는다. 내가 이 엿 같은 회귀를 감내하며 깨달은 진리였다.

"아이고, 못살아."

분을 못 이긴 어머니가 나를 따라 제자리에 주저앉았다. 그러면서 나를 흘기는데 그 눈빛이 제법 무섭다. 다시 매타작이 시작될까 무서워 나는 조용히 눈치를 보았다.

그런데 어머니의 시선이 문득 내 손 언저리에 꽂힌다. 나는 그 방향을 따라 눈길을 주다가, 반사적으로 손을 치맛자락 밑으로 감췄다. 그러나 눈 좋은 어머니가 그걸 못 봤을 리 없다.

"너, 너 이걸 들고 나갔어?"

"뭘…… 말씀하시는지……."

"얘가 미쳤어, 미쳤어! 이게 얼마짜린데!"

어머니는 결국 왼손에 끼인 아티팩트를 발견하고야 말았다.

아니, 좀 고가품이긴 하지만 딸이 그 덕에 몸 성히 집으로 돌아왔다면 남는 장사 아닌가? 어디에다 놓고 잊고 온 것도 아니고. 하지만 어마무시한 가격의 가보를 잃어버릴 뻔했다는 사실에 어머니는 빈혈이 도진 모양이었다. 나는 그녀가 머리를 감싸 쥐고 쓰러진 틈을 타 재빨리 도주했다. 지금 잡혔다간 등짝으로 끝나지 않을 것이다.

"너 거기 서!"

서란다고 서는 멍청이가 어디 있나. 나는 날쌔게 방으로 들어가 문을 잠그는 데 성공했다. 다행히 어머니가 쫓아오는 소리는 들리지 않았다. 방문에 귀를 대고 있던 나는 그만 안심하여 한숨을 내쉬었다. 자연히 다리에 힘이 풀려 몸이 미끄러진다.

그러나 방심은 금물이었다. 방 안으로 언뜻 시선을 돌린 순간 이 모든 일의 원흉이 기다리고 있었으니까. 나는 떨리는 손으로 상대를 가리켰다.

"너, 너……!"

그것은 '아무것도 몰라요.' 표정을 하고 있는 레이였다. 나는 그녀를 보며 이를 갈았다. 내 심신이 조금만 미약했다면 어머니처럼 뒷골을 잡고 쓰러졌을지도 모를 일이다.

대신 나는 이를 갈며 이렇게 중얼거렸다.

"브루투스 너마저……."

"네?"

"네가 나한테 어떻게 이럴 수 있어?"

"아가씨야말로 어떻게 저한테 그러실 수 있어요?"

레이의 목소리가 차분했다. 나는 순간 당황하여 "어…… 어?" 하고 말을 더듬었다. 주도권을 가져간 레이가 벽면을 응시하며 쓸쓸히 말했다.

"약속하셔놓고……."

"……."

"어디 가면…… 간다고, 알려주시겠다고, 약속하셔놓고……."

"그건……."

"제가 몇 번이나 말씀드렸는데…… 아가씨가 그렇게 멋대로 사라지시고 나면 뒷일을 책임지는 건 저라고요. 이번에도 얼마나 마음을 졸였었는데…… 아가씨한테 혹시 나쁜 일이라도 생기면…… 제가 경을 칠 텐데 하고……."

"아니…… 레이, 그게……."

레이가 자조의 미소를 떠올렸다. 어찌나 힘이 없는지 당장 침대에 눕혀 요양이라도 권하고 싶은 심정이었다.

"저는 마님이 화를 내시는 와중에도 아가씨한테 무슨 일이라도 났을까, 일단 진정하시고 어디 가셨을지 찾아보자, 그리 말씀을 드렸었는데……."

레이가 죽은 생선 껍질 같은 눈을 들어 나를 보았다. 한마디로 생기가 없다는 뜻이다.

"아가씨는 제 걱정은 전혀 안 하셨나 보군요……?"

"……."

할 말이 없다. 확실히 레이 생각은 거의 한 적이 없었다. 기껏해야 저택을 빠져나오며 작별 인사를 남길 때 정도? 그것도 양아치를 맞닥뜨리기 전, 딱 그때까지만이다.

"그게…… 레이…… 내가 이번엔 그럴 만한 사정이……."

"아가씨가 제게 말 못할 사정이 있다는 게 더 충격이네요. 제 젊음…… 청춘…… 다 바쳐 아가씨를 모셨는데 아가씨가 생각하는 저희 관계란 고작 비밀 한 조각 못 나눌 그런 별 볼 일 없는 것이었군요."

"너 갑자기 말을 무척 잘하는구나……?"

내 말은 들리지도 않는지 레이가 쿡 하고 쓴웃음을 흘렸다. 무서웠다. 그녀는 제 왼팔을 문지르며 독백을 계속했다.

"저는 아가씨 수발드느라 이 나이에 손목이 시큰거리고 무릎이 아픈데……."

"저기, 미안, 레이. 앞으로는 꼭 네게 말하고 갈게."

"제가 그 말을 어떻게 믿죠?"

레이가 조소 어린 눈으로 나를 돌아보았다. 나는 정곡을 찔린 얼굴로 고개를 숙였다. 확실히 레이가 나를 믿을 만한 건수는 0에 수렴했다. 쌓아왔던 신임이 모두 깎여나가도 모자랄 지경인데 심지어 그 쌓아온 신임조차도 없다. 레이에게 나는 양치기 소녀이자 이 시대의 참된 구라쟁이였다. 그제야 생각 없이 떠넘기곤 했던 온갖 책임과 그 밖의 많은 잘못이 떠오른다.

나는 다급하게 그녀에게 다가가 손을 붙잡았다. 내 표정이 부디 진심 어리게 보이길 바라며 더듬거리듯이 물었다.

"내, 내가 뭘 해야 용서해줄래?"

"용서라뇨? 하녀 주제에 감히 어떻게 아가씨를 용서하겠어요. 아가씨는 저를 아랫것으로만 생각하실 텐데……. 저흰 정말 별 볼 일 없는 사이니까요……."

"……."

저 아련한 말투 좀 어떻게 안 되나? 죄책감에 심장이 다 아플 지경이다.

"레이, 그게 무슨 말이야. 너는 내게 단순한 사용인이 아니라 오랜

362

친구잖니? 만약 그 말을 들으면 로제가 듣고 울고 말 거란다. 왜냐면 네가 별 볼 일 없는 수준이라고 치면 로제와는 발가락의 때만도 못한 사이가 되거든."

"정말이세요?"

"그럼!"

내가 늦을세라 재빨리 고개를 끄덕였다. 그러자 잠시 눈을 깜빡이던 레이가 앞치마 속에서 종이를 하나 꺼내 들었다. 그러더니 꼬깃꼬깃 접혀 있던 종이를 펴서 내밀며 말했다.

"그럼 각서 하나만 써주세요."

"각, 각서?"

나는 당황한 얼굴로 되물었다. 그러자 내 쪽으로 내밀어 졌던 그녀의 팔에 힘이 빠졌다. 실연이라도 당한 듯한 표정으로 레이가 종이를 다시 접어 내렸다.

"이 정도 확언도 해주시지 않는다면…… 저와의 약속을 지키실 생각이 없으시다고 보는 수밖에 없네요."

"아, 아니! 누가 안 쓴대? 쓸 거야. 이리 줘."

나는 다급하게 레이에게서 종이를 뺏어 들었다. '각서'라는 다소 위협적인 글자를 지나 첫 항목부터 꼼꼼히 읽어 내렸다.

[1. 을은 여섯 시간 이상의 외출이 필요할 시 미리 갑에게 고지한다.]

어느새 새초롬해진 레이가 가볍게 덧붙였다.

"참고로 갑이 저예요."

"어? 그, 그러니?"

"네. 제가 문항 작성을 했으니까 그냥 갑으로 적었어요. 상관없으시죠?"

"으응……. 물론이지."

왠지 기분이 좀 찜찜하지만 일단 넘어가기로 하자. 근데 그 아래 딸린 항목들이 좀…… 아니, 굉장히 많다.

1-1 을의 만남 상대가 남성일 경우 여섯 시간이 아닌 한 시간의 제한을 둔다, 1-2 을의 외출이 수도 밖의 범위라면 시간제한에 상관없이 갑에게 고지한다, 1-3 만약 갑이 자리에 없다면 열 줄 이상의 타당한 사유서를 남긴다 등등등…….

나는 겨우 힘겹게 1번 문항을 다 읽어 내리고 2번으로 시선을 옮겼다.

[2. 을은 갑에게 거짓을 말하거나 위증하지 않는다.]

"저기 레이, 이건 좀……. 나도 사생활이라는 게 있잖니?"

"그래서…… 안 쓰시겠다고요?"

스멀스멀 기어 나온 반대의 기운에 레이의 눈빛이 매섭게 변했다. 나는 "으응…… 그런 건 아니구……." 하고 아무렇게나 둘러대며 그녀의 눈을 피했다. 본전도 못 찾았군.

[3. 을이 본인 인생에 있어 중대한, 혹은 갑에게 많은 영향을 미칠 결정을 내릴 때 갑의 의견을 수렴한다.]

이건 그렇다고 치고.

[4. 을은 거적때기 같은 몰골로 외출해 갑을 욕 먹이는 행동을 하지 않는다.]

"……."

굉장히 감정이 실린 조항 같다면 착각일까? 형식상이나마 예의를 지키고 있던 문장이 갑자기 등장한 비속어에 몹시 험상궂어졌다.

근데 좀 억울해지는군. 루센 때문에 그간 정신이 없어서 그렇지 회귀 전 나는 황궁에서 주최한 공신력 있는 투표에서 올해의 트렌디한 여성 1위로 뽑힌 전적이 있다. 그게 아마 올해 연말이었던 걸로 기억하는데, 아무래도 이번엔 좀 힘들려나?

"레이, 저기 이거 말이야. 최소 조건이 어떻게 되니? 이런 건 상세히 협조를 해줘야 후에 오해가 없을 것 아니니."

"코르셋."

"그건 좀……. 그…… 알다시피 코르셋은 좀 힘들잖아. 우리 분칠이랑 눈썹 그리는 걸로 타협 보자."

"더하고 코르셋."

"이런 개……."

나도 모르게 입 밖으로 튀어나올 뻔한 욕설을 간신히 억눌렀다. 대신 나는 열렬한 눈으로 레이를 노려보았다.

이런 코르셋 성애자 같으니!

옛날엔 잘만 차고 다녔는데 한번 벗고 다니기 시작했더니 그 상쾌한 공기를 버리기가 힘들다.

식사를 하기만 하면 안색이 새하얘지는 물건을 어떻게 계속 차고 다니겠는가? 그런 고통스러운…….

'잠깐.'

나는 미심쩍은 눈으로 레이를 흘겨보았다. 왠지 레이는 내 몸 라인을 염려한다기보다는 코르셋을 차서 괴로워하는 나를 보고 싶어 하는 것 같았다.

설마…… 아니겠지? 과도한 넘겨짚기이길 바랄 뿐이다.

"아무튼, 일단 넘어가서……."

[5. 을은 본인의 잘못한 건에 대해 갑에게 대리 해명을 시키지 않는다.]

쓰다가 고친 듯 그 앞에는 '자기가 싼 똥은 자기가 치운다.'는 문장이 적혀 있다. 박박 지우는 대신 가운데에 선을 하나만 그은 것으로 보아 나 읽으라고 남겨둔 것도 같고…….

어쩐지 뒤로 갈수록 글이 험상궂어지고 있다. 글자가 적힌 종이도 힘이 잔뜩 들어간 듯 푹푹 파인 채고 말이다. 왠지 그녀가 이 문서를 작성하는 데 있었던 시간차를 보여주는 것 같다. 아가씨 가출 인지 후 10시 지점 1번 조항 작성, 15시 지점 2번 조항 작성, 대충 이런 식이 아니었을까?

다행히도 레이의 요구 사항은 그게 끝이었다. 더 길었다간 그걸 다 지키느라 하루 24시간이 모자랄 수도 있다. 다만 그 대망의 끝을 장식한 마지막 줄은 다소 폭력적이었다. 제3금융 내지는 사채의 향수가 느껴진다고나 할까.

[끝으로, 을은 위 사항을 지키지 않을 시 갑에게 10,000골드를 배상한다.]

"위약 조건이 굉장히 현실적이면서 사리사욕에 충실하구나."

이 각서를 쓰고 나면 왠지 레이가 내 무단가출을 반기게 될 것 같은 느낌적인 느낌이 든다. 한 번이라도 어겼다간 레이의 풍족하고 여유로운 노후를 보장하게 될 테니까. 아니, 어쩌면 청년 백수의 꿈까지도 이뤄줄 수 있을 것 같다.

나는 그제야 긴 글을 읽으면서 내내 품어왔던 불만을 입 밖으로 내었다.

"근데 이거 나만 손해잖아. 왜 넌 아무 책임이 없어?"

내가 예의 각서를 눈앞에서 흔들며 따지자 레이가 도도하게 대답했다.

"잘못한 건 아가씨니까요. 전 충분히 사용인으로서의 의무를 다하고 있거든요. 제가 무리한 걸 요구 드리진 않았다고 생각해요."

"아니, 솔직히 충분히 무리하다고 생각하는데……."

그 말에 레이의 얼굴이 다시 애처로워졌다. 그녀는 곧 눈물을 흘릴 듯한 청초한 눈으로 바닥을 내려다보았다. 레이가 코를 훔치며 헛웃음을 지었다.

"역시…… 아가씨가 저는 고작 그런 사이였군요. 이 정도 약속도 못 해주실 거였으면서……. 됐어요. 그거 이리 주세요."

"어? 아니, 그게……."

"뭐가 되든 서명해주실 것처럼, 희망 고문은 다 시키셨으면서……."

흡! 레이가 입을 틀어막고 오열하기 시작했다. 그녀가 그대로 풀썩 바닥에 주저앉아 나 역시 황급히 몸을 낮추었다.

나는 그녀의 어깨를 두드리다가, 눈알을 굴리다가, 펜을 쥔 손을 쥐어뜯다가는 이내 눈을 질끈 감고 외쳤다.

"쓰…… 쓸게!"

그러고는 레이가 보는 앞에서 방바닥에 종이를 펴들고 내 이름을 크게 적어 내렸다. 이 글자 그대로 내 심장을 칼로 긋는 것 같다.

안녕, 내 자유. 안녕, 내 행복한 날들.

하지만 이걸 쓰지 않았다간 레이는 계속 이 태도를 유지할 테고 그럼 나는 그 우울함에 전염되어 사랑하는 루센에게 시집도 못 가고 노처녀로 늙어 죽고 말겠지.

루센은 내 장난스러운 성격과 밝은 웃음을 좋아했었다. 특히 비 오는 날에 내가 잔뜩 젖은 채 웅덩이를 밟고 있노라면, 곤란한 얼굴로 다가와 차가워진 나를 꼭 안아주었다. 그 따뜻한 온기가 좋아 나는 비 내리는 날을 은근히 기다리며 반기었다…….

스며든 상념에 잠시 멈칫하는데 레이가 내 손에서 각서를 빼앗아 들었다. 나는 멍하니 레이를 올려다보았다. 그녀는 어느새 가련한 연기를 내던진 채 포식자의 미소를 짓고 있었다.

"잘하셨어요. 이건 제가 보관하도록 하죠."

이 모든 상황이 꿈같이 느껴지는 발언이었다. 레이는 마녀 같은 손동작으로 입을 가리며 "오호호호호!" 하고 무서운 웃음을 쏟아냈다. 그녀가 여유롭게 입꼬리를 끌어당기며 말했다.

"그럼 전 앞으로 아가씨만 믿고 있을게요. 뭐, 이젠 딱히 어기셔도 상관은 없고요. 호호!"

그녀는 승리자의 당당한 위세로 방문을 박차고 나갔다. 나는 가련하게 바닥에 주저앉은 자세 그대로 그녀를 멍하니 보내는 수밖에는 없었다.

"저 연…… 연기의 여왕……."

알면서도 맨날 속는다니 인정을 안 할 수가 없다. 슬슬 내 암울한 앞

날이 걱정되기 시작한다. 아마 레이는 내 일거수일투족을 지켜보며 내가 조항을 잘 지키는지 지켜볼 것이다. 그 모습을 상상하자 아직까지 지은 죄가 없음에도 손발이 저리고 가슴이 먹먹해지기 시작한다.

이게 바로 사채를 쓴 서민의 마음인가?

나는 쿵쿵거리는 심장을 가라앉히기 위해 몹시 애썼다. 레이가 무서운 여자인 줄은 알았지만 이토록 무시무시한 행동을 보일 줄은 몰랐다. 나는 앞으로의 거처를 고민하다가, 이내 기듯이 몸을 옮겨 침대에 안착했다.

"됐어, 지금은 아무것도 생각할 정신이 없어."

반나절간 마차를 타느라 단련된 꼬리뼈도 아프고 덕분에 이어진 불면으로 피로가 켜켜이 쌓인 상태였다. 이불보 밑에 콩을 한 말로 깔아도 알아채지 못할 두껍고 비싼 침구에서만 잠을 청했었는데, 만 하루 동안 아예 침대랄 것을 구경도 못했더니 뒤통수까지 뻐근했다.

사실 배도 고픈 상태였지만 지금 밖으로 나갔다간 주방장을 만나기도 전에 어머니에게 붙잡혀 매타작을 당할 것이다. 그건 절대 일어나지 말아야 할 비극이었다.

"좀 쉴 때도 됐지."

정말 좀 쉴 때도 됐다. 며칠간의 '베인 조르제 정체 밝히기 작전'에 드디어 종지부를 찍었으니 말이다.

결국 그는 사랑한 여인이 있었고, 죽은 그 여자를 잊지 못해 닮은 내게 집적거렸고. 음, 좋아. 기분은 더럽지만 정리는 완벽해.

생각해보면 베인 조르제가 내게 진심이 아니라면 외려 그게 더 다행인 일이었다. 나는 루센이 있고, 그래서 그의 마음을 받아줄 수 없으니까. 이제는 깔끔하게 정리된 상황을 반기며 루센에게만 집중할 때다. 이 미묘하게 남은 찜찜한 잔여감은, 차차 나아지겠지.

나는 잠들기 전 간만에 루센과의 추억을 떠올렸다. 아까 채 다 잇지
못했던 회상을 계속하자니 시간이 잘만 가더라.

잠자리에 들 무렵 검정 머리칼이 언뜻 머릿속을 스쳤던 것도 같지
만, 언젠가의 꿈에서 그랬던 것처럼 당연히 잘못 본 것이었겠지.

내가 잠자리에서 일어난 건 늦은 오후의 일이었다. 레이를 만날 것
이 두려워 침대 가의 종을 울리는 것을 망설였으나 정말 텔레파시라
도 통하는 건지 레이는 귀신같이 등장했다. 어제의 공포감이 남아 있
는 상태였으므로 그녀가 치장을 요구할 때 나는 평소보다 순순히 그
말에 따랐다. 마음속으로는 내내 이 한 단어만을 외치며 말이다.

'독한 것!'

물론 입 밖으로 내지는 않았다. 그랬다간 레이가 조용히 흐느끼며
예의 각서에 '6. 을은 갑에게 윽박지르지 않는다.'라는 등의 조항을 추
가하려고 할지도 모른다. 대신 나는 평소보다 조심스럽게 레이의 비
위를 맞추었다.

"저기, 레이, 어머니는 뭐 하고 계셔?"

"아마 지금 정원에 계실 거예요."

"오늘 기분 어때 보이셨어?"

"나쁘지 않아요. 화 많이 풀리신 것 같던데요?"

다음 날까지 이어질 것으로 예상했는데 어머니의 분노는 의외로 싱
겁게 끝났다. 내가 방에 들어가 청하지 못했던 잠을 몰아 자는 동안
화가 많이 식으신 모양이었다. 하기야 한나절이 넘는 동안 꼬박 잤으
니 그동안 내내 열을 내는 것도 힘드셨을 것이다.

어머니가 화를 삭이는 동안 아버지는 대체 뭘 하고 있었나. 내 의문에 레이는 명쾌한 답을 주었다.

"후작님은 아가씨가 나갔다 온 줄도 모르고 계세요."

그렇다. 일이 커지는 걸 염려한 어머니가 비밀로 한 덕분에 아버지는 내 가출 건에 대해 아직 모르고 있었다. 불행 중 다행이었다.

"피오니는? 들어왔어?"

내가 문득 생각났다는 듯이 물었다. 그러고 보니 정신이 없어 피오니의 귀가 사실을 챙기지 않았었다. 정말 도망가버린 건 아니겠지?

"어젯밤 늦게 들어왔어요. 아슬아슬하게 이틀 안 넘겼던데요. 지금은 아마 주방에서 식사하고 있을 거예요."

"그럼 이따가 마주치면 내 방으로 좀 오라고 해, 내가 물어……."

나는 말을 하다 말고 입을 다물었다. 그러고 보니 피오니에게 물어보려고 했던 게 베인에 관한 건이었지. 그에 관해서는 그만 신경을 끄기로 했으니 안 들어도 될 것 같기도 하고.

그래도 혹시 모르니 들어봐야 하나?

내가 곰곰이 고민하는데 레이가 끼어들었다.

"피오니는 조금 뒤에 보셔야 할 것 같은데요. 루센 경이 곧 방문하겠다는 전언을 남기셨거든요."

"루센 경이?"

내가 잘못 들었다는 것처럼 되물었다. 그도 그럴 것이 영 의외의 방문이었던 탓이다. 물론 이전에 그와 만났을 때 리플렉츠가에 들러 진찰이라도 받아보라고 말한 적이 있긴 하지만, 정말 올 줄은 몰랐다.

내가 당황이 가시지 않은 목소리로 재차 물었다.

"언제쯤 오신다는데?"

"얼마 안 남았어요. 단장 마치면 아슬아슬한 시간?"

"나 좀 일찍 깨우지 그랬어."

"방문을 알린 게 불과 한 시진 전이라서요……."

내가 막 잠에서 깨어났을 시간이군. 왜 이렇게 타이밍을 잘 맞췄나 했더니 내 기상을 기가 막히게 알아챈 게 아니고 루셴의 방문을 알리기 위해 온 거였다.

"화장 시작할게요."

레이는 평소보다 공들인 기색으로 내 단장을 도왔다. 주인의 짝사랑을 이제 좀 알아주는 건가.

잠깐, 설마 아직도 내가 루셴 스토커 짓을 하고 있다고 생각하는 건 아니겠지? 레이가 온갖 구속구들을 대령했을 때만 생각하면 소름이 쭈뼛쭈뼛 돋는다. 그걸 루셴이 알아봤다면 나를 얼마나 미치광이로 취급할지……. 정말 상상하고 싶지도 않았다.

"푹 주무셔서 그런가, 피부 상태가 좋으세요. 하나도 안 떴네요. 보세요."

레이가 분첩을 치우며 내게 거울을 내밀었다. 마음이 싱숭생숭한 것과 별개로 과연 화장은 잘 먹었다. 레이의 말대로 매끈하니 부드러운 것이 긴 잠의 효과가 있었다. 나는 머리칼을 뒤로 넘겨 정리하며 레이에게 말했다.

"난 먼저 응접실에 가 있을 테니 넌 피오니 찾아서 데려와. 서둘러야 돼. 알겠지?"

레이가 알겠다며 피오니를 찾으러 떠나갔다. 루셴의 방문 목적이 진찰이니만큼 피오니를 데려올 필요가 있었다. 나는 거울을 잠시 들여다보고는 레이를 따라 방을 나섰다. 피오니가 이 어이없고 우스운 부작용의 해결 방법을 빨리 찾아내주었으면 좋겠다. 이 상태로는 루셴과 손 한번 잡는 것도 힘들 것 같았다.

아니, 손이 다 뭔가. 그와 나는 보통 사람의 간격을 두고 대화할 수도 없는 상태였다. 다른 사람들이 봤다면 벌칙이라도 받고 있다고 생각할 모양새였다.

으음. 하긴 약물 오용으로 인한 벌칙이 맞긴 맞나……?

어쨌든 피오니가 타개책을 찾아낸다면 나는 기꺼이 그녀의 고용 기간을 반절로 줄여줄 용의가 있다. 거짓말인 줄 알았는데 실제로 가장으로서 고생하는 모습을 보고 나니 오래 부리기도 좀 그렇다.

"집중하자."

응접실 문을 앞에 두고 짧게 스스로의 뺨을 내리쳤다. 오래 자다 일어나서 그런지 정신이 붕 뜬 채 도통 지상으로 돌아오질 않았다. 무의식적으로 베인과 있었던 일이 자꾸 떠오르는 것만 해도 그렇다. 루센을 만나면서 다른 남자 생각을 하고 싶지는 않았다. 그게 연애 감정과는 영 거리가 있다고 해도 말이다.

짧게 심호흡을 마친 뒤 문을 열려는데, 뒤편에서 나를 부르는 소리가 들려왔다.

"아가씨!"

뒤로 돌자 멀리서 걸어오는 피오니가 보였다. 평소보다 빠른 걸음으로 내게 다다른 그녀가 쓸데없이 해맑게 인사했다.

"좋은 오후예요. 저 없는 동안 잘 지내셨어요?"

나는 팔짱을 낀 채 피오니를 빤히 쳐다보았다. 요 며칠간 내 고민에 지대한 지분을 차지했던 그녀를 말이다. 연애 솔루션을 제공하라고 데려온 인물인데 외려 더한 혼란만 가중시키고 있었다.

"하…… 하……. 아무래도 잘 못 지내셨나 보네요."

피오니가 슬그머니 목소리를 죽이며 시선을 피했다. 나는 그녀의 심하게 구불거리는 파마머리를 내려다보며 심각하게 고민했다.

베인 조르제를 믿어도 된다고 했던 그 쪽지는 무슨 뜻이었냐고. 물어, 말아?

"근데, 그…… 전 왜 찾으셨어요?"

이어진 피오니의 물음에 정신을 차렸다. 그러고 보니 응접실 안에서 루셴이 기다리고 있을 텐데. 좀 심하게 기다리게 한 듯도 싶다. 내가 응접실 안을 가리키며 말했다.

"이 안에 그 문제의 약을 먹은 사람이 있어."

"아, 그……!"

나는 깐깐한 낯으로 팔 안쪽을 두들겨 보였다.

"만약 문제점을 찾아낸다면 근로 계약서에 쓰인 계약 기간을 반절로 줄여주겠어. 하지만 해결 방법을 찾아내지 못하면 그대로 치안대로 끌려가 콩빵을 먹게 될 거야."

"예예, 여부가 있겠습니까."

피오니가 과하게 비굴하게 양손을 비볐다. 좀 미심쩍긴 한데, 향후 몇 년간의 햇빛 관람권이 걸려 있으니 제대로 하겠지?

응접실 문을 열어젖히자 곧장 창가에 선 루셴이 눈에 들어왔다. 문가에서 느껴진 인기척에 루셴이 뒤를 돌아보았고, 이어 눈이 마주쳤다.

우리는 약속이라도 한 듯 방의 양 끝에 멈춰 서서 서로에게 다가가지 않았다. 의아한 낯을 하던 피오니가 "아…….." 하고 탄식하며 입을 가렸다. 동양의 옛 별자리 설화에 나오는 견우와 직녀가 따로 없군.

"오랜만에 뵙습니다, 카타리나 양."

"반가워요, 루셴 경. 이렇게 방문해주셔서 영광이에요."

"아닙니다. 카타리나 양께 전해드릴 것도 있고, 그…….."

루셴이 눈알을 굴리며 헛기침을 했다. 나는 그가 무얼 찾는지 너무

나 쉽게 알아챘다. 내가 순순히 양손으로 피오니를 가리키며 말했다.

"네. 의사분을 찾으신다면 여기……."

피오니가 다소 긴장한 얼굴로 인사했다.

"안녕하세요. 처음 뵙겠습니다."

"예, 잘 부탁드립니다."

루센이 긴장한 낯으로 경직된 차려 자세를 해 보였다. 마주 앉으려는 모양인지 피오니가 루센을 소파 근처로 안내했다. 나는 루센과의 거리를 유지하려고 애쓰며 방구석에 처박혔다.

"팔 좀 들어보시겠어요?"

피오니는 식은땀을 흘리며 루센의 겨드랑이에서 팔꿈치까지의 길이를 심각하게 측정했다.

눈치를 보아하니 대충 상황 파악은 끝난 모양인데, 한번 쓱 훑어보자마자 '네 병은 이거야!' 하고 외치면 돌팔이 취급을 받을 게 분명하니 진찰을 하는 시늉을 하려는 듯했다.

"숨 들이켜고, 내쉬고……."

아무것도 모르는 루센은 피오니의 말을 따라 숨을 쉬거나 다리를 어깨너비만큼 벌리거나 견갑골을 두드렸을 때 나는 소리를 들려주거나 했다.

"됐습니다."

피오니가 이마에 맺힌 땀을 닦으며 물러났다.

"일단 환자분은 잠시 기다려주세요."

그렇게 말한 피오니가 내 쪽으로 손짓했다. 밖으로 나가라는 뜻 같아 그에 따랐더니 이윽고 피오니도 문을 열고 나왔다.

흘긋 안을 들여다보자 어리둥절한 표정을 짓고 있는 루센이 보였다. 의아해하는 듯한 얼굴이 점점 희게 질려가는 걸 보니 또 이상한 생각을 하고 있는 것도 같고. 보호자에게 먼저 면담을 청하는 의사는 대개 시한부 같은 부정적인 병명을 내놓곤 하니 말이다. 물론 피오니는 의사가 아니니 해당하지 않는 일이다. 하지만 만약 안에서 속닥거리다가 루센이 약물의 부작용 같은 소리를 얻어듣기라도 하면 내 입장이 몹시 곤란해진다.

"그래서 어때? 해결할 수 있겠어?"

내가 초조한 얼굴로 물었다.

"그렇게 재촉하시면 말씀드리기가 힘듭니다. 천천히 얘기할게요."

왜 이렇게 뜸을 들이는 거지? 맞고 싶나?

내 표정에서 살의가 느껴졌는지 피오니가 곧 입을 열었다.

"사실대로 말씀드리자면……."

"드리자면?"

"약이 없습니다."

나는 양손으로 곧장 피오니의 멱살을 틀어쥐었다.

"잠깐, 잠깐만요!"

피오니가 컥컥거리며 다급히 타임을 외쳤다. 나는 그녀를 놓아주며 흉악한 얼굴로 속삭였다.

"당장 쓸 만한 해결책을 찾아내는 게 좋을 거야. 아니면 지하 감옥에서 그 풍성한 머리칼이 시궁쥐의 먹이가 될지도 모르니까."

"아가씨, 무슨 그런 무서운 말씀을…… 호, 호……."

피오니의 이마에서 다시 격렬한 식은땀이 흐르기 시작했다. 그녀가 겨우 내 손을 밀어내며 말했다.

"사람 말은 끝까지 들으셔야죠. 약이 없다는 건, 필요가 없다는 뜻이에요."

"내가 댁을 지하 감옥에 보내겠다는 것도 정말 지하 감옥에 보내겠다는 뜻이지."

"아가씨도 참, 말이 이렇게 험하셔서야……."

나를 진정시키려는 듯 피오니가 호호 웃으며 내 어깨를 툭툭 쳤다. 그러나 내가 험악한 표정을 바꾸지 않자 그녀는 슬그머니 시선을 피했다.

"그게, 해결 방안이 없다는 건 아니고요. 그냥 기다리시면 돼요. 자연 완치될 일이라 따로 약이 필요 없는 거라서요. 안 낫는 게 아니에요."

"낫는다고?"

"네. 상하는 바람에 약효가 좀 다른 방향으로 돈 것 같아요. 사랑의 묘약엔 유효 기한이 있으니 이 해프닝도 금방 끝날 거랍니다."

그녀가 그렇게 말하며 제 가슴을 쓸어내렸다.

나는 그녀가 거의 들리지 않을 크기로 "휴, 진짜 감방에서 썩는 줄 알았네." 하고 작게 중얼거리는 것을 놓치지 않았다. 하지만 나는 그녀가 내 뒷담을 하였더라도 지금 이 순간만큼은 용서할 수 있을 것 같았다.

루셴이 나을 수 있다니. 저 거지 같은 구토에 종지부를 찍을 수 있다니!

나는 기쁨에 겨운 마음을 억누르려 애쓰며 확인차 물었다.

"그러니까 조금 기다리면 정상으로 돌아온단 말이지?"

"네. 걱정 마시고. 마음에 여유를 가져보세요. 아가씨 마음엔 울화가 좀 많으신…… 아…… 아닙니다."

마음이 많이 놓인 듯 자유분방해졌던 주둥아리가 다시 제 위치를 찾았다. 나는 만족스러운 얼굴로 고개를 끄덕였다.

"좋아. 너는 다시 들어가서 심리적인 현상이라 그렇다고, 곧 나아진다고 말해."

"심리적인 현상이요?"

이해가 잘 가지 않는지 피오니가 의아한 얼굴을 해 보였다. 나는 곰곰이 머릿속을 헤집다가 그럴듯한 변명거리를 하나 뱉어냈다.

"그래, 실연 장면 때의 트라우마가 나를 만날 때마다 도진 거라고 해."

"네, 뭐……."

내가 무슨 말을 하는지 이해 못한 모양이지만 피오니는 알겠다며 수긍했다. 시키는 대로 하는 게 그리 어려운 일은 아니었으니까.

응접실로 돌아간 피오니는 루센에게 내가 만들어준 변명거리를 그대로 읊었다. 루센은 심각한 얼굴로 고개를 끄덕이다가는 거듭 감사하다는 인사를 남겼다. 부끄럽다는 등의 인사치레로 대꾸한 피오니는 타이밍을 봐 재빨리 밖으로 사라져주었다. 얼른 둘만 있는 자리를 만들어달라는 내 시선이 제법 거세었나 보다.

나는 헛기침을 하며 한 발짝 앞으로 나섰다. 그래봤자 루센과의 넓은 간격은 좀체 줄어들지 않았지만 말이다. 내가 부드러운 미소를 떠올리며 말했다.

"낫는다니 정말 다행이에요."

그나마 실내라 저번처럼 크게 소리치지 않아도 되는 게 다행이다. 조금만 목에 힘을 주면 상대에게 들릴 만한 정도였다.

"그러게 말입니다. 카타리나 양 덕분에 마음이 놓였습니다. 오길 정말 잘했어요."

"저야말로 도움이 되어서 기뻐요. 그동안 마음고생이 심하셨을 텐데, 이젠 크게 염려치 마세요."

잠시 루센이 대답을 않고 나를 지그시 응시했다. 그가 이윽고 부끄럽다는 듯이 고개를 숙였다.

"정말 카타리나 양께 많은 도움을 받는군요."

마치 그동안 나를 밀어냈던 일을 회개하는 모양새였다. 본인이 좀 까칠하게 굴었던 걸 알긴 아는 모양이었다. 나를 스토커라고 생각했었으니 그 매몰찼던 반응이 이해가 안 가는 것도 아니지만.

잠시 망설이던 루센이 조심스러운 기색으로 내게 제안했다.

"다 나으면…… 저와 함께 도요 공원에 산책이라도 가시지 않겠습니까?"

이건 설마…… 꿈에 그리던 데이트?

내가 감격 어린 얼굴로 대답했다.

"네!"

기꺼이 돌아온 승낙에 루센은 시선 둘 곳을 찾지 못했다. 회귀 전엔 매번 데이트 신청을 해왔던 그지만 지금의 루센으로선 처음이었으니까.

"그리고 이거……."

부끄러운 기색으로 루센이 우물쭈물 바닥에 내려놓았던 무언가를 집어 들었다. 무엇인가 하고 보니 과일 바구니였다. 그것도 코켓이 가득 든.

"좋아하신다고 알아 사 왔습니다. 날이 더워져서 그런지 요새 당도가 많이 올랐더군요."

루센이 횡설수설 설명하다가는 머쓱한 얼굴로 바구니를 테이블 위에 내려놓았다. 내게 직접 전해줄 수 없으니 택한 차선책이었다.

그가 오랜만에 밝은 웃음을 내보이며 인사했다.

"저는 이만 가보겠습니다, 영애. 그럼 나중에 다시 찾아뵙겠습니다."

나는 손을 흔들며 떠나가는 루센을 배웅했다. 내가 테이블 근처로 간 것은 그가 밖으로 나서고도 한참이 지나서였다. 기다리면 낫는다고는 하지만 당장 루센과 가까이 있을 수 없다는 사실이 이렇게 애달플 수가.

나는 루센의 손이 닿았을 바구니 손잡이를 가만히 쓸어보았다. 붉은 빛깔의 코켓은 창가로 스민 햇빛을 받아 더욱 반짝이고 있었다. 제철이 돌아왔는지 강렬한 색감이 유난히 예뻤다.

그러고 보니 베인이 사 온 것도 코켓이었지. 내가 좋아하는 것을 안다며. 베인이든 루센이든 내가 가장 좋아하는 과일이 코켓이라는 걸 어떻게 알았을까.

혹시 뒷조사라도 했나? 심각한 표정을 짓다가 그만 웃으며 고개를 내저었다.

이래 봬도 나름대로 후작가의 영애다. 결혼 시장의 뜨거운 감자로서 관심이 많이 쏠리기도 할 것이니와 그에 비례해 돌아다니는 정보도 많을 것이다. 어딘가선 내 취향이 공공재쯤으로 취급되나 싶기도 하다.

"아, 잠깐. 또 베인 조르제 생각."

나는 그대로 머리를 벽에 가져다 박았다.

모처럼 루센이 찾아왔고, 부작용이 곧 해결된다는 소식을 들어 기쁘기 그지없는데도 대체 왜 베인 조르제를 떠올렸는지. 이건 신성 모독 수준이다.

앞으로는 베인 조르제의 베 자라도 떠올리면 나 자신에게 벌을 주어야겠다. 방금 했던 것처럼 이렇게 벽에 박치기를 하는 거지. 그렇게 계속하다 보면 이마가 부서지지 않기 위해서라도 그를 잊지 않겠는가?

갈라진 두개골에서라도 튀어나올 사랑이라면, 그건 루센의 몫일 테니 말이다.

"아가씨 기분이 좋아 보이시네요."

레이가 이상하다는 듯한 눈으로 나를 보며 말했다. 침상에 여유롭게 늘어져 있던 나는 '후후……. 애송이.'라는 표정을 지으며 가볍게 검지를 흔들었다.

"잘 알아봤어. 사실……."

루센과 관계를 회복했다는 기쁜 소식을 은근슬쩍 얘기하려는데 레이가 대뜸 내 말을 잘랐다.

"뭐 잘못 드셨어요?"

"……."

내 주변 사람들은 왜 나를 이렇게 험하게 대하는 걸까? 좋은 일이 있어 보이면 그냥 곧이곧대로 받아들일 것이지!

"……내 위장은 몹시 멀쩡하다."

나는 고개를 저으며 대답했다. 하긴 레이로선 제 주인이 실실 웃음을 흘리고 있는 모습이 좀 이상해 보일 법도 했다.

나는 불과 얼마 전까지만 해도 무단가출을 이유로 어머니께 매타작을 당하지 않았던가? 하지만 내게 있어 그건 이미 먼 과거의 일이었다. 왜냐면 루센이 내게 마음을 열었으니까.

"그게 중요한 게 아니고, 레이, 들어봐. 나한테 무슨 일이 있었느냐하면……."

"아가씨, 이거 버릴까요?"

레이는 이번에도 내 말허리를 끊어먹었다.

뭐야, 그냥 나 좋은 얘기 듣기 싫은 거 아냐?

"그게 뭔데?"

나는 머리를 벅벅 긁으며 몸을 일으켰다. 레이는 침대 맡 협탁 위에 있던 종이쪽지를 집어 보여주었다. 완전히 구겨져 원래의 빳빳한 생김새를 짐작할 수 없는 모양새였다.

"뭐 중요한 거 적어두신 거 아니죠? 아가씨 가출하셨던 날부터 계속 저기 있었던 것 같은데."

언제 메모를 하고 구겨둔 게 있나? 심도 있게 고민하는데 불쑥 피오니가 끼어들었다.

"이별 편지도 저렇게 험악한 대접은 안 받을 것 같은데요."

무의식적으로 피오니를 돌아보고 있자니 문득 한 장면이 떠오른다. 지난번 피오니가 준 쪽지를 잔뜩 구겨 그대로 던져버렸던 일이 말이다. 나는 저 쪽지가 자신이 준 것이라는 사실을 피오니가 알아차리기 전에 재빨리 명령했다.

"응, 하나도 안 중요한 거니까 얼른 버려. 얼른."

간직할 만한 물건도 아니었거니와, 고작 한 문장을 기억 못할 정도로 내 기억력이 안 좋지는 않다. 레이는 내 말을 따라 다른 쓰레기들과 함께 쪽지를 쓸어 담았다. 나는 그제야 두근거리는 마음을 놓고 편히 드러누웠다.

제 조언이 쓰레기통에 처박힌 줄도 모르는 피오니가 아부의 미소를 지었다.

"정말 기분 좋아 보이세요, 아가씨. 그 남자분이랑 데이트 약속이라도 하셨어요?"

과연 피오니는 눈치가 빨랐다. 나는 손으로 입을 가린 채 호호호호!

하고 긴 웃음을 터트렸다.

"그게 그렇게 티가 나? 아, 정말. 이래서 사랑받는 여자란…… 티를 안 내도 이렇게 다들 알아본다니까. 글쎄, 루센이 나한테 시간 될 때 산책이라도 가자고 하더라니까?"

"에휴……"

레이가 방바닥을 걸레질하다 말고 긴 한숨을 토해냈다. 나 들으라고 한 것 같지만 그냥 넘어가자. 나는 오늘 세계 최고로 기분 좋은 여자니까.

제 근무 기간이 반으로 줄어든 것이 신났는지 피오니는 입속의 혀 역할을 계속했다.

"안 그래도 제가 진찰 볼 때 시선이 자꾸 아가씨한테 가는 게, 관심이 있는 것 같았다니까요?"

"어머, 네가 봐도 그랬니? 어쩐지 나도 좀 그랬어."

나는 손뼉을 치며 대답했다. 피오니는 열성적으로 고개를 끄덕였다. 그녀가 양손을 모아 쥐며 물었다.

"네, 말 나온 김에 같이 연극이라도 보러 나가시는 게 어때요?"

"응? 아…… 그…… 그건 좀……"

잘 나가다 말고 가슴 아픈 소리를 하고 있다. 지금 루센과 연극을 보았다간 되레 우리가 구경거리가 될 판이었다. 제목을 짓자면 잘생긴 남자의 구토 쇼! 정도가 되겠지.

"에이, 그 부작용 때문에 걱정하시는 거죠? 제가 보니까 약발 다 떨어져가던데요. 저번엔 한참 멀리 떨어져서 겨우 대화했다고 하셨는데, 이번엔 남자분이랑 계셨던 응접실이 그렇게 넓지도 않았잖아요. 며칠 기다리면 접촉만 자제하면 될 정도로 바뀔걸요?"

"정말?"

내가 눈을 반짝이며 몸을 일으켰다. 피오니는 가슴에 손을 얹으며 당당히 말했다.

"당연하죠. 제가 만든 약인데 그것도 모를까 봐요?"

부작용이 끝날 일자는 귀신같이 알아채면서 왜 그 부작용이 날 거라고는 생각을 못했던 걸까? 해결됐기에 망정이지 하마터면 루센과 입 한번 못 맞춰볼 뻔했다.

"그럼…… 기별이라도 넣어볼까? 뭐 당연히 루센은 좋다고 하겠지만."

"네. 아가씨가 나가셔야 저희가 쉬지요!"

"……."

내 사랑을 응원한 게 아니라 본인이 편히 쉬려고 그런 거였다. 저렇게 뻔뻔할 수가!

일을 시키겠다고 데려오기는 했지만 피오니의 노동량은 극히 미미한 수준이었다. 베인과 루센을 만나 관상 한번 봤던 정도? 얼마 전엔 연차까지 써서 외출해놓고 불과 하루 만에 휴식을 부르짖다니 어이가 없을 지경이다.

"……뭐 어쨌든, 제안 자체는 나쁘지 않군."

나는 침대에서 내려와 편지지가 놓인 탁상 앞에 가 앉았다.

내가 오른손을 들자 귀신같이 알아챈 레이가 그 사이로 깃펜을 끼워주었다. 무의식적으로 깃털 끝을 씹다가 퉤퉤 하고 기침을 토해낸 뒤, 그대로 첫 줄을 써 내렸다.

"안녕하세요, 루센 경. 날이 좋습니다. 하늘이 드높고 바람이 선선하여 슬슬 피크닉의 계절이 돌아온 게 아닐까 하는 생각도 듭니다. 마침……."

나는 편지를 쓰다 말고 고개를 갸웃거렸다.

"지금 상연하는 연극이 뭐가 있지?"

내 물음에 레이가 난색을 표했다.

"제가 아무리 유능해도 그것까지 다 꿰고 있긴 좀……."

"그럼 그냥 통칭해서 적지 뭐."

나는 '마침'이라고 쓰인 부분에 벅벅 줄을 그었다. 그러고는 다음 문장을 마저 적어 내렸다.

"하도 날이 좋아 그저 저택에만 머무는 것이 애석하게까지 느껴지네요. 의사분 말로는 며칠 안 있어 상태가 많이 완화될 것이라고 하더군요. 같이 연극이라도 보러 가지 않으시겠어요? 애정을 담아. 카타리나."

편지지에 입을 맞추고는 고이 접었다. 손이 남는 하녀 하나를 불러 전달까지 명하고 나자 마음이 후련하면서도 어쩐지 떨리었다. 물론 얼마 전 루센과의 분위기가 썩 나쁘지 않았기에 어렵지 않게 승낙을 얻을 수 있을 듯했지만, 그래도 확실한 일은 아니지 않은가.

"답장은 언제쯤 올까요?"

"글쎄, 그리 오래 고민할 일도 아니니 하녀한테 답장을 들려 보내지 않을까? 뭐, 그렇게 걱정은 안 해."

"아가씨 손이 달달 떨리고 있는데요."

나는 편집적으로 탁상 위를 두드리던 손을 재빨리 감추었다.

"시답잖은 게 눈에 들어오는 걸 보니 네가 한가한가 보구나. 땀 뻘뻘 흘리면서 시원하게 바닥에 왁스칠 한번 할까?"

"전 아무것도 못 봤어요, 아가씨."

레이가 정색하며 대답했다. 삽시간에 표정이 굳는 것이 조금 무서워 보일 지경이다. 그렇게 왁스칠 하는 게 싫었나……. 하긴 이래저래 중노동이기는 하다. 가구도 다 들어내야 할 테고.

레이는 마저 방을 청소하고, 피오니는 이상한 언어로 적힌 책을 읽고, 나는 침대에 누워 다시 뒹굴거리던 와중에 그레미오가 보냈던 하녀가 돌아왔다.

"다녀왔습니다, 아가씨. 편지는 잘 전해드렸어요."

고개를 숙이며 인사한 하녀가 그대로 물러나려 했다. 나는 헛기침을 하며 그녀를 불러 세웠다.

"애, 애, 어딜 가니? 편지를 전하고 왔으면 받은 답장을 줘야지."

"예?"

눈을 동그랗게 뜬 하녀가 고개를 갸웃거려 보였다.

"답장은 안 주셨는데요."

"뭐?"

내가 눈을 번뜩 떴다.

아, 아니지. 품위를 지켜야 한다. 중요하지 않은 일인 줄 알고 잠시 읽는 걸 미뤄두었을지 어찌 아는가.

물론 내 편지를 묵혀두었다는 것만 해도 자존심이 상했지만, 읽고 무시하는 것보다는 훨씬 나았다. 나는 짐짓 여유로운 표정을 지었다.

"그래? 일이 바쁘셨나 보지?"

"그건 잘 모르겠지만 제가 드린 편지를 읽으시더니 이만 가보라고…… 그게 끝이에요."

그러나 저 말을 듣고 나서까지 평상심을 유지하는 것은 힘든 일이었다. 나는 침대를 기어 끝 쪽으로 다가갔다. 그리고 그녀에게 상체를 가까이 붙이며 되물었다.

"뭐? 읽었다고?"

"네에……."

"정말 읽었어? 확실하게 읽은 거 맞아?"

"네, 맞아요."

내 반복된 물음에도 하녀는 순진무구한 얼굴로 고개만 끄덕였다.

주인이 충격받은 기색이면 알아서 눈치채고 거짓말이라도 해줘야 하는 것 아닌가? 그것 참 눈물 나게 진실된 여인이었다.

백설공주 설화가 만인에게 주는 교훈이 있다. 그건 남이 주는 음식을 의심 없이 받아먹으면 안 된다거나, 야외에 누워 있으면 왕자가 키스해준다거나 하는 종류의 것이 아니다.

바로 세상엔 선의의 거짓말이라는 게 필요하다는 사실이다.

생각해보라. 거울 딴엔 주인에게 충성한답시고 '백설공주가 더 예쁘다.'며 진실만 말했지만 그게 나중에 어떤 결과가 되어 돌아왔는가? 왕비가 얄미워했던 백설공주는 더 얄밉게도 잘생기고 돈 많은 왕자와 결혼했다. 내가 왕비였더라면 아마 배가 아파 죽어버렸을 것이다.

그런데 왕비는 왜 확실하게 칼을 쓰지 않고 독사과를 주었을까?

아니다. 백설공주의 생존은 왕비로서도 예상치 못한 해프닝이었다. 그 어떤 인간이 기도에 장시간 사과 조각이 쑤셔 박힌 상태로 생존할 수 있단 말인가? 백설공주는 사람 이상의 존재였음이 틀림없다. 그러니까 처음 만난 왕자와의 운명을 알아보고 결혼까지 했겠지. 아무튼 이게 중요한 게 아니고.

나는 예의 정직한 하녀에게 마지막으로 물었다.

"딱 한 번만 다시 물을게. 정말 읽었어?"

나를 다년간 경험한 선배 레이가 뒤편에서 고갯짓을 하는 게 느껴졌다. 모르긴 몰라도 열과 성을 다해 아니라고 대답하라 전하고 있을 것이다. 그러나 세상 풍파에 덜 찌든 하녀는 끝까지 진실의 포지션을 고수했다.

"네. 정말 진실로 단언컨대 분명히 제 눈을 걸고 읽으셨어요."

충격이 너무 심해 관자놀이에 손을 올렸다. 머리가 어질어질할 지경이다. 빈혈이 도진 나를 자리에 눕힌 레이는 재빨리 하녀를 내보냈다. 그녀가 헐레벌떡 돌아와 내 뺨을 두드렸다.

"아가씨, 괜찮으세요?"

"이상하다. 분위기 진짜 좋았는데……."

멀리서 피오니가 변명하듯이 중얼거렸다. 평소 같으면 그녀를 족쳤겠지만 지금은 그럴 정신도 없다. 피오니 쪽을 잠시 째려보던 레이가 나를 달래듯이 말했다.

"아가씨, 아가씨 말마따나 바빠서 그러신 걸 수도 있지 않아요? 안 그래도 가문 승계 문제로 그레미오가 많이 번잡하다고 들었어요. 한번 편지를 다시 보내보세요. 혹시 알아요? 답장이 올지."

"응…… 네 말이 맞아. 계속 우울해 있을 수는 없지."

나는 다시 기듯이 탁상 앞으로 가 편지를 썼다.

[안녕하세요, 루센 경, 혹시 많이 바쁘신가요? 만약 바빠서 저와 외출하실 수 없다면 거절의 답변 부탁드려요. 혹시 무리한 제안을 드린 건 아닌가 염려가 되네요.]

"자, 레이. 이 편지는 다른 애더러 보내라고 해."

너무 정신적 타격이 심한 나머지 이전의 하녀를 다시 볼 용기가 나질 않는다. 내 요구에 레이가 재빨리 고개를 끄덕였다.

"네, 아가씨."

그러나 돌아온 하녀의 증언은 이번에도 똑같았다.

"그냥 가보라고 하시던데요."

다소 뚱한 인상의 하녀가 단호하게 대답했다. 나는 분을 참지 못하고 그만 이불을 물어뜯었다.

"아, 아가씨! 진정, 진정하세요!"

"편지지 다시 가지고 와!"

나는 이글이글한 눈으로 다시금 편지를 써 내렸다.

[루센 경, 살아 계시나요? 살아 계시면 답장 좀…….]

"이번엔 레이 네가 갔다 와."

전투적으로 레이에게 편지지를 내밀었다. 머뭇거리던 레이가 결연한 얼굴로 받아 들었다. 나는 재빨리 밖으로 뛰어가는 레이의 뒷모습에 대고 소리쳤다.

"기필코 답변을 받아 와!"

"너, 너무 열이 오르신 것 같은데 좀 진정하심이……."

지금까지 구석에서 눈치를 보고 있던 피오니가 살살 내 어깨를 주물렀다. 나는 눈에 불을 켜고 그녀를 응시했다.

"뭐? 진정하라고? 내가 지금 진정하게 생겼어?!"

"그, 그래도 이렇게 화내시면 이마에 주름 생겨요!"

"무시당한 것도 서러운데 화도 맘대로 못 내!"

나는 엉덩이 근처에 있던 베개를 집어 마구잡이로 폭행하기 시작했다. 솜이 다 터져 나올 듯한 흉흉한 기색에 피오니가 입을 가리며 물러섰다.

나의 화풀이는 레이가 돌아오기까지 쭉 계속되었다. 덕분에 레이가 돌아왔을 때 그 귀환을 반긴 건 나보다는 피오니 쪽이었다. 피오니가 레이에게 다급하게 물었다.

"답변 받아 왔어요?"

레이는 불길하기 짝이 없는 힘없는 목소리로 대답했다.

"네……."

"뭐…… 뭐라고 하는데?"

내가 말을 더듬으며 물었다. 망설이던 레이가 기어 들어가는 음성으로 대답했다.

"편지 그만 보내시래요……. 혁, 아가씨, 아가씨! 정신 차리세요!"

나는 그대로 자리에 드러누웠다.

이건 말도 안 된다. 신의 장난임이 분명하다. 아니면 내 인생이 빌어먹고 글러먹었든지.

"흐흑……. 아가씨. 정신 좀 차려보세요. 식사라도 좀 하셔야죠."

레이가 침대 밑에 앉아 수프가 담긴 스푼을 내밀었다. 나는 고개를 절레절레 내젓고는 반대편으로 돌아누웠다. 깊은 한숨을 내쉰 레이가 스푼을 그릇 위로 던지듯 내려놓았다. 이윽고 그녀가 자리를 박차고 일어나는 소리가 들려왔다. 화난 음성이 방 안에 울려 퍼졌다.

"이봐요, 피오니 씨, 어떻게 책임질 거예요! 괜한 소리를 해서 아가씨가 지금 죽상이시잖아요! 저 비루먹을 몰골 좀 봐요! 탈모가 심해지다 못해 대머리가 되시겠네!"

나를 위해 화를 내주는 것 같은데 대체 왜 욕을 듣는 기분이 들까? 으음…….

가만있다가 욕을 먹으니 기분이 좋지는 않은지 피오니가 허리에 손을 올렸다.

390

"내가 그럴 줄 알았나, 왜 나한테 뭐라고 그래요? 그 남자가 아가씨 마음을 안 받아주는 게 내 탓은 아니잖아요!"

"흐흐흑……."

피오니의 말이 내 가슴을 후벼 판다. 나는 다시금 구성진 울음을 쏟아내기 시작했다. 당황하여 내 쪽을 돌아보던 레이가 주먹에 힘을 주었다.

"아니, 할 말 못할 말 못 가려요?! 사기 친 거 용서까지 해줬으면 사람이 염치가 있어야지!"

내 편 이겨라, 짝! 레이 이겨라, 짝!

"아니, 내가 그래서 지금 공짜 밥 먹어요? 나도 나 나름대로 열심히 일하고 있어, 왜 이래! 당신, 점 보는 게 얼마나 정신력 소모가 심한지 알아?"

그러나 피오니는 지지 않았다. 그녀가 삿대질까지 하자 레이의 얼굴에 더욱 핏대가 섰다.

"이 양반이 보자 보자 하니까 은근슬쩍 말을 놓네? 자식 교육도 그렇게 시켜요?!"

레이의 어마어마한 전투력은 패드립까지 이어졌다. 아이 유치원비 때문에 사기까지 쳤던 열성 엄마는 그대로 눈이 뒤집어졌다.

"뭐? 지금 내 자식들 물고 늘어졌어? 그런 당신은 어머니한테도 그렇게 따박따박 대드나? 내 나이가 몇인데 까불어! 내가 당신보다 열 살은 더 많아!"

"하이고오! 나이 많은 게 아주 자랑이시네요!"

"뭐? 지금 말 다 했어?"

"못했다. 어쩔래!"

머리를 쩌렁쩌렁 울리는 고함에 나는 이불을 머리끝까지 덮어썼다.

둘이 사생결단을 내기도 전에 내가 제일 먼저 죽을 것 같다. 나는 힘
없이 기침하며 말했다.

"얘…… 얘들아, 좀 조용히 해줄래?"

"아가씨는 가만히 있으세요!"

"아가씨는 가만히 있으세요!"

둘의 화해를 위해 꺼낸 발언은 그대로 땅에 파묻혔다. 이럴 땐 또 뜻
이 맞는지 동시에 들린 가만히 있으란 소리가 귀청을 울렸다. 그 무서
운 기세에 나는 조용히 다시 이불을 뒤집어썼다.

"으응……. 그, 그럴게……."

이불 안에 있자니 더워서인가, 답답해서인가, 다시 눈가에 눈물이
고이기 시작한다. 아랫것이라고 부리는 이들이 나를 왕따 시켜서 서
러운 것은 단연코 아니었다. 게다가 애초에 원흉이 된 루센의 일까지.
내 기분은 하루 이틀 사이에 천국과 지옥을 오가고 있었다.

같이 가기 싫으면 그렇다고 말이나 하지. 읽씹이라니, 편지 좀 그만
보내라니!

이렇게 서러울 수가 없다. 루센이 대체 왜 그러는지도 도무지 짐작
이 가지 않는다. 지난번 만났을 때까지만 해도 내게 데이트 신청 비슷
한 걸 했었으면서 말이다.

설마 그사이 아를르와 화해했나?

나는 자리에서 벌떡 몸을 일으켰다. 아를르와 화해라고? 영 신빙성
없는 이야기는 아니다. 이번에 나를 대신하여 루센의 옆을 차지한 게
아를르였다면, 그게 쉬이 접힐 연정은 아니었을 것이다. 뒤늦게 손을
내민 아를르에게 루센은 어렵지 않게 넘어갔을 테고 말이다.

"다 조용!"

내가 배에 힘을 주고 소리쳤다. 개와 고양이처럼 싸우던 둘은 갑자

기 울려 퍼진 고성에 깜짝 놀라 내 쪽을 돌아보았다.

"피오니 넌 그만 나가보고 레이는 외출 준비 좀 도와. 밖에 나가야겠어."

"어, 어디 가시게요?"

레이가 당황하여 물었다. 아직도 저 멀리 뻘쭘하게 서 있는 피오니에게 나는 말없이 가보라는 손짓을 해 보였다. 피오니가 방에서 나간 후 내가 결연한 눈으로 말했다.

"도요 공원에 갈 거야."

"도요 공원이요?"

그게 무얼 뜻하는지 모르는 레이가 고개를 갸웃거렸다.

"그래, 루센 만나러 갈 거야. 한 시간 이상 걸릴 거니까 미리 말한다."

내가 1−1번 조항을 언급하자 레이가 "풉!" 하고 짧게 웃음을 터트렸다. 웃으라고 한 말이 아닌데 농담인 줄 알았나 보다. 자기는 계약서상 갑의 위치이니 모르겠지만 을의 처지인 나로서는 혹시 잘못해서 10,000골드를 물게 될까 무척 겁이 난다.

"알겠어요. 루센 경이 후회할 만큼 세계 최고의 미녀로 만들어드릴게요."

레이가 결연한 얼굴로 다짐했다. 간만에 그녀와 나 사이에 '말하지 않아도 알아요.' 전류가 통하는 순간이었다. 이대로 가만히 앓아눕고만 있는 것은 성미에 맞지 않는다. 루센의 마음이 바뀌었다면 그 이유라도 알아야 했다.

"다 됐어요, 아가씨. 눈가가 부은 게 좀 티 나긴 하는데. 가면서 나아질 거예요. 더 울진 마시고요."

"고마워, 레이. 그럼 나갔다 올게."

이러니저러니 해도 반평생 내 옆을 지켰던 그녀이니만큼 이럴 땐 위로가 되었다. 나는 간지러운 코끝을 가볍게 쓸며 문을 나섰다.

이전에도 늦게나마 루센을 만났던 걸 보면 도요 공원에서 식후 산책을 하는 습관은 변하지 않은 듯했다. 오늘 아를르와 데이트를 하기로 했다거나 하는 이유로 거르지 않는 이상, 루센과 어렵지 않게 만날 수 있을 것이다.

도요 공원에 도착한 나는 마부를 먼저 보내고 공원 입구에 자리를 잡았다. 벤치에 가만히 앉아 있자니 이곳에서 루센을 만났던 일이 다시금 떠오른다. 그때에도 그는 나를 피했고, 나는 자리를 비키려는 그에게 장갑을 던져 겨우 붙잡았었다. 후에 결투 신청을 한 거냐는 황당한 물음을 듣기는 했지만 말이다.

나는 머리를 붙잡으며 신음을 흘렸다.

"아아…… 결국 이렇게 또 원점인가."

겨우 사이를 좁혀놓은 줄 알았는데 말짱 도루묵이 되고 말았다. 만약 루센이 밀당을 하려 한 거라면 그를 연애의 천재라고 불러야 할 것이다. 사람 혼을 들었다 났다 하는 솜씨가 아주 예술이었다.

"오늘은 언제쯤 오려나."

나는 손목으로 얼굴을 괸 채 공원 주변을 무심히 둘러보았다.

지난번엔 루센을 만나겠다는 혈기에 네 시간이나 꼬박 기다렸지만 오늘은 정신이 반쯤 탈탈 털린 상태였다. 오늘도 그런 지구력을 보일 수 있으려나.

그러나 하느님이 그런 내 정신력을 보우하신 것인지, 아니면 이제 좀 나한테 미안한 마음이 들어 배려하셨는지 나는 얼마 지나지 않아 루센을 발견했다. 어찌나 반가웠는지 그를 발견하자마자 자리에서 벌떡 일어났다. 곧 황급히 의자 뒤로 숨기는 했지만 말이다.

남성과 여성의 신체적 차이가 완연하니만큼 저 먼 거리에서 그가 작정하고 도망친다면 나로서는 붙잡을 수가 없었다. 나는 닭을 사냥하는 삵의 심정으로 루센이 가까이 오기를 기다렸다.

루센은 그런 내 마음을 아는지 모르는지 몹시 느긋한 걸음으로 천천히 걸어오고 있었다. 그가 가까이 다다르자 어딘지 고민에 잠긴 듯한 표정이 눈에 들어온다.

정말 아를르가 돌아오기라도 했나? 그래서 그녀와 나 사이에서 고민을 하고 있는 걸까?

뭐가 되었든 부딪쳐봐야 알 것이다. 나는 루센이 내 앞에 다다랐을 즈음 벤치 뒤에서 벌떡 일어났다.

"루센 경!"

혼이 쏙 빠져 있던 루센은 그제야 나를 발견하고 눈을 크게 떴다. 그가 당황한 얼굴로 주위를 둘러보다가는, 무의식적으로 몇 걸음 뒤로 물러섰다. 제법 가까운 거리인데도 그에게 구토의 징조가 없는 것을 보아 과연 피오니 말대로 나아지고 있는 듯도 했다.

"카타리나 양? 여긴 어떻게……."

"물어볼 게 있어서 찾아왔어요. 저택으로 찾아가면 들여보내주실 것 같지 않아서요."

루센이 뜨끔한 얼굴로 시선을 피했다. 나는 그에 울컥하여 따지듯이 묻고 말았다.

"제 시선을 피하시네요, 루센 경. 뭐 찔리는 거라도 있으신가요?"

"……찔리다니요. 왜 그런 말씀을 하시는지 모르겠군요."

"오늘 낮에, 제가 보낸 전언을 듣지 못하셨다고 하진 않으시겠죠."

대꾸할 말이 없는 듯 잠시 입을 다물고 있던 루센이 궁색하게 변명했다.

"바빴습니다."

내가 눈썹을 추어올리며 되물었다.

"종이 위에 한 문장 갈겨써 건네줄 정도의 시간도 없으셨나요? 제가 두 번째로 보낸 편지에 그리 적혀 있었던 것 같은데요. 무리한 제안이었다면 거절의 말이라도 달라고."

"……."

"경께서 바빠서 못 간다는 한마디라도 남겨주셨다면, 이렇게 불쾌하진 않았을 거예요."

루센이 조용히 입술을 깨물었다. 고민하는 기색으로 제 턱을 매만지던 남자가 결국 고개를 들어 나를 마주 보았다.

"무례를 사과드립니다."

"아니요, 제가 사과받고 싶은 건 그게 아니에요. 제가 기분이 상한 건 경이 제 외출 제의를 거절했다는 이유 때문만은 아니거든요. 저를 그렇게 속 좁은 여자로 생각하셨다면 유감이네요."

"그런 게 아니라."

나는 변명하려는 루센의 말허리를 자르고 곧장 말을 이었다.

"지난번 리플렉츠가에 방문하셨을 때, 경은 제게 데이트 신청을 하셨고 저는 받아들였었어요. 제가 제대로 이해한 것이 맞나요?"

[같이 도요 공원에 산책이나 가자.]

이 발언이 데이트 신청이 아니라고 부정한다면 산 채로 묻어버릴 것이다. 그건 왕국의 유명인들 사이에서 스캔들이 터졌을 때 튀어나오는 '친한 오빠 동생 사이예요.'라는 말도 안 되는 변명과 비슷한 발언이다.

다행히도 루센은 젊은 나이에 땅속에 묻혀 눈에 흙이 들어갈 짓은 하지 않았다. 그가 눈을 감고는 짧게 고개를 끄덕였다.

"맞습니다."

나는 팔짱을 끼며 그런 그를 올려다보았다.

"저는 경이 제게 마음을 열었다고 생각했어요. 그런데 얼마 안 있어 이렇게 정반대의 답을 들려주시면, 제가 경께 놀아났다는 생각이 들지 않겠어요?"

내 말에 루센의 눈이 커졌다. 그가 절대 아니라는 듯 손을 내저으며 반박했다.

"그건……! 진심이었습니다. 결코 양을 가지고 놀았다거나 하는 그런 불순한 의도는 아닙니다."

다소 흥분한 모습이 거짓말은 아닌 것 같다. 그럼 진짜 이유는 무엇일까. 정말 아를르라도 그를 흔들어놓은 건가.

내가 정말 궁금하다는 듯이 물었다.

"그럼 왜 그러셨는데요?"

"그게……."

루센의 얼굴이 일순 복잡한 빛을 띠었다. 마치 대답하기 곤란한 것이라도 있다는 듯이. 그가 곧 도망가기라도 할 것 같아, 나는 무심코 손을 뻗어 그의 팔을 잡으려 했다.

"아……!"

루센이 순간 내 손을 세게 쳐내었다. 덕분에 나는 인상을 찡그리며 쓰린 손등을 붙잡았다. 본인도 예상치 못한 결과인지 루센의 얼굴에 당황이 눈에 띄게 두드러졌다.

"괜…… 괜찮으십니까?"

루센이 더없이 걱정스러운 낯으로 물었다. 그러나 그는 내게 손을 대거나, 다친 자리를 보듬어주거나 하지는 않았다. 그도 그럴 것이 이 정도 거리는 괜찮아도 접촉이 있었다간 또 토기가 올라올 것이다. 나는 그가 단순히 그 사실 때문에 나를 밀쳤을 것이라 애써 마음을 진정시켰다.

"아뇨……. 제가 실수를 했네요. 건강도 안 좋으신데."

그렇다고는 해도 그를 만지려다 거절당한 것은 꽤나 큰 충격이었다. 내 무의식은 그것을 자꾸 어떠한 신호로 받아들이고 싶어 했다. 우리 사이에 어떠한 경종이라도 울린 것처럼 말이다.

나는 다소 멍한 얼굴로 말했다.

"솔직히 말해주세요. 제가 정말 싫다고 하시면 경을 더 귀찮게 굴지 않을게요."

나로서는 확률 낮은 도박이었다. 그가 나를 택한다면 그보다 기쁜 일이 또 없을 테지만, 반대의 경우는 상상하기도 싫었다. 자연히 눈망울이 촉촉해졌다.

"예? 루센 경."

내 재촉에 루센의 눈동자가 잘게 떨리었다. 내 시선을 피하듯 바닥에, 벤치 뒤에, 혹은 지나가는 모자에 시선을 두던 그가 곤란하다는 듯 제 이마를 문질렀다.

이윽고 눈을 질끈 감은 남자에게서 단말마 같은 통첩이 튀어나왔다.

"죄송합니다."

그리고 그는 그대로 반대편으로 뛰어 도망가기 시작했다.

"……."

뭐야, 이거? 지금 얘기하다 말고 도망간 거야?

상황을 파악하자마자 마음속 깊은 곳에서 분노가 차올랐다. 상황을 파악하고 말 짬도 없이 나는 그대로 루센을 따라 달리기 시작했다.

"거기 서요, 루센!"

물론 서란다고 설 거면 애초에 도망가지를 않았겠지. 그 사실을 알긴 하지만 그렇게 외치지라도 않으면 속이 타버릴 것 같았다. 루센이 앞서 달리며 소리쳤다.

"따라오지 마세요!"

그러게 대체 왜 도망을 가서!

아무리 달려도 그와의 사이가 좁혀지지 않는다. 그를 잡을 수 없다는 걸 알면서도 나는 계속해서 다리를 움직였다. 집념에 가까운 달리기였다. 그러나 갈수록 거리는 한참 더 벌어져, 이제는 루센의 등이 잘 보이지도 않았다.

나는 젖 먹던 힘까지 다 끌어 올려 악을 썼다.

"야! 이 개자식아! 너 거기 못 서!"

더는 남은 힘이 없어 그대로 자리에 멈춰 섰다. 숨이 턱 끝까지 차올랐다. 이마에서 비 오듯 흐른 땀을 겨우 닦아냈다. 아마 화장도 다 무너졌을 터였다. 레이가 정말 예쁘게 꾸며줬었는데 이대로 돌아가면 뭐라고 할까.

다리에 힘이 풀릴 지경이라 나는 그대로 바닥에 엉덩방아를 찧었다. 흙먼지 위에 뒹굴고까지 나자 울컥 서러운 감정이 밀려든다. 나 자신이 불쌍하다는 생각이 들고 나자 더욱 감정을 주체할 수가 없었다.

눈가에 고인 물기를 필사적으로 닦아냈는데, 막상 손가락에 묻은 눈물을 보고 나니 더욱 원통해졌다. 나는 그만 엉엉 울음을 터트렸다.

"개새끼야아……. 으허엉……."

길거리라 웬만하면 자제하고 싶은데 도저히 눈물이 멎지를 않았다. 그동안 기억 속에 차곡차곡 쌓였던 정성과 노력의 댐이 그대로 무너져 내렸다. 나는 꺼이꺼이 눈물을 흘리며 답답한 가슴을 쳤다.

"내가 무슨! 부귀영화를! 바랐다고!"

"엄마! 못생긴 사람이 울고 있다더니 진짜 그래요!"

안 그래도 서러운데 저건 또 무슨 소린가?

나는 척척한 눈을 들어 소리가 들려온 쪽을 돌아보았다. 그 방향엔 어린 꼬마아이가 엄마의 치맛자락을 잡고 서 있었다.

내 누리끼리한 안색을 발견한 어미가 당황한 듯 제 아이를 나무랐다.

"떼끼! 그런 못된 말 하면 못써!"

"그치만 진짜 못생겼는걸요! 저 누나는 속눈썹이 네 개야. 볼에 두 개, 눈에 두 개!"

나는 그 말을 듣고 손을 뻗어 얼굴을 만져보았다. 레이가 정성껏 붙여주었던 속눈썹이 떨어져 나가 볼에 안착해 있었다. 나는 그것을 조용히 떼어냈다. 보기 흉하긴 했겠군.

아니, 이게 아니지. 내가 왜 이젠 지나가는 꼬마애한테서도 욕을 먹고 있지?

"흐흐흑…… 진짜 서러워 죽겠네……."

나는 그만 나를 혼자 두어달라는 표시로 어깨를 떨어 보였다. 그러나 어미에게서 아직 가정교육을 덜 받은 듯 아이는 몹시도 예의 없었다.

"저렇게 우니까 더 못생겼어요, 엄마!"

"조니, 그런 말을 하면 어떡해! 얼른 누나한테 사과해."

"치잇."

불만스러운 음성으로 꼬마가 내게 다가왔다. 그러고는 내 앞에서 주머니를 뒤지기 시작했다. 이건 또 뭔가 하는 심정으로 바라보는데 꼬마에게서 나온 것은 영 낯이 익은 물건이었다.

내가 눈을 동그랗게 뜬 채 중얼거렸다.

"보라색…… 손수건?"

일전에 베인 조르제에게 돌려주었던 것과 똑같았다. 한쪽 귀퉁이에 나 있던 작은 얼룩까지. 좀처럼 손수건을 받아 들지 못하는 나를 보며 꼬마 아이가 조곤조곤 설명했다.

"못생긴 누나, 어떤 아저씨가 길 가다 보면 울고 있는 누나가 있다고 전해주라고 했어요. 아! 맞다. 자기 본 건 비밀로 하라고 했는데. 그 아저씨 만나면 내가 말했다고 이르지 마세요."

어떤 아저씨?

나는 자리에서 벌떡 일어났다. 그러고는 주변을 재빨리 살펴보았다. 그러나 이 근처에 보이는 사람이라곤 나와 저 단란한 모자뿐이다.

나는 다급히 꼬마를 붙들고 물었다.

"그 사람 지금 어디 있는데?"

"몰라요."

꼬마가 가만히 고개를 내저었다. 화장으로 잔뜩 얼룩진 얼굴의 여자를 대하기가 조심스러웠을까, 어미는 아이를 채근하여 그대로 데려가버렸다. 붙잡아도 당사자도 아닌 이에게서 해명을 들을 수는 없겠지.

나는 황망한 얼굴로 엉겁결에 받아 든 손수건을 내려다보다가, 다시 하늘을 응시했다. 이 손수건이 어딘가 바람에 날려와 모르는 남자의 수중에 들어가고, 또 그가 마침 나를 발견하여 지나가던 꼬마아이에게 시켜 전달할 확률은 얼마나 될까. 이런 멍청한 연상을 하는 것보다는 차라리 베인 조르제가 이 자리에 있었을 확률을 셈하는 게 훨씬 현명할 거다.

하지만 그렇다 쳐도,

"이 사람은 또 왜 이러는데?"

도무지 이해가 되질 않아 나는 다시 제자리에 쭈그려 주저앉고 말았다.

상황 정리가 필요하다. 주변의 상황이 너무나 얽히고설켜 내가 지금 어떤 지점에 있는지 파악하기도 쉽지 않았다.

루센이나 베인 조르제나 나를 대하는 태도가 하도 오락가락하다 보니 도대체가 예측이 되질 않는다. 베인 조르제는 왜 내게 이걸 줬을까. 그의 책임감 없는 친절과 오지랖이 다시 시작됐다고 생각하니 머리가 다 지끈거렸다.

안 그래도 루센 일만도 머리가 아픈데 이리 내 앞에 다시 등장할 것은 또 뭐란 말인가. 두 명의 남자 사이에 있는데 연애복이 터진 게 아니라 작살 난 것처럼 느껴진다. 반복해 강조컨대 이 세상이 나를 괴롭히기 위해 존재하는 게 아니라면 있을 수 없는 일이다.

"카타리나, 고민이라도 있니?"

정원 어귀에 앉아 한숨을 내쉬는데, 알테가 지나가다 걸음을 멈추고 섰다. 옆구리엔 책을 잔뜩 끼고 있는 것이 공부를 하러 가던 중인 듯했다.

알테는 어쩜 저렇게 올곧고 바르게 살고 있을까. 동생인 나는 고작 연애의 풍파에 힘을 못 쓰고 있는데 말이다.

"아무것도 아니에요."

내가 우수에 잠긴 눈으로 대답했다.

알테에게 이 모든 일을 털어놓을 수는 없는 노릇이라 그가 그대로 가주기를 바랐지만, 동시에 내 옆에 앉아 위로를 해주었으면 싶기도 했다. 상황이 이랬다저랬다 하다 보니 나도 변덕쟁이 기질이 생긴 것 같다.

"아무것도 아닌 게 아닌 것 같은데?"

혼자 남겨지기 싫은 내 마음을 귀신같이 알았는지 알테가 내 옆에 자리를 잡았다. 나는 못 이긴 척 "오라버니도 참." 하며 내숭을 떨었다.

"그래, 무슨 일이기에 이렇게 풀이 죽어 있니?"

"그게……."

말을 하려다 말고 멈칫했다. 일단 회귀 얘기는 빼놓고 설명한다 쳐도 나도 이 문란한 요즘 행적들을 친오라비에게 그대로 고해다 바치기는 다소 민망했던 탓이다.

루센에게 작업을 걸다가 베인에게 설렜다가 하다니! 내 정조는 대체 어디로 갔는지 모르겠다.

게다가 알테는 이전부터 쭉 강조했듯 베인 타도파였다. 내가 베인과 외박까지 했다는 사실을 알면 아마 최소 기절 최대 사망할 거다.

결국 나는 루센과 관련된 이야기만 털어놓기로 마음먹었다. 그럼 설명할 거리가 극히 미미해지지만, 미주알고주알 다 털어놓는 것보다는 낫겠지.

"사실 제가 요즘 만나는 남자가 있는데요."

"뭐? 그게 누군데?!"

알테가 눈에 불을 켜고 물었다.

으음, 혹시 알테는 딱히 베인이 아니더라도 그냥 나를 모든 남자와 이어주기 싫은 건가? 무서운 시스콤이군…….

나는 짐짓 떠보듯이 물었다.

"루센 경 아시죠?"

"뭐? 루센 경? 하지만……."

알테가 표정으로 말했다. 걔는 아를르 제냐와 사귀고 있지 않니?

나는 황급히 부연 설명을 붙였다.

"참고로 아를르와 루센이 헤어진 지는 꽤 되었답니다."

"그, 그러니? 그럼 상관없지만……."

알테가 떨떠름한 얼굴로 대답했다.

"아무튼 말이에요. 루센이 아를르와 헤어진 이후 저는 그이의 실연 상처를 보듬으며 사이를 돈독히 하고 있었단 말이죠. 루센도 분명 제게 호감이 생긴 듯 보였고요. 데이트 신청까지 받았거든요."

"데…… 데이트?"

뿌득!

알테의 입가에서 이를 가는 소리가 들려왔다. 나는 애써 그 소음을 무시하며 말을 이었다.

"근데 제가 만나자는 기별을 보냈더니 읽고 답장을 하지 않는 거예요. 그래서 밖에서 마주쳤을 때 왜 그랬냐고 따져 물었어요. 그랬더니 미안하다는 말을 남기며 도망가더라고요."

"음……."

알테가 고개를 주억거리며 신음했다. 알테가 진지하게 들어줘서 다행이었다. 어머니는 발 닦고 들어가서 잠이나 자라고 했겠지.

"글쎄다, 카렌. 일단…… 좋아하는 여자가 만나자고 할 때 싫다고 하는 남자는 없다고 말하고 싶구나."

"루센이 저한테 안 반한 것 같다는 말을 잘도 돌려 하시네요."

내가 맥 빠진 어투로 대꾸했다. 알테가 어쩔 수 없다는 듯 어깨를 으

쓰였다.

"하지만 사실이잖니? 여자 입장이라도 똑같지. 좋아하는 사람이 데이트 신청을 하는데 거절할 사람은 없단다."

루센이 나를 안 좋아한다는 사실을 하도 여러 번 확인 사살당했더니 이젠 아무렇지도 않다. 그냥 '그렇지, 그랬었지.' 싶을 뿐이다. 루센에게서 사랑받지 못하는 상황이 익숙해졌다는 건 참으로 슬픈 일이었다.

"그래도 네가 요즘 조르제가에 안 가서 다행이구나. 어쩐지 베인 조르제에게 관심이 없다 했더니 영 다른 사람한테 관심을 두고 있었어."

그 베인 조르제와 사랑싸움 엇비슷한 것까지 했던 부덕한 여동생은 가슴이 뜨끔하다. 내가 애써 아무렇지 않은 척 담담히 말했다.

"뭐 그 사람이랑 저랑 만날 일이나 있나요?"

"조르제가에서 초청장은 꾸준히 오던걸. 네가 보지 않았을 뿐이지. 어디 보자, 가장 최근에 온 게 일주일 전이었나?"

알테가 곰곰이 날짜를 셈했다. 나는 그런 알테를 보며 말없이 피식 웃었다. 일주일이라니. 베인 조르제와 화를 내고 싸운 날부터 고작 일주일도 안 지났다. 서로 바닥을 드러내기 전에 온 초대라고 생각하니 기분이 묘했다.

"초대 날짜가 아마 오늘이었던 것 같은데…… 뭐, 아무래도 상관없는 일이지만 말이지."

알테가 만족스러운 얼굴로 웃어 보였다. 포만감 넘쳐 보이는 배부른 얼굴이었다. 나는 문득 떠오른 생각에 고개를 갸웃거렸다.

"근데 오라버니가 그걸 어떻게 알아요?"

"응?"

"저한테 온 편진데 알테가 그 내용을 어떻게 아느냐고."

"으, 으응?"

알테가 눈에 띄게 당황했다. 그도 그럴 것이 내 편지를 몰래 뜯어봤음을 본인 입으로 밝힌 거나 마찬가지 아닌가. 나는 눈을 가늘게 뜨고 알테를 노려보았다.

"정말 실망이에요."

"헉! 난, 난 단지 카타리나 네가 걱정이 돼서!"

"그건 엄연한 사생활 침해예요. 다른 것도 봤죠?"

"그…… 그건!"

"됐어요. 당분간 말 시키지 마세요."

나는 싸늘하게 자리에서 일어섰다. 알테가 내 발목을 붙들고 늘어졌지만 그대로 매정하게 그의 손을 털어버렸다. 말 한번 잘못했다가 음소거 조치를 당한 알테는 억장이 무너지는 표정을 하고 있었다. 동생 사랑이 대단한 건 알겠지만 그래도 적당히 좀 해야지. 나는 신경질적으로 머리칼을 털어냈다.

정원 밖으로 나가다 말고 내가 문득 걸음을 멈췄다. 나는 알테를 돌아보며 최대한 '별로 몰라도 상관없지만 그냥 궁금해서.'라는 표정을 지어 보였다.

"근데, 초대 시각은 몇 시였어요?"

"여길 결국 또 왔군……."

허리에 손을 얹은 채 나는 탄식처럼 중얼거렸다. 휘황찬란한 건물은 보기만 해도 눈요기가 되었지만, 어쩐지 최종 보스의 아지트 같은 위화감이 느껴졌다. 그도 그럴 것이 베인 조르제는 아무래도 흑막 같은 느낌이 좀 있다. 비밀이 너무 많고 내가 그에 대해 아는 건 없었다. 그에게서 처음 손수건을 받았을 때까지만 해도 정말 아무 생각이 없었는데.

나는 정원에서 그가 나를 구해주었던 때를 회상해보았다. 그땐 그가 정의로운 기사로 보였는데 이젠 음험한 음모가로 여겨진다. 고마움의 증표였던 손수건 역시 얽힌 일들이 너무 많아 찜찜한 물건이 된 지 오래다.

"일단 물어보긴 해야겠지."

내게 손수건을 건네준 것이 당신인지. 맞다면 대체 왜 그랬는지. 조르제가에 오기로 한 건 다분히 충동적인 결정이었지만 언젠가는 해치워야 할 의문이었다.

"오셨습니까, 카타리나 님. 소공작님은 응접실에서 기다리고 계십니다."

건물 안으로 들어가자 곧장 노년의 집사가 나와 나를 맞았다. 지난번 봤을 때나 지금이나 집사의 인자한 표정은 똑같았다. 내가 제 주인을 여러 번 바람맞힌 걸 알면서도 모른 척하는 연기가 대단하군.

나는 그를 따라 사뿐히 걸음을 옮겼다. 공작저가 방문객의 발을 괴롭히는 고약한 성미로 건축됐을 리 없으므로, 응접실은 본관 입구에서 멀리 떨어지지 않은 자리에 있었다.

"카타리나 님 드십니다."

소개와 함께 가벼운 노크를 마친 집사가 문을 열었다. 나는 무표정한 낯을 유지하려 애쓰며 천천히 안으로 걸어 들어갔다.

"오셨습니까."

나는 말없이 베인의 건너편에 가 앉았다. 고개를 들자 단정하게 차려입은 남자가 눈에 들어왔다. 마지막으로 그를 만났을 때 보았던 일그러진 모습과는 상반되게 그는 몹시 정돈된 기색이었다.

"오랜만이에요. 아니, 오랜만은 아닌가."

나는 가볍게 고개를 양옆으로 기울여 보였다. 아직 내 앞에 차가 놓이지도 않았는데 베인은 대뜸 용건을 물었다.

"어쩐 일로 찾아오셨습니까?"

"어쩐 일이라니요. 초대에 응했을 뿐인데."

대기하고 있던 하녀가 내 앞에 놓인 잔에 차를 따라주었다. 옅은 갈색의 액체가 다 차오르자 베인 조르제는 곧장 하녀에게 나가보라는 말을 남겼다. 나는 문이 닫히는 것을 쭉 시선으로 따르다가 이내 베인을 돌아보았다.

"단도직입적으로 물을게요. 당신과 말장난을 하는 건 정신력 소모가 굉장하더라고요."

나는 그에게 예의 손수건을 꺼내 보였다.

"이거, 당신 거죠?"

잠시간 나를 빤히 쳐다보던 베인 조르제가 피곤하다는 듯이 눈 앞머리를 문질렀다. 이윽고 그가 담백하게 대답했다.

"아닙니다."

내가 눈썹을 추어올렸다.

"아니라고요?"

"예, 제게 아닙니다."

그가 단호하게 고개를 저었다. 사실을 밝힐 생각이 없다 이거였다. 이번에도 그는 저를 드러내는 대신 숨어버리는 걸 택한 듯했다. 이럴 거면 차라리 어설픈 동정을 하지나 말지. 이렇게 뻔히 제 흔적을 남겨놓고 아니라 우기는 이유를 모르겠다.

"확인도 안 해보시고 어떻게 확신하시죠?"

"양이야말로 일개 공산품을 어떻게 제 것이라 특정 지으시는지 모르겠군요."

"글쎄요, 제가 정말 근거도 없이 여기까지 와서 따져 묻고 있다고 생각하세요?"

"……."

"이걸 전해주던 꼬마아이는, 검정 머리와 남색 눈을 가진 남자에게서 부탁받았다고 말하더군요."

나는 호기롭게 그를 건져낼 낚싯대를 던졌다. 무엇으로 꾀어냈든 처음 만난 꼬마가 비밀을 지키리라 확신하진 못할 터였다.

목이 타는 듯 베인이 저를 죄던 타이를 당겨 헐겁게 했다. 그가 눈을 감았다 뜨며 담담한 어투로 대꾸했다.

"물론 흑발이 카르스에서 흔한 종류의 것은 아닙니다만, 아무래도 영 신기한 우연이 맞아떨어진 모양이군요."

그의 뻔뻔한 발언에 내 미간이 꿈틀거렸다. 나는 입술을 깨물며 그에게 반복해 물었다.

"당신 게 아니에요, 확실히?"

"아니라고 몇 번을 말씀드렸습니까."

뻔뻔하게도 짜증이 섞인 목소리였다. 정말 자신이 아닌데 뭐하러 따지고 드냐는 듯 말이다. 그 자연스러운 연기에 하마터면 정말 그가 아닌가 하고 착각할 뻔했다.

주먹에 힘이 들어갔다. 나는 그의 품속을 향해 가볍게 턱짓했다.

"그럼 경이 가지고 계실 손수건을 꺼내보세요."

"……."

"왜 조용하시죠?"

그가 눈을 돌리며 대답했다.

"……잃어버렸습니다."

나는 헛웃음을 지으며 자리에서 일어났다.

"잃어버렸다고요? 변명하려거든 좀 말이 되는 소리를 하지그래요. 마지막으로 묻겠어요. 지난번 도요 공원에서 나를 위로하려 한 남자가, 정말 당신이 아니에요?"

베인 조르제가 나와 눈을 마주쳤다. 그가 나를 똑바로 보며 대답했다.

"아닙니다."

잇새로 이를 가는 소리가 새었다.

왜 그는 자꾸 도망치려고 드는 걸까. 왜 당당해지질 못하는 걸까.

그것은 단지 제 마음에 자신이 없기 때문은 아닌가. 분위기에 못 이겨 토해낸 고백을 얼마 안 가 쓸어 담았던 지난번처럼 말이다. 상대가 진심이 아니라면, 나도 그에 일일이 신경 쓸 여유는 없다.

나는 입술을 깨물며 그에게 통고했다.

"당신은 내게 진실을 말할 수 있는 마지막 기회를 잃은 거예요."

그대로 자리에서 몸을 일으켰다. 나는 테이블에 올려두었던 손수건을 쳐내듯이 집어 들었다.

"경의 물건이 아니라면 제가 가지고 가야겠네요. 주인을 찾아야 하니까요."

"……살펴 가십시오."

"허."

끝까지 뻔뻔한 행동에 헛웃음이 나온다. 나는 잠시 그를 노려보다가, 이내 문을 열고 밖으로 나섰다.

"차라리 잘된 일이지."

"뭐가?"

"이젠 루센한테만 집중할 수 있게 됐잖아."

내가 병 속에 든 막대 과자를 와작와작 씹으며 대답했다. 나와 함께 침대 위에서 뒹굴거리던 로제가 '그런가?' 하고 고개를 갸웃거렸다.

간만에 방문한 친구를 위해 나는 마음의 문을 열고 그간의 일을 모두 털어놓은 참이었다. 물론 회귀 얘기는 쏙 빼고. 하도 쌓아둔 일들이 많아서 그런지 한번 입을 열고 나니 나머지는 봇물 터지듯 쏠려 나왔다.

로제는 웬일로 이야기 도중 끼어들거나 하지 않고 내 수다를 모두 들어주었다. 얘는 꼭 남자 얘기 할 때 조용해지더라.

"근데 다 해결된 건 아니잖아."

입안에 과자를 넣고 우물거리던 로제가 반대 의견을 내놓았다.

내가 팔짱을 끼며 대꾸했다.

"뭐가 해결된 게 아니야. 아주 깔끔하지. 베인 조르제는 나랑 잘해볼 생각이 없다고 선언한 거나 마찬가진데. 그럼 나도 신경 쓸 필요 없지 않겠어?"

"아니, 상황은 그런데, 사람 마음이 그렇게 쉽게 끊어지느냐고. 솔직히 너 베인한테 흔들렸지?"

로제가 내게 가까이 다가와 눈을 맞추며 물었다. 마치 내 진심을 캐내려는 듯이 말이다. 나는 그녀의 얼굴을 밀어내며 웃음을 터트렸다.

"뭐? 흔들려? 내가? 푸핫. 웃기는 소리 그만해."

"이렇게 오버스럽게 구는 걸 보니 진짜인가 보군."

로제가 심드렁한 투로 말했다. 나는 발끈하여 소리쳤다.

"야! 네가 내 맘을 어떻게 알아."

"쓸데없이 오늘 베인 조르제에 대한 설명이 길잖아. 아마 루센 분량

보다 길었을걸?"

"……."

애석하게도 반박할 수가 없다. 나는 마지막 힘을 끌어 모아 변명했다.

"그건 베인 조르제랑 일이 많아서 그런 거고. 루센은 나만 보면 토하기에 바쁜데 그 상태로 내가 뭘 하냐?"

"그건 또 그러네."

로제가 타당하다는 듯 고개를 끄덕였다. 그녀는 뒤로 쓰러지듯 누우며 침구 위를 아무렇게나 굴렀다. 이불을 부스럭대던 로제가 내 쪽으로 홱 고개를 돌리며 물었다.

"그래서, 너는 그 사람이 널 좋아했으면 좋겠는데, 아니면 이대로 모른 척했으면 좋겠는데?"

나는 로제를 빤히 쳐다보다 그 옆에 나란히 누웠다. 천장을 한참 쳐다보아도 답은 나오지 않는다. 결국 나는 고개를 저었다.

"모르겠어."

"한심하긴."

"근데 진짜 모르겠다."

내 대답에 로제가 한숨을 쉬었다. 한숨을 쉬고 싶은 건 외려 내 쪽이다. 이런 상황에서 흔들리지 않는 여자란 드물 리라고 생각하지만, 어쨌든 한심하긴 한심한 거였다.

물론 지금 상황이 도덕적으로 문제 되는 건 아니다. 루센이 내 약혼자였다고 한들 지금 상황에서 그건 나 혼자의 주장일 뿐이다. 객관적으로 현재 루센과 나는 아무 사이도 아니었다. 임자 없는 상황에서 들이대는 남자한테 흔들렸다고 그게 잘못이 되지는 않는다. 게다가 나는 보답 받지 못하는 사랑에 몹시 외로웠단 말이다.

그러나 베인과 연인이 되고 싶으냐고 묻는다면 그건 또 아닌 것이, 다정한 그와 나 사이는 도무지 상상이 되질 않는 것이다.

　"나는 루센을 사랑하는 게 맞거든. 그게 진짠데, 그 남자가 나한테 와서 자꾸 예쁘다느니 좋아한다느니 하는 소리를 하는 게 너무 자연스럽게 들리는 거야. 옛날부터 알았던 것처럼. 그 와중에 루센은 다른 여자랑 사귀고, 또 나랑 가까이 있으면 토하기만 하니까 내가."

　"잠깐, 말은 바로 하자. 루센이 너만 보면 토하게 된 건 네가 상한 약을 먹여서잖아. 솔직히 그건 네 잘못이지."

　로제는 나한테 쓸데없이 가혹하다. 나는 손을 흔들며 알았으니 그만하라는 제스처를 해 보였다.

　"……아무튼. 그동안 난 루센한테 사랑을 보답 받은 적이 없었단 말이지. 그게 원인이었는지도 몰라. 짝사랑은 힘들잖아."

　로제가 나를 돌아보며 한심하다는 표정을 지었다.

　"그냥 베인 조르제가 더 좋아졌다고 말하면 될 걸 가지고 뭐 그렇게 배배 꼬니?"

　"아니거든? 난 루센이 더 좋거든?"

　"네네……."

　로제가 듣기 싫다는 듯 귀 파는 시늉을 했다. 손가락에 걸린 게 없지는 않았는지 그녀는 은근슬쩍 귀지를 바닥에 털어버렸다.

　남의 집 방바닥에 분비물을 뿌리다니, 이런 배려 없는 년 같으니라고!

　"그럼 너 이번 주말에 파티 안 가?"

　로제가 뜬금없이 질문했다. 무슨 뜻인지 잘 이해가 되지 않아 나는 인상을 찡그렸다.

　"뭐?"

"왜, 이번 주말에 하는 거 있잖아. 코제트가에서 열리는 사교 파티. 거기 안 갈 거냐고."

"내가 왜?"

"베인 조르제랑 마주치기 좀 그럴 거 아냐."

나는 자리에서 벌떡 일어났다.

"야, 피할 거면 그 남자가 피해야지 내가 왜 피하냐? 무슨 잘못을 했다고."

흥분해서 떠벌리느라 침이 좀 튀었는지 로제가 인상을 쓰며 제 이마 부근을 닦아냈다. 손바닥을 탈탈 털어낸 그녀가 문득 생각났다는 듯이 물었다.

"근데 너는 왜 영험한 주술사 데려다놓고 활용을 안 하냐? 그 여자한테 연애 코치 좀 봐달라고 하면 되잖아."

"그 여자가 분위기 좋다고 해서 먼저 데이트 신청했다가 내가 어떻게 됐댔지?"

"아, 미안."

로제가 새침하게 답하며 손가락을 가볍게 흔들었다.

뭐지? 저 하나도 안 미안해 보이는 태도는?

"근데 오늘따라 너희 오빠가 안 보인다?"

"알테? 아마 지금쯤 서재에 있을걸?"

아마 알테가 보이지 않는 이유는 내가 대화 금지령을 내렸기 때문일 것이다. 기분 좀 나아지면 풀어줘야지.

그렇구나 하고 고개를 끄덕이던 로제가 침대에서 몸을 일으켰다.

"나 그럼 똥 싸고 온다."

"남의 집에서 하루라도 배설을 거르는 날이 없구나."

"난 너희 집 화장실에서 더 잘 나오더라."

"제발 그냥 조용히 다녀와라……."

로제가 내게 혀를 빠끔 내밀어 보이고는 자리를 떠났다. 내가 도움을 요청할 수 있는 구원 투수의 수준이 고작 이 정도라니 정말이지 절망적이다.

나는 한숨을 내쉬며 로제가 사 온 과자를 입에 넣었다. 적당한 단맛과 녹진한 풍미가 기분 좋게 혀끝에서 감돌았다.

"이게 어디 거지?"

맛집에 유난히 관심이 많은 나는 심각한 얼굴로 포장 통을 뒤집었다. 뒷면에 적힌 가게 이름을 확인하는데 뭔가 낯이 익다. 나는 몇 번그 발음을 입속에서 굴리다가, 이내 "아!" 하고 감탄처럼 외쳤다.

"그러고 보니 이거 알테가 좋아하는 거네?"

단걸 좋아하지 않는 알테였지만 이곳은 설탕을 많이 사용하지 않아그의 기호에도 맞았다. 로제가 사 올 때마다 남겨줘야지, 남겨줘야지하면서도 맛있어서 홀랑 다 까먹고 말았었는데, 생각난 김에 좀 나눠먹어야겠다. 나는 통을 돌려 잠그고는 자리에서 일어났다. 여동생의처참한 몰골에 충격을 받을 오라비가 불쌍하여 머리도 정돈해 묶었다.

"나 잠깐 밖에 다녀올게."

"네, 다녀오세요."

구석에 앉아 책장을 넘기던 레이가 설렁설렁 대답했다.

요즘엔 일과 보고가 아주 일상이 되어 있었다. 외출이 아니라 집 안어디를 가도 혹시 몰라 레이에게 보고를 하기 시작한 게 벌써 익숙해진 것이다. 세뇌의 힘은 놀라웠다. 아니, 이건 각서의 힘이랄지, 아니면 10,000골드의 힘이라고 해야 할지.

나는 침울한 기색으로 터덜터덜 복도를 걸었다. 이 족쇄 같은 삶은 언제 끝나는지. 레이가 안 볼 때 저놈의 각서를 태워버리기라도 해야 하는데 도무지 틈이 안 생긴다. 어디 숨겼는지도 영 감이 안 오고. 내가 뭘 숨겼더라면 레이는 5초 만에 찾아냈을 텐데. 주변 사람들한테 관심을 좀 두고 살 걸 그랬다.

내 방에 상시 상주하는 레이와 다르게 나는 레이의 방에 가본 적이 손에 꼽았다. 어쩌면 하녀들이 머무는 별관으로 가기도 전에 길을 잃을지도 모르겠다. 나는 터벅터벅 계단 모퉁이를 돌았다.

"……거 먹어. 내가 우리 자기 먹으라고 싸 왔어."

"고마워. 역시 나 챙겨주는 건 우리 자기밖에 없네. 이런 건 또 언제 생각하고 사왔어?"

"언제 생각했냐니, 난 항상 자기 생각뿐이지!"

뭐지? 이 닭살 돋는 목소리들은? 근데 묘하게 음성이 귀에 익은 것도 같고…….

"근데 카타리나한테 안 돌아가봐도 돼?"

"자기도 참, 볼일 본다고 하고 나왔어. 호호, 순진한 기집애. 매번 속는다니까. 걔는 내가 엄청난 똥쟁이인 줄 알걸?"

"그래도 혹시 눈치채면…….."

"어머, 오빠. 왜 그래? 우리 당당해지기로 했잖아. 그리고 뭐 막말로 들켜도 뭐, 우리가 죄라도 짓까아아아아악!"

나를 발견한 로제가 비명을 지르며 뒤로 넘어갔다. 재빠르게 그녀를 붙잡은 알테가 나와 로제를 당황한 얼굴로 돌아보았다. 나는 충격받은 얼굴로 떨리는 손을 들었다. 경련하는 검지가 로제와 알테를 번갈아 가리키다가 이내 힘없이 떨궈졌다.

내가 겨우 정신을 차리고는 물었다.

"뭐…… 뭐야, 두 사람?"

"뭐, 뭐냐니?"

당황한 알테가 우선 전면에 나섰다. 짐짓 당당한 척을 하려 했지만 그 목소리가 심히 떨리고 있는 이상 그리 위세 있지는 않았다.

내가 겨우 마음을 진정시키며 물었다.

"두……, 둘이 왜 서로를 자기라고 불러?"

알테의 이마에서 진땀이 흘렀다.

"뭐? 자, 자기라니. 그…… 그건 별게 아니고……. 자…… 자랑스러운 기, 기사?"

검이라고는 호신용으로나 겨우 배운 인간이 대체 뭐라고 하는 건가?

그리고 그리 생각한 건 나뿐만이 아닌 모양이었다. 겨우 놀람에서 헤어 나온 로제가 다소 과격하게 알테의 가슴팍을 쳤다.

"아니, 이 인간이 무슨 멍청한 소리를 하는 거야?"

그러게 말이다. 나는 겨우 숨을 가다듬으며 턱짓으로 로제를 가리켰다.

"그래. 네가 해명해봐."

입술을 깨물던 로제가 한숨을 쉬며 말했다.

"우리 사귀어."

해명을 하라고 했더니 대뜸 던지는 게 폭탄이다.

"그럴 수가……! 아니, 뭐 그렇다고 딱히 둘 중 누구 하나가 아깝다는 건 아니지만……!"

내가 쓸데없이 긴 부연 설명을 덧붙이며 소리쳤다. 어쨌든 놀랍기는 놀랍다.

아니, 근데 대체 왜 나한테 비밀로 하고 사귄단 말인가? 이 중요한 일을 어떻게 일언반구도 없이!

애초에 둘이 사귀든 말든 솔직히 별로 내 알 바는 아니다. 그다지 상관도 없고. 대체 왜 저렇게 경기를 일으키며 숨기려 했는지 모를 일이었다. 게다가 이왕 숨기려 했으면 제대로 숨길 것이지, 은밀히 방에서 만나는 것도 아니고 다 지나다니는 복도에서 애정 행각을 벌이고 있을 건 또 뭐란 말인가.

그나저나 성격은 더러울지언정 껍데기는 반반한 레이첼 등등의 떨거지를 두고 결국 알테가 택한 상대가 가죽피리의 여왕 로제라는 게 심히 충격이다.

오빠는 쟤 방귀 냄새는 맡아본 거겠지? 모르고 혼인 신고서에 도장 찍었다간 이거 사기 결혼 수준인데.

"근데 대체 언제부터야?"

"별로 얼마 안 됐어."

"그니까 언제부터냐고."

"……일주일 좀…… 넘었…… 나?"

"일주일?"

"2주…… 정도 되는 것…… 같기도 하고?"

"……."

왜 자꾸 숫자가 늘어나는 거지?

"뭐라고 안 할 테니까 사실대로 말해."

"한 달…… 인가?"

한 달이라니, 아무리 내가 눈치가 없기로서니 이 정도까지 모르고 있을 수도 있나?

게다가 문제 되는 건 내가 회귀를 했다는 거다. 내가 둘 연애 생활에 터치한 적은 없으니 아마 회귀 전에도 둘은 사귀는 사이였겠지. 그렇게 생각하면 그 둘이 나를 속여온 기간은 그냥 길다고만 할 게 아니라 거의 기만 수준이었다.

내가 어이없다는 얼굴로 물었다.

"아니, 애초에 대체 왜 숨긴 거야?"

우물쭈물하게 서 있던 알테가 조용히 손을 들었다. 할 말이 있다는 표시라 나는 관대하게 발언을 허락해주었다.

"카타리나 네가 연애를 한다는 말을 듣는다고 상상하면 내 가슴이 찢어질 것 같아서, 카렌 너도 그렇지 않을까 하고……."

"그……, 그래?"

그렇다면 그거 정말 쓸데없는 걱정인데.

이 와중에도 로제는 그런 알테가 사랑스럽다는 듯 그의 어깨를 부드럽게 쓸어내렸다. 그녀가 내놓은 답은 알테의 것보다는 합리적이었다.

"헤어지면 우리 사이가 어색해질까 봐 그랬어."

"너랑 내 사이가? 푸핫!"

나름대로 진지해 보이는데 너무 웃긴 말이라 자연스럽게 웃음이 터져 나왔다. 솔직히 말하면 로제와 나는 어색해지는 게 불가능한 사이다. 애초에 알테를 만나러 가겠다는 핑계로 똥이 나온 사실만 봐도 우리 사이에 거리감이 생기리란 요원하다는 걸 알 수 있다.

로제가 그런 내 반응을 예상했다는 듯 혀를 차며 검지를 흔들었다.

"생각해봐. 오빠랑 친구가 사귀었다면 그 사이에서 치일 일도 그렇고, 혹시 헤어지면 네가 곤란해질 거 아냐. 그래서 결혼 얘기 나오기 전까진 비밀로 해야겠다 싶었어. 아! 물론 우리가 헤어지겠다는 건 아니지만."

"너한테 그런 배려 있는 사고가 가능했다니. 다만 그 사실이 놀랍구나."

"……아무튼, 뭐, 차라리 들켰으니 마음 편하고 다행이네. 우린 이만 방으로 갈게. 맛있게 먹어, 오빠. 오빠 건 더 비싼 거야."

로제가 알테에게 눈웃음을 살살 치며 키스를 남겼다. 그 비위 상하는 광경에 구역질을 쏟아내기도 전에 나는 로제에게 이끌려 방금 올라왔던 계단을 재차 밟았다.

알테가 시야에서 사라지자마자 로제가 험악하게 눈알을 굴리며 경고했다.

"너 알테한테 우리 사이에 뭔가 부정적인 발언을 했다간, 알지?"

"응? 그건 네가 잘하고 못하고에 달렸지. 이제부터 날 시누이로 여기고 예의와 공경을 갖추어…….."

코앞에 들이밀어진 주먹이 사뭇 위협적이다. 곧장 내 턱주가리를 부숴버릴 것만 같다고나 할까?

나는 곧장 친절한 미소를 만면에 띠었다.

"물론이지. 우린 친구 아니니? 무슨 일이 생기든 난 네 편이란다."

"그래, 순순히 그렇게 나왔어야지."

설마 애 알테한테도 이렇게 협박해서 사귀는 건 아니겠지?

알테는 샌님이라 불알을 쥔 채로 평생 고자로 살거나 교제를 허락하거나 택일하라고 협박한다면 반드시 넘어갈 것이다. 나는 문득 떠오른 불길한 상상에 흠칫하며 물었다.

"잠깐, 그럼 너 예전에 점술사한테 갔던 거, 그거?"

"응?"

로제가 순진한 얼굴로 되물었다. 나는 애의 이런 '아무것도 몰라요.' 표정을 결코 믿지 않는다. 내가 진지한 얼굴로 로제에게 물었다.

"정말 설마 해서 묻는데 너, 알테한테 사랑의 묘약 같은 거 썼니?"

"미쳤니? 단순히 난 정력에 좋은 비방을……, 헙!"

로제가 발끈하여 성을 내다 말고 입을 틀어막았다.

정…… 력? 지금 내가 들은 단어가 사실이 맞나?

친구와 오빠의 끈적한 사생활은 별로 상상하고 싶지 않은데. 아니, 그건 그렇다 치고 사귄 지 한 달밖에 안 됐으면서 벌써 남자친구의 정력에 관심을 가진단 말인가? 예전부터 알긴 했지만 그녀는 참으로 난년이었다.

"으응…… 대충 뭔지 알 것 같으니 더 설명 안 해도 돼."

막상 비밀을 터놓고 나자 그녀는 내가 제법 괜찮은 아군같이 느껴졌는지 이런저런 이야기를 미주알고주알 털어놓았다. 로제가 털어놓은 이야기로 미루어 보아 아무래도 둘은 내가 회귀로 인해 인생에 극심한 회의를 느끼고 있을 때 가까워진 듯했다. 동생 걱정이 가득했던 알테는 로제에게 협조를 요청했고, 이를 기회로 받아들인 로제가 도와주는 척 은밀히 작업을 건 것이다.

친구가 사경을 헤…… 매는 건 아니더라도 인생의 미로를 헤매고 있는데 연애놀음이나 하고 있었다니. 원래도 실낱같았던 우정의 두께가 끊어지기 일보 직전이 되는 순간이다.

어떻게 생각하면 다소 무서운 일이기도 하였다. 아무리 보고 듣는 게 다가 아니라고는 하지만 가까이에 이리 깊은 비밀이 숨어 있었다니. 회귀 전 내가 정신적으로든 육체적으로든 오래 앓았던 일이 없기 때문에 과거와 다른 점이기는 하나, 애초에 마음이 있었기에 그 정도 계기로 교제가 성사된 것일 터다. 미래에서도 높은 확률로 둘은 연인 관계였겠지. 친구와 오빠가 사귀는 것도 모르고 있었는데 내가 미래에 대해 정확히 기억하는 게 얼마나 될까.

나는 구 과거이자 현 미래의 일들을 천천히 되짚어보다가, 이내 고개를 저어 털어버렸다.

"이런 일이 흔하진 않지."

사실, 내가 나 모르는 연애를 한 게 아닌 이상 더 이상 놀라운 관계 폭로가 있을 리 없다. 왜냐하면 나는 로제 외엔 친구가 없으니까. 으음, 가슴이 다 쓰리군.

내가 심란해하건 말건 시간은 잘만 흘러 나를 주말의 초입으로 데려다놓았다. 루센의 거부와 베인의 무시로 2연타를 맞았던 나의 알딸딸한 정신이 겨우 회복된 즈음이기도 했다.

드레스는 이미 준비해놓았지만 옷장에 옷이 많다고 해서 쇼핑이 덜 즐거워지는 건 아니다. 외려 파티 전날이라고 생각하니 더욱 설레어 로제와 나는 오랜만에 외출을 나섰다. 그러나 이전의 충격이 완전히 나아진 것은 아니라, 나의 완강한 거부로 행선지는 아울레르 상점가가 아닌 다른 곳이었다.

솔직히 베인의 손수건을 샀던 예의 브랜드를 다시 보고 나면 두드러기라도 날 것 같았다. 그게 아니면 마음에 솟은 알레르기가 도무지 제정신을 못 차리게 하든지.

"너 그 얘기 들었어?"

로제가 옷이 걸린 매대를 뒤적이다 말고 내게 물었다. 나는 고개도 돌리지 않고 건성으로 대꾸했다.

"무슨 얘기?"

"세일 있잖아. 걔가 이번에 신전에 들어갔다더라?"

"세일?"

"그래, 레이첼 추종대 중 하나 있잖아. 그 안 어울리는 지네 같은 파마머리 고수하는."

그 저렴하기 그지없는 설명을 들으니 놀랍게도 곧바로 상대가 연상된다. 으음, 로제의 화법에 적용해서는 안 되는데. 이러다 루센 앞에서 실수할지도 모르지 않는가.

그나저나 저쪽 무리들은 왜 그렇게들 레이첼 뒤꽁무니를 쫓아다니는지 모르겠다. 미모, 성격 등 뭘로 보나 내가 훨씬 더 나은데!

나는 레이첼처럼 그들을 들러리 취급하는 대신, 보다 평등한 관계로 우정을 보듬을 결심이 되어 있다. 왜냐하면 지금 나는 로제 말고 다른 친구가 절실하기 때문이다. 그러나 나는 결코 그러한 속내를 티내지 않았다. 로제는 무섭다. 그녀의 주먹은 더욱 무섭다.

"응 기억나. 근데 걔가 거길 왜 가?"

내가 고개를 갸웃거리며 물었다. 그러고는 곧장 그 의문의 배경을 읊었다.

"걔 예전에 예배 볼 때 코딱지 파다 걸려서 쫓겨났었잖아. 그 이후론 부모님이 쪽팔린다면서 아예 신앙 생활을 안 시켰댔지?"

대장은 오줌싸개에 부대원은 코파개라니. 상대 팀의 전력이 의심되는 순간이다.

"결혼하기 전에 신부 수업 시키려고 하나 봐."

로제가 삼삼하게 대꾸했다. 나는 놀라지 않을 수 없었다. 신부 수업이라니. 그건 또 언제 적 고리타분한 관습이란 말인가. 요즘도 신부 수업이 없는 건 아니지만 대개 결혼 전 집안 어른에게서 받는 것이 대부분이지 옛날처럼 신전에까지 귀의하지는 않는다.

신부의 정조를 중요하게 여겼던 옛 조상들의 관습이라 사교계가 다소 난잡해진 지금으로서는 정말 천연기념물 같은 일이었다. 천연기념물이라는 게 딱히 좋은 뜻은 아니고 다들 관심이 없고 행하는 인물도 드물다는 말이다.

"그걸 지금도 하는 사람이 있단 말이야?"

나는 순수하게 감탄하며 물었다. 로제가 피식 웃으면서 건들건들하게 들고 있던 옷가지를 흔들었다. 가슴골이 깊이 파인 디자인의 드레스가 가볍게 출렁인다.

"걔가 소싯적에 좀 놀긴 했잖아. 결혼 전에 남의 씨 밸까 걱정된 부모의 특단 조치지."

"그래도 진짜 불쌍하다. 으으, 1년간 그 수도승 같은 생활을 견디라니."

"뭐 장점이 없는 건 아니니까."

로제의 말에 내가 인상을 찡그리며 되물었다.

"장점? 그런 게 있긴 해?"

"으음…… 평생 가도 못 만날 고위 사제와의 친분?"

한참을 고민하던 로제가 겨우 한 가지를 읊었다. 나는 그럼 그렇다는 듯이 삐뚜름한 미소를 띠었다.

"곧 속세로 돌아올 건데 그 친분 뭐에 써먹냐? 거기 있는 동안 신성력 가득한 꼬챙이로 재미 좀 볼 수는 있겠네."

"너 그거 신성 모독이야."

말은 그렇게 하면서 왜 이렇게 즐겁게 웃고 있는 걸까?

로제가 깔깔 웃으며 내 어깨를 쳤다. 얘는 가만 보면 웃음 코드가 참 그렇다. 우리 순진한 알테까지 타락시키면 안 되는데.

"너 근데 어디까지 갔냐?"

내가 진지하게 걱정하며 물었다. 설마 벌써 끝까지 간 건 아니겠지? 아무리 요즘 빠르다고는 하지만 설마…….

"그건 왜 물어? 관심 꺼."

로제가 대뜸 인상을 팍 쓰며 대답했다. 그걸 보니 괜스레 걱정이 생긴다.

"왜 대답을 안 해? 찔리는 게 있는 모양인데?"

"너 웃긴다. 내가 베인이랑 잤냐고 물었을 때 너 엄청 질색 팔색 했잖아."

갑작스럽게 튀어나온 베인의 이름에 나는 당황하여 그만 목소리를 높였다.

"야, 그거랑은 얘기가 다르지! 난 그 인간이랑 사귀었던 거 아니잖아. 그리고 뭐, 내가 두 사람의 동생과 친구로서 그 정도 알 권리는 있는 거 아니냐?"

"너야말로 우리가 잤든 말든 네가 뭔 상관이야? 네가 알아서 뭐하게?"

"궁금할 수도 있지!"

성을 내는 내게 로제가 한심하다는 표정으로 혀를 찼다.

"넌 맨날 알테가 브라자라고 놀리는데 오히려 네가 더 심한 거 같아."

"……브라자가 아니라 브라콤. 그리고 알테의 경우는 시스콤이라니까."

농담인 줄 알았는데 맨날 틀리니까 좀 그렇다. 초등 교육 과정 재이수를 권하고 싶어지는군. 제 무식을 들킨 것이 찔렸는지 로제가 험악하게 눈을 부라렸다.

"지금 그게 중요해?"

"당연히 중요하지. 난 무식한 새언니는 인정 못해."

장난처럼 새침하게 대꾸했지만 생각해보니까 그렇다.

내 새언니가 로제라니! 세상에, 이렇게 끔찍할 수가.

만약 둘 사이에 알력이 생긴다면 반드시 알테를 닮아야 한다. 나는 우리 번듯한 오라비의 아들이 로제의 성격을 빼다 박는 것을 묵인할 수 없다.

"어머, 이거 예쁘다."

기초 지식 이야기가 나오자 로제가 재빠르게 말을 돌렸다. 본인이 불리할 때 서슴없이 발을 빼는 모습에서 전략가의 중요 자질인 뛰어난 직감이 돋보인다.

"어, 근데 그거 정말 괜찮다."

흘긋 들여다보았는데 생각보다 내 취향이었다. 로제와 웬만하면 취향이 겹치는 일이 없었는데. 제법 정교하게 세공한 은색 팔찌는 비싼 물건 특유의 세련됨이 돋보였다. 별로 유행도 안 탈 물건이다.

무의식적으로 손을 뻗어 그것을 집자 로제의 경계 어린 눈빛이 나를 향했다.

"내가 먼저 봤어."

"내가 먼저 집었지."

"내가 먼저 찍었다."

"근데 내가 먼저 들었지."

말로 지지 않자 로제는 협박 작전을 동원했다. 지그시 눈썹을 치키고는 목소리를 이렇게 내리까는 것이다.

"좋은 말로 할 때 놔라."

그러나 나에겐 비장의 무기가 남아 있었다.

"시동생에게 양보하시죠, 새언니? 시집살이가 어떤 건지 한번 보여 줘?"

내가 시집을 늦게 가는 한이 있더라도 저택에 오래오래 남아 너를 들볶으리. 그런 내 집념이 무서웠는지, 아니면 급격히 찾아든 직장의 공격이 위협적이었는지 로제가 대뜸 배를 감싸 안았다.

"아, 잠깐 타임. 나 지금 배 아파."

"저런, 얼른 화장실 다녀와. 이 팔찌는 내가 잘 맡아둘게. 가끔 빌려줄 테니 너무 아쉬워는 말고."

나는 승자의 미소를 지으며 손을 흔들었다. 로제는 이를 악물고는 바싹 붙은 걸음으로 천천히 전진했다.

나는 그런 그녀의 뒷모습에 대고 물었다.

"근데 너 그 핑계 대고 몰래 알테랑 데이트하려고 하는 건 아니지?"

"내가 지금 거짓말하는 것 같아 보이냐……?"

놀릴 타이밍을 잘못 잡은 모양이었다. 하얗게 질린 안색이 과연 연기로는 나올 수 없는 표정이긴 했다. 다소 미안한 마음에 나는 얼른 가보라는 손짓을 해 보였다. 그러고는 멀어지는 그녀의 뒤로 목청 높여 소리쳤다.

"나 나가서 아이스크림 먹고 있을 거니까 그리로 와."

모퉁이에 새로 생긴 아이스크림 집이 꽤 괜찮아 보이더라. 아까 지나가며 '저거 한번 먹어볼까?' 하는 담소를 나누었던 장소이기에 로제는 어렵지 않게 알아들은 듯했다. 알았다고 대답한 로제가 문 너머로 조용히 사라졌다. 나는 로제가 나가자마자 승리자의 얼굴로 예의 팔찌를 집어 들었다.

"이거 계산해주세요."

"예, 고객님. 선물용이신가요? 포장이 필요하시면 말씀해주세요."

"아니요, 제가 쓸 거예요. 차고 갈 테니 그대로 주세요."

이왕 샀으면 로제에게 먼저 자랑해야 하지 않겠는가? 그녀를 골려줄 생각에 벌써부터 즐거워진다.

나는 새 단장을 한 기쁨에 한결 가벼워진 걸음으로 가게를 나왔다.

이제 푹신한 소프트 아이스크림과 입술로 포옹하면 모든 게 완벽하다. 그런데 너무 들떴던 탓에 앞을 제대로 못 보았나, 지나가던 행인과 어깨가 부딪쳤다.

『죄송합니다.』

"뭐라고요?"

낯선 타국의 말에 무의식적으로 인상을 찌푸렸다. 부지불식간이라 제대로 이해를 못했는데, 아무래도 벨저 어인 듯했다. 하지만 이미 반 문해버린 상황이라 이제 와 아는 척하기도 좀 그렇다. 나는 외국어에 소질 없는 흉내를 내며 그냥 고개 숙여 인사했다.

그만 자리를 뜨려는데, 나를 빤히 보는 시선이 유난히 따갑다.

혹시 나한테 반하기라도 했나? 그건 좀 곤란한데.

나는 간만에 즐거운 상상의 나래를 펼치며 근처 기둥으로 다가가서 섰다. 주문은 로제가 나오면 같이 해야겠다.

『벨저 어를 모르나 봅니다.』

나에게 사과를 남겼던 목소리와 동일한 음성이었다. 하도 그 소리가 작아 하마터면 나를 향한 말인 줄 모를 뻔했다. 그 작은 음성의 조각을 잡아채 머리로 이해한 것은 잠시간의 시간이 흐른 후였다. 나는 팔찌를 매만지던 손을 가만히 멈추었다.

『계집이 쉽게 배울 건 아니지. 그리 배웠다 유세를 떠는 왕비도 벨저의 사신 앞에서 더듬대는 꼴이 볼 만하더군.』

『저 여자가 확실합니까?』

『사람 하나 제대로 못 알아볼 정도로 내 눈이 병신 같아서 묻는 말이냐?』

『죄송합니다.』

본인보다 높은 신분인 듯 남자가 상대에게 격식을 차려 짧게 묵례

428

했다.

그대로 모른 척하기엔 들려오는 대화가 쓸데없이 수상하다. 그리고 나와 부딪친 이와 이야기를 나누는 저 얇고 비열한 목소리는 어딘지 익숙했다. 나는 아닌 척 그들의 대화에 더 귀를 기울였다.

『그래서 어떻게 처분하실 생각이십니까?』

『사실 아직 고민이야. 곤란한 계집이거든』

『별다른 계획이라도 있으십니까?』

『글쎄, 저 넓은 가랑이가 그 충직한 들개에게로 향하느냐, 아니면 금발의 루루에게로 향하느냐에 따라 다르겠지.』

저 대화가 나를 가리키는 것 같다고 느낀다면, 그건 심한 넘겨짚기일까?

로제를 찾으려 주위를 살폈으나 그녀는 돌아올 기색이 없다. 자리를 피하는 게 좋겠다. 본능적으로 그런 예감이 스쳤다. 나는 지갑을 꺼내 손을 헛짚은 척 동전을 떨어트렸다. 저 동전이 제발 멀리 굴러가기를 빌면서.

"어? 돈이 떨어졌네?"

부디 이 목소리가 어색하게 들리지 않길 빌며 걸음을 떼었다.

충직한 들개와 금발의 루루.

전자는 1왕자를 비호하는 베인을 말하는 것일 테고 금발의 루루라면 루센이 연상된다. 관계가 긍정적인 방향으로 흘러가진 않았어도 나는 그 둘과 제법 많은 시간을 보냈었다. 느렸던 걸음이 모퉁이를 돌 때쯤이 되자 급해졌다. 스스로를 진정시킬 수 없었던 탓이다.

『알아챘나?』

『제가 잡겠습니다.』

지금이라도 전속력을 다해 뛰어야 하나, 아니면 소리를 쳐서 도움을 요청해야 하나.

전자라면 금방 붙잡힐 것이고 후자의 경우엔 도움을 받을 수 있을지 확신할 수 없다. 자칫하다간 벌어진 혼란이 내게 안 좋은 방향으로 흘러갈 수도 있다. 내가 처신을 고민하는 사이 누군가 내 팔을 잡아챘다. 나와 어깨를 부딪쳤던 예의 남자였다.

모자를 깊게 눌러쓰고 있어 얼굴이 잘 보이진 않았지만, 드러난 입술이나 코끝에서 이국적인 향취가 풍긴다. 단순히 몇 번 못 마주쳐 낯선 게 아니라 정말 처음 보는 사람이었다.

이런 수하가 있었나?

『어떻게 할까요?』

남자가 제 주인에게 물었다. 상대 역시 얼굴을 가리고 있었던 데다 변장을 한 듯 생김새가 조금 달랐지만 고국의 왕자를, 그리고 그 음성을 못 알아볼 리는 없다. 나는 짧게 숨을 삼켰다.

"제……."

'제핀 왕자님?' 하고 무의식적으로 물으려다 멈칫했다. 정체를 알아챘다는 걸 들키면 큰일 날 것 같다는 판단이 들었던 탓이다.

왜 이제 와 2왕자를 조심하라는 베인 조르제의 경고가 떠올랐을까.

나는 온 힘을 다해 몸을 진정시켰다. 내 긴장이 몸 밖으로 흘러나와 상대에게 좋은 먹잇감이 되지 않도록. 그러고는 겨우 새침한 아가씨 흉내를 내었다.

"제게 혹시 관심 있으신가요?"

제핀 왕자는 그런 나를 찬찬히 뜯어보았다. 내 말의 진의를 파악하기라도 하려는 듯이.

나를 가는 눈으로 흘겨보던 남자가 내 뒤에 서 있던 이를 향해 고갯짓했다.

『못 들었나 보군.』

『놔줄까요?』

『이만 가지. 못 알아챈 거라면 여지와 기회가 많아.』

팔을 잡은 악력이 풀려나갔다. 아직 그들이 시야에서 사라진 건 아니었기에 안심이 되진 않았으나 다소 마음이 놓이기는 하였다. 나는 안간힘을 다해 멀어지는 그들을 향해 손을 흔들었다. 그러고는 되도록 철없어 보이는 마지막 멘트를 남겼다.

"미안해요. 전 좋아하는 사람 있어요!"

잠시 멈춰 섰던 그들이 그대로 인파 사이로 사라졌다. 나는 뒷모습을 쭉 응시하다가, 상대가 눈에 띄지 않게 되자마자 로제가 있을 화장실로 뛰어갔다.

찰나지만 그들에게서 느낀 건 분명 살의였다. 나를 어떻게 해체할지 고민하는 눈. 잘 벼려 날이 선 눈빛에 그대로 회쳐지는 듯했다. 동네 양아치 따위를 맞닥뜨렸을 때와는 비교되지 않는 진짜 위험이다.

다리의 힘이 풀렸지만 겨우 주저앉지 않고 버텼다. 이상한 티를 내었다간 어디서 발견하고 또 내게 돌아올지 모른다. 나는 헐떡이는 숨을 겨우 진정시키며 스스로에게 되물었다.

2왕자가 대체, 나를 왜?

베인 조르제의 경고를 듣기는 했지만, 그가 나를 표적으로 삼을 일 같은 건 없다고 생각해 쭉 무시해왔었다.

중요 인물과 필요 이상으로 너무 엮였나.

베인은 그 본인의 의사와 상관없이 가까이하는 것만으로도 위험한 인물이었다. 알테의 말대로 그는 대놓고 1왕자의 편을 들고 있고, 이는 2왕자 쪽 진영의 좋은 표적이자 먹잇감이라는 뜻이다. 그 사실을 잊고 그와 너무 친밀하게 굴었다. 미혼의 두 남녀인지라 비밀스럽게 행동하긴 했지만 마음먹고 알아본다면 굳이 못 캐낼 친분도 아닐 것이다.

"너 여기서 뭐해?"

로제가 화장실에서 손을 탈탈 털며 등장했다. 나는 황급히 그녀를 다시 밀어 넣었다. 칸막이 안으로 들어가 재빠르게 문을 잠그고는 그녀에게 귓속말했다.

"화장실 안에 다른 누구 있어?"

얼떨결에 입을 가로막힌 로제가 도리도리 고개를 저었다. 나는 안심하여 그녀에게서 손을 떼어냈다.

"2왕자를 만났어."

"뭐? 근데."

"그놈이 나를 죽일까 말까 고민했어. 내 앞에서, 대놓고!"

"아니, 말이 되는 소리를……."

"너 지금 내가 농담하는 것 같아?!"

나는 그만 벌컥 성을 내었다. 그 와중에 왜 일전의 일이 떠올랐을까.

「내가 위험하다고 말한 게 농담 같아!」

여즉 귓가에 선명한 베인 조르제의 음성에 몸서리가 쳐졌다. 나는 마음을 진정시키려 애쓰며 천천히 침을 삼켰다.

"나 지금 장난하는 거 아냐. 어디서 벨저 어로 대화하는 소리가 들려서 보니까 2왕자랑 그 수하였어. 내가 벨저 어를 할 줄 아는 걸 모르는지, 계속 모르는 척하니까 정말 못 알아들을 줄 알더라."

"자세히 설명해봐. 뭔 일이 있었기에 그러는데?"

"뭔 일이 있었던 건 아냐. 금방 도망 나왔으니까. 중요한 건 그놈들이 한 대화 내용이지. 글쎄, 그 수하가 2왕자한테 나를 어떻게 처리할 계획이냐고 물었다고!"

"뭐? 일단 진정하고 천천히 다시 말해봐. 어떤 식으로 말하면서 너를 처리한다고 했는데?"

로제가 그리 말하며 내가 천천히 숨을 들이쉬도록 유도했다. 우리 오빠랑 사귄 지 얼마나 됐다고 벌써 새언니 티를 내고 있었다. 나는 그제야 겨우 안심하여 더듬더듬 방금 일어난 일을 털어놓았다.

"길을 가다가 어떤 남자랑 부딪쳤는데, 그 사람이 벨저 어로 죄송하다고 하는 거야. 귀찮아서 그냥 못 알아들은 척하고 서서 널 기다렸어. 근데 자기들끼리 얘기를 하는데, 그게 영 이상한 거야."

"뭐라고 하는데?"

"나, 나를 어떻게 처리할 거냐고. 분명히 내 얘기였어. 근데 2왕자가 그걸 듣더니 내가 루센한테 갈지, 베인한테 갈지에 따라 달라질 거라고 하더라고."

나는 방금 전 있었던 일을 떠올리며 되도록 상세하게 설명했다. 진정이 덜 됐던 탓에 설명이 빠르진 않았다. 그런 내가 답답했는지 로제가 재촉했다.

"그래서 어떻게 했는데?"

"거기 있으면 큰일 날 것 같아서 흘린 동전 줍는 척 도망갔어. 근데 그게 수상했는지 뒤를 따라오더라고. 그래서 그냥 눈 딱 감고 아닌 척, 헌팅하러 온 걸로 이해한 척 나한테 관심 있느냐고 물어봤어. 그랬더니…… 그냥 갔어."

말을 맺고는 숨을 크게 들이켰다. 좀처럼 달음박질친 심장이 가라앉지 않았다. 로제가 의아하다는 듯 질문했다.

"얼굴을 봤는데 그냥 보내줬어?"

"변장을 하고 있었는지 얼굴이 많이 달랐어. 그래서 못 알아본 줄 알았나 봐. 근데 분명 2왕자였어. 그 변태 같은 눈빛을 어떻게 못 알아봐? 목소리까지 똑같은데."

내가 진저리를 치며 대답했다. 온몸에 소름이 다 끼쳤다. 2왕자를 처음 만났을 적에 들었던 발언이 트라우마가 되어 그 동종의 음험함을 어렵지 않게 알아볼 수 있었다.

"그 상황에서 끝내주게 연기한 너도 대단하다."

로제가 순수하게 감탄했다.

왠지 인정받은 기분이라 두려운 와중에도 왠지 가슴이 간질간질해졌다. 순간의 기지로 대단한 고난을 넘긴 기분이었다. 실제로 그게 사실이기도 하고.

나는 훌쩍거리면서도 아닌 척 자랑했다.

"그……, 그치? 내가 생각해도 연기에 좀 재능 있는 것 같긴 해."

말하면서도 스스로 놀랐다. 이렇게 단세포 같을 수가 있나. 나는 말을 마치고는 재빨리 헛기침을 했다. 다행히 나만큼 단세포인 로제는 그 사실을 알아차리지 못한 듯했다. 그녀가 조곤조곤한 음성으로 물었다.

"이랬던 적 또 있어?"

나는 고개를 저었다.

"이번이 처음이야?"

이번에는 위아래로 고개를 끄덕였다.

"네가 알아들은 거 모른다고 했지?"

"응."

"그럼 됐어. 앞으로도 계속 모른 척해. 그, 앞에서 뭐라고 그랬지?

베인을 택하느냐, 루센을 택하느냐에 따라 다르게 처리할 거라고
했나?"

"응."

내가 고개를 끄덕이며 긍정했다.

저 긴 문장을 기억해 그대로 읊다니! 친구의 몫이라고는 하나 위기
상황에 도달하니 로제의 뇌도 굴러가기는 하는 모양이다. 그녀가 진
지한 얼굴로 조언했다.

"그럼 너 당분간 베인 조르제랑 만나지 마."

"뭐?"

"바보야, 딱 봐도 그거잖아. 베인 조르제 따라서 1왕자 편들면 너도
족쳐버릴 것이다. 이해 안 돼?"

"아니, 그게 아니고. 너라면 베인 조르제랑 만나겠냐, 저번에 그렇
게 헤어졌는데? 쓸데없는 걱정을 하고 있어."

뭔가 핀트가 어긋났다. 로제는 내 반응을 다르게 이해했고 나는 쓸
데없는 부분에서 화를 내고 있었다. 생과 사를 오간 상황에서 자존심
부터 챙기다니. 역시 나는 귀족가의 영애로서 자질이 충분하다.

내 그런 모습에 로제가 슬쩍 웃었다.

"진정 좀 됐어?"

"응."

"그래, 그럼 집에 가자. 앞으론 혼자 있지 마."

"응응."

그녀가 제 어깨에 둘렀던 숄을 풀어 내게로 건네주었다. 등을 가볍
게 쓰다듬는 손이 제법 따뜻하다. 나는 다소 감동 어린 눈길로 그녀를
올려다보았다. 한 번도 로제가 어른 같다는 생각을 해본 적이 없는데
이렇게 이끌어주는 모습을 보니 좀 반할 것 같다. 아, 물론 알테의 라

이별이 되고 싶다거나 하는 종류의 반함은 아니고.

내가 초롱초롱 빛나는 눈으로 홀린 듯이 말했다.

"너…… 우리 오빠랑 결혼해도 돼."

아껴두려고 했던 결혼 허락인데 너무 쉽게 꺼냈다. 거저먹은 허락이나 마찬가진데 로제는 그에 별로 관심이 없는 모양이었다.

그녀가 시니컬하게 대꾸했다.

"네 허락 없어도 할 거야."

"으응…… ."

사실 내 허락이 별로 상관없긴 하지. 나는 짧게 입맛을 다셨다.

"아무튼 오늘은 그만 들어가자."

"그래."

"아, 그리고. 음, 정 고마우면…… ."

로제가 흘긋 내 손목 근처를 넘겨다보며 더듬더듬 말했다. 손가락은 정확히 아까 말싸움의 원인이 된 팔찌를 가리키고 있었다.

"그, 그거나 선물로 주든지?"

"…… ."

적어도 그녀가 10년은 우려먹을 수 있었던 감동을 팔찌 하나에 날려먹는 순간이었다.

말 한마디로 천 냥 빚 갚는다더니 그녀는 내 마음속 빚을 가차 없이 상환시켰다. 나는 말없이 그녀에게 팔찌를 풀어서 주었다. 반색하며 좋아하는 저 얼굴을 보며 애잔해해야 할지, 아니면 같이 기뻐해줘야 하는지…… .

−2권에 계속